本书为国家社科基金项目"唐宋词传播接受史"成果之一
由苏州大学优势学科建设经费资助出版

博士生导师学术文库

A Library of Academics by
Ph.D.Supervisors

# 化古为新
## ——唐宋词对前人诗歌的接受

钱锡生 主编

光明日报出版社

图书在版编目（CIP）数据

化古为新：唐宋词对前人诗歌的接受 / 钱锡生主编. --

北京：光明日报出版社，2019.8

（博士生导师学术文库）

ISBN 978 - 7 - 5194 - 5435 - 7

Ⅰ. ①化… Ⅱ. ①钱… Ⅲ. ①唐宋词—诗词研究

Ⅳ. ①I207. 23

中国版本图书馆 CIP 数据核字（2019）第 146073 号

# 化古为新：唐宋词对前人诗歌的接受

HUAGUWEIXIN: TANGSONGCI DUI QIANREN SHIGE DE JIESHOU

主　　编：钱锡生

责任编辑：杨　茹　　　　　　　责任校对：赵鸣鸣

封面设计：一站出版网　　　　　责任印制：曹　净

出版发行：光明日报出版社

地　　址：北京市西城区永安路 106 号，100050

电　　话：010 - 67078251（咨询），63131930（邮购）

传　　真：010 - 67078227，67078255

网　　址：http://book. gmw. cn

E - mail：yangru@ gmw. cn

法律顾问：北京德恒律师事务所龚柳方律师

印　　刷：三河市华东印刷有限公司

装　　订：三河市华东印刷有限公司

本书如有破损、缺页、装订错误，请与本社联系调换，电话：010 - 67019571

开　　本：170mm×240mm

字　　数：274 千字　　　　　　印　　张：16. 5

版　　次：2020 年 1 月第 1 版　　印　　次：2020 年 1 月第 1 次印刷

书　　号：ISBN 978 - 7 - 5194 - 5435 - 7

定　　价：85. 00 元

# 前　言

　　在唐宋词的创作中，存在着一个很普遍的现象，即对前人诗歌的接受。唐宋词人接受前人的诗歌，其数量很多，质量也很高。他们正是在广泛学习借鉴前人作品的基础上，转益多师，以故为新，才走出了一条自己的道路。唐宋词人擅长将前代诗歌融入自己词中，其所隐括、化用的诗文，不仅仅来自唐代，从先秦两汉到宋代，他们对各个历史时期的经史子集都有所涉猎。但本书主要关注的是唐宋词人对前人诗歌的借鉴和化用，兼及文章（以辞赋为主）和词。这些唐宋词人有温庭筠、韦庄、李煜、晏殊、欧阳修、苏轼、晏几道、黄庭坚、秦观、贺铸、周邦彦、李清照、辛弃疾、姜夔、史达祖、吴文英等，通过对他们接受前人诗歌情况的全面统计和梳理，研究他们如何借鉴前人诗歌为自己的创作服务并增光添彩。

　　关于这一方面的研究，前人已有相关的一些研究成果，专著方面有王伟勇的《宋词与唐诗之对应研究》（台湾文史哲出版社，2003 年），刘京臣的《盛唐中唐诗对宋词影响研究：以六大诗人为中心》（中国社会科学院出版社，2014 年）等。论文方面有钟振振的《散点透视"宋词运用唐诗"》（《文学评论》2009 年第 4 期），陈永宏的《试论宋词对唐诗的化用及其文化解读》（《文学遗产》1996 年第 4 期），李定广的《论北宋词与晚唐诗的近亲关系——兼论正确解读宋词化用唐诗现象的文化涵义》（《求索》2006 年第 11期），刘锋焘的《宋词与文学传统》（《山西大学学报》2006 年第 3 期）等。王伟勇的专著综述了宋代词人借鉴唐诗的各种技巧，包括字面之借鉴、句意之借鉴、诗篇之借鉴，对一些重要的宋词作家如晏殊、王安石、贺铸等人借鉴唐诗的情况，进行了专门的研究。刘京臣的专著以王维、李白、杜甫、韩愈、白居易、刘禹锡等六大诗人为中心，全面考察盛唐、中唐诗歌对宋词的影响。作者依托信息技术，在定量的基础上进行定性分析，条分缕析，将唐诗对宋词的影响做了更深入的研究。钟振振的文章，如其题目上所标的，是"散点透视"，主要分析了宋词运用唐诗的原因，宋词运用唐诗的方法；陈永宏的文章则分析了宋词对唐诗的化用历程，对其化用的成因和背后的心态进行了文化阐述。这些研究都非常有价值，论述精当，既有高屋建瓴的宏观把握，又有深入具体的微观分析，但基本上均围绕唐诗对宋词的影响展开。虽然宋词对唐诗的化用，确实比较集中，但宋词对前人诗歌的接受，却并不局限于唐诗，因此本书的研究，仍有开拓的空间。同时，以往研究偏重唐诗如何影响宋词，我们希望更多从唐宋词人的角度，看他们如何接受前人的诗歌。前人在这方面的论述往往聚焦于少数几位词人，我们则扩大了研究对象的范围，对十六位唐宋名家词人展开全面细致的研究，涵盖了唐宋词史的各个阶段。希望本书的研究能在既有成果的基础上，做出进一步的补充和完善。

本书的研究方案：一是将唐宋名家词人对前人诗歌的接受情况进行全面的统计和梳理。借助多种词集笺注，辅以各类其他手段，把唐宋词人在词中借鉴化用前人诗歌的案例一一找出，列出图表，在材料汇总的基础上，采用计量分析方法，分析这些唐宋词人接受前人诗歌的数量有多少，接受前代诗人和诗歌的重点有哪些，其接受的方式方法是什么？通过大量、具体、翔实的材料，展现唐宋词人对前人诗歌接受的全景。

二是就唐宋词人对前人诗歌的接受情况，进行详尽的分类整理和分析。唐宋词人对前人诗歌的接受，主要有两种形式：一是对具体诗句、诗作的借鉴和接受，手段比较多样，包括截用语词、照搬原句、拓展词句、浓缩词句、改易诗句、反用诗句、套用诗句、檃括诗篇、杂取诗篇等；二是对整体诗歌作品的模仿和借鉴,包括采用其题材、效仿其风格、模拟其修辞、化用其意境等,本书将对这些现象进行从小到大、多层面多角度的研究。

三是采用比较的方法,研究唐宋词人在接受前人诗歌时与前人诗歌的异同。一般而言,唐宋词人对前人诗歌的接受,开始时主要是为了学习和借鉴,但仅仅停留于此,却不是他们的目的。他们在对前人诗歌接受时更注重能有所超越、有所创新,这样唐宋词才不会沦为对前人诗歌的翻版。正是由于一代代唐宋词人主动的、积极的努力,唐宋词才最终形成有自己特色的"一代之文学"。我们将纵观唐宋词人接受前人诗歌的大量例证,通过具体的分析,比较其得失,总结其经验。

四是对唐宋词人接受前人诗歌的情况进行宏观的探寻。为什么唐宋词人接受前人诗歌的现象如此普遍,其背后的原因何在?他们有什么样的心态?这种接受对唐宋词人的创作、对其词风的形成产生了什么样的影响?进而对唐宋词的发展演变有何促进意义?我们将带着这些问题,从这些唐宋词人的创作实践中,去寻找一个个答案。

本书是我们师生合作的成果,从 2012 年起,我开始从事唐宋词传播接受史的研究,唐宋词人对前人诗歌的接受被纳入其中,我陆续带着我指导的苏州大学研究生开始本书的撰写。全书由我确定研究人选、研究体例和撰稿要求,然后落实到人,各自负责。书稿撰写分工如下:第一章,温、韦词对前人诗歌的接受——钱锡生、温静;第二章,李煜词对前人诗歌的接受——许颖、钱锡生;第三章,晏殊词对前人诗歌的接受——时雪昊;第四章,欧阳修词对前人诗歌的接受——时雪昊;第五章,苏轼词对前人诗歌的接受——陈斌;第六章,晏几道词对前人诗歌的接受——钱锡生;第七章,黄庭坚词对前人诗歌的接受——田友蓝;第八章,秦观词对前人诗歌的接受——钱锡生、蔡慧;第九章,贺铸词对前人诗歌的接受——李晟萱;第十章,周邦彦词对前人诗歌的接受——蔡慧、钱锡生;第十一章,李清照词对前人诗歌的接受——温静;第十二章,辛弃疾词对前人诗歌的接受——钱锡生、李晟萱；第十三章，姜夔词对前人诗歌的接受——陶映竹；第十四章，史达祖词对前人诗歌的接受——杜宁奕；第十五章，吴文英词对前人诗歌的接受——曹宇薇（其中杜宁奕、许颖是本科生，毕业论文由我指导）。这些文章，大多采用一网打尽的方法，在充分占有材料的基础上，进行全面而深入的论述，其中已有多篇文章在学术期刊上发表。个别篇章是后来增补的，相对显得有些仓促。全书由我本人通审、修改、定稿，时雪昊、温静参与了后期的编辑工作。限于个人的学识和能力，加之前后撰稿时间较长，其中疏误难免，祈请海内外方家批评指正。

　　本书得列入光明日报出版社"博士生导师学术文库"，并获得该社领导和责任编辑的关心与支持，谨志谢意。

钱锡生

2019 年 4 月 18 日于姑苏独墅湖畔不器斋

# 目 录
## CONTENTS

# 第一章

# 温、韦词对前人诗歌的接受

温庭筠、韦庄是花间词派的代表词人，世人并称"温、韦"。他们的词作有着花间词共有的婉媚、柔美的类型风格，但在主体风格上又有鲜明的差异。温词注重藻饰，以艳丽见长，具有密丽的风格；韦词清丽，以疏淡为美，具有疏朗的风格。而对前人诗歌的学习、借鉴，无疑在他们个性化词风的形成过程中起到了重要作用。本章立足于文本分析，对温、韦接受前人诗歌的文本材料进行细致梳理、比较异同，探索他们如何接受前人的诗歌，在接受中如何形成其各自的词风。

## 一、温、韦词对前人诗歌句子的接受

温、韦词对前人诗歌的接受大致可分为四类：成句袭用、成句改易、成句反用以及句式模仿。

### （一）成句袭用

成句袭用是对前人诗句的浅层次的借鉴，词人大多只在语言上略做变动。当然，这种变动根据程度的不同大致可分为两类。一是直接从前人诗作中摘取或截取某一句，进行个别字眼的增删改写，然后嵌入自己的词作中。如，温词《菩萨蛮·竹风轻动庭除冷》"春恨正关情，画楼残点声"，袭自刘禹锡《冬日晨兴寄乐天》中"庭树晓禽动，郡楼残点声"，温庭筠将"郡楼"改为"画楼"，更符合女性住所的特点。《菩萨蛮·小山重叠金明灭》中"弄妆梳洗迟"一句截取了唐施肩吾的"碧窗弄妆梳洗晚，户外不知银汉转"（《夜宴曲》），只是词人将"晚"换为"迟"，描摹女子梳妆动作缓慢，写尽女子的慵懒倦怠之意。再看韦词，《菩萨蛮·洛阳城里春光好》"桃花春水渌"将李白诗"桃花春水生"（《忆秋浦桃花旧游，时窜夜郎》）改换一字，以表现春水清澈澄明，正映着桃花。一番静景与下句"水上鸳鸯浴"的动景相宜，画面和谐富有生趣。"子规啼破相思梦"（《酒泉子·月落星沉》）袭用了唐代徐夤"子规啼破梦魂时"的诗意，但就用词来说，"相思梦"比"梦魂时"更为温和，也更符合韦庄所要表达的词境。

　　第二种对诗句的袭用方式，语言表达上更富于变化，袭用痕迹并不那么明显。词人会保留前人诗句中主要意象、语词，但语境更柔婉，更能体现出词人创作的主动性。如温词《菩萨蛮·杏花含露团香雪》"杏花含露团香雪"，改自晚唐刘兼《春夜》："杏花满地堆香雪。"温庭筠借鉴了刘诗"香雪"这一十分贴切形象的比喻，但相比杏花"满地堆"，他营造了更为清新淡雅的春景。词中"含露"二字给人轻盈清透之感，一个"团"字更是刻画了花枝繁盛、芬芳袭人之貌。又如，《菩萨蛮·小山重叠金明灭》"花面交相映"一句，温庭筠将"泉将影相得，花与面相宜"（南朝梁萧纲《和林下妓应令诗》）中户外场景的描写挪入女子内室，并稍作变化。女子簪花时，通过前后两面镜子进行比照，无意中却见所簪之花与人面交相辉映，甚是娇艳动人。又如，其《女冠子·含娇含笑》的"寒玉簪秋水"取自沈约《携手曲》写"斜簪映秋水"。沈句形容发簪如秋水般，温庭筠则用"寒""玉"这样的字眼突出玉簪的晶莹与清碧。通过以上所举，可以发现温庭筠在袭用前人诗句时，会适当通过对原句的改易使得语言表述更为婉转绮丽，不论是写花、写人，还是写饰物，他的词作意蕴总是新颖有致、丰富多彩。

　　而韦庄在袭用上，抒情描写方式都更贴近原作，给人更平淡深远的感觉。如前代诗歌常见的聚散离别之叹，曹丕《燕歌行》云"别日何易会日难"，戴叔伦则云"难得相逢容易别"（《织女词》），韦庄将其进一步简化为"难相见，易相别"（《应天长·别来半岁音书绝》）六字，用语极简，但词情实深。他写江南女子"垆边人似月"（《菩萨蛮·人人尽说江南好》），直接袭用杜牧诗"有个当垆明似月，马鞭斜揖笑回头"（《黄州偶见作》），同样是对原句内涵的直接袭用，但是以自我的语言凝练成简洁明了又意味深长的表达。又如《菩萨蛮·洛阳城里春光好》"此时心转迷"一句，是指词人惆怅不已、心思凄迷，袭自柳宗元《柳州二月榕树叶落偶题》："春半如秋意转迷。"韦庄对前人诗句的直接承袭往往选择适合个人心境或词意的诗句，加以形式改造后直接嵌入，实现深情以淡语出之的效果。

此外，值得一提的是，温庭筠、韦庄本身就是诗人，他们不仅袭用前人的诗歌，也把自己的诗改写成词。如温庭筠《菩萨蛮·蕊黄无限当山额》，首句改自其《偶游》"额黄无限夕阳山"；《菩萨蛮·水精帘里颇黎枕》："玉钗头上风"，改自其《春幡诗》："玉钗风不定，香步独徘徊。"《菩萨蛮·满宫明月梨花白》的"满宫明月梨花白"，改自其《舞衣曲》："满楼明月梨花白。"韦词中也有这样的情况，如其《浣溪沙·惆怅梦余山月斜》，首句改自其《含山店梦觉作》："灯前一觉江南梦，惆怅起来山月斜。"《荷叶杯·记得那年花下》："如今俱是异乡人。"改自其《江上别李秀才》："与君俱是异乡人。"这也体现了他们对诗词融合的一种态度。

### （二）成句改易

如前者所述，成句袭用的接受方式是对前人诗句的一种浅层次的借鉴和模仿，而改易成句难度更大，同时也更见词人的匠心，是词人驾驭语言能力的显现。词人更精心地择取前人之作中某些意象、提炼特定的词情意蕴，从内容与形式两个方面对前人诗句进行压缩或扩展，用更自然融洽的方式写入词作中。

#### 1. 成句压缩

压缩即为对前人某一句或多句诗的糅合。有的是从诗句中提取核心意象进行重新组合，以使语言精练，表达明了。如温庭筠"烟霭隔，背兰釭"（《酒泉子·日映纱窗》），压缩自唐代诗人长孙佐辅的"金炉烟霭微，银釭残影灭"（《幽思》），韦庄"绿槐千里长堤"（《望远行·欲别无言倚画屏》），压缩自"千里河烟直，青槐夹岸长"（王建《汴路即事》）。

有的则虽也承袭意象，但更注重的是阐发原诗的某种情感意蕴。如，温庭筠"织锦机边莺语频，停梭垂泪忆征人"（《杨柳枝·织锦机边莺语频》），隳括了李白《乌夜啼》的诗意。李白诗如下：

> 黄云城边乌欲栖，归飞哑哑枝上啼。
>
> 机中织锦秦川女，碧纱如烟隔窗语。
>
> 停梭怅然忆远人，独宿孤房泪如雨。

温庭筠将李白诗前四句描绘的场景浓缩入"织锦机边莺语频"一句中，虽寥寥七个字，但是主要意象、语典都包含在内，画面完整且留有足够的想象空间。织妇闻莺语不禁伤春的惆怅模样仿佛呈现在眼前，从而为接下来的抒情之笔铺垫。"停梭""垂泪""忆征人"三个词简洁有力，思妇怀远之情自然而然地流露，真切动人。韦庄的"去路香尘莫扫，扫即郎去归迟"（《清平乐·莺啼残月》）一句，压缩自李白《长干行》："门前旧行迹，一一生绿苔。苔深不能扫，落叶秋风早。"行人出门时的旧迹不能扫，若是扫了就不知何日是归期了，女子深深的相思、落寞、期盼之意尽在这淡语中。再如韦词"说尽天上人间，两心知"（《思帝乡·云髻坠》）对白居易《长恨歌》"临别殷勤重寄词，词中有誓两心知。在天愿作比翼鸟，在地愿为连理枝"的压缩，以极为简洁的形式表达了原诗的内涵，且情感的真挚不输前作。

2. 成句扩写

成句扩写是指对诗句进行衍展，使词作内容更丰富、意蕴更绵长。温庭筠"两两黄鹂色似金，袅枝啼露动芳音"（《杨柳枝·两两黄鹂色似金》）一句，就是拓展自杜甫《绝句》"两个黄鹂鸣翠柳"，温词运用"色似金""芳音""袅"这类形容词分别刻画了黄鹂的毛色、啼声以及柳条的形态，画面生动多彩富有朝气。再如，《更漏子·玉炉香》一词化用了"秋雨梧桐"这一经典意象，"一叶叶，一声声。空阶滴到明"亦是广受赞誉。清人谢章铤

《赌棋山庄词话》卷八评此句"语弥淡，情弥苦，非奇丽为佳者矣"①。该句的意蕴乃是取自南朝何逊的"夜雨滴空阶，晓灯暗离室"（《临行与故游夜别》）。只是温词青出于蓝而胜于蓝，巧用两个叠词更微妙而精准地传达出女子彻夜难眠的孤寂。

韦庄词作中对前人诗句的扩写并不多，表现手法也较单一。其词句"遇酒且呵呵，人生能几何"（《菩萨蛮·劝君今夜须沉醉》）、"笑呵呵，长道人生能几何"（《天仙子·深夜归来长酩酊》），都是从曹操《短歌行》"对酒当歌，人生几何"扩写而来，用"呵呵"的语气词代替"歌"，在不言之中给人豁达恣意之感。"千山万水不曾行，魂梦欲教何处见"（《木兰花·独上小楼春欲暮》）化自沈约《别范安成》"梦中不识路，何以慰相思"，李冰若评韦词"'千山''梦魂'二语，荡气回肠，声哀情苦"②。

### （三）成句反用

成句反用是对前人诗句反其意而用之。一方面，反映了学习者的灵活运用，往往通过逆向思维可见出新意；另一方面，通过对原诗语意的反转，可形成一种强烈的反差和对比，使诗意更加深刻有力，增强情感色彩。

如温词《杨柳枝·馆娃宫外邺城西》"系得王孙归意切，不关芳草绿萋萋"，反用汉淮南小山《招隐士》"王孙游兮不归，春草生兮萋萋"之意。淮南小山以草抒发愁思，又见芳草萋萋，可王孙仍是不归。温庭筠则反用其意，强调柳枝便能使游子思归心切，无关芳草。都是春物芳妍的情境，一个不归，一个思归，这种情感的对比颇有新意。白居易在《长恨歌》中描绘了一个"芙蓉如面柳如眉"的杨贵妃，脸庞像绽放的芙蓉般清透娇艳，细长的弯眉温柔秀美，楚楚动人。温庭筠深谙女性形象的塑造笔法，借鉴白诗却又反用其意，写道："芙蓉凋嫩脸，杨柳堕新眉。"（《玉胡蝶·秋风凄切伤

---

① （清）谢章铤. 赌棋山庄词话［M］//唐圭璋. 词话丛编. 北京：中华书局，1986：3421.
② 李冰若. 花间集评注［M］. 石家庄：河北教育出版社，1999：71.

离》）这句词可谓一语双关，既是写秋风萧瑟之际花残柳败，也是暗指女主人公因行客未归，如花似玉的脸已是憔悴黯淡，像凋敝的荷花；对于描眉梳妆亦是意懒心灰，任由愁眉如枯萎的杨柳。"凋""堕"二字笔力沉重，将女子的离愁别绪写得凄婉缠绵。白诗塑造的美好形象与温词形成了鲜明的反差，色调、情景、词韵都给人一种新鲜感。温词《杨柳枝·织锦机边莺语频》"寒门三月犹萧索，纵有垂杨未觉春"，反用王之涣《凉州词》："羌笛何须怨杨柳，春风不度玉门关。"王诗讲边关是春风不到之处，所以见不到春日风光。温词则写在杨柳春风的场景中思妇仍感受不到春天的温暖，因为丈夫戍边，夫妻分离。温词对春日情境的反用更衬托出离别的伤感。韦庄《清平乐·野花芳草》中女主人公丈夫远行，独守空闺，面对柳绿莺啼的大好春光只能空叹红颜暗老，因而"罗带悔结同心"，此句反用南朝萧衍《有所思》中有"腰中双绮带，梦为同心结"一句。韦庄以一个"悔"字，正话反说，显现出女子对丈夫更深沉真挚的爱意，用语浅直、耐人寻味。

### （四）句式模仿

句式模仿，是指对前人诗歌中有鲜明特征的句式进行效仿。词人会有意保留原句框架，并替换原诗中的某些意象或语词，令人产生似曾相识的亲切感的同时，又有一种新鲜感。

如韦庄《天仙子》前两句"金似衣裳玉似身，眼如秋水鬓如云"，模仿了李白《清平调》："云想衣裳花想容。"李诗以云比喻衣裳，以花比喻女子容貌。而韦词首句以金比作衣裳，以玉比作身；次句以秋水喻眼眸，以云喻女子鬓发。韦庄借用了李诗的句式，连用四个比喻描摹刻画天仙的美貌。喻词"似""如"运用恰当，但相较于李白所用"想"字的艺术感染力，则未免流于浅俗。温庭筠《菩萨蛮·水精帘里颇黎枕》首句，效仿了李商隐"水纹簟上琥珀枕"（《偶题二首》）一句。该句式的特点是两个意象的并列或叠加，中间以方位词连接。"水精帘"对"水纹簟"，"颇黎枕"对"琥珀枕"，闺阁场景极其相似又实有不同，可见温庭筠在继承中亦有意求新。韦庄"弄珠江上碧萋萋"（《浣溪沙·绿树藏莺莺正啼》）也与此句式相似，只是采用的意象不同，意境更为凄清。韦词《菩萨蛮·人人尽说江南好》："游人只合江南老。""只合"表示只应该，是一种设想，模仿中唐张祜《纵游淮南》："人生只合扬州死，禅智山光好墓田。"韦词以"游人"替"人生"，点出漂泊游子的身份；以"老"替"死"，体现了对江南风景的眷恋和享受，语意上更为含蓄委婉。此外，还有温词《菩萨蛮·宝函钿雀金鸂鶒》："鸾镜与花枝，此情谁得知"，用反问句表达其心事无人知晓，仿用李白《江夏行》"如今正好同欢乐，君去容华谁得知"。《更漏子·金雀钗》"知我意，感君怜"，模仿李端"君初感妾叹，妾亦感君心"（《王敬伯歌》），只是在原句基础上又稍做裁剪。《女冠子·含娇含笑》"寄语青娥伴，早求仙"，"寄语"是转告话语，模仿刘希夷《晚春》"寄语同心伴，迎春且薄妆"的句式。

总的来说，温、韦词对前人诗句的接受，从形式上看，符合了词体形式的复杂多变；从表情达意来说，不论是沿用原诗的句意，或是对原意进行延伸，还是对原意的翻用，其目的都在于使词的情韵更为饱满丰富，也更为耐人寻味。

## 二、温、韦词对前人诗歌修辞手法的接受

在传统诗歌的创作中，文人们向来讲究含蓄、凝练，追求言有尽而意无穷的艺术效果。温韦在创作时从前人诗句中借鉴了多种修辞手法，以避免抒情描写过于平铺直叙，淡然乏味。

### （一）比喻

比喻，即抓住不同事物的相似之处，用一种更形象、具体的事物来代替另一种事物。温、韦词中，运用比喻之处繁多，类型上似乎较偏爱以物来比喻与女性相关的事物。

一种是与人相关的比喻。如温、韦都擅用比喻手法描写女子的眼睛，温词《南歌子·转盼如波眼》："转盼如波眼。"用水波形容女子的媚眼，出自

曹植《洛神赋》："转眄流精，光润玉颜。"韦庄《天仙子·金似衣裳玉似身》"眼如秋水鬓如云"，秋水用来比喻女子清澈明亮的眼睛，出自李贺《唐儿歌》："骨重神寒天庙器，一双瞳仁剪秋水。"又如形容女子的鬓发，南朝无名氏乐府《读曲歌》有"双鬓如浮云"之句，温庭筠便借来，写道"鬓云欲度香腮雪"（《菩萨蛮·小山重叠金明灭》），极其软媚。写女子的容颜，韦庄"暗想玉容何所似，一枝春雪冻梅花"（《浣溪沙·惆怅梦余山月斜》），可谓清丽动人。与白居易"玉容寂寞泪阑干，梨花一枝春带雨"相比，一个是落雪春梅，一个是带雨梨花，都给人冰清玉洁之感，实有异曲同工之妙。而温庭筠笔下的女子则是"一枝春艳浓"（《定西番·海燕欲飞调羽》），袭自李白《清平调》"一枝红艳露凝香"，很是香艳。还有用"霞""月"形容女性服饰，如韦庄"霞裙月帔一群群"（《天仙子·金似衣裳玉似身》），见于孟郊"霞冠遗彩翠，月帔上空虚"（《同李益、崔放送王炼师还楼观，兼为群公先营山居》）；用雪形容女子肤色，如韦庄"皓腕凝霜雪"（《菩萨蛮·人人尽说江南好》），许是化用南朝无名氏"朱丝系腕绳，真如白雪凝"句（《双行缠》）。此外，还有诸多比喻用于形容，兹不列举。

　　一种是以物喻物的比喻。如温庭筠便写"杨柳花飘雪"（《清平乐·洛阳愁绝》），言暮春时节杨花如雪，随风飞扬。其实早在《世说新语》中，谢道韫"白雪纷纷何所似，未若柳絮因风起"一句早已道出二者的共性。这类用法还可见于唐代徐铉"吹散杨花雪满空"（《柳枝辞》）、南朝范云："昔去雪如花，今来花似雪"（《别诗》）。韦庄"隔墙梨雪又玲珑"（《浣溪沙·欲上秋千四体慵》），则写梨花同雪般玲珑剔透，应是袭自岑参"梨花千数雪，柳叶万条烟"（《送杨子》）。韦词中还有"又是玉楼花似雪"（《应天长·别来半岁音书绝》）一句，抓住雪色洁白透亮的特点，泛写花雪，以"雪"喻"花"。在两位词人的喻体中，出现的多为自然物象。最为突出的是，他们在女性形象的刻画上都下了不少心思。春花秋月、冬雪夏荷，仿佛世间美好的一切都被他们用来形容女性之美。温、韦二人运用时也紧密联系生活，因而总是贴切生动。

## （二）拟人

拟人就是把事物人格化，将本来不具备人动作和感情的事物变成和人一样能思想、有情绪的样子。这种修辞往往能给客观物象以灵性，增添物象生命的活力，同时也使诗词情感的表达细腻委婉。

一种是在花柳植物中赋予人的姿态和情感。如"柳"是春日里最常见的意象，细长柔软，像极了女子的身态。温词《杨柳枝·宜春苑外最长条》："闲袅春风伴舞腰"，将在春风中摇曳多姿的柳条比作女子的细腰，仿若在翩翩起舞，袭自白居易《杨柳枝》："叶含浓露如啼眼，枝袅轻风似舞腰。"白诗中有诸多描写柳的诗句，如"两枝杨柳小楼中，袅娜多年伴醉翁"（《别柳枝》），温庭筠则将其改为"柳丝袅娜春无力"（《菩萨蛮·玉楼明月长相忆》）。该句中以"无力"形容春的说辞还借鉴了李商隐的"东风无力百花残"（《无题》），点出暮春之时令，引起思妇的相思之苦。再如白居易诗"怯教蕉叶战，妒得柳花狂"（《裴常侍以题蔷薇架十八韵见示因广为三十韵以和之》），形容暮春时节柳絮漫天飘舞的样子。温庭筠《酒泉子·罗带惹香》"绿杨浓，芳草歇，柳花狂"，也用"狂"来形容柳絮恣肆飞舞。漫天柳花撩动了女子凄苦迷惘的情思，"狂"字正显露了女子的哀怨之深，带有十分强烈的个人情感色彩。此外，韦庄"南望去程何许？问花花不语"（《归国遥·春欲暮》）袭自唐代严恽"尽日问花花不语，为谁零落为谁开"（《落花》）。韦词中独居的女子百无聊赖，只能与"花"为伴，赋予其人的情思。望着情人离去的路，期望通过"问花"得知情人与自己相距何许，而得到的却是花的漠然不语，流露出女子内心的孤独落寞。相比严诗表达的惜春之意，韦词在情感表达上更为细腻丰富。

另一种是在禽鸟动物中赋予人的声音和姿态。韦庄"绿槐阴里黄莺语"（《应天长·绿槐阴里黄莺语》）、"莺莺语"（《河传·锦浦》），都是将黄莺的鸟啼比作人语，袭自杜牧《为人题赠二首》："绿树莺莺语，平江燕燕飞。"有的则是状其姿态，如温词《蕃女怨·万枝香雪开已遍》"细雨双燕。……画梁相见"，写飞燕双双还巢，以禽鸟和谐的景象，反衬人之孤寂，取自初唐卢照邻《长安古意》"双燕双飞绕画梁，罗纬翠被郁金香。"韦庄《归国遥·春欲晚》的"戏蝶游蜂花烂漫"，写蝴蝶和蜜蜂在空中飞舞游戏，袭自岑参《山房春事二首》："风恬日暖荡春光，戏蝶游蜂乱入房。"词中的女主人公，看着莺燕、蜂蝶成双成对，或许会想起昔日自己与情人亦是如此；同时，内心对情人的期盼或想念也会外化于眼前所见之物。因而，词中所提及的这些禽鸟动物，或莺莺笑语或嬉戏烂漫，都承载着女性幽隐深沉的情思。

### （三）借代

借代，即词人表述某一对象时，并不直接说出，而是借用与它相关的其他事物来代替。如此一来，既使表达含蓄生动，也能通过借体的某一鲜明特征，引发读者广泛的联想。

一种是以描写对象的局部特征来代替整体。比如，"眉"作为脸部重要的一部分，女子梳妆时尤要精心描画，那柔情心绪也尽显在这眉眼之间。白居易便喜欢以眉来代指美女，如"六宫粉黛无颜色"（《长恨歌》）中的"粉黛"，"翠蛾仿佛平生貌，不似昭阳寝疾时"（《李夫人》）中的"翠蛾"（亦作"翠娥"）。温、韦二人借鉴白居易，分别写下"六宫眉黛惹香愁"（《杨柳枝·金缕毵毵碧瓦沟》）、"翠娥争劝临邛酒"（《河传·春晚》）这样的词句。又如韦庄的"满楼红袖招"（《菩萨蛮·如今却忆江南乐》）中的"红袖"，本是指女子的红色衣袖，这是借与描写对象生活密切相关的事物来代指，应是取自王建的"夜市千灯照碧云，高楼红袖客纷纷"（《夜看扬州市》），代指青楼女子。一个"招"字，化静为动，仿佛看见斜倚红楼的女子挥着香袖的娇美姿态。与之相似，温庭筠的"绿窗残梦迷"（《菩萨蛮·玉楼明月长相忆》）和韦庄的"绿窗人似花"（《菩萨蛮·红楼别夜堪惆怅》）中的"绿窗"，本指女子的居室，在此借指女子本身。这是借鉴了唐代诗人李郢的"应恨客程归未得，绿窗红泪冷涓涓"（《为妻作生日寄意》）的用法。

一种是以事物颜色来借代或以描写对象的某一特性来借代。如温庭筠的"朝雨，湿愁红"（《荷叶杯·楚女欲归南浦》），应是袭自刘禹锡《黄头郎》诗："南浦芙蓉影，愁红独自垂。"句中的"红"皆是指荷花，"愁红"则是赋予荷花人的情感，衬托女主人公的愁情。温、韦词中的借代中，借体大多带有各种鲜明的色彩，如以上所提到的"绿""红""翠""粉"等。明艳亮丽的颜色描写，可以给予读者强烈的视觉冲击，特别是当它们与女性本色相关时，更能突出女子的多姿动人。以描写对象的某一特性来代替该事物的，如温庭筠《酒泉子·楚女不归》："八行书，千里梦"中，旧时信笺多每页八行，因而"八行书"也指书信。可见于北朝邢邵诗"谁能千里外，独寄八行书"（《齐韦道逊晚春宴》）。这样的借代一方面避免了书信、信笺这样常用的语词，使之产生一种陌生化效果；另一方面，"八行"与"千里"正相对应，量词的反差，放大了女子与所思对象的距离感，加深了相思之苦，这"八行书"所蕴含的情思也显得更为沉挚。

总之，温、韦词中修辞多样精彩，也远不止以上所述几点，还有夸张、双关、反问、迭字等。他们善于细致观察生活，善于从前辈诗人的作品中悉心汲取营养，更善于将直接经验与间接经验相结合，表达自己独特的情思。

## 三、温、韦词接受前人诗歌的特点

据笔者统计的数据，温、韦词对前人诗句的接受共计 110 条。其中，唐代诗句有 92 条，占比高达 83%；其他为魏晋南北朝 15 条，汉代 3 条。唐朝的接受对象中，又以白居易最多，16 次；其他诗人分别为，李白 12 次，杜甫 5 次，杜牧、李商隐各 4 次，刘禹锡、沈约各 3 次。结合数据和文本分析，可以发现，温韦词风的形成，与词体特质、时代环境和个人审美趣味密切相关。

首先，就接受类型来说，温、韦词中对前人诗句本身的接受远远多于对修辞手法的接受。这是因为在词体初兴之时，词人创作最先面对的，一是要尝试改变以往作诗的习惯，摆脱诗体的束缚；另一方面则需熟悉并运用词这种新的文学形式表情达意。虽然修辞技巧对于词人们适应词之体式、学习词体写作有重要作用，却并非最直接关键的问题。温、韦二人对前人诗句的袭用、压缩扩展，抑或句子的反用和仿写，体现的都是词人在学习填词的过程中，对如何将齐整划一的格律诗变为长短不齐的词的思考和努力。从他们接受前人诗句的篇幅来看，虽然也有对前人诗作的全篇化用，如温庭筠《杨柳枝·宜春苑外最长条》一词櫽括白居易诗《板桥路》，其词《菩萨蛮·翠翘金缕双鸂鶒》櫽括王昌龄《闺怨》诗意，但类似的现象并不多。总体上他们还是偏向于择取前人一句或两句诗进行再创作，一定程度降低了化诗入词的难度，而这也是他们尚处于词创作的摸索阶段的一种表现。

　　其次，就接受内容来说，温、韦二人词作都是以与女性相关的事物为重点接受对象，如前文所分析的女性眉眼、妆容、服饰等。即使是景致的刻画，也是以触发女性愁思为书写目的，因而他们喜欢用"花""柳""雪"这类承载了丰富意蕴的经典意象。此外，情感内蕴以女性的离愁别绪为主，形成鲜明的"花间"特色。这种现象的出现，一方面离不开词人对南朝宫体诗女性题材的借鉴、对中晚唐闺怨诗的发展，另一方面也是当时纵情享乐、歌舞寻欢的时代风气的产物。

　　再次，就接受风格而言，温、韦二人在对前人诗句的接受上体现出较为明显的差异。温庭筠所截取的语词、借鉴的意象大多本身就色彩浓丽，即使是平易的诗句，经过温庭筠的改易，最终呈现出的也是香艳绮靡；而韦庄择取的诗句大多是浅白如话，在运用时亦多是承袭原意，笔调清新舒畅，形成语词清丽，情韵深婉的风格。所以周济评此二人"飞卿，严妆也。端己，淡妆也"①，确实是极为准确的。

　　最后，从接受的诗人来说，白居易出现的频次最高。白居易诗歌明白如话、词浅意深，非常吻合词体的特点。同时，白居易虽以诗的成就最高，但他在词史上的贡献也不可忽视。作为最早写词的诗人之一，他以个人的创作实践推进了诗向词的演变。虽然温、韦二人的词作多有学习白居易，但温庭筠个人风格的绮丽鲜明足以让人忽略白诗的影响，而韦庄创作向来质朴疏

---

　　①　（清）周济. 介存斋论词杂著［M］//唐圭璋. 词话丛编. 北京：中华书局，1986：1633.

朗，明显透出取法白居易诗歌的痕迹，其风格也十分接近白诗。

　　总之，温、韦对前人诗歌的接受方式多样，他们从前人诗句中借鉴了多种修辞手法，通过有意识、有选择地汲取前人诗歌的营养，加上自身的才情和努力，他们在词的创作上取得了杰出的成就，对五代以后词的发展起了很强的推动作用。词这种文学形式，到了他们手里才真正被人们重视起来，随后的词人竞相为之，终于使词在中国古代文坛上繁荣兴盛、蔚为大观。

# 第二章

# 李煜词对前人诗歌的接受

李煜（937—978），字重光，是南唐第三代国君，故又称李后主。李煜是五代最有成就的词人，虽然其存词不过三十余首，却是首首皆属上乘。其中，他对前人诗歌的借鉴吸收也是可圈可点，李煜词对前人诗歌进行了多方面的吸收与改造，这些巧妙的浑化融合，丰富了李煜词的表达与创造，也让他在词的发展上做出了积极的贡献。本章将对李煜词对前人诗歌接受的现象进行整理、归纳，从中找出其原因与特点。

## 一、李煜词对前人诗歌文字的接受

在文字层面上，李煜词对前人诗歌的接受大致以模仿与借鉴为主。他从前人诗歌的文字中提炼精华，将前人的句式与诗意加以发展，并与自己的词句巧妙融合，注入当下的情感，形成了独特的意境，在前人诗歌的基础上有所超越。

### （一）直接套用原词句

直接将前人诗词中的原句放置到自己的作品中，其实非常考验词人的综合能力，既要对原诗的内容了然于心，又要对前人诗句进行反复斟酌，使之与自己的作品自然融合。李煜的词中，直接套用前人诗歌句子的方式并不多见。仅有两处，却都有很好的效果。如《望江南·多少恨》中的"车如流水马如龙",直接袭用了苏颋《夜宴安乐公主新宅》"车如流水马如龙,仙使高台十二重"中的上句。《采桑子·亭前春逐红英尽》"绿窗冷静芳英断,香印成灰,可奈情怀,欲睡朦胧入梦来",其中"香印成灰"四字来自冯延巳《鹊踏枝》中"香印成灰,起坐浑无绪"一句。这些诗词原句在李煜词中十分妥帖,李煜在创作中用前人的诗句构建了新的抒情情境。

### (二)改易文字成新句

为了让前人诗句更加贴合自己的作品,李煜还会对某些文字进行改动。如《渔父·浪花有意千重雪》中的"浪花有意千重雪,桃李无言一队春",下半句改自《史记·李将军列传》"桃李不言,下自成蹊"一句,将"不"字改易成"无"字,以"桃李无言"对"浪花有意",用拟人化的手法衬托词中的"渔父"形象。《玉楼春·晚妆初了明肌雪》的"春殿嫔娥鱼贯列",取自李白《越中览古》中"宫女如花满春殿"一句,同样是描写宫廷夜宴上的美人,李白用"花",李煜用"鱼",自由灵活、接续连贯的情景油然而生。《谢新恩·冉冉秋光留不住》"噰噰新雁咽寒声,愁恨年年长相似",则改用张若虚《春江花月夜》"人生代代无穷已,江月年年只相似"的下句,把"江月"替换成"愁恨",将"长"字替用"只"字,用情感直接替换物景,表达出愁绪的绵长。《浪淘沙·帘外雨潺潺》中"别时容易见时难"一句借用魏文帝曹丕《燕歌行》"别日何易会日难,山川遥远路漫漫"中的上半句表达方式,只是将文字稍做变换,意思依旧。《菩萨蛮·花明月暗笼轻雾》中的"划袜步香阶,手提金缕鞋",用唐代无名氏《醉公子》词"划袜下香阶,冤家今夜醉"中的上半句,将"下"字改为"步"字,增强了动态感,可见李煜在借鉴前人作品过程中的灵活性与创造性。

### (三)浓缩拓展变原意

为了自我表达的需要,有时需要用自己的语言重新表达前人的诗意,形成新的作品。这个过程中,有些是根据原作进行缩略,做到精简凝练;有些则在原作上进行拓展,丰富词的内涵。

1. 浓缩

有时对前人诗句进行浓缩概括，是为了适应词体长短不齐的句式要求。如《喜迁莺·晓月坠》中"啼莺散，余花乱"一句，是根据南朝谢朓《游东田》诗中"鱼戏新荷动，鸟散余花落"压缩而来；《谢新恩·庭空客散人归后》中的"小楼新月，回首自纤纤"，压缩自南朝宋诗人鲍照的《玩月城西门廨中》中的"始见西南楼，纤纤如玉钩"；《乌夜啼·无言独上西楼》中的"无言独上西楼，月如钩"，压缩自韦应物《寄李儋元锡》的"闻道欲来相问讯，西楼望月几回圆"；《浪淘沙·帘外雨潺潺》"流水落花春去也，天上人间"，压缩自张泌的《浣溪沙》"天上人间何处去，旧欢新梦觉来时"；还有《清平乐·别来春半》中的"离恨恰如春草，更行更远还生"，压缩自杜牧《题安州浮云寺楼寄湖州张郎中》中的"恨如春草多，事与孤鸿去"一句，等等。这些为适应词体需要而进行的浓缩，可以让人更直观地感觉到诗与词之间不同的节奏韵律。相较于诗而言，词能够呈现更加深曲、空灵的情思和韵致。

还有一种浓缩方式是把前人作品中的多句诗句凝练成一句。这更需要词人有着丰富的提炼技巧和概括能力，如《望江南·多少恨》中的"花月正春风"，压缩自唐代诗人王勃《山扉夜尘》的"林塘花月下，别似一家春"，抓住"花月"与"春"，营造氛围。《浪淘沙·往事只堪哀》中的"金锁已沉埋"，压缩自唐代诗人刘禹锡的《西塞山怀古诗》"千寻铁锁沉江底，一片降幡出石头"，仅仅五字，更干脆利落。还有《捣练子令·深院静》中的"断续寒砧断续风"，压缩自杜甫《客旧馆》中的"风幔何时卷，寒砧昨夜声"；《望江南·闲梦远》中的"千里江山寒色远"，压缩自唐代诗人宋之问《题张老松树》中的"日落西山阴，众草起寒色"；《蝶恋花·遥夜亭皋闲信步》中的"桃李依依春暗度"，压缩自唐代诗人赵嘏的《昔昔盐》"远期难可托，桃李自依依"；等等。这都是将其两句中出现的一系列意象浓缩在一句之中，让词作更加凝实。又如《清平乐·别来春半》"路遥归梦难成"，压缩自唐代诗人孟郊的《再下第》"一夕九起嗟，梦短不到家"，"归梦难成"，只因路长梦短，失落与愁绪尽在词中喷涌而出。

　　浓缩与凝练的接受方式在很大程度上保留了原作品中的核心词句，承袭了原有的意蕴。李煜在构建其词的整体意境时，能够将前人的诗意妥帖地包蕴在自己的创造中，可见其独特的匠心与功力。

　　2. 拓展

　　除了对前人诗歌原句的压缩，李煜在创作时也会对前人诗歌的句子进行拓展，对其中的意象、情境进行展开式的描写。如把李白《春夜宴桃李园序》中的"浮生若梦，为欢几何"，拓展成《乌夜啼·昨夜风兼雨》中的"世事漫随流水，算来一梦浮生"，把"浮生"与"梦"作为词眼。李白是以强烈的情感来显示鲜明个性，李煜则是坦诚、直率地抒发人生慨叹。李煜把吴融的《浙东筵上有寄》"眼色相当语不传"一句，拓展成《菩萨蛮·铜簧韵脆锵寒竹》中的"眼色暗相勾，秋波横欲流"；将李白《赠别舍人弟台卿之江南》中的"梧桐落金井，一叶飞银床"，拓展成"辘轳金井梧桐晚，几树惊秋"（《采桑子·辘轳金井梧桐晚》）。白居易《夜入瞿塘峡》的"欲识愁多少，高于滟滪滩"，被拓展成《虞美人》中的"问君能有几多愁，恰似一江春水向东流"，这两首作品皆是采用设问形式自问自答，分别用水流的状态对应了心中的愁绪。此外，李煜将张若虚《春江花月夜》的"谁家今夜扁舟子，何处相思明月楼"，拓展成"芦花深处泊孤舟，笛在月明楼"（《望江南·闲梦远》），在原诗的基础上增加了"芦花""笛"的意象，用"孤"字将景物的孤寂与人的落寞结合在一起，奠定了全词寂寞悲凉的基调。又如杜甫《曲江对雨》中的"林花着雨胭脂湿"一句，被拓展成了"林花谢了春红，太匆匆。无奈朝来寒雨晚来风。胭脂泪"（《相见欢·林花谢了春红》）这样的大片景色描写，其中意象都被拆分细化，画面感上更显突出。

　　以上这三个层面可以看出李煜如何接受前人诗歌，从字面承袭到字面改变，其融合度有着高度的统一，不会令人生出格格不入之感，李煜对前人诗歌的接受都使得其词作内涵更加丰富、深厚。

## 二、李煜词对前人诗歌意象的接受

意象是融入诗人思想感情的物象，是赋有某种特殊意蕴的形象。李煜词中的意象主要分自然意象和人文意象两大类，他词中的许多意象大都来自前人诗歌，但在接受过程中被赋予了更深刻的内涵，呈现出一定的规律性和艺术性。

### （一）自然意象的化用

自然意象指取自大自然的借以寄托情思的物象，它们在诗中以"景"的样貌出现，与情呼应。李煜多次化用前人诗中的自然意象，如《渔父》词两首中的描写"一壶酒，一竿身，世上如侬有几人""一棹春风一叶舟，一轮茧缕一轻钩"，化用了柳宗元《江雪》诗中的意境，同时也保留了"钓竿""舟"等自然意象。又如化用李白《襄阳曲》中的"江城回渌水，花月使人迷"一句，写出了《望江南》里"花月正春风"这样的词句，利用花和月这样美好的事物和景色，构建了一个春风徐来，游玩赏月的抒情场景。元稹《生春》诗中"何处春生早，春生柳眼中"一句，写出了柳树在春天里的特定地位，它是报春的使者，最早发现春天的脚步。李煜化之为"风回小院庭芜绿，柳眼春相续"（《虞美人·风回小院庭芜绿》），同样通过柳树描写构建了春日生机勃勃的情境。李煜在描写蝴蝶时，亦化用了前人诗中的一些描写，其《临江仙》中的"蝶翻金粉双飞"，化用了李商隐《咏蝶》诗中"重傅秦台粉，轻涂汉殿金"，用"金粉"代指蝴蝶，在语言上也多了几分繁华绮丽之感。

李煜词中多有关于"水"的意象的描写。前代很多诗人借助"水"这一鲜明生动的意象来表现离愁，如李白的《远别离》中的"海水直下万里深，谁人不言此离苦"、刘禹锡《竹枝词》中的"水流无限似侬愁"、李顾《雨夜呈长官》中的"请量东海水，看取浅深愁"等，都以水喻愁，将自然界的永恒与美好同生命的无常与悲凉对比，显示出愁思的绵延不绝。李煜也是借助水的意象写出了"九曲寒波不泝流"（《采桑子》）、"世事漫随流水"（《乌夜啼》）、"自是人生长恨水长东"（《相见欢》）这些脍炙人口、千古传诵的佳句。除此之外，李煜词中对"落花"的刻画也值得注意，这是从其父亲李璟的词中得以灵感，李璟的"风里落花谁是主"（《浣溪沙·手卷真珠上玉钩》）、"惆怅落花风不定"（《应天长·一钩初月临妆镜》）、"菡萏香销翠叶残"（《摊破浣溪沙》）等，将落花零落成泥的命运与人生的孤苦无依相结合。李煜则依据落花的意象，写出了"余花乱"（《喜迁莺·晓月坠》）、"亭前春逐红英尽"（《采桑子》）、"流水落花春去也"（《浪淘沙·帘外雨潺潺》）等词句，在李煜的忧思凝虑间同样可以看到其父"人生本自多愁"的人生态度。此外，李煜在李白《秋浦歌》的"白发三千丈，缘愁似个长"中找到了以麻丝喻离愁的灵感，化成其《相见欢》中的"剪不断，理还乱，是离愁"，此句饱含了他在人生中的烦乱挣扎，用"剪"和"理"两个动词表现他想要将这愁绪驱离的迫切之情。但剪也剪不断，理之还愈乱，接而长叹"是离愁"，用一种百味丛生的"认命感"来掩饰难捱的离愁。后半句"别是一般滋味在心头"在补充之余，却又并不道破，不说破便留下了无尽的想象空间，令人对其不幸境遇产生同情之感，在不言之中达到传情达意的绝妙效果。

有时李煜对前人诗歌的化用是看不出明显的痕迹的，这就需要结合具体的诗词意象以及上下文才可以看出端倪。如《柳枝》词中的"多见长条似相识，强垂烟穗拂人头"，整句暗用了南朝梁元帝《绿柳》诗的"长条垂拂地，轻花上逐风"的表达方式，"长条"一词既指垂柳，又是女主人公自称，虽吟诵对象有些区别，但在表达方式上都尽显多情。又如白居易的一首《长恨歌》中的"行宫见月伤心色，夜雨闻铃肠断声""天长地久有时尽，此恨绵绵无绝期"，就分别被李煜《望江南》中"心事莫将和泪说，肠断更无疑"，《临江仙》中"炉香闲袅凤凰儿，空持罗带，回首恨依依"所暗用，原诗中深远的意境与深厚的情感被李煜很好地化用重铸，进行创造性的改编，从而在前人之诗与自己的作品中找到完美的契合点，体现出李煜创作的高度灵活性。

### （二）人文意象的化用

诗人的创作往往会受环境的影响，人文意象就是和人的情感和行为活动相关的意象。从前人的许多词作中可以看到，"人文意象中的更漏、角声等更多地是与残月、星河等自然意象联系在一起"①。这样的结合，使意象的表现空间得到延伸。李煜在词作中也会化用这些人文意象，例如，《阮郎归》的"落花狼藉酒阑珊"，化用了白居易《咏怀》诗的"诗情酒兴渐阑珊"，保留了"阑珊"这一语词，意指落花狼藉，又暗指人生短促，这种由自然风光过渡到人生起伏的思考，正如杨海明先生所说的那样："只有真正具备哲人眼光与诗人气质的人，才会敏锐、深刻地感悟到渐变与突变、量变与质变之间的微妙关系与必然联系。"② 又如李煜化用了李白的《怨情》诗中"美人卷珠帘，深坐颦蛾眉"，写出了"澹澹衫儿薄薄罗，轻颦双黛螺"（《长相思·云一䌽》）的词句，将美人双眉微皱、不欲明言的幽怨，表现得极具风神。李煜《谢新恩》中的"樱花落尽阶前月，象床愁倚熏笼。远似去年今日、恨还同"，化用了白居易《宫词》中的"红颜未老恩先断，斜倚熏笼坐到明"，表现其百转回肠的情绪，将"月"与"床"相对应，直至"天明"，注重取其意而不是取其词句，增加"去年今日"，无形间又扩大了时空感。

唐五代的词大都情致缠绵，吐属清华，有很多是对往事的追忆和想象，李煜的词也并不例外。白居易的《忆江南》中有："日出江花红胜火，春来江水绿如蓝，能不忆江南？"李煜将之化作"船上管弦江面渌"（《望江梅》）；韦庄的《菩萨蛮》中有"如今却忆江南乐，当时年少春衫薄"，李煜将之化作"闲梦远，南国正方春"（《望江南》）；温庭筠《望江南·梳洗罢》中有"肠断白苹洲"，李煜将之化作"肠断更无疑"（《望江南·多少泪》）

---

① 刘尊明，李志丽. 唐五代词中的"小夜曲"——《更漏子》［J］. 深圳大学学报（人文社会科学版），2011，28（4）：113-118.

② 杨海明. 杨海明词学文集（第七册）：唐宋词与人生［M］. 镇江：江苏大学出版社，2010：36.

等，这些作品概括了今时与往日，以实景衬梦境，在特定的江南地理环境中让现实与梦想形成了强有力的冲击感，词尽而意未尽。

李煜有时还会对前人诗歌进行反向化用，即对词句语意进行整体的翻转。例如，刘禹锡《和乐天·春词》诗中是"新妆宜面下朱楼，深锁春光一院愁"，在李煜的《阮郎归》中却是"佩声悄，晚妆残，凭谁整翠鬟"。刘禹锡词中的思妇"整装"翘首以待，由暗暗期待变成满心失望，幽深的庭院，令人更加寂寞。李煜词中虽不曾言"愁"，但是以"残妆"形象出现的闺妇凝聚着一股极为强烈的无奈之情。两种形象，以不同的样貌和心境在等待，却都是由"希望"向"绝望"之间的转化。

## 三、李煜词对前人诗歌接受的超越

李煜词在对前人诗歌的学习与借鉴中，将诗歌言志抒怀的传统引进到了词体之中，改变了以往"词为艳科"的狭窄路径，他在词中书写了他这一生的坎坷与慨叹，所以王国维在《人间词话》中说："词至李后主而眼界始大，感慨遂深，遂变伶工之词而为士大夫之词。"[1]

### （一）抒情的主体性

自李煜开始，词中出现了一种男性的抒怀视角，将词的情感世界延伸到了对人生命运的感受与体味，这就是王兆鹏在《唐宋词史论》中所说的："李煜继起之后，词世界里才出现了一位独具个性生命的男性形象。"[2]

比较在李煜之前词人的词作，我们可以发现，大多数词作主要以女性视角表现出一种阴柔美，书写妇女独处深闺的寂寞。词的脂粉味道太过于浓

---

[1]　（清）况周颐，王国维．蕙风词话　人间词话［M］．北京：人民文学出版社，1982：197．

[2]　王兆鹏．唐宋词史论［M］．北京：人民文学出版社，2003：59．

烈，词人的内心世界通常只是单一地对爱情苦闷的表达。如韦庄《浣溪沙》"夜夜相思更漏残，伤心明月凭阑干，想君思我锦衾寒"；薛绍蕴《小重山》"思君切，罗幌暗尘生"；冯延巳《鹊踏枝》"可惜旧欢携手地，思量一夕成憔悴"；等等，这些词句传达着因"落单"而受冷落的"孤独"。而李煜将词的选材范围从庭院闺阁转向了社会人生。他的"赤子之心"就是一种纯真的人生态度，在面对孤独时，他在反复斟酌、品味其中苦涩，独自黯然销魂，如《虞美人》中的"凭栏半日无言"、《望江南》中的"心事莫将和泪说，风笙休向泪时吹"、《乌夜啼》中的"无言独上西楼"。李煜只是用简单白描，通过不加藻饰的笔触，就能深刻地表达出自己无依无靠的伶仃之感，表现他身为阶下囚时的愁恨哀恸，这种率真与诚挚，都是词人自己的真情流露。

李煜词中的主体性还体现在他描摹爱情时的坦诚与浪漫。唐五代的诗人在作品中表现爱情的时候，往往会选择用象征、比喻的手法进行勾勒，如李商隐《无题》的"扇裁月魄羞难掩，车走雷声语未通"，温庭筠《菩萨蛮》的"夜来皓月才当午，重帘悄悄无人语"等，都是以景语和物语的糅合来渲染词境，形成一种半明半隐的抒情手法。而李煜的《菩萨蛮·花明月暗笼轻雾》等词，虽然是借女子口吻写出，但是其中的真切情意在生动的"戏剧镜头"下一览无余：深夜薄雾起，只有一轮明月成为唯一的光源，女子提着鞋，赤足向等待中的情郎奔去。词中所呈现的人物的行动、语言和情态，毫无做作之嫌。这般以其自身经历入词，大胆直率地直面描写幽会的全过程，尽情叙写了他的内心世界。

### （二）以小见大的时空观

杜甫的《茅屋为秋风所破歌》写自己身在漏着雨的茅草屋中，却发出"安得广厦千万间，大庇天下寒士俱欢颜"的呼声，这样一种"以小见大"的时空观，在李煜的词中亦有呈现。以李煜词中频繁出现的"小楼"为例，"小楼"并不仅是作为一个建筑物的形象，还是在空间范围上表达出的狭小之感。这种现实里的"小楼"被词人放置在巨大的时空之中，暗示着李煜面对现实时的惨白无力。在汴京时期，他曾表示"秋风庭院藓侵阶，一桁珠帘闲不卷"（《浪淘沙·往事只堪哀》），小楼里外场景呼应：台阶上苔藓横生，厅堂内久无客迎，以现实场景的叙写表达出被囚禁日子的凄凉苦楚。他的《临江仙》"子规啼月小楼西，门巷寂寥人去后，望残烟草低迷"以"小楼"为中心对四周环境进行描写，听觉内有"子规啼"，视觉上有"残烟"，感觉上有"寂寥"，这座"小楼"已经是一个悲哀的象征。它既是词人日复一日的幽闭环境，又是他被束缚住的心绪写照。和"小楼"相呼应的则是"无限江山""三千里地山河"，那是记忆中的时空，在这种以小见大的对比中，呈现的是关乎词人人生的强烈悲剧色彩。

紧接着，李煜的笔触还由个人的悲哀转向了人生的思考。这是他人生中忧患意识的高度体现。"流水落花春去也，天上人间"（《浪淘沙》），他身置于牢笼似的阁楼之中，却抬眼看见无限江山，对着"天上人间"，他把自己的遗憾和悔恨倾泻得淋漓尽致。这种以小见大，将个人的悲哀命运推及到了生命思考，让饱含悲剧意味的画面有着震撼人心的力量。"问君能有几多愁，恰似一江春水向东流"的悲慨中，李煜把个人的身世、故国的缅怀、人生的慨叹都交织在一起，把小楼、江南、天上人间这些不同时空的意象又聚拢作一团，从中找寻自我的归属感。在这种独特的时空观中，李煜的情感显得悲哀而豪壮。

李煜对前人诗歌的借鉴，是他进行创作时的一种手段，更重要的是词人本身所具有的文化素质、人生经历和创造力，使他有了一把对前人诗歌进行改造的利刃，通过合理化的承袭以及有针对性的加工重铸，让他的创作在艺术上取得了更杰出的成就。在历史上，李煜或是个"亡国之君"，但是在词史上，他却是当之无愧的"词中之帝"。

# 第三章

# 晏殊词对前人诗歌的接受

　　纵观词史，经历了花间、南唐之发展，至宋立国百余年，未见大家。宋初有潘阆、林逋、钱惟演等人作词，然留存甚少，不可成集，宋代流传后世的第一部词集是晏殊的《珠玉词》，晏殊被视为北宋词坛的首位大家，亦被称为"北宋倚声家初祖"。他是宋词繁盛之先导，亦成为宋代词风渐变之先驱。除了词之整体风格的承袭，就其文本而言，有大量对前人诗歌的接受与借鉴。文学创作中借鉴前人作品是文学演进之必然，接受前人诗歌入词的现象在宋初词人的创作中已经有所呈现，但是直至晏殊方有大量借鉴前人诗歌的例子。虽然"以诗入词"的实现并非特定词人之功，但晏殊以大量的创作实践推动着这一风尚的形成，引导宋词走上了更为繁盛的道路。

## 一、晏殊词接受前人诗歌的方式

　　《珠玉词》中可以在前人诗歌中寻找渊源者有 90 余处，接受方式各异，本章将以借用、化用、合用三个角度来探讨晏殊词对前人诗歌的接受，通过接受方式与技巧的逐渐复杂，揭示晏殊词如何吸收前人作品的精华，并加以独特的艺术创造。

### （一）借用诗句

　　接受方式中最为浅近的层次是字面上的接受，包括对前人诗句的直接袭用，或对某些字句灵活地加以改易，或者从前人诗句中截取精华语词运用到自己的作品之中，这一类借鉴在晏殊词中较为常见，晏殊本人也较为恰当地使用了这些素材，其借鉴与再创作的过程中不乏佳作出现。

1. 袭用成句

直接袭用原句的接受方式在诗词创作中经常出现，但是这种接受方式并不容易使用，前人成句往往会限制作者的自我发挥，然而在使用成句时若能巧妙将前人佳处与自身作品融为一体，则能提升作品的整体意趣。晏殊词中袭用成句的作品虽不多，却能将成句恰到好处地融入自己的创作之中，利用前人佳句实现自我表达，实现情感的融合，营造作品独特的艺术魅力。如其《秋蕊香·向晓雪花呈瑞》一词，"今朝有酒今朝醉，遮莫更长无睡"，取罗隐《自遣》之"今朝有酒今朝醉"，表达一种在人生得失面前放歌纵酒、及时行乐的人生态度。而其《喜迁莺·花不尽》一词则袭用了杜牧的"觥船一棹百分空"，以醉后凡事皆空的思想来表达对友人的劝慰态度。这些作品所表达的内容与情感与原作有着相通之处，因此借鉴之时不需变动，只要合理安排便能在新作中恰当使用。

晏殊的经典作品《浣溪沙》是袭用成句这一接受方式的典型代表：

一曲新词酒一杯。去年天气旧亭台。夕阳西下几时回。　　　无可奈何花落去，似曾相识燕归来。小园香径独徘徊。

"去年天气旧亭台"一句取自郑谷《和知己秋日伤怀》，原诗为：

流水歌声共不回，去年天气旧亭台。
良辰寂寞燕归去，黄蜀葵花一朵开。

郑谷诗描述着秋日与知己共处时的景象，流水伴随着歌声，而时光如流水般逝去，燕归去与黄花开也都代表着时光的变迁，在时光中没有变的唯有去年天气与旧亭台，而去年未变的景象与眼下自己的境况成为鲜明对比，物是人非的感慨自然而然就涌现出来。而晏殊对"去年天气旧亭台"这一诗句的使用则利用了与原作相似的情景，词中"一曲新词酒一杯"同样是描述作者当下的行为与所处情境，而"去年天气旧亭台"则是不变的环境，这样强烈的对比也在营造"物是人非"的体验，"夕阳西下几时回"则接着这种体验延伸出对时光流逝的慨叹。两首作品有着共通的情感，在相似的情绪体验中又使用着相似的表达方式，因此这一成句的使用在晏词中并不突兀，反而融合得恰到好处，浑然天成。

同样袭用成句的还有其《采桑子·阳和二月芳菲遍》一词中"免使繁红，一片西飞一片东"，来自王建《宫词一百首》之第九十首"树头树底觅残红，一片西飞一片东"。原作生动形象地描绘出落花的姿态，两作虽然有着不同的语境，但晏词将前人成句较为自然地融入其词的意境中。

2. 改易字句

词之文体有着很多限制，因此在袭用前人诗句时，往往难以直接使用原句。词人在取材诗歌整句时，会对原句进行增减与改易，以适应词的形式。晏殊的《浣溪沙·一向年光有限身》与《玉楼春·帘旌浪卷金泥凤》都有"不如怜取眼前人"一句，这句词来自元稹《莺莺传》中所载《告绝》诗中的一句"还将旧来意，怜取眼前人"，词中就诗歌下句增加"不如"两个字，加强了词中所表达的珍惜当下的情感。晏殊词就原诗增减字句的还有《清平乐·红笺小字》中的"人面不知何处，绿波依旧东流"，将崔护的《题都城南庄》"人面不知何处去"减去末字，在不改诗句原意的情况下，使之符合词的格式。《酒泉子·春色初来》的"劝君莫惜缕金衣"，则是袭用唐代无名氏"劝君莫惜金缕衣"的诗句，只是调换了"金缕"二字的顺序，没有改变诗句原意，但是更为符合词的韵律要求。

在对前人诗句的直接接受中，除了对诗句的增减，还需要依照情况对字句进行适当改易，如《喜迁莺·花不尽》中"朱弦悄，知音少，天若有情应老"一句，将李贺的诗句"天若有情天亦老"减去"天"字，并将"亦"改为"应"，这样的变动不会改变原诗内涵，却凸显了新词所要表达的对时光无情的悲慨。而《玉楼春·鸿雁过后莺归去》中的"长于春梦几多时，散似秋云无觅处"，来自白居易的《花非花》"来如春梦几多时，去似朝云无觅处"，虽然整体袭用了白诗，但是经过改易使得旨意有所不同，白诗意为，作为个体的人的来去如"春梦""朝云"一般飘渺不定，而晏殊词同样也是怀人之作，但是词中将人的年华与"春梦"做短长的比较，把人的聚散比作"秋云"，将对个体的人的来去升华为对整体人生问题的思考，将原诗的缥缈意境与自身的人生思考结合，表达了更为丰富的内涵。

3. 截取语词

字面接受更为常见的是对诗句经典语词的截取，用前人创作中形成的经典语词、短语、典故来完善自己的作品。晏殊词中使用了大量的前人语典，如《秋蕊黄》"何人剪碎天边桂"中"天边桂"一词，从黄滔《贻张蠙》"惆怅天边桂，谁教岁岁香"一句中拈出。晏殊词中多用"急管繁弦"一词，取自白居易《忆旧游》的"修蛾慢脸灯下醉，急管繁弦头上催"。

而一些语词在原作中作为经典表达有着独特的意义或情感，在借鉴中可以通过使用这些独特词语实现情感的迁移。其《山亭柳·家住西秦》有"数年往来咸京道，残杯冷炙漫销魂"，"残杯"与"冷炙"二词取自杜甫《奉赠韦左丞丈二十二韵》的"残杯与冷炙，到处潜悲辛"，原句用"残杯冷炙"表达寄处权贵门下的悲辛处境，而晏殊词是赠歌者之作，也用此表达歌女在咸京道中往来依托权贵生活的悲惨处境，通过使用前人经典语词实现情感的共鸣。而《破阵子·海上蟠桃易熟》中有"唯有擘钗分钿侣，离别常多会面难"一句，其"擘钗""分钿"取自白居易《长恨歌》"钗留一股合一扇，钗擘黄金合分钿"，原诗以"擘钗分钿"表现了爱情的坚贞与分别的境况，同样的情景中，晏殊词也选取了这一经典的意象，用来表现眷侣临别时的悲苦。

除了在一句词中使用截取语词的用法，晏殊词中也有在一首词的不同词句中使用前人语词的现象。如《渔家傲·楚国细腰元自瘦》中的"风满袖。西池月上人归后"，"风满袖"一词截取自冯延巳《鹊踏枝》的"独立小楼风满袖"，而"人归后"则取自这首词的"平林新月人归后"一句。又如晏殊词中《玉堂春》"宝马香车、欲傍西池看，触处杨花满袖风"，"宝马香车"来自沈佺期的《上巳日祓禊渭滨应制》"宝马香车清渭滨"，"触处杨花"一词则取自白居易的《春尽日宴罢感事独吟》"闲听莺语移时立，思逐杨花触处飞"，两首作品皆是描写春景，晏殊词借用了其中的经典意象构建了新的春日抒怀的场景。

### （二）化用句意

对前人诗歌的袭用、改写或者截取的接受浅显而直接，对原句的改动不大，而化用则是这一基础上更深入的改造，通过对原句的再创作形成新的语句，用以构建词人自我的词境与情感世界。化用诗句不仅仅是语句上的增删改易，而是提炼前人诗句核心意蕴并加以改造，这更需要作者的原创能力。

#### 1. 压缩

压缩即是对诗句进行提炼浓缩，因为诗词体式的差异，对诗句的压缩能够更适用于词体的要求。如《踏莎行·碧海无波》"绮席凝尘"，概括自江淹的诗句"绮席生浮埃"。《瑞鹧鸪·咏红梅》"前溪昨夜深深雪"，概括自齐己《早梅》"前村深雪里，昨夜一枝开"。这样的压缩很大程度上保留着原句的意象与内涵，又使其符合词的形式与美感。

压缩并非只是对于一句诗歌的浓缩概括，有时也会对整首诗歌进行压缩。晏殊的《诉衷情》有"恼他香阁浓睡，撩乱有啼莺"两句，压缩自唐金昌绪的《春怨》一诗："打起黄莺儿，莫教枝上啼。啼时惊妾梦，不得到辽西。"原诗是典型的征人思妇题材的作品，思妇希望在梦中与征人相会，因此追打啼叫的黄莺，语言直白而感情真切，而词中的女子则是浓睡不起，在宿妆不整之时恼怒莺声。虽然是化用前人的情境，写相同的莺声惊梦生恼，词的情感表达含蓄委婉，语言较之原作的直白也更为优雅清丽。

压缩改造前人诗句的目的是利用前人作品构建词的意境与美感。如将白居易《长恨歌》中"秋雨梧桐叶落时"压缩为"梧桐夜雨"（《撼庭秋·别来音信千里》），原句本身是白居易的经典创造，构建了一种凄楚情境，而晏殊词对其提炼压缩保留了这一情境的核心内涵，读者自然地对这一情境和其中蕴含的情感心领神会。又如《踏莎行·祖席离歌》的"居人匹马映林嘶，行人去棹依波转"，提炼自江淹《别赋》的"居人愁卧，怳若有亡""舟凝滞于水滨，车逶迟于山侧。棹容与而讵前，马寒鸣而不息"，将原作之长句铺叙凝练为两句词句，使用原作的意象与意蕴书写词人自身的离愁。这样的压缩足够精炼，而又保留着原作的基本意象与内涵，也更见词人的创造。

2. 拓展

拓展也是通过对前人诗歌的改造使其适应词的形式，但不是对原作的压缩提炼，而是对其进行扩充、延伸，使其适宜于词的语言与意境。如晏殊的《凤衔杯》"可惜良辰好景欢娱地"，取自杜甫《可惜》诗"可惜欢娱地"一句，晏词将杜甫的五言诗句进行了扩充，不仅符合了词的格式韵律，并且以"良辰好景"四字对"欢娱地"做了进一步的描述，强化了眼前欢娱与年岁增长的对比，深化了作品中的悲切之情。此外，《殢人娇》的"二月春风，正是杨花满路"，拓展自庾信《春赋》的"二月杨花满路飞"，在并未改变原意的情况下，将其改为词的长短句来描写春景。又如《鹊踏枝·紫府群仙名籍秘》中有"谁信壶中，别有笙歌地"，拓展自李商隐《赠白道者》的"壶中若是有天地"，这样的拓展保留着原作的基本意义，也更符合词的形式与意境。

晏殊词中拓展的用法少于压缩诗歌原句，但是能够通过拓展创造出词的语言，构建适宜的词境，晏殊的创造之功也在其中可见一二。如"念兰堂红烛，心长焰短，向人垂泪"（《撼庭秋·别来音信千里》），明显化用自杜牧的"蜡烛有心还惜别，替人垂泪到天明"，相较于原作，晏殊词增添了细节描写与意象扩充，让离别情境更为具体生动，也更缠绵悱恻，情味悠长。又如《望汉月》"年年岁岁好时节。怎奈向，有人离别"，化用自唐人柳氏《杨柳枝》的"可恨年年赠离别"，原句表达直白，而词中拆为三句，重诉离别情绪，相较于原作"恨"的强烈情绪，词的"怎奈向"则是无奈与黯然，所表达的情绪也更为婉转曲折。

3. 反用诗句

晏殊词对前人句意的化用不仅仅是对句意的承袭，也有扭转原句而出新的现象。如陶穀《风光好》有"安得鸾胶续断弦"一句，表达了旧情难续的感叹，同样是对"鸾胶续弦"的使用，晏殊《红窗听》则以"此心终拟，觅鸾弦重续"，表达了女子追求爱情的坚定。又如《渔家傲·鸥鹭谩来窥品格》"烟水隔，无人说似长相忆"，化用自元稹《寄赠薛涛》"别后相思隔烟水"，元稹书写分别后远隔烟水的思念，而晏殊词则以"无人"再说相思，加深了分别的痛苦，而阻断交往的正是远隔的烟水，传达出更为悲凉无奈的情绪，其情绪渲染更胜于原作。其《清平乐·秋光向晚》"暮去朝来即老，人生不饮何为"，则是化用自王建《江南三台》之三"朝愁暮愁即老，百年几度三台"，同样是写人生短暂，原诗叹息岁月的易逝，而晏殊词中则翻以及时行乐的态度来开解劝慰。反用诗句的使用在晏殊词中较少，究其本质是以否定的形式实现对前人诗歌的化用，通过翻转来抒发别样的感情，表达词人自己的态度。

### （三）合用诗句

合用是通过改写两个或两个以上不同的诗句，组合成新的词句。这样的改造较袭用与化用更为复杂，不仅需要作者对前人诗歌非常熟悉，更考验作者将两种不同作品融合于一起的能力。如晏殊的《踏莎行·小径红稀》有"翠叶藏莺，朱帘隔燕"，分别取自杜甫《陪郑广文游何将军山林》的"接叶暗藏莺"与李珣《菩萨蛮》的"隔帘微雨燕双飞"，所取材的两首作品从文体、格式乃至内涵都不相同，而在晏词中不仅对两句诗词进行了精妙的压缩，而且对仗工整，意境浑然。《拂霓裳》中有"星霜催绿鬓，风露损朱颜"，合用了白居易《岁晚旅望》的"朝来暮去星霜换"与吴均《和萧洗马子显古意》的"绿鬓愁中减，红颜啼里灭"，将两首诗歌的核心意象紧密连缀在一起，给读者带来时光催人的感受。此外《喜迁莺》的"脸霞轻，翠眉重"，合用韩偓《咏手》的"向镜轻匀亲脸霞"与温庭筠《更漏子》"翠眉薄"；《清平乐·春花秋草》中的"兔走乌飞不住，百年几度三台"，合用了韩琮的《春愁》"金乌长飞玉兔走"与王建《江南三台》之三的"人生几度三台"。在合用前人诗句中，词人需要将两句截然不同的诗歌组合到一起，做到意象、意境的贴合与统一。

有的合用不仅是针对诗句的重新组合，还在前后句中体现出对两首诗歌局部或全阕的借鉴与凝聚。如晏词《破阵子》"忆得去年今日，菊花已满东篱"，两句隐括了崔护《题都城南庄》的"去年今日此门中，人面桃花相映红"，仅用"菊花"的意象替换了"桃花"，而"东篱菊花"的出处则是陶渊明的"采菊东篱下"，以秋景替换了原作的春景，重新构建词的情境。又如《瑞鹧鸪》"江南残腊欲归时，有梅红亚雪中枝；一夜前村，闻道瑶英坼，端的千花冷未知"，上片基本上拓展自熊皎《早梅》诗的前四句"江南近腊时，已亚雪中枝；一夜开欲尽，百花犹可知"，而"一夜前村"又压缩自齐己《早梅》的"前村深雪里，昨夜一枝开"。这样的合用需要作者有足够的驾驭能力与创作能力。

## 二、晏殊词接受前人诗歌的特点

作为北宋第一位大量作词的词人，晏殊的词创作中已经展现了取法前人的风气，后来的欧阳修、苏轼、秦观乃至周邦彦等人在创作中亦大规模接受前人诗歌，而晏殊是宋人作词中接受前人诗歌的先驱。他将诗歌的语言、内容融入词中，影响着北宋词的发展道路，也使北宋词在广度与深度上远超前人。晏殊接受前人作品存在以下特点。

### （一）以单一诗句的文本接受为主

晏殊词对前人诗歌的接受方式以文本接受为主，或直接袭用原句、语典，或化用、反用前人诗句的句意，或是对数种技巧的综合运用，前文皆有论述。就其接受对象而言，往往是前人独立的诗句，其接受中不管是句子的承袭、化用或者语词的截取，其接受的基础是前人诗歌中的单一诗句，而对前人诗歌整体接受的现象极少。晏殊词中对所接受素材的处理也较为简单直接，其对原句或语词的承袭是直接的照搬，而其对前人诗句的化用或反用亦是建立在对诗句的原本意义的接受上，其词中有对前人整篇作品的接受，却是将前人诗歌进行压缩成为简短词句，而非词作整篇的接受。尽管晏殊在对接受对象的处理中有着独特的创造，但是就其整体的接受技巧而言，相较于后世周邦彦等词人的檃括技巧与熔铸字面的能力，晏殊词的接受形式较为浅显，且停留在作品的局部，缺乏深层次的借鉴。

不管是词句还是句意，晏殊词对前人诗句的使用往往是在不改变原句句意的基础上使其符合词的形式特征，甚至反用诗句的例子也不多，但是前人作品的经典性并未掩盖晏殊的个人创造。晏殊的接受是局部的、字面的，其借鉴前人诗歌所形成的内容也仅仅是词作的一部分，针对作品而言，接受本就是为词作整体服务的。因此接受本身作为一种创作技巧被晏殊在作词中大量使用，尽管晏殊词借鉴了许多汉唐诗歌，涉及不同题材、内容，但是晏殊词的主题仍是以花间、南唐所遗留的闺怨、宴饮等为主，晏殊词的精神内涵与接受对象存在着差异，晏殊也并未要求自己的词作必然与前人的作品存在强烈的精神共鸣，而是将前人作品的佳处化为己用，为自己的创作服务。

### （二）主要取材于中晚唐诗歌与魏晋南北朝文学

晏殊词中化用的诗句来源广泛，据笔者初步统计，《珠玉词》中共有96处接受前人诗歌的词句，其中2处来自《楚辞》，5处取材于汉代诗歌，11处来自魏晋南北朝文学，72处接受自唐代诗歌，4处取自五代诗歌，2处来自北宋本朝。其借鉴对各个时代的不同文体均有涉猎，但仍以诗、赋为主。晏殊词中接受最多的是唐代诗歌，其中又以白居易、杜牧、杜甫三人被接受的最多。此外，晏殊还偏向于对汉乐府与魏晋时期诗赋的接受，晏殊词所化用的汉代诗歌多出自《古诗十九首》，也有李延年的《北方有佳人》与曹操《短歌行》这样的经典作品，而接受魏晋南北朝文学作品时不仅借鉴傅玄、吴均等人的诗歌，还借鉴了《别赋》《白发赋》等赋作，其作品《瑞鹧鸪》的"何妨与向冬深，密种秦人路，夹仙溪。不待夭桃客自迷"，檃括了《桃花源记》的内容。晏殊词对前人诗歌的接受是广泛而全面的，可以看出晏殊本人的深厚学养与开阔眼界。

尽管晏殊词接续花间、南唐的作词传统，但晏殊词中鲜有艳丽流俗之作，词的浅薄成分已经被大大削减。赵与时《宾退录》卷一引《诗眼》：

"晏叔原见蒲传正云：'先公平日小词虽多，未尝作妇人语也。'"① 晏殊自始至终都以士大夫的身份与视角作词，其词中书写的内容与情感也都是以晏殊自身为主体的，这与诗、赋等文学形式的抒情主体是一致的，其词中表达的恋情、闲愁与感伤时序，更容易在前人作品中寻找到共鸣，因此晏殊词中对前人诗歌的借用、化用不显突兀，极为自然。与晚唐五代的艳丽词风相比，他的作品更加贴近现实，平易清疏，对中晚唐诗歌的接受中和了词本身的秾艳，而魏晋南北朝诗赋中自然悠远的风格亦促成了晏殊词的清新自然，可见晏殊词有意识地通过接受前人诗歌入词，形成了独特的词风。

### （三）接受诗歌中清丽自然之诗风

晏殊在创作中呈现着独特的艺术追求，对晏殊而言，词的创作并非只是娱乐小道，而是值得深入探索与创新的艺术，晏殊在词中接受前人诗歌的创作方式，也引导着词的内容、风格、词境的变化。尽管晏殊词中的接受方式较为简单直接，但是晏殊词中对前人诗句的安排与处理自然妥帖，也正是通过对诗歌的巧妙接受，晏殊词呈现出了不同于前人的风格与意境。

晏殊词对前人诗歌的接受是为自己的创作服务的，其对接受素材的选取往往与自己词作的题材、内容、情感相一致，这使得其接受前人诗歌入词时自然而不显突兀。其词作中写景亦常用前人诗歌，如"蜻蜓点水鱼游畔"取自杜甫的"点水蜻蜓款款飞"，"淡月胧明"一句来自白居易的"人定月胧明"。其写离别之情常用江淹《别赋》与唐人咏柳之语典，如"等闲离别易销魂""居人匹马映林嘶"等词句化用自《别赋》，而"谁教杨柳千丝，就中牵系人情""千条万缕堪结"等化用自孙鲂、白居易等人的咏柳诗。晏殊词所接受的前人语典给其词带来了新的意象与表达方式，让晏殊词逐渐脱离了以前的秾艳风格，更为清丽俊雅。

晏殊词中最多的是恋情词，但相较于花间词所表现的艳丽风格，晏殊恋情词更加自然清新。如其写与恋人离别的"总把千山眉黛扫，未抵别愁多

---

① （宋）赵与时. 宾退录［M］. 上海：上海古籍出版社，1983：2.

少"（《清平乐·春花秋草》）、"鸿雁在云鱼在水，惆怅此情难寄"（《清平乐·红笺小字》），皆是取自李商隐的诗歌，其对离愁的表达更为平实，书写的空间与意境更为开阔。晏殊的《鹊踏枝·槛菊愁烟兰泣露》同样描写闺怨，上片的罗幕、燕子、明月是常见意象，而下片晏殊则通过"西风凋碧树"营造了更为萧索的氛围，秋风与落叶的意象来自江淹的"凉风荡芳气，碧树先秋落"，而晏殊词通过对这一意象的使用扩大了抒情视野，展现出更为广远寥廓的境界。

**（四）注重自我情感与人生思考的表达**

词产生之初被视为艳科，多为歌伎演唱，往往以女子口吻抒发闺阁情感，营造秾艳深情的氛围，以丰富其娱乐功能。尽管南唐李煜等人已经开始以士大夫的身份来进行创作，但至北宋，词之创作还是难以逃离娱乐与艳情的成分，与晏殊同时期的柳永、欧阳修等人之词作有大量艳情作品，但晏殊词中书写的内容与情感往往是以晏殊自身为主体的，晏殊始终以士大夫的身份作词，通过词来表达更深层次的人生忧思。

晏殊词对词境的拓展主要在于其词中独特的自我表达，尽管晏殊的词作多是恋情、宴饮之作，但是他在这些传统的词作题材中表达着独特的思考与情感。如其宴饮中所作的"金乌玉兔长飞走，争得朱颜依旧"（《秋蕊香·梅蕊雪残香瘦》）抒发着人生苦短的忧愁，也通过"对酒当歌莫沉吟，人生有限情无限""莫惜醉来开口笑"试图以及时行乐的态度缓解人生有限的悲哀，尽管其词句有的来自前人，但是其词中表达的人生忧思是古今共通的，注入着晏殊自我对人生的思考。其《临江仙》的"资善堂中三十载，旧人多是凋零"，起句平直叙事，又蕴含着深沉厚重的意绪，后一句词化用自白居易《代梦得吟》的"后来变化三分贵，同辈凋零大半无"，同样表达着宦途不易与时光流转下人生的聚散无常，读者能从词句中直接感受到晏殊本人的伤情与悲哀。晏殊词中表达的人生短暂的思考都是前人词作中少见的内容，面对无可避免的人生悲哀，只能看取眼前而短暂逃避，因此晏殊词往往呈现着

"凄绝"的伤感。①

南唐末的李煜在词中曲折表达自我心绪，其后期词中大量书写自我的深哀与悲痛，这与其个人经历密切相关，也将伶工之词变为士大夫之词。而晏殊生于北宋的升平时代，虽然其词中仍在继承着花间、南唐词的传统题材与风格，却呈现着词人自我的情感波动与生命思考。对人生短暂与宦游失意的悲慨是原本诗歌的常见主题，也是士大夫常见的意绪，晏殊将这种题材引入词中，通过词来表达词人自身的悲情，这是对李煜等词人在词中表达自我意绪的继承，也是在强化词的"言志"功能。在北宋艳词盛行的风气之下，这种自我表达尤为可贵，而这些独特的人生思考无疑加深了词的抒情深度，也拓宽了词的表达内容。

作为北宋首位大量作词的词人，晏殊已经有意识地通过引入诗歌语言试图拓展词的空间，对前人诗歌的题材与美学特质的接受开启了宋词题材的拓展与词风的转变，晏殊实是北宋"以诗为词"之先驱。

晏殊作为文学家的身份是复杂的，既是词人，亦是诗人，而晏殊的诗词有许多互见之处，这与晏殊追求清俊自然、富贵气象的整体文学观有关。同样也可以看出在当时重视诗文的情况下，晏殊以创作诗歌的态度与标准来作词，他并未将作词作为低于写诗的文学创作活动。《珠玉词》中的大量作品书写了流连光景、男女情思的传统内容，同时又有用以祝寿、交游、咏物及进行人生思考之作，晏殊在词中引入诗歌的传统题材，并且以作诗的方式作词，在一定程度上摆脱了词的脂粉之气，而以"富贵气象"提升词的意境与雅趣，这为宋代前期词坛的创作带来了新的气象，开启了"以诗为词"的风气。晏殊作为宋代前期文坛的重要领袖，在当时重视诗文的风气之下，仍以词创作著称于世，《东轩笔录》记载欧阳修评价晏殊的文学创作"晏公小词最佳，诗次之，文又次于诗"②，胡仔《苕溪渔隐丛话》引《钟山语录》"晏

---

① 顾随. 顾随全集 3 讲录卷 [M]. 石家庄：河北教育出版社，2000：107 - 108.

② （宋）魏泰. 东轩笔录 [M]. 北京：中华书局，1983：180.

相善作小词，诗篇过于杨大年"①，可见晏殊的小词创作得到了时人称赏。北宋前期是宋代的升平盛世，享乐风气滋生，士人娱乐生活与宴饮、歌妓、交游密切联系在一起，但过于艳丽的词风不符合士大夫的审美追求，晏殊则以词来表达士大夫的高雅生活与人生思考，通过引诗入词矫正过去的柔靡词风，其典雅自然的词作更符合士大夫的审美水平与精神追求。

总之，晏殊词对前人诗歌的接受不仅成就了自己的创作，也潜移默化地改变着词的内容、风格与创作方式，他以圆融气象取代了花间的浓艳华丽，以清俊的气质消解了前代词作的浅俗，其词华丽委婉又别有内容，成为北宋词风变革中承上启下之"先驱"。

---

① （宋）胡仔. 苕溪渔隐丛话前集：卷二十六［M］. 北京：人民文学出版社，1962：178.

# 第四章

# 欧阳修词对前人诗歌的接受

欧阳修《六一词》中有明显的"以诗入词"的特征，即将诗的表现手法运用于词的创作中，其词之"深致"意义下的境界开拓与题材扩展皆是这一特征的体现。欧阳修作为"承前启后"的重要词人，对前人诗歌的接受是其创作的基础，本章将探讨欧阳修如何用前人诗歌来对词进行改造，从而引导了词的发展方向，形成了其独特词风，同时进一步定位欧阳修的词史地位。

## 一、欧阳修词接受前人诗歌的方式

欧阳修《六一词》中可以在前人诗歌中寻找渊源者有 260 余处，[①] 其接受的方式各有不同，有些词句是对前人诗歌的沿用、改易甚至颠覆，有些作品则接受了前人诗歌的表达技巧，如修辞手法的运用、语言炼字，以及表现手法等方面，而对前人诗歌最为深入的接受体现在意象意境的层面。本文将据此以字面、表达技巧和意象意境三个角度来探讨欧阳修词对前人诗歌的接受。

---

① 本章以胡可先、徐迈《欧阳修词校注》为底本，对《六一词》中接受前人诗歌的部分进行统计与梳理，同时以黄畲《欧阳修词笺注》与邱少华所著《欧阳修词新释辑评》作为补充，考察《六一词》与前人作品之联系。经统计，胡可先、徐迈校注《欧阳修词校注》共收录词 264 阕，可证为欧阳修所作约 238 阕。

### （一）字面上的接受

字面上的接受是欧阳修词接受前人诗歌较为浅近的层次，以前人的诗句更好地完成自我的表达，因此字面接受往往是以前人原句为主，同时辅之以作者的灵活改造，使之适用于自我创作，将前人成果纳为己用。

#### 1. 袭用原句

诗词创作是作者抒发主观情感的文学活动，前人创作中的心理感受、语言意境很难在后人的创作中得到重现，袭用前人原句的风险便在于难以将前人所表达的内容与作者创作当下的意境完美结合，无法实现情感的共通与意境的融洽。《六一词》中直接袭用前人诗句的有七处。其中最值得称道的是其《朝中措》中对于"山色有无中"的运用，"山色有无中"一句本自王维《汉江临泛》之"江流天地外，山色有无中"，原诗是写诗人泛舟于江上看到烟水缥缈中两岸山色苍茫的景象。欧公则将场景放置在山中，写出在山中眺望时所感受到的层层山色，其深浅远近，呈现的是欧阳修独特的开阔疏隽之特色。而《六一词》中《减字木兰花》一阕便有四处直接袭用，"天若有情天亦老""细似轻丝渺似波""枫叶荻花秋索索""须着人间比梦间"分别本自李贺《金铜仙人辞汉歌》、吴融《情》、白居易《琵琶行》、韩愈《远兴》，虽然本词袭用的句子与原诗所表达的主题差异颇大，但是表达的情感变化与叙述脉络极为相衬，这是本词袭用前人原句的独特之处。

#### 2. 改易语句

《六一词》对原句的改易包括对前人诗句的扩展或缩减，这些化用是因为作者在创作过程中需要原诗的意蕴与核心的语词，以便营造意境、抒发情感，而化用便要求作者去思考如何来实现将前人诗句自然妥帖地融入词中。如《蝶恋花》"芳草芊绵，尚忆江南岸"，扩展了温庭筠"芳草江南岸"一句。另有《阮郎归》的"塞鸿无限欲惊飞。城乌休夜啼"，化用自温庭筠《更漏子》的"惊塞雁，起城乌"。因为词的文体限制，对前人诗歌难以直接袭用，欧阳修往往会对所用的前人诗句进行个性化的改动，如《南歌子》"爱道画眉深浅、入时无"，出自朱庆馀《近试上张水部》"画眉深浅入时无"，欧词加以"爱道"两字更有"娉娉袅袅"之感。《蝶恋花·永日环堤承彩舫》中的"水浸碧天风皱浪"一句，动感极强，而类似"水浸碧天"之语前人多有描述，如裴说《题岳州僧舍》"秋水浸遥天"，释齐己的"云接苍梧水浸天"等，"风皱浪"则来自冯延巳的"风乍起，吹皱一池春水"（《谒金门》），欧阳修将两者檃括一句之内，不仅构成了完整的春水画面，而且节奏感强，简洁凝练。袭用原句往往受限颇大，词的形式与创作方式限制了对原句的袭用，而更为适宜的方法是对前人诗句进行改造，不仅节奏韵律更适宜词的本身，其意境往往也因作者的改造而更为委婉缠绵。

3. 反用语句

《六一词》中有反用前人诗句的现象，即扭转原句原意而逆向出新，若是运用巧妙得当则别出心裁。反用不是简单的否定或反义词转换，是通过对原句的颠覆完成诗意的转变，其所要表达的思想与意味是翻出原诗而别有新意的。《六一词》中反用现象不多，但在词中各有妙处。杜甫《曲江陪郑南史饮》中有"自知白发非春事，且尽芳樽恋物华"之句，感叹人生易老，而欧阳修在《玉楼春·风迟日媚烟光好》中则将其改易为"樽前贪爱物华新，不道物新人渐老"，只是调换了前后顺序，便成了在欢娱之中对时光流逝人生短暂的悲慨。欧阳修在其他词中对时光流转、时光易逝的慨叹多以豁达态度来解之，如《玉楼春·两翁相遇逢佳节》的"便须豪饮敌青春，莫对新花羞白发"，反用诗词传统中的"白发生悲"之意象，杜甫曾以"白发千茎雪，丹心一寸灰"（《郑驸马池台喜遇郑广文同饮》）等诗句来抒发人生悲慨，而钱起的"献赋十年犹未遇，羞将白发对华簪"（《赠阙下陈舍人》）则更加鲜明地表达自身遭遇与时光流逝的双重怨意，欧词的反用强调人老心不老与珍惜老去之情怀，亦归于珍惜当下的时光。而情感更为强烈的是《采桑子·十年前是樽前客》，欧阳修先抒发了"老去光阴速可惊"的感慨，但下片豁然而兴，以"鬓华虽改心无改"的豪壮之语来自我激励，此句反用高适《重阳》诗中的"节物惊心两鬓华"，一改原句的沉重，抒情强烈昂扬，不是前述杜诗的自我劝慰，而是一种自强不息的精神。

欧阳修对前人诗歌的字面接受，通过对前人诗句上的增减改易，使之适于词体创作，甚至反用语句原意，使词的内容与境界得以翻新。其值得称道之处在于其接受前人诗句却并未受前人作品限制，而是为自我创造的内涵与意境服务。

### （二）表达技巧上的接受

表达技巧的接受，包括炼字的接受、修辞手法的接受，以及表现手法的接受等方面。《六一词》对前人诗歌的创作手法多有借鉴，更多的还是以自己的方式来改造前人的创作成果，故所得之语常高于前人。我们可以从中观照前人诗歌在创作层面上对《六一词》的影响，亦可以看出欧阳修如何将前人诗歌创作的方式化于其词中。

#### 1. 炼字的接受

炼字是指作家在创作文学作品的过程中，根据意境与内容的需要，以最富表现力的词来表情达意。欧阳永叔《浣溪沙》词中有一句"绿杨楼外出秋千"，其"出"字的使用为后世词评者所称道。后世词评者皆赞"出"字所用之妙，在常见景物中营造喧闹隐约的氛围，而这一"出"字来自冯延巳的《上行杯》"柳外秋千出画墙"，唐时王维便有"秋千竞出垂杨里"（《寒食城东即事》）之句，"出"字之用皆本于此。然欧阳修所用之"出"高于王维、冯延巳之句，在于"欧语尤工"，在游人的欢娱和明媚的春景中平添了一种盎然的生机。欧阳修《采桑子·春深雨过西湖好》有"晴日催暖花欲燃"一句，其中的"燃"字亦是诗词中经典的炼字用法。以"燃"字写花的表达方式可以追溯至梁元帝《宫殿名诗》的"林间花欲燃"，后来又有庾信《奉和赵王隐士诗》中的"山花焰火然"，唐诗中杜甫的《绝句二首》之二则以"山青花欲燃"表述山花之艳丽。"燃"字虽然一直传到了《六一词》中，但萧绎、庾信之诗的"燃"仅仅是说山花如火焰燃烧般的艳丽，杜甫则以"山青"反衬山花之艳，而欧阳修则采用了正衬的方式，以"晴日"本身就带有暖色的意象来衬托欲燃之山花，所传达的情绪更为高昂。通过"燃"字使用的不同方式可以看出，欧阳修对经典之炼字既有继承又脱离俗套，具有自己的特色。

2. 修辞手法的接受

欧阳修对前人诗歌的接受还体现在修辞方式的继承上，通过对前人修辞手法的接受，将自己所希望表达的内容与意境准确表现出来。如欧阳修《踏莎行·候馆梅残》中有"离愁渐远渐无穷，迢迢不断如春水"，将离愁比喻为水这一修辞手法，前人李煜有"问君能有几多愁，恰似一江春水向东流"（《虞美人》），欧阳修虽然沿袭着前人的本体和喻体，但表达角度不同，读来耳目一新。又如欧阳修的《减字木兰花·年来方寸》写"芳草随人上古城"，写怀人登高远眺，所见只有满目芳草。此句出自白居易的"远芳侵古道，晴翠接荒城"（《赋得古草原送别》），两者皆是以拟人的手法赋予外物人的情感与行为，增强了文字的活力。

欧词所用到的修辞手法还有迭字、双关等，这些修辞手法的运用不如比喻、拟人所用频繁，然亦有其特色。《采桑子·群芳过后西湖好》中以"蒙蒙"来形容飞絮，本自贾岛《送神邈法师》的"柳絮落濛濛"，这一用法后来被广为使用。欧阳修有莲词数首，其中"莲子与人常厮类""天与多情丝一把"，以"莲子"喻"怜子"，以"丝"喻"思"，这种以双关隐语来表达内心情感的手法在乐府民歌中便已常用，而《六一词》中所用的双关隐语虽源自乐府，然相较于乐府的"果得一莲时，流离婴辛苦"或"理丝入残机，何物不成匹"的率直大胆，则更加含蓄委婉。

3. 表现手法的接受

《六一词》中表现手法的接受，在于学习借鉴前人的构思与写法，进而加以新的创造。如欧阳修《玉楼春·洛阳正值芳菲节》"杏花红处青山缺"，写旅途中所见的景象，以杏花与青山的色彩进行对比，具有较强的冲击力，尤其是"缺"字，将杏花遮掩住青山的场景传递出来，因此此句写景极为传神。曾季狸《艇斋诗话》云："欧公词云：'杏花红处青山缺'，本乐天诗'花枝缺处青楼开'。"① 两相比较，欧词的境界更为开阔，而意味更为悠长，

---

① （宋）曾季狸. 艇斋诗话［M］∥（清）丁福保. 历代诗话续编. 北京：中华书局，1983：314.

欧词的颜色对比与空间感确实接受了白居易原句的精华与妙处，但他做了更为新颖的表述。

欧阳修词对前人表现手法的接受，有的已经脱离了对前人作品的原意承袭，而是在词中进行了拓展。明显的例子是《踏莎行·候馆梅残》，此词写思妇行人，前半段是离人自叙，后半段代家人叙述，这种写法脱化于杜甫的《月夜》一诗。《月夜》诗的妙处在于写行人思家却不写行人，而是通过想象闺中怀远的情境来道相思离愁。欧词又有所不同，欧词上片写行人之愁，下片写家人之愁，俞陛云《唐五代两宋词选释》中云："唐宋人诗词中，送别怀人者，或从居者着想，或从行者着想，能言情宛挚，便称佳构。此词则两面兼写。"① 这种两面兼顾的写法更是突出两处情境下共同的相思之情，其情感更为婉切，情致更为绵远。

欧阳修《六一词》在学习和接受前人表达方式时，无论是炼字、修辞抑或表现手法，都不是一味地全盘继承，而是有所取舍，有所创新，往往结合词之狭深悠远的特点，将前人的精巧构思与新颖写法巧妙地借鉴，来为其词作本身服务。因此这些建立在前人创作基础上的作品或佳句非但不突兀，反而充满欧阳修的个人特色，甚至超越前人。

### （三）意象意境上的接受

前人诗文中常常有一些经典意象，有些甚至成为一种典故。欧阳修则通过对前人诗歌中这些意象的再度使用，来完善自己的作品。陈岩肖在《庚溪诗话》中云：

> 绍兴庚午岁，余为临安秋赋考试官，同舍有举欧阳公长短句词曰："雁过南云，行人回泪眼。"因问曰："南云其意安在？"余答曰："尝见江总诗云：'心逐南云去，身随北雁来。故园篱下菊，今日几花开。'恐出于

---

① 俞陛云. 唐五代两宋词选释［M］. 上海：上海古籍出版社，1985：164.

此耳。"①

"南云"这一意象不仅见于江总，陆机《思亲赋》有"指南云以寄钦"，陆云《感逝》亦有"眷南云以兴悲"之语，而唐代的李白在《大堤曲》中亦用此词："泪向南云满。""南云"在后人的数度使用之下成为寄托思亲怀乡之情的意象，故在欧阳修《六一词》中拿来使用恰当自然。

对前人意象意境的把握，既需要词句的凝练，亦需要高超的提炼技巧，方能达到"青出于蓝而胜于蓝"的效果。欧阳修所使用的意象有的就来自于对前人诗歌的提炼，并将其整合成新的形式，用以构建词作的独特意蕴。例如杜甫《西郊》诗云"市桥官柳细，江路野梅香"，其后杜牧在《代人寄远六言》中亦用梅花意象而写就"候馆梅花雪娇"，而欧阳修将两处诗句结合并进行压缩概括，成为《踏莎行》"候馆梅残，溪桥柳细"的意象组合，其句义之工切、情感之蕴藉更胜于前人。

欧阳修《六一词》中有整首化用前代诗人的作品，这样的接受并非只是语言方面的沿袭，也并非局限于意象的接受与使用，而是利用前人的意象，以自己的方式来重构词的内涵与意境。例如，《渔家傲·乞巧楼头云幔卷》下片"有人正在长生殿。暗付金钗请夜半。千秋愿。年年此会常相见"出自白居易《长恨歌》："唯将旧物表深情，钿和金钗寄将去……在天愿作比翼鸟，在地愿为连理枝。"欧阳修使用的意象依托于白诗，所表达的情人间的真切感情亦来自白诗，但欧阳修用异于白诗的句式使本词呈现了陌生化的效果，其意象和内涵与白诗有着明显的不同。

欧阳修《六一词》中的有些词作对前人意象意境的接受是不留痕迹的"隐性化用"，这样的继承重在词"意"而非字、句，往往是前人意境与欧阳修词语言的结合，故能在传达原有的意义内涵时，又呈现出新的意蕴情致。如《定风波·把酒花前欲问他》一词写花间饮酒，伤春是文人墨客创作中历久不衰的主题，如杜甫《曲江二首》"一片花飞减却春，风飘万点正愁人"。

---

① （宋）陈岩肖. 庚溪诗话［M］//（清）丁福保. 历代诗话续编. 北京：中华书局，1983：176.

但欧词中的"对花何吝醉颜酡。春到几人能烂赏。何况。无情风雨等闲多"，则是写花前醉饮，在伤春感怀中表达及时行乐的思想。这与白居易《和春深诗》"何处春深好，春深痛饮家。十分杯里物，五色眼前花"有异曲同工之妙，面对人生易逝、韶华不再，欧阳修用旷达的诗句来表达珍惜当下的人生态度。

欧阳修对前人诗歌意象意境的接受较为广泛，其豪迈旷达之作多出于唐诗，深婉之作近似香奁、花间。他将前人诗作的精华与妙处化为自己词作的语料，将前人之作溶解于自己词作的意境、情韵之中，借前人作品的精妙之处为自己的作品注入新的血液，呈现出新的艺术价值。

## 二、欧阳修词接受前人诗歌的特点

将前人诗句融化入词的现象在宋代较为普遍。况周颐在《蕙风词话》中曾云："两宋人填词，往往用唐人诗句。"① 周邦彦与贺铸是北宋时期化用前人诗句最为后人称道者。但词中使用前人句的风气开于北宋前期，欧阳修是宋人填词中大规模接受前人诗歌的开端。顾随在《驼庵词话》中说："词原不可分豪放、婉约，即使可分，六一也绝非婉约一派。大晏与欧比较，与其说欧近于五代，不如说大晏更近于五代，欧则奠定宋词之基础。"② 晏殊与欧阳修词皆渊源于以花间为代表的唐五代文人词，唯欧阳修在后世得到"继往开来"的评价，正是因为欧阳修对词的开拓意义更大，其接受的花间之作为后世温婉词人所继承，而承袭于唐人的境界开阔之作开启了北宋以后的诸多名家，成为苏轼等人的先导。欧词接受前人作品存在以下特点。

① （清）况周颐. 蕙风词话［M］//唐圭璋. 词话丛编. 北京：中华书局，1986：4419.
② 顾随. 顾随全集3 讲录卷［M］. 石家庄：河北教育出版社，2000：107.

## （一）接受范围广泛

欧阳修所化用诗句的来源极为广泛，从《离骚》、乐府到南唐五代词，甚至本朝诗人的诗句，都是欧阳修的借鉴对象。经统计，《六一词》中有26处来自南唐词，以冯延巳最多，牛峤、牛希济、李煜等人皆是其接受对象；而有百余诗句可以在唐人诗歌中寻找渊源，20余处化用自魏晋南北朝时期的诗歌，所选取的对象包括曹植、陆机、谢灵运、庾信、江总等人；12处化用汉乐府诗歌，包括《陇西行》《行行重行行》《饮马长城窟行》《西洲曲》等乐府名作。欧阳修接受前人诗歌的范围遍及先秦到唐代的文学史，而且其借鉴的数量也随着文学史的演进而逐渐增加，因此《六一词》接受前人诗歌的例子在唐代达到顶峰。而且《六一词》所用之典并不限于前人诗歌，如"一曲能教肠寸结"本自贾谊《旱云赋》的"念思白云，肠如结兮"，亦有来自《论语》的"富贵浮云"，《六一词》接受范围从横向来看亦是广泛，不局限于一种文体，一种题材，欧阳修的各种题材的词作中都能存在前人诗歌的影子。《六一词》的借鉴范围之广说明了欧阳修化用诗句中体现出的开阔的眼界，欧阳修接受前人诗歌的基础正是欧阳修对前人作品的深刻理解，亦体现着欧阳修所代表的士大夫阶层的学养深厚，这一文化特征不仅出现在词的方面，诗与文论皆有沿袭前人的普遍特征。

## （二）化用形式多样

欧阳修对前人诗句的化用方式呈现多样化的态势，或直接引入前人诗句，或略换数字，或只取前人句意，或运用前人的意象意境，种种方式如前文所述。而欧阳修接受前人诗句的独特性在于，通过化用前人诗句使其整首词的艺术境界得到提高。对他来说，化用前人作品是创作的一种手段，他在一首词中往往会不止化用一次，每一诗句的化用会采用不同的方式，因此其化用的前人诗作在其词中呈现出密实的特点，让其词句的内涵更为丰富深刻。例如其《渔家傲·幽鹭谩来窥品格》一词中，"双鱼岂解传消息"与"无人说似长相忆"本自汉乐府《饮马长城窟行》的"客从远方来，遗我双鲤鱼。呼儿烹鲤鱼，中有尺素书。长跪读素书，书中竟何如。上言加餐食，下言长相忆"。欧词反用其意，以双鱼无法真正传递消息来，故而更无人来信说相思。"心似织，迢迢不断谁牵役"出自唐代僧人皎然的"嗟我怀人，忧心如织"（《浮云三章》），化用其意来书写离人之情。而"罗衣染尽秋红色"则改写自温庭筠"藕丝秋色浅"中的关键词语，来深婉含蓄地刻画这位怀人的女子。此词之意境、语言多处化用前人，并运用多种方式让词句的内涵更为丰富深刻、浑然一体，可见欧词化用之巧妙。

### （三）以诗入词融合自然

欧阳修在词中不再一味只写男女恋情、个人忧愁，开始关注自然，抒发哲思，有了诗一样的表现题材和真挚情感。他在词中表达的情感既有婉约之深致，又有豪放之情怀，其"以诗入词"是在保留词之本色的情况下，融入原本应由诗来承担的情感与表现技巧，从而提升词的品格与意蕴。因此，《六一词》接受前人诗句的自然妥帖，首先在于欧阳修对语料的选取，其次在于对前人诗句的改造。

《六一词》之题材复杂广泛，有艳情词、闺怨词、写景咏物词、个人抒怀词，诸多作品不一而足。欧阳修能为所要表达的主题选取内涵情感一致的作品来化用，其抒怀词多来自唐人诗句，如人生易老之悲多接受唐人的自然人生之感悟，前文已有论述；而其关于男女爱情的词又各有不同，其闺怨之作可以看出明显的花间风格，如《蝶恋花·海燕双来归画栋》之"半醉腾腾春睡重，绿鬟堆起香云拥""花里黄莺时一弄，日斜惊起相思梦"，其意象的使用与抒情环境的营造有着浓重的花间习气。当他写男女艳情时，其大胆直率如"臂上残妆，印得香盈袖"之类的描摹，常见于梁陈宫体诗，如萧纲之"簟纹生玉腕，香汗透红纱。夫婿恒相伴，莫误是倡家"（《咏内人昼眠》），两者颇为相似。因此欧阳修对每一类词所需要的化用，会侧重选择意境相通之作，选择合适的语料后，再通过二次创作使化用之诗贴合其章法结构，符合音律，并使其语言表达与意境营造更为柔婉，保留词之本色，这样方使化用不留痕迹，融合自然。

### （四）继承与创造并重

在北宋前中期"词为艳科"的社会环境中，文人创作只是在诗文中注重人生感情的表达，欧词"以诗入词"开始更改这一局面，而欧词将前人诗句化用于自己词作的过程，也是《六一词》艺术风格形成的过程。顾随在《驼庵诗话》中云："冯延巳、大晏、六一，三人作风极相似，而又个性极强，绝不相同。如大晏多蕴藉，冯便绝无此种词。惟三人伤感词相近。其实其伤感亦各不同：冯之伤感沉着（伤感易轻浮）；大晏的伤感是凄绝，如秋天红叶；六一的伤感是热烈（伤感原是凄凉，而欧是热烈）。"① 欧词描摹之伤感与花间有着极深的渊源，但他的《六一词》别有风骨，其热烈的情感实际上来自他自身对人生的感悟，对生活中喜怒哀乐的体会，故所传达的真实感情殊异前人。如其《浣溪沙·十载相逢酒一卮》下片之"浮世歌欢真易失，宦途离合信难期。樽前莫惜醉如泥"，"浮世歌欢"与"宦途离合"道尽欧阳修本人的人生经历与人生感叹，他以醉酒欢娱、不负青春来开解，虽然词中弥漫着"人生不满百，常怀千岁忧"的伤感基调，而他总能以热烈的人生态度来面对这一千古忧愁。"醉如泥"之意境来自杜甫的"肯藉荒庭春草色，先拼一饮醉如泥"（《将赴成都草堂途中有作，先寄严郑公五首》），杜甫想象战乱之后重返草堂，即便面对草堂之荒芜，依然可以与亲友藉草而饮醉。欧阳修与之相比，虽抒情情境不同，面对的隐忧亦不同，但都是一种面对人生困苦且珍惜当下的情怀，他借杜诗三字所表露的情感来抒发自己的人生态度，但语言意境皆自行营造，故形成了殊异前人的个人风格。此外他的"便须豪饮敌青春，莫对新花羞白发""鬓华虽改心无改"等抒发人生慨叹皆是如此，前文已有表述，不再重复。

---

① 顾随. 顾随全集 3 讲录卷 [M]. 石家庄：河北教育出版社，2000：107 – 108.

# 三、欧阳修词接受前人诗歌的原因

欧阳修《六一词》中大量接受前人诗歌的现象，究其成因是社会环境、文体特质与欧阳修个人创作的多重动因的共同作用。

首先，北宋时期独特的社会环境与审美风气、"右文抑武"的基本政策为士人的生活与文学创作提供了相当的保证，文人士大夫的唱和、赠别等诗歌常见的功能出现于词中，词开始被用于书写士人生活。其次，这也是文体发展的结果，《六一词》大量词句可以在中晚唐诗歌中寻找，而盛唐诗句在数量上却远远不及。中晚唐诗歌内容与境界的转变影响着当时已经产生发展的词创作，促使着词缠绵委婉的语言风格与幽深邈远的境界的形成。中晚唐诗歌为词奠定的个人抒情特质、狭窄幽深意境以及题材的细化，使得后世的词创作有章可循。就欧阳修自身而言，罗泌在《六一词跋》中说："公性至刚，而与物有情。"① 所谓的"与物有情"是欧阳修的性格，欧阳修本人在经历人生挫折后能不失乐观，这种由身世经历得到的人生感悟成为其词作这种抒情主体性的根源，也正是因此，欧阳修的词中大量化用唐诗，却并未成为唐诗的翻版。

冯煦评欧公"疏隽开子瞻，深婉开少游"②，概括了欧阳修的词创作对后世的影响。欧阳修《六一词》对前人诗歌的接受推动了词的诗化与士大夫化，他抒发个人感慨与人生感悟的作品，如"文章太守，挥毫万字，一饮千钟"一类，大气豪放、意境开阔，成为北宋词风转变的开始，对苏轼的革新词风、以诗为词产生了巨大而直接的影响。同时，后人评论《六一词》往往以"深"来概括其特征，欧阳修与花间词人虽然都有艳情词的创作，但他重

---

① （宋）罗泌. 六一词跋［A］//金启华，等. 唐宋词集序跋汇编. 南京：江苏教育出版社，1990：20.
② （清）冯煦. 蒿庵论词［M］//唐圭璋. 词话丛编. 北京：中华书局，1986：3585.

在其抒情深度的开掘,《六一词》中的恋情被进一步提纯，变得更加真挚感人，其丰富细腻的情感描写也更加出神入化，故对秦观等词人产生重要的影响，他在词体发展中"继往开来"的作用是不容忽视的。

总之，欧阳修是北宋中叶推动词体雅化的重要人物，而他实现词之"雅化"的方式则是"以诗入词"，从前人诗歌中吸收字面语言、表达技巧与意象意境等内容，同时虽用前人之语言、意境，却不见雕凿痕迹，有自己的独特性与创新性。正是因为他对词体既有继承又有开拓，故对北宋词风的转型与词之文体特征的进一步发展产生了重要的推动作用。

第五章

# 苏轼词对前人诗歌的接受

苏轼词对前人诗歌的接受，时间跨度长，最早可追溯到先秦时期的《诗经》，历经汉、魏、晋、南北朝、唐五代，乃至宋初诗人之诗，其中以唐诗为多。就对唐诗的接受而言，覆盖范围广，涵盖了初、盛、中、晚四个时期。据笔者初步统计，在东坡词接受中排名前五的唐代诗人分别是杜甫、白居易、李白、杜牧和韩愈。苏轼词对前人诗歌的接受，有用语句、用诗意、学手法等方式，又各有不同表现形式。王安石云："世间好语言，已被老杜道尽，世间俗语言，已被乐天道尽。"① 本章主要以苏轼对杜甫、白居易诗歌的接受为主进行探讨。

## 一、苏轼词接受前人诗歌的表现形式

### （一）用语句

1. 截用经典语词

截用经典语词，是指截取、借用具有艺术特征或典型意义的只言片语。苏轼词中有大量截自杜诗的语汇，如《浣溪沙·缥缈危楼紫翠间》首句，用"缥缈"形容高楼，出自《白帝城最高楼》中"独立缥缈之危楼"。《何满子

---

① 陈辅. 陈辅之诗话 ［M］//郭绍虞. 宋诗话辑佚. 北京：中华书局，1980：291.

·见说岷峨凄怆》首句，用"凄怆"形容岷山和峨眉山，出自《剑门》中"岷峨气凄怆"。《满江红·江汉西来》中"犹自带、岷峨雪浪，锦江春色……我为剑外思归客"，"锦江春色"出自《登楼》中"锦江春色来天地"，"剑外"出自《闻官军收河南河北》中"剑外忽传收蓟北"。《浣溪沙·醉梦醺醺晓未苏》中"废圃寒蔬挑翠羽"，"翠羽"出自《行官张望补稻畦水归》中"芊芊炯翠羽"。《临江仙·诗句端来磨我钝》中"欢颜为我解冰霜"，"冰霜"出自《远怀舍弟颖、观等》中"冰霜昨夜除"。《减字木兰花·江南游女》中"雨细风微"，"雨细""风微"出自《水槛遣心二首》其一中"细雨鱼儿出，微风燕子斜"。《水龙吟·古来云海茫茫》中"骑鲸路稳"，《南歌子·苒苒中秋过》中"好伴骑鲸公子"，"骑鲸"出自《送孔巢父谢病归游江东兼呈李白》中"若逢李白骑鲸鱼"。《临江仙·一别都门三改火》中"尊前不用翠眉颦"，"翠眉颦"出自《江月》中"灭烛翠眉颦"。

　　苏轼词中亦有大量对白居易诗歌经典语词的截取，如《南乡子·裙带石榴红》中"愿作龙香双凤拨，轻拢"，"轻拢"出自《琵琶行》中"轻拢慢捻抹复挑"。《南乡子·不到谢公台》中"短李风流更上才"，"短李"出自《代书诗一百韵寄微之》中"闲吟短李诗"。《采桑子·多情多感仍多病》中"停杯且听琵琶语"，"琵琶语"出自《琵琶行》中"今夜闻君琵琶语"。《浣溪沙·醉梦醺醺晓未苏》中"扶头一盏怎生无"，"扶头一盏"出自《早饮湖州酒寄崔使君》中"一榼扶头酒"。《水龙吟·小舟横截春江》中"料多情、梦里端来见我，也参差是"，"参差是"出自《长恨歌》中"雪肤花貌参差是"。《南歌子·雨暗初疑夜》中"卯酒醒还困"，"卯酒"出自《醉吟》中"心头卯酒未消时"。《蝶恋花·别酒劝君君一醉》中"为向青楼寻旧事，花枝缺处余名字"，"青楼""花枝缺处"出自《长安道》中"花枝缺处青楼开"。《踏莎行·山秀芙蓉》中"解珮收簪"，"解珮""收簪"出自《昨日复今辰》中"解珮收朝带，抽簪换野巾"。《行香子·清夜无尘》云"叹隙中驹、石中火、梦中身"，"石中火"出自《对酒五首》其二中"石火光中寄此身"，"梦中身"出自《疑梦二首》其一："安知不是梦中身。"

2. 原封不动引用

原封不动引用，是指将五言或七言诗句一字不改直接用到词中。如《临江仙·四大从来都遍满》中"层巅余落日"，出自杜甫《西枝村寻置草堂地，夜宿赞公土室二首》其一；《浣溪沙·炙手无人傍屋头》中"似君须向古人求"，出自杜诗《相逢歌赠严二别驾》；《南乡子·怅望送春杯》中"渐老逢春能几回"，则出自杜甫《绝句漫兴九首》其四。此外，《定风波·雨洗娟娟嫩叶光》中"人画竹身肥拥肿"，出自白居易的《画竹歌》。《木兰花令·乌啼鹊噪昏乔木》中"风吹旷野纸钱飞，古墓垒垒春草绿""尽是死生别离处""冥冥重泉哭不闻，萧萧暮雨人归去"，出自白诗的《寒食野望吟》。

3. 稍做变动化用

稍做变动化用，是指句子长短不变，出于不同创作需要改动个别字词。如《菩萨蛮·绣帘高卷倾城出》中"遗响下清虚"，由杜甫诗《听杨氏歌》中"响下清虚里"而来。《江城子·玉人家在凤凰山》中"香雾著云鬟"，由杜诗《月夜》中"香雾云鬟湿"而来。《江城子·前瞻马耳九仙山》中"小溪鸥鹭静联拳"，由杜诗《漫成一绝》中"沙头宿鹭联拳静"换首三字、调整尾三字顺序而来。苏轼改换杜甫《寄李十二白二十韵》中"昔年有狂客"为"座中有狂客"（《满庭芳·香叆雕盘》）一句，同样是为了适应创作情境的需要。《谒金门·今夜雨》中"夜阑还独语"，对杜诗《赠蜀僧闾丘师兄》"夜阑接软语"的改动，则是为了平仄格律相符、适应创作情境的需要。《南歌子·带酒冲山雨》中"老去才都尽，归来计未成"前句，改动了杜诗《寄彭州高三十五使君适、虢州岑二十七长史参三十韵》中"老去才难尽"一句，这样的改动使新的词句前后语意连贯、上下对仗工整。《定风波·两两轻红半晕腮》中"更问尊前狂副使，来岁，花开时节与谁来"末句，对杜诗《江南逢李龟年》中"落花时节又逢君"的改换，不仅使得前后语意连贯，也让韵字能够相押（"腮""来"）。《鹧鸪天·林断山明竹隐墙》中"村舍外，古城旁。杖藜徐步转斜阳"末句，由杜诗《绝句漫兴九首》其五中"杖藜徐步立芳洲"换三字而来，这样的创造是出于适应创作情境、韵字能够相押（"墙""阳"）的需要。此外，苏轼词的《洞仙歌·冰肌玉骨》中

"试问夜如何?"句,由杜诗《春宿左省》中"数问夜如何"换一字而来;《临江仙·多病休文都瘦损》中"佳人不见董娇饶,徘徊花上月,空度可怜宵"前句,由杜诗《戏题恼郝使君兄》中"佳人屡出董娇娆"换两字而来;《阮郎归·暗香浮动月黄昏》中"折花欲寄陇头人,江南日暮云"后句,由杜诗《春日忆李白》中"江东日暮云"改一字而来;《南乡子·何处倚阑干》中"蝴蝶梦中家万里,依然,老去愁来强自宽"末句,由《九日蓝田崔氏庄》中"老去悲秋强自宽"改两字而来,这一类词句都是为了适应创作情境,前后语意连贯的需要而对前人诗歌进行改动。

除了大量对杜甫诗歌的变动与化用,苏轼词中还有较多对白居易诗歌的改易化用,如《江城子·凤凰山下雨初晴》中"忽闻江上弄哀筝",适应赋咏对象(筝)的需要,将白诗《琵琶行》中"忽闻江上琵琶声"改三字。《木兰花令·乌啼鹊噪昏乔木》中"棠梨花映白杨路",将白诗《寒食野望吟》中"棠梨花映白杨树"改一字,避免了语意的重复(木、树)。《十拍子·白酒新开九酝》中"东坡日月长",将白诗《偶作二首》其一中"无事日月长"改两字,以适应词的创作情境。《浣溪沙·雪颔霜髯不自惊》中"莫唱黄鸡并白发,且呼张丈唤殷兄"后句,为了前后语意连贯(莫、且)的需要,将白诗《岁日家宴戏示弟侄等,兼呈张侍御二十八丈、殷判官二十三兄》中"笑呼张丈唤殷兄"改一字。《南乡子·寒玉细凝肤》中"年少即须臾,芳时偷得醉工夫"前句,将白居易的《东南行一百韵,寄通州元九侍御……窦七校书》中"岁华何倏忽,年少不须臾"后句改一字,转换了抒情语气,以贴合词意。

4. 拆分重构为句

拆分重构为句,是指通过增字、换字的方法将一句或两句拆分重构为两句或三句,这样的接受方式集中体现在对杜甫诗歌的接受中。如《诉衷情·小莲初上琵琶弦》中"分明绣阁幽恨,都向曲中传",由杜诗《咏怀古迹五首》其三中"分明怨恨曲中论"增四字、换两字而来。《江城子·墨云拖雨过西楼》中"柳外残阳,回照动帘钩",由杜诗《落日》中"落日在帘钩"增四字、换三字而来。《醉蓬莱·笑劳生一梦》中"此会应须烂醉,仍把紫

53

菊茱萸，细看重嗅"，由杜诗《九日蓝田崔氏庄》中"明年此会知谁健，醉把茱萸仔细看"增两字、换六字而来。《减字木兰花·闽溪珍献》中"轻红酽白，雅称佳人纤手擘"，由杜诗《宴戎州杨使君东楼》中"轻红擘荔枝"增六字、换两字而来。《桃源忆故人·华胥梦断人何处》中"暖风不解留花住，片片著人无数"，由杜诗《城上》中"风吹花片片"增八字、换一字而来。

5. 融合重组为句

融合重组为句，是指通过减字、换字的方法将本不属同一句的元素融合重组为一句。这一接受方式同样以对杜甫诗歌的接受为主，如《行香子·一叶舟轻》中"皓齿发清歌"，《定风波·谁羡人间琢玉郎》中"清歌传皓齿"，分别由杜甫《听杨氏歌》中"佳人绝代歌，独立发皓齿"减五字、换一字和换二字而来。《浣溪沙·一别姑苏已四年》中"夜阑相对梦魂间"，由杜诗《羌村三首》其一中"夜阑更秉烛，相对如梦寐"减三字、换两字而来。《浣溪沙·霜鬓真堪插拒霜》中"暂时流转为风光"，由杜诗《曲江二首》其二中"传语风光共流转，暂时相赏莫相违"减七字、换一字而来。

6. 长句变成短句

长句变成短句，是指通过减字、换字的方法将长句浓缩精炼为短句。对杜甫诗歌的压缩提炼有很多是诗人经典作品与个人特色浓厚的部分，如《水调歌头·明月几时有》中"今夕是何年"，由杜诗《今夕行》中"今夕何夕岁云徂"减两字、换两字而来；《满庭芳·香叆雕盘》中"主人情重"，由杜诗《与鄠县源大少府宴渼陂得寒字》中"主人情烂熳"减一字、换一字而来；《千秋岁·浅霜侵鬓》中"花映花奴肉"，由杜诗《暮秋枉裴道州手札，率尔遣兴，寄近呈苏涣侍御》中"红颜白面花映肉"减两字、换两字而来；《十拍子·白酒新开九酝》中"狂夫老更狂"，由杜诗《狂夫》中"自笑狂夫老更狂"减两字而来。这样的压缩也给苏轼词带来了独特的意象描述方式，如《阮郎归·绿槐高柳咽新蝉》中"琼珠碎却圆"句，由杜甫《宇文晁尚书之甥崔彧司业之孙尚书之子重泛郑监前湖》中"棹拂荷珠碎却圆"减两字、换一字而来。《行香子·北望平川》中"香雾萦鬟"，由杜诗《月夜》

中"香雾云鬟湿"减一字、换一字而来。《哨遍·睡起画堂》中"炉香逐游丝"，由杜诗《宣政殿退朝晚出左掖》中"炉烟细细驻游丝"减两字、换两字而来。

对白居易诗歌的浓缩数量虽不及杜诗，但是在其接受中能够看出苏轼词对白居易经典诗句的关注与借鉴，苏轼有意识地提取前人诗句最为精华的部分并加以改造，如《采桑子·多情多感仍多病》中"细捻轻拢"，《哨遍·睡起画堂》中"轻拢慢捻总伶俐"，分别由白诗《琵琶行》中"轻拢慢捻抹复挑"减三字改一字（前后倒置）、换三字换两字而来。《洞仙歌·江南腊尽》中"永丰坊那畔，尽日无人"，分别由白居易诗中"永丰坊里东南角，尽日无人属阿谁"减两字换两字、减三字而来。孟棨《本事诗·事感第二》：（白居易）"年既高迈，而小蛮方丰艳，因为杨柳之词以托意，曰：'……永丰坊里东南角，尽日无人属阿谁?'"①《水龙吟·小沟东接长江》中"壶中天地"，由白诗《酬吴七见寄》中"转作壶中天"减一字换一字而来。《满庭芳·三十三年》中"万里烟浪云帆"，由白诗《海漫漫》中"云涛烟浪最深处"减一字换三字而来。

7. 短句变成长句

短句变成长句，是指通过增字、改字的方法将短句扩充拓展为长句。如对杜诗的扩展，《南乡子·寒雀满疏篱》中"座客无毡醉不知"，对杜诗《戏简郑广文兼呈苏司业》中"坐客寒无毡"进行扩展。《浣溪沙·麻叶层层荷叶光》中"垂白杖藜抬醉眼"则是由杜诗《屏迹三首》其二中"杖藜从白首"增两字、换两字而来。《浣溪沙·炙手无人傍屋头》中"谁怜季子敝貂裘"，由杜诗《暮秋将归秦，留别湖南幕府亲友》中"谁悯敝貂裘"增两字、换一字而来。《定风波·雨洗娟娟嫩叶光》首句，由杜诗《严郑公宅同咏竹得香字》中"雨洗娟娟净"增两字、换一字而来；"风吹细细绿筠香""秀色乱侵书帙晚""清阴微过酒尊凉"，分别由杜诗《严郑公宅同咏竹得香字》中"风吹细细香""色侵书帙晚""阴过酒尊凉"增两字而来。《临

---

① （唐）孟棨. 本事诗（外一种）［M］. 上海：古典文学出版社，1957：14.

江仙·我劝髯张归去好》首句，由杜诗《陪诸贵公子丈八沟携妓纳凉，晚际遇雨二首》其一中"好去张公子"增两字、换两字而来。《浣溪沙·风卷珠帘自上钩》首句，由杜诗《月》中"开帘自上钩"增两字、换一字而来。

对白诗的拓展，如《浣溪沙·软草平莎过雨新》中"何时收拾耦耕身"，由《自题写真》中"收取云泉身"增两字、改三字而来。《水龙吟·似花还似非花》首句，由《花非花》中"花非花"增三字而来。《木兰花令·乌啼鹊噪昏乔木》中"清明寒食谁家哭"，由《寒食野望吟》中"寒食谁家哭"增两字而来。《定风波·常羡人间琢玉郎》中"此心安处是吾乡"，由《四十五》中"安处即为乡"增两字、改两字而来。《蝶恋花·一颗樱桃樊素口》首句，由白居易诗中"樱桃樊素口"增两字而来。孟棨《本事诗·事感第二》："白尚书姬人樊素，善歌，妓人小蛮，善舞。尝为诗曰：'樱桃樊素口，杨柳小蛮腰。'"①

## （二）用句意

### 1. 直用其意

直用其意，是指直接借鉴诗意，立意构思维持原意为多。对前人句意的袭用不仅是对意象、语言的接纳与归化，还有对诗句中情感与内涵的相通与迁移，苏轼词对杜甫诗的接受经常采用这种方式。如苏轼《江城子·翠蛾羞黛怯人看》中"水连天"，描写水天相接的景色，用了杜诗《渼陂西南台》中"水天相与永"的句意。《浣溪沙·缥缈危楼紫翠间》中"菊花人貌自年年，不知来岁与谁看"，则用《九日蓝田崔氏庄》中"明年此会知谁健，醉把茱萸仔细看"的句意，抒发了重阳佳节的离愁别绪。《醉落魄·分携如昨》中"西望峨眉，长羡归飞鹤"，抒发漂泊他乡的归思乡愁，用《卜居》中"归羡辽东鹤"的句意。《沁园春·孤馆灯青》中"世路无穷，劳生有限"，抒发世事艰辛、人生有限之感，用《春归》中"世路虽多梗，吾生亦有涯"的句意；"有笔头千字，胸中万卷"，表现踌躇满志的人生自信，用《奉赠韦

---

① （唐）孟棨. 本事诗（外一种）［M］. 上海：古典文学出版社，1957：14.

左丞丈二十二韵》中"读书破万卷,下笔如有神"的句意;"致君尧舜",
表达成就理想治世的政治抱负,用《奉赠韦左丞丈二十二韵》中"致君尧舜
上,再使风俗淳"的句意;"身长健,但优游卒岁,且斗樽前",表现人生易
老、及时行乐的思想情感,用《绝句漫兴九首》其四中"莫思身外无穷事,
且尽生前有限杯"的句意。《浣溪沙·山下兰芽短浸溪》中"松间沙路净无
泥",描写沙路洁净无泥,用《到村》中"秋沙先少泥"、《中丞严公雨中垂
寄见忆一绝,奉答二绝》其二中"白沙青石洗无泥"的句意。此外,《永遇
乐·长忆别时》中"凭仗清淮,分明到海,中有相思泪",写通过流水传达
相思之情,用《所思》中"故凭锦水将双泪,好过瞿塘滟滪堆"的句意;
《水调歌头·安石在东海》中"遗恨寄沧洲",表达归隐愿望落空的遗憾,用
《奉赠卢五丈参谋琚》中"辜负沧洲愿"、《曲江对酒》中"吏情更觉沧洲
远"的句意;《浣溪沙·怪见眉间一点黄》中"归来衫袖满天香",写上朝
归来衣服上满是殿堂中的香味,用《奉和贾至舍人早朝大明宫》中"朝罢香
烟携满袖"的句意;《醉落魄·苍颜华发》中"旧交新贵音书绝",抒发世
态炎凉、人情冷暖之感,用《狂夫》中"厚禄故人音书断"的句意;《洞仙
歌·冰肌玉骨》中"又不道、流年暗中偷换",抒发流年似水、时光易逝之
感,用《雨》中"郁郁流年度"的句意;《满庭芳·三十三年》中"真梦
里,相对残缸",《临江仙·尊酒何人怀李白》中"夜阑对酒处,依旧梦魂
中",表达久别重逢时的似真亦幻之感,用《羌村三首》其一中"夜阑更秉
烛,相对如梦寐"的句意;《鹧鸪天·林断山明竹隐墙》中"照水红蕖细细
香",描写荷花的形态、颜色和香味,用《狂夫》中"雨裛红蕖冉冉香"的
句意;《减字木兰花·郑庄好客》中"落笔生风",赞美友人文采之高,用
《寄李十二白二十韵》中"笔落惊风雨"的句意;《浣溪沙·料峭东风翠幕
惊》中"水晶盘莹玉鳞赪",描写水晶盘里盛放的鱼,用《丽人行》中"水
精之盘行素鳞"的句意。《渔家傲·一曲阳关情几许》中"孤城不见天霏
雾",描写深雾笼罩中的孤城,用《野望》中"孤城隐雾深"的句意。苏轼
在接受杜甫诗歌的句意时,大量蕴含着与前人相通的离愁别绪、政治失意与
人生感慨,其词的情感抒发与所接受的杜诗的情感是相通的,因此借前人句

意抒发自我的感怀。

　　苏轼对白氏诗歌的接受也有大量直用其意的，如《江城子·翠蛾羞黛怯人看》中"且尽一尊，收泪唱阳关"，写歌妓唱《阳关曲》劝酒侑觞，用《对酒五首》其四中"相逢且莫推辞醉，听唱《阳关》第四声"的句意。《醉落魄·分携如昨》中"尊前一笑休辞却，天涯同是伤沦落"，表达同是天涯沦落之感，用《琵琶行》中"相逢何必曾相识，同是天涯沦落人"的句意。《江城子·老夫聊发少年狂》中"老夫聊发少年狂"与《满庭芳·蜗角虚名》中"且趁闲身未老，须放我，些子疏狂"，写疏狂性情，则用白诗《代书诗一百韵寄微之》中"疏狂属少年"的句意。《永遇乐·明月如霜》中"圆荷泻露"，描写圆荷泻露的瞬间情景，用《浔阳三题·东林寺白莲》中"泻露玉盘倾"的句意；"古今如梦，何曾梦觉"，表达古今如梦的思想意识，用《和送刘道士游天台》中"人生同大梦，梦与觉谁分"的句意。《南乡子·霜降水痕收》首句，写霜降节气水位降低，用白居易《岁晚》中"霜降水返壑"的句意；"万事到头都是梦"，表达往事成空的思想意识，用《自咏》中"百年随手过，万事转头空"的句意。以上苏轼对白居易诗歌的句意借鉴多是表示漂泊沦落与人生空幻的思想，二人对人生的一些思考是一致的，因此在苏轼书写对人生如梦、天涯沦落的伤怀之时，会自然而然地借用白诗的相应内容。此外，苏轼对白诗的接受还有很多，如《江城子·凤凰山下雨初晴》中"何处飞来双白鹭"，描写白鹭双飞而来，用《孤山寺遇雨》中"水鹭双飞起"的句意；《减字木兰花·琵琶绝艺》中"年纪都来才十二"，写琵琶女年纪尚小，用《琵琶行》中"十三学得琵琶成"的句意；《南乡子·未倦长卿游》中"漫舞夭歌烂不收"，描写歌舞烂漫的欢愉场景，用《长恨歌》中"缓歌慢舞凝丝竹"的句意；《少年游·银塘朱槛麹尘波》中"圆绿卷新荷"，描写尚未完全舒展开的新荷，用《春江闲步赠张山人》中"青含卷叶荷"的句意；《减字木兰花·神闲意定》中"玉指冰弦，未动宫商意已传"，写古琴女演奏技艺之高超，初抚琴弦、乐曲尚未正式开始就已传达出情意，用《琵琶行》中"转轴拨弦三两声，未成曲调先有情"的句意；《南歌子·山与歌眉敛》中"谁家《水调》唱歌头"，写唱《水调》歌，用《杨柳枝词八首》其一中"《六幺》《水调》家家唱"的句意；《行香子·清夜无尘》中"酒斟时，须满十分"，写斟酒斟满酒盏，用《雪夜喜李郎中见访兼酬所赠》中"十分满盏黄金波"和《早饮湖州酒，寄崔使君》中"十分醆甲酎，潋艳满银盂"的句意；《谒金门·秋帷里》中"晓色又侵窗纸"，描写窗前晓色，用《晓寝》中"纸窗明觉晓"的句意；《西江月·世事一场大梦》首句，写人生如大梦，用《和送刘道士游天台》中"人生同大梦"的句意；《醉落魄·醉醺醺醉》中"一到愁肠，别有阳春意"，写酒后感觉暖意融融，犹如沐浴在暖阳下一般，用《咏家酝十韵》中"饮似阳和满腹春"的句意。

苏轼对于前人句意的借鉴是有选择性的，会根据自我抒发的情感与内容的不同选取与前人相通的作品，实现意境的融洽与情感的共通。

2. 合用其意

合用句意，是指将本属于不同句子的诗意融合在一句之中。苏轼合用杜甫诗意，如《减字木兰花·维熊佳梦》中"维熊佳梦，释氏老君亲抱送"，夸赞李公择之子生来不凡，合用《徐卿二子歌》中"徐卿二子生奇绝，感应吉梦相追随""孔子释氏亲报送，尽是天上麒麟儿"的句意；"壮气横秋，未满三朝已食牛"，夸赞李公择之子器宇不凡和食量之大，合用《徐卿二子歌》中"大儿九龄色清澈，秋水为神玉为骨"和"小二五岁气食牛，满堂宾客皆回头"的句意。《永遇乐·明月如霜》中"天涯倦客，山中归路，望断故园心眼"，抒发漂泊他乡的归思乡愁，合用《春日梓州登楼二首》其二中"天畔登楼眼，随春入故园"和《秋兴八首》其一中"孤舟一系故园心"的句意。还有合用杜甫和他人诗意的，如《临江仙·四大从来都遍满》中"层巅余落日，草露已沾衣"，写傍晚时候草蔓上凝结的露水已经能够沾湿衣服，合用杜甫《西枝村寻置草堂地，夜宿赞公土室二首》其一中"草蔓已多露"、陶渊明《归园田居五首》其三中"夕露沾我衣"的句意。《水调歌头·明月几时有》中"起舞弄清影，何似在人间"，写酒后月下独自起舞，明亮皎洁的月光下舞影格外清晰，合用李白《月下独酌》中"我舞影零乱"、杜甫《月》中"人间月影清"的句意。

合用白诗句意，如《浣溪沙·长记鸣琴子贱堂》中"聚散交游如梦寐"，表达聚散匆匆、往事成空之感，合用《十年三月三十日别微之于沣上……为他年会话张本也》中"往事渺茫都似梦，旧游流落半归泉"、《寄王质夫》中"旧游疑是梦，往事思如昨"的句意。《浣溪沙·倾盖相逢胜白头》中"故山空复梦松楸，此心安处是菟裘"，以心安之处即为故乡的思想化解思乡之情，合用《重修香山寺毕题二十二韵以纪之》中"可怜终老地，此是我菟裘"、《四十五》中"老来尤委命，安处即为乡"、《初出城留别》中"我生本无乡，心安是归处"和《种桃杏》中"无论海角与天涯，大抵心安即是家"等的句意。《青玉案·三年枕上吴中路》中"春衫犹是，小蛮针线，曾湿西湖雨"，通过春衫上的雨痕忆旧怀人，表达对已故侍姜朝云的深切思念之情，合用《浔阳春·春去》中"青衫犹是去年身"和《故衫》中"襟上杭州旧酒痕"等的句意。陈世焜《云韶集》卷五云评曰："较'襟上杭州旧酒痕'更觉有味。"①

3. 反用其意

反用其意，是指立意构思反其意而为之，通过否定原有诗意推陈出新。反用诗意可以实现转变情感基调或深化情感程度的效果。转变情感基调，如《浣溪沙·珠桧丝杉冷欲霜》中"强揉青蕊作重阳，不知明日为谁黄"，一反杜甫《叹庭前甘菊花》中"檐前甘菊移时晚，青蕊重阳不堪摘"的伤感无奈，用赏花需要趁早作比，表达及时行乐的思想。《千秋岁·浅霜侵绿》中"发少仍新沐"，写虽然头发稀少但是仍要梳洗，一反杜诗《别常徵君》中"白发少新洗"的伤老情绪，表达了豁达洒脱的情怀。《西江月·点点楼头细雨》中"酒阑不必看茱萸，俯仰人间今古"，表达不必纠结于聚散离合的胸襟，一反杜诗《九日蓝田崔氏庄》中"明年此会知谁健，醉把茱萸仔细看"的迷茫惆怅。《减字木兰花·琵琶绝艺》中"拨弄幺弦，未解将心指下传"，写琵琶女年纪尚小，单纯不谙世事，不懂得通过弹奏乐曲来传达心绪，反用

---

① （宋）苏轼. 苏轼词编年校注［M］. 邹同庆，王宗堂，校注. 北京：中华书局，2002：720.

了白居易《琵琶行》中"弦弦掩抑声声思，似诉平生不得志""低眉信手续续弹，说尽心中无限事"等的句意。《浣溪沙·炙手无人傍屋头》首句，写门庭冷落宾客稀少，反用白诗《放言五首》其四中"昨日屋头堪炙手"的句意。《浣溪沙·山下兰芽短浸溪》中"休将白发唱黄鸡"，《浣溪沙·雪颔霜髯不自惊》中"莫唱黄鸡并白发"，表达不必为年老而伤感的旷达情感，反用白居易《醉歌·示妓人商玲珑》中"黄鸡催晓丑时鸣，白日催年酉前没"等的句意。

反用还能实现对情感程度的深化，如《江城子·天涯流落思无穷》中"欲寄相思千点泪，流不到，楚江东"，写纵使流水能够流向远方，也无法替人传递相思的泪水，反用杜甫《所思》中"故凭锦水将双泪，好过瞿塘滟滪堆"的句意，抒情更深了一层。苏轼《定风波·雨洗娟娟嫩叶光》中"先生落笔胜萧郎"，写画竹笔法之高妙胜过萧郎，反用白居易《画竹歌》中"萧郎下笔独逼真，丹青已来惟一人"的句意。《减字木兰花·银筝旋品》中"不用缠头千尺锦"，《南歌子·绀绾双蟠髻》中"胜似缠头千锦"，写表演技艺之高妙，不需用获赠的锦缎来衡量，反用《琵琶行》中"五陵年少争缠头，一曲红绡不知数"的句意。

4. 拓展其意

拓展其意，是指立意构思向横向发展，对原有诗意有所突破超越，融入新意。如《醉落魄·轻云微月》中"此生飘荡何时歇，家在西南，长作东南别"，表达漂泊流离之感和思念故乡之情，拓展杜甫《羌村三首》其一中"世乱遭飘荡，生还偶然遂"的句意，杜诗感叹漂泊流离的艰辛，苏轼进而抒发乡愁。《画堂春·柳花飞处麦摇波》中"济南何在暮云多"，拓展杜诗《春日忆李白》中"江东日暮云"的句意，同是以"暮云"意象寄托怀人之情，杜甫怀念朋友李白，苏轼怀念弟弟苏辙。《临江仙》首两句"尊酒何人怀李白，草堂遥指江东"，拓展了《春日忆李白》中"何时一尊酒，重与细论文"的句意，杜甫怀念朋友李白，苏轼以李白自比，以杜甫比友人。《定风波·谁羡人间琢玉郎》中"尽道清歌传皓齿，风起，雪飞炎海变清凉"，形容歌声的优美动听，犹如苦热难耐中获得了清凉一般，拓展《雨》中"清凉破炎毒"的句意，杜诗是写实，东坡词是比喻。《西江月·玉骨那愁瘴雾》中"素面常嫌粉涴"，写梅花的素净淡雅、超凡脱俗，就像天生丽质的美女不需施粉涂黛一样，拓展《集灵台二首》其一中"却嫌脂粉污颜色"的句意，杜诗是写人，东坡词以美人比梅花。《生查子·三度别君来》中"泪湿花如雾"，写泪眼蒙胧中看到的花模糊不清犹如被雾笼罩一般，拓展《小寒食舟中作》中"老年花似雾中看"的句意，同是看花，杜诗是写因老眼昏花而模糊不清，东坡词是写因泪水沾湿眼眶而模糊不清。

5. 深化其意

深化其意，是指立意构思向纵深发展，比原有诗意更进一层，青出于蓝而胜于蓝。如《浣溪沙·白雪清词出坐间》中"不知重会是何年，茱萸仔细更重看"，抒发重阳佳节的伤离别绪，深化《九日蓝田崔氏庄》中"明年此会知谁健，醉把茱萸仔细看"的句意，杜甫写明年重会不知几人健在，至少重会还是有希望的，苏轼则把重会推向了虚无渺茫，更深一层。《千秋岁·浅霜侵绿》中"明年人纵健，此会应难复"，抒发重阳佳节的伤离别绪，深化《九日蓝田崔氏庄》中"明年此会知谁健"的句意，杜甫写明年重会不知几人健在，苏轼写纵使明年人健在也难以重会，多一层转折，情感更深一层。《减字木兰花·玉觞无味》中"玉觞无味，中有佳人千点泪"，抒发依依不舍的离情，深化《泛江送客》中"泪逐劝杯落"的句意，杜诗写离别宴席上持杯劝酒时落泪，东坡词写美酒中因落有佳人的泪水而变得寡淡无味，通过味觉间接抒发离情，抒情更进一层。《南乡子·霜降水痕收》中"酒力渐消风力软，飕飕，破帽多情却恋头"，深化《九日蓝田崔氏庄》中"羞将短发还吹帽，笑倩旁人为正冠"的句意，杜诗写因怕风吹落帽子，别人看到自己的短发，而叫人把帽子扶正戴好，苏轼用拟人手法写帽子多情，不舍离头而去，更进一层，表现了疏狂不羁的个性。深化杜诗的，还有《南歌子·带酒冲山雨》中"和衣睡晚晴，不知钟鼓报天明"，表达不为外界声响所扰的悠然自得之乐，深化《偪侧行赠毕四曜》中"睡美不闻钟鼓传"的句意；"自爱湖边沙路、免泥行"，抒发行走在雨后洁净无泥的沙石路上的喜悦之情，深化《到村》中"碧涧虽多雨，秋沙先少泥"、《中丞严公雨中垂寄见忆一绝，奉答二绝》其二中"白沙青石洗无泥"的句意；杜甫侧重客观叙述，苏轼侧重主观抒情。《西江月·莫叹平齐落落》中"白发千茎相送，深杯百罚休辞"，劝慰友人不用为白发而伤感，只需尽情饮酒为乐，深化《乐游园歌》中"数茎白发那抛得，百罚深杯亦不辞"的句意，杜甫是因年老伤感而借酒浇愁，苏轼是劝慰友人抛却烦恼。

　　对白诗句意的深化，如《蝶恋花》云："灯火钱塘三五夜，明月如霜，照见人如画。帐底吹笙香吐麝，此般风味应无价。"《木兰花令·元宵似是欢游好》中"万家游赏上春台，十里神仙迷海岛"，描写杭州元宵佳节的热闹场面，深化白居易《正月十五日夜月》中"灯火家家市，笙歌处处楼"等句意。《满庭芳·蜗角虚名》中"蜗角虚名，蝇头微利，算来著甚干忙""事皆前定，谁弱又谁强"，表达对世俗功名利禄的看淡，深化《对酒五首》其二中"蜗牛角上争何事"的句意。《西江月·三过平山堂下》云："休言万事转头空，未转头时皆梦"，表达不仅往事成空、当下也虚幻如梦的思想意识，深化《自咏》中"百年随手过，万事转头空"的句意。潘游龙《精选古今诗余醉》卷一一评云："欧词'樽前看取衰翁'已觑破矣，此言'未转头时皆梦'，更警醒。"[1] 陈廷焯《词则·放歌集》卷一云："弥进一层，唤醒痴愚不少。"[2] 陈廷焯《白雨斋词话》卷六曰："追进一层，唤醒痴愚不少。"[3]《满庭芳·归去来兮，清溪无底》中"老去君恩未报，空回首，弹铗悲歌"，用冯谖弹铗的典故，表达未能建功立业以报君恩的悲慨，深化《酬王十八见寄》中"未报皇恩归未得"的句意。《临江仙·一别都门三改火》中"人生如逆旅，我亦是行人"，表达人生短暂如过客的感叹，深化《重到渭上旧居》中"浮生同过客，前后递来去"的句意。《临江仙·我劝髯张归去好》云："俎豆庚桑真过矣……君王如有问，结袜赖王生。"连用俎豆庚桑、王生结袜两个典故，谦虚地表达杭州知州任上没有留下什么惠政之意，

---

① （明）潘游龙. 精选古今诗余醉［M］. 沈阳：辽宁教育出版社，2003：327.

② （清）陈廷焯. 词则［M］. 上海：上海古籍出版社，1984：297.

③ （清）陈廷焯. 白雨斋词话［M］//唐圭璋. 词话丛编. 北京：中华书局，1986：3912.

深化《别州民》中"甘棠无一树，那得泪潸然"的句意。

### （三）学手法

1. 修辞手法

（1）炼字手法

炼字是锤炼出诗词中最为妥帖恰当、最具艺术感染力的一个字，历来诗家皆注重炼字，也造就了许多的炼字典范，苏轼词中的炼字手法很多都学自杜诗。如《行香子·一叶舟轻》中"鱼翻藻鉴"，用"翻"字描摹水中鱼跃的瞬间动态，学自杜诗《绝句六首》其四中"翻藻白鱼跳"。《哨遍·睡起画堂》中"见乳燕、捎蝶过繁枝"，用"捎"字描写乳燕、蝴蝶齐飞的情景，学杜甫《重过何氏五首》其一中"花妥莺捎蝶"。《洞仙歌·冰肌玉骨》中"一点明月窥人"，用"点"字形容月之远、小而亮，学《玩月呈汉中王》中"关山同一点"。《阮郎归·绿槐高柳咽新蝉》中"榴花开欲燃"，用"燃"字形容花开之盛、花色之艳，学《绝句二首》其二中"山青花欲燃"。

（2）比喻手法

比喻是文学创作中很常见的修辞手法，能够使语言生动形象，精彩的比喻能够给读者留下深刻的印象，在前代的诗词创作中有许多经典的比喻流传下来，我们也能发现苏轼词中有许多对杜甫诗经典比喻的借鉴。如《虞美人·湖山信是东南美》中"惟有一江明月、碧琉璃"，用琉璃比喻皎洁月光下碧绿的江水，学杜甫《渼陂行》中"波涛万顷堆琉璃"。《洞仙歌·江南腊尽》中"细腰肢、自有入格风流"，用美女细腰比喻轻柔的柳枝，学杜诗《绝句漫兴九首》其九中"隔户杨柳弱袅袅，恰似十五女儿腰"。《永遇乐·长忆别时》中"明月如水"，用水的透明澄澈比喻月光的明亮皎洁，学《江月》中"江月光于水"、《月》中"四更山吐月，残夜水明楼"。《西江月·别梦已随流水》中"泪巾犹裛香泉"，以泉水比喻泪水，学《杜鹃》中"泪下如迸泉"句。《醉落魄·醉醒醒醉》中"浓斟琥珀香浮蚁"，以琥珀比喻酒色，学《郑驸马宅宴洞中》中"春酒杯浓琥珀薄"。《西江月·昨夜扁舟京口》中"使君才气卷波澜"，用波澜壮阔比喻才气之大，学《追酬故高蜀州人日见寄》中"文章曹植波澜阔"。《醉落魄·分携如昨》中"人生到处萍漂泊",以水中浮萍比喻人生的漂泊流离,学《秦州见敕目薛三璩授司议郎毕四曜除监察与二子有故远喜迁官兼述索居凡三十韵》中"浩荡逐流萍"。

(3) 拟人手法

拟人是将物比拟作人,通过赋予物象人格来生动形象地表达创作者的感情。对物的人格化也是诗歌创作的常用手法,苏轼词中可以看到其对前人经典拟人手法的承袭,如《水龙吟·似花还似非花》中"无情有思",写杨花也有思想情感,学杜甫《白丝行》中"落絮游丝亦有情"。曾季貍《艇斋诗话》云:"东坡和章质夫杨花词云:'思量却是,无情有思',用老杜'落絮游丝亦有情'也。"①

(4) 夸张手法

夸张通过强化语言力度,强调物体特征来增强作品的吸引力。苏轼《菩萨蛮·绣帘高卷倾城出》中"凄音休怨乱,我已无肠断",《临江仙·忘却成都来十载》中"坐上别愁君未见,归来欲断无肠",学白居易《山游示小妓》中"莫唱杨柳枝,无肠与君断",以无肠可断形容凄怆至极。

2. 表现手法

(1) 比兴寄托手法

苏轼的比兴寄托手法学自杜甫,谭献评周济《词辨》卷二《贺新郎·乳燕飞华屋》云:"颇欲与少陵《佳人》一篇互证。"② 所谓"互证",是从比兴寄托角度立论的。谭献认为,"词体最宜用比兴寄托,以达'柔厚'之旨"③。其《复堂词录序》云:"其为体,固不必与庄语也,而后侧出其言,

---

① (宋)曾季貍. 艇斋诗话 [M] //丁福保. 历代诗话续编. 北京:中华书局,1983:309.
② (清)黄苏,周济,谭献. 清人选评词集三种 [M]. 尹志腾,点校. 济南:齐鲁书社,1988:178.
③ 方智范,邓乔彬,等. 中国古典词学理论史 [M]. 上海:华东师范大学出版社,2005:315.

旁通其情，触类以感，充类以尽。"① "侧出其言"云云，就是比兴寄托之意。据仇兆鳌《杜诗详注》卷七载，《佳人》是"托弃妇以比逐臣，伤新进猖狂，老成凋谢"② 之作；杨伦《杜诗镜铨》卷五亦云："因所见有感，亦带自寓意。"③

（2）侧面烘托手法

侧面烘托，是指通过描写听众的主观感受、言行举止来衬托演奏技艺的高超精湛。苏轼词中许多侧面烘托的手法是受白居易的影响。白居易《琵琶行》中"今夜闻君琵琶语，如听仙乐耳暂明"，通过描写诗人"如听仙乐"的主观感受衬托乐曲的美妙动听。"凄凄不似向前声，满座重闻皆掩泣""座中泣下谁最多，江州司马青衫湿"，通过描写座客与诗人"掩泣""泣下"等行为举止衬托琵琶曲的凄婉悲凉。而苏轼《减字木兰花·空床响琢》"醉梦尊前，惊起湖风入坐寒"，写乐曲能够唤醒醉意，就像清凉的湖风让人感到清醒一般。《水龙吟·楚山修竹如云》云："为使君、洗尽蛮风瘴雨，作《霜天晓》。"写乐曲能够消除疲劳，"蛮风瘴雨"指岭南任上的劳顿之感。苏轼比白居易更进一筹之处在于，不仅描写听众的动作，还描写听众的言语。言语，让听众与演奏者之间有了沟通交流，更为生动形象。《减字木兰花·神闲意定》云："归去无眠，一夜余音在耳边。"描写听者"余音绕梁"的主观感受。

（3）托物言志手法

托物言志，是通过比兴寄托手法委婉曲折地表达身世之感。东坡词的托物言志手法主要学自白居易诗，集中体现在贬谪黄州、惠州时期。

元和十年（815）八月，白居易因越职言事被贬江州司马。江州是偏僻之地，生活环境恶劣。《琵琶行》云："浔阳地僻无音乐，终岁不闻丝竹声。

---

① （清）谭献. 复堂词录序［A］//唐圭璋. 词话丛编. 北京：中华书局，1986：3987.
② （唐）杜甫. 杜诗详注［M］.（清）仇兆鳌，注. 北京：中华书局，1979：555.
③ （唐）杜甫. 杜诗镜铨［M］.（清）杨伦，笺注. 上海：上海古籍出版社，1962：230.

住近湓江地低湿，黄芦苦竹绕宅生。"初到江州的白居易，并没有用直抒胸臆的方式抒发无辜被贬的不平之气和不满情绪，而是将天涯沦落的身世之感寄寓在咏物诗中。《浔阳三题·序》云：

> 庐山多桂树，湓浦多修竹，东林寺有白莲华，皆植物之贞劲秀异者，虽宫圃省寺中，未必能尽有。夫物以多为贱，故南方人不贵重之。至有蒸爨其桂，剪弃其竹，白眼于莲花者。予惜其不生于北土也，因赋三题以唁之。①

白居易同情怜悯江州的桂树、竹子和白莲的不幸遭遇，实际上是同情怜悯自己的不幸被贬和漂泊流离。白居易托物言志的抒情方式，既体现了传统的"怨而不怒，哀而不伤"的温柔敦厚的诗教，又体现了自身的"穷则独善其身"的为人处世的原则。其《与元九书》云："古人云：'穷则独善其身，达则兼济天下。'仆虽不肖，常师此语……故仆志在兼济，行在独善，奉而始终之则为道，言而发明之则为诗。"②

苏轼因乌台诗案被贬黄州团练副使，初到黄州寓居定惠院时作了《寓居定惠院之东，杂花满山，有海棠一株，土人不知其贵也》和《卜算子·缺月挂疏桐》。"杂花满山，有海棠一株，土人不知其贵"，与白居易的"夫物以多为贱，故南方人不贵重之"是同样的意思。《卜算子》词中通过塑造孤鸿形象，并赋予其凤凰的高贵品格，曲折婉转地表达无辜遭贬的不平之鸣，天涯流落的悲恨之感，以及骨子里倔强孤傲的个性特征。③ 谪居黄州期间作的《贺新郎·乳燕飞华屋》，上阕以美人自比，下阕以榴花比美人，通过双重比兴寄托手法曲折婉转地表达仕途受挫的不遇之感，甘于幽独的高尚节操，以

---

① （唐）白居易. 白居易诗集校注 ［M］. 谢思炜，校注. 北京：中华书局，2006：134.

② （唐）白居易. 白居易诗集校注 ［M］. 谢思炜，校注. 北京：中华书局，2006：2794.

③ 陈斌. 苏轼《卜算子》流传中的三种接受状态 ［J］. 中国韵文学刊，2015，29（3）：61 –65.

及志节不改的坚贞品格。① 谪居惠州期间作的《西江月》云：

　　　　玉骨那愁瘴雾，冰姿自有仙风。海仙时遣探芳丛。　　　倒挂绿毛幺凤。素面常嫌粉涴，洗妆不褪唇红。高情已逐晓云空。不与梨花同梦。

　　同时之作《十一月二十六日，松风亭下，梅花盛开》云："岂知流落复相见，蛮风蜒雨愁黄昏……松风亭下荆棘里，两株玉蕊明朝暾。"诗人同情怜悯蛮风瘴雨、荆棘丛中的梅花，实际上是对自己度岭南迁、漂泊流离的同情怜悯。词中赞美梅花，实际上是以梅花自况，表现不畏贬谪之地恶劣环境的坚忍不拔的精神品格。上阕首两句，写岭南梅花以冰肌玉骨之躯傲立于蛮风瘴雨之中，与同时之作《再用前韵》中"玉雪为骨冰为魂"同一意思。后两句，以与梅花为伴的倒挂子鸟衬托梅花的超凡脱俗。《再用前韵》诗中"蓬莱宫中花鸟使，绿衣倒挂扶桑暾"句自注云："岭南珍禽有倒挂子，绿毛红喙，如鹦鹉而小，自东海来，非尘埃中物也。"② 下阕首两句，以天生丽质、不施粉黛的美人作比，写岭南梅花的形与色，突出其奇特不凡。释惠洪《冷斋夜话》卷一〇云："岭外梅花与中国异，其花几类桃花之色，而唇红香著。"③ 庄绰《鸡肋编》卷下云："梅花叶四周皆红，故有'洗妆'之句。"④后两句，反用王昌龄《梅》诗中"落落寞寞路不分，梦中唤作梨花云"的句意，写梅花的神与韵，突出其品格孤高清冷。

　　从抒情方式和意象意义的视角看，苏轼笔下的孤鸿、海棠、榴花、梅花和倒挂子鸟，与白居易笔下的桂树、竹子、白莲是一脉相承的。

---

① 　陈斌. 苏轼《贺新郎》作时与作意综述［J］. 江苏科技大学学报，2016，16（4）：27－35.
② 　（宋）苏轼. 苏轼诗集［M］.（清）王文诰，辑注. 北京：中华书局，1982：2077.
③ 　（宋）释惠洪. 冷斋夜话（外一种）［M］. 南京：凤凰出版社，2009：102.
④ 　（宋）庄绰. 鸡肋编（外一种）［M］. 上海：上海古籍出版社，2012：72.

## 二、苏轼词接受前人诗歌的典型特征

### （一）不仅数量多，而且频率高

苏轼词对前人诗歌的接受极为广泛，从《诗经》到汉、魏、晋、南北朝、唐五代，乃至宋初诗人之诗，皆是其取材范围。就其接受最多的杜诗来说，傅干《注坡词》收东坡词 272 首，其中 70 首的注文征引了杜诗，占到1/4 以上；征引杜诗多达 91 次，涉及杜诗 78 首。征引杜诗较多的东坡词为：《哨遍·睡起画堂》4 次，《临江仙·尊酒何人怀李白》《南歌子·带酒冲山雨》《浣溪沙·醉梦醺醺晓未苏》各 3 次。以用语句、用句意、学手法等方式接受杜诗的东坡词有 79 首，占到总数（以《全宋词》收录 351 首计）的1/5 以上；接受杜诗次数多达 114 次，涉及杜诗 80 首。接受杜诗较多的东坡词有《减字木兰花·维熊佳梦》《沁园春·孤馆灯青》《满庭芳·香叇雕盘》《南歌子·带酒冲山雨》《洞仙歌·冰肌玉骨》《定风波·雨洗娟娟嫩叶光》等。从苏轼词对杜甫诗歌的接受便可以看出，不仅苏轼词中接受前人诗歌的数量极多，而且常常出现一首词中多次接受前人诗歌的情况。

### （二）创作时间、地点集中分布

苏轼对前人诗歌的接受是有规律可循的，在不同的创作时期与地点，会接受前人不同题材、不同情感内涵的作品。如东坡词接受的杜诗，创作时间起自天宝五年（746），止于大历五年（770），前后跨度长达 25 年，创作地点集中分布在蜀中、长安等地。东坡词接受的 80 首杜诗中，蜀中之诗 40 首，占到一半，长安之诗 25 首，占到 1/3 左右，两者占到总数的 80% 以上。东坡词对杜诗的接受，创作时间起自熙宁六年（1073），止于建中靖国元年（1101），前后跨度将近 30 年，创作地点集中分布在外任、贬谪以及经游之地。接受杜诗的 79 首东坡词中，作于外任之地的 30 首，贬谪之地的 21 首，经游之地的 19 首，三者占到总数的将近 90%。

而苏轼词接受白居易诗的创作时间自熙宁六年（1073）起到建中靖国元年（1101）止，前后跨度长达 28 年，几乎覆盖了苏轼的后半生，也贯穿了东坡词创作的始终。以创作地点看，贬谪时期之词最多，有 26 首，两任杭州之词其次，有 16 首。可见，东坡词对白居易诗的接受，集中分布于两任杭州和贬谪时期。东坡词创作中接受的白居易诗，创作时间自元和元年（806）起到会昌元年（841）止，前后跨度长达 35 年，几乎覆盖了白居易的后半生。以创作地点看，贬谪江州之诗最多，有 10 首，杭州刺史之诗其次，有 9 首，分司东洛之诗第三，有 8 首。可见，东坡词创作中接受的白居易诗，集中分布在贬谪江州、刺史杭州和分司东洛时期。

### （三）学习借鉴、突破超越并重

从苏轼接受前人语句的例证中可以看出，其截用经典语词、原封不动引用的接受方式侧重于学习借鉴，其他表现形式则侧重于突破创新。截用经典语词中，以维持原有语意不变者居多，如借鉴自杜诗的"锦江春色""剑外""骑鲸"等，取自白诗的"轻拢""琵琶语""扶头""花枝缺处"等都维持原意不变。有时还能对前人的经典语汇融入新意，如对杜诗的"翠羽""冰霜"等。原封不动引用中，绝大多数诗句用在东坡词中均能够符合平仄格律相符、前后语意连贯、韵字能够相押、上下对仗工整等要求。原封不动引用是一门技术活，看似简单，实则不易，可谓可遇而不可求。诗句能够原封不动用到词中，至少需要句子长短一致、平仄格律相符、押韵方式相符、词意融合无间四个条件。如《定风波》《木兰花令》的七言句式，苏轼为了达到词意融合无间的效果，特意选用了白居易诗中同类题材的诗句，当然诗句直接入词也会出现平仄格律不符、押韵方式突破的现象，但这也恰恰体现了苏轼的创作态度。胡仔《苕溪渔隐丛话后集》载晁补之《评本朝乐章》云："东坡词，人谓多不谐音律，然居士词横放杰出，自是曲子中缚不住者。"① 陆游《老学庵笔记》卷五云："世言东坡不能歌，故所作乐府词多不协……公非不能歌，但豪放不喜裁剪以就声律耳。"② 苏轼的突破创新，使词这种文体由注重声律形式的音乐文学向注重思想情感的抒情文学转变，推进了词体的演进。可见，苏轼以诗句入词，并不是生搬硬套为用诗句而用诗句，而是随机应变，出于不同的创作需要进行灵活化用，融入了苏轼本人的思想情感和艺术风格，又能够与全词语意连贯、融合无间。

用句意层面，合用其意是通过重新组合而创新，苏轼合用杜诗语意，不仅合用杜甫本人诗意，还将杜甫诗意与陶渊明、李白等前人诗意融合化用，可见苏轼在化用前人诗意时能够兼收并蓄，博采众长。反用其意是通过"反弹琵琶"而创新，杨守斋《作词五要》云："第五要立新意……或翻前人语意，便觉出奇。"③ 如《西江月·点点楼头细雨》中"酒阑不必看茱萸，俯仰人间今古"，反用杜甫诗《九日蓝田崔氏庄》中"明年此会知谁健，醉把茱萸仔细看"的句意。张綖《草堂诗余后集别录》评云："翻老杜诗，则意度旷达，超越千古矣。"④ 拓展其意、深化其意是通过顺其意而为之的创新，前者是横向发展，后者是纵向发展。田同之《西圃词说》云："作词必先选科，大约用古人之事，则取其新僻，而去其陈因。"⑤ 如《南乡子·霜降水痕收》中"酒力渐消风力软，飕飕，破帽多情却恋头"，深化《九日蓝田崔氏庄》中"休将短发还吹帽，笑倩旁人为正冠"的句意。

学手法层面，学修辞手法虽侧重于学习借鉴，但有些作品达到了青出于

① （宋）胡仔. 苕溪渔隐丛话后集：卷三三 ［M］. 北京：人民文学出版社，1984：253.
② （宋）陆游. 老学庵笔记：卷五 ［M］. 北京：中华书局，1979：66.
③ （宋）杨守斋. 作词五要 ［M］//唐圭璋. 词话丛编. 北京：中华书局，1986：268.
④ （宋）苏轼. 苏轼词编年校注 ［M］. 邹同庆，王宗堂，校注. 北京：中华书局，2002：433.
⑤ （清）田同之. 西圃词说 ［M］//唐圭璋. 词话丛编. 北京：中华书局，1986：1459.

蓝而胜于蓝的效果。如其学白居易的托物言志手法，虽所托之物相似，然所言之志有别，是"借他人酒杯，浇自己块垒"。而学比兴寄托手法更侧重于突破创新，如杜甫《佳人》诗，是以弃妇比逐臣的比兴寄托之作。第一层，佳人自叙不幸零落的遭遇。先是总叙零落失依、幽居空谷的现实境况。然后回忆过去，具体写零落之因：一方面是娘家兄弟丧亡，不可依靠，另一方面是夫君另有新欢，因而见弃。第二层，佳人表达甘于幽独、忠贞不渝的志节。苏轼《贺新郎·乳燕飞华屋》上阕以美人自比，下阕以榴花比美人，通过双重比兴寄托手法曲折婉转地表达仕途受挫的不遇之感，甘于幽独的高尚节操，以及志节不改的坚贞品格。①

### （四）对特定题材、意象的偏爱

苏轼词偏爱接受杜甫重阳题材的诗作，如《浣溪沙·缥缈危楼紫翠间》《浣溪沙·白雪清词出坐间》《浣溪沙·珠桧丝杉冷欲霜》等。东坡词对杜甫《九日蓝田崔氏庄》的接受不仅次数多，而且表现形式多样：稍作变动化用如《南乡子·何处倚阑干》，拆分重构为句如《醉蓬莱·笑劳生一梦》，直用其意如《浣溪沙·缥缈危楼紫翠间》，反用其意如《西江月·点点楼头细雨》，深化其意如《浣溪沙·白雪清词出坐间》《千秋岁·浅霜侵绿》《南乡子·霜降水痕收》。

此外，东坡词还大量接受了杜甫诗歌里关于"月"的意象的作品，杜诗有《月夜》《江月》《月·天上秋期近》《玩月呈汉中王》《月·四更山吐月》等。东坡词对"月"意象的杜诗以及杜诗中"月"的意象的接受，不仅数量多，而且表现形式多样：截用经典语词如《临江仙·一别都门三改火》，稍做变动化用如《江城子·玉人家在凤凰山》，短句变为长句如《浣溪沙·风卷珠帘自上钩》《行香子·北望平川》，合用诗意如《水调歌头·明月几时有》，学比喻手法如《永遇乐·长忆别时》，学炼字手法如

---

① 陈斌. 苏轼《贺新郎》作时与作意综述［J］. 江苏科技大学学报，2016，16（4）：27－35.

《洞仙歌·冰肌玉骨》。杨慎《词品》卷一云："杜诗'关山同一点'，'点'字绝妙。东坡亦极爱之，作《洞仙歌》云：'一点明月窥人。'用其语也。"①

东坡词创作中所接受的白居易诗，从题材类型上看，律诗、格诗明显多于感伤诗、闲适诗，感伤诗、闲适诗又明显多于讽喻诗。其原因在于，不同题材类型的诗歌，其功用和风格亦有所不同。讽喻诗，具有针砭时弊、反映民间疾苦的社会功用，故而追求语言通俗易懂，诗意明白晓畅，感伤诗、闲适诗、律诗和格诗，其功用和风格与讽喻诗有明显的不同。赵翼《瓯北诗话》卷四云："盖其少年欲有所济于天下，而托之讽喻，冀以流闻宫禁，裨益时政；闲适、伤感，则随时写景、述怀、赠答之作……至后集则长庆以后，无复当世之志，惟以安分知足、玩景适情为事，故不复分类，但分格诗、律诗二种。"② 因此，感伤诗、闲适诗、律诗和格诗，多为写景、抒情、叙事之作，故而侧重于在立意构思、遣词用语、手法技巧等艺术性层面用力，展示创作个性。

北宋中后期的东坡词创作中，词体已由娱宾遣兴、聊佐清欢的音乐文学发展演进成为一种独立抒情诗体，音乐属性减弱的同时文学属性增强，在创作中追求展示立意构思、遣词用语、手法技巧等方面的艺术个性，但尚未具备针砭时弊、反映民间疾苦的社会功用，故而东坡词创作中对白居易的感伤诗、闲适诗、律诗、格诗接受较多，而对其讽喻诗接受较少。与其形成互补关系的是，苏轼对白居易讽喻诗的接受体现在其诗歌创作中。

---

① （明）杨慎. 词品校注 [M]. 岳淑珍，校注. 郑州：中州古籍出版社，2013：63-64.

② （清）赵翼. 瓯北诗话 [M]. 南京：凤凰出版社，2009：30.

# 三、苏轼词接受前人诗歌的多重动因

## （一）思想情感的认同——深层根源

据《新唐书·杜甫传》载，杜甫自言自先祖杜恕、杜预以来"承儒守官十一世"①。受家世的影响，忠君爱民是其人生思想的核心。《新唐书·杜甫传》载，杜甫"情不忘君，人怜其忠"②。苏轼高度认同杜甫的忠君思想，《王定国诗集叙》云："若夫发于性而止于忠孝者，其诗岂可同日而语哉！古今诗人众矣，而杜子美为首，岂非以其流落饥寒，终身不用，而一饭未尝忘君也欤？"③ 在《评子美诗》中，苏轼表达了对杜甫"自比稷与契"的认同。杜甫能够推己及人，《九日寄岑参》《秋雨叹三首》《自京赴奉先县咏怀五百字》《北征》《茅屋为秋风所破歌》等诗作表达了对广大人民的同情和怜悯。这种情感也在苏轼诗词中大量出现。此外，苏轼的故园在四川眉山，与认同杜甫思念故园之情紧密相连，苏轼对杜诗中的岷山、峨眉山、锦江、剑关等典型蜀地地标感到分外亲切，故而将其用到自己的创作中，寄托对故园的思念。因此，东坡词对杜诗的接受以蜀地之诗最多也就自然在情理之中了。

罗大经《鹤林玉露·丙编》卷三云："本朝士大夫多慕乐天，东坡尤甚。"④ 胡仔《苕溪渔隐丛话前集》卷二一引《王直方诗话》云："东坡平日最爱乐天之为人。"⑤ 苏轼在通判杭州、密州知州时期，就已有敬慕白居易之意。叶寘《爱日斋丛抄》卷三云："倅杭时作，已有慕白之意矣。"⑥ 苏轼

---

① （宋）欧阳修，宋祁. 新唐书［M］. 北京：中华书局，1975：5737.
② （宋）欧阳修，宋祁. 新唐书［M］. 北京：中华书局，1975：5738.
③ （宋）苏轼. 苏轼文集［M］. 孔凡礼，点校. 北京：中华书局，1986：318.
④ （宋）罗大经. 鹤林玉露［M］. 北京：中华书局，1983：287.
⑤ （宋）胡仔. 苕溪渔隐丛话前集：卷二一［M］. 北京：人民文学出版社，1984：141.
⑥ （宋）叶寘. 爱日斋丛抄（外两种）［M］. 北京：中华书局，2010：69.

知密州时作的《醉白堂记》云："忠言嘉谟，效于当时，而文采表于后世，死生穷达，不易其操，而道德高于古人。"① 从政绩、文学、节操、道德四个方面对白居易的人生成就给予了高度评价，体现了对白居易其人的敬慕。苏轼对白居易的敬慕，远超他人之上，因此其文学创作有大量模仿白居易之作，其词作中也有大量对白诗的接受。当时的评论家已经看出了苏轼对白居易的个人认同与其文学创作之间的关系，如周必大《二老堂诗话》云："本朝苏文忠公不轻许可，独敬爱乐天，屡形诗篇。"② 田汝成《西湖游览志余》卷一云："盖子瞻景慕，惟在乐天，故摹拟之词，比比歌咏……殆有梦寐羹墙之想。"③

### （二）对前人诗歌的熟悉和研究——理论基础

"读其书，想见其为人"，反过来，敬慕其人，亦必然关注和研究其诗。对前人诗歌的熟悉，是创作中进行学习借鉴、突破创新的前提和基础。一方面，只有烂熟于心，方能用时信手拈来；另一方面，长期耳濡目染，自然受到无形影响。赵夔序《苏诗》云："先生之用古人诗句，未必皆有意耳。盖胸中之书，汪洋浩博，下笔之际，不知为我语耶、他人之语也，观者以意达之可也。"④ 作诗如此，词亦如此。

苏轼将杜诗与韩文、颜书、吴画相提并论，认为杜诗兼收并蓄了前代诗人的优秀创作经验，达到了登峰造极的艺术境界，后世诗人难以超越和企及。《书吴道子画后》："诗至于杜子美，文至于韩退之，书至于颜鲁公，画至于吴道子，而古今之变，天下之能事毕矣。"⑤ 苏轼还将杜诗与李白诗歌相提并论，认为两者是古今诗坛前无古人、后无来者的两座高峰。《书黄子

---

① （宋）苏轼. 苏轼文集［M］. 孔凡礼，点校. 北京：中华书局，1986：345.

② （宋）周必大. 二老堂诗话［M］//（清）何文焕. 历代诗话. 北京：中华书局，1981：656.

③ （明）田汝成. 西湖游览志余［M］. 上海：上海古籍出版社，1958：170.

④ （宋）苏轼. 苏轼诗集［M］.（清）王文诰，辑注. 北京：中华书局，1982：2832.

⑤ （宋）苏轼. 苏轼文集［M］.（清）孔凡礼，点校. 北京：中华书局，1986：2210.

思诗集后》云："李太白、杜子美以英玮绝世之资，凌跨百代，古今诗人尽废。然魏、晋以来高风绝尘，亦少衰矣。李、杜之后，诗人继作，虽间有远韵，而才不逮意。"① 推崇杜诗的同时，苏轼还从辑佚补阙、异文考辨、修辞手法、表现手法、诗意解读等多方面对杜诗进行研究。②

苏轼对白居易诗的关注和研究，有两个特点：一是时间跨度长。从少年至晚年，前后跨度长达半个多世纪，几乎覆盖了苏轼的一生。二是评论角度多。苏轼从诗歌数量、作品真伪层、创作风格、作诗意图等层面评论白居易诗，其中不乏独到见解。

### （三）人生境遇的相似——现实条件

苏轼与杜甫在人生境遇方面有相似之处。长安是杜甫追逐梦想之地，又是杜甫梦想破灭之地。杜甫在长安度过了曲折蹉跎的近十年求仕生涯。汴京是苏轼科场得意之地，又是苏轼仕途失意之地。嘉祐二年（1057）正月苏轼应礼部考试，三月殿试中进士，一时声名煊赫，名动四方。熙宁四年（1071）六月，苏轼在官告院任上，因与王安石等改革派政见不合而自请外任，通判杭州。元祐四年（1089）三月，苏轼在翰林学士知制诰兼侍读任上，因与司马光等保守派政见不合而为当权者所忌恨，恐不相容，自请外任，以龙图阁学士知杭州。元祐六年（1091）八月，苏轼在翰林学士承旨知制诰、入侍迩英殿任上，因小人进谗言而自请外任，以龙图阁学士知颍州。东坡词创作中接受的作于长安的杜诗虽有不少，但是苏轼在朝为官时期创作的词中对杜诗的接受却较少，这与曲折受挫的在京仕途经历有紧密联系。苏轼的一生几乎是在漂泊流离之中度过的，或是外任，或是贬谪，经游之地众多，行踪遍布大江南北，足迹之广堪与杜甫相媲美。正因为有相似的漂泊流离的人生遭遇，所以苏轼在外任之地、贬谪之地和经游之地创作的词中对杜诗的接受较为频繁。杜甫与苏轼都经历了穷困潦倒的生活状态，苏轼《次韵

① （宋）苏轼. 苏轼文集［M］.（清）孔凡礼，点校. 北京：中华书局，1986：2124.
② （宋）葛立方. 韵语阳秋［M］. 长沙：商务印书馆，1937：11－12.

76

秦太虚见戏耳聋》云："晚年更似杜陵翁，右臂虽存耳先聩。"苏轼《书杜子美诗》云，元符二年（1099）正月收到广州来的书信，并收到了柴胡等药，与杜甫《寄韦有夏郎中》诗中"省郎忧病士，书信有柴胡"描写的情景相似，故抄录此诗以遣兴。与杜甫相似的人生经历，使得认同杜甫思想情感的深层根源和推崇研究杜诗的理论基础相互作用，形成合力，进而推动苏轼的文学创作。

苏轼与白居易的人生境遇也很相似。苏轼《轼以去岁春夏侍立迩英，而秋冬之交子由相继入侍，次韵绝句四首，各述所怀》其四中"定似香山老居士，世缘终浅道根深"句自注云："乐天自江州司马，除忠州刺史，旋以主客郎中知制诰，遂拜中书舍人。轼虽不敢自比，然谪居黄州，起知文登，召为仪曹，遂忝侍从，出处老少，大略相似。"① 元和十年（815）八月，白居易因越职言事被贬江州司马，至十三年（818）十二月徙忠州刺史，白居易在江州谪居三年多，忠州刺史任上，白居易作有《东坡种花二首》《步东坡》《别种东坡花树两绝》等诗。长庆二年（822）七月，白居易乞外迁，除杭州刺史，十月到任。熙宁四年（1071）六月，苏轼请外任，除杭州通判。苏轼对苏杭刺史任上的白居易非常羡慕和向往，《次韵答黄安中兼简林子中》云："那堪黄散付子虔，空羡苏杭养乐天。"② 相似的外任经历，再加上羡慕、向往之情，苏轼对白居易杭州刺史之诗自然会给予更多的关注，并将其融入自己的创作之中。这与东坡词对白居易诗的接受集中分布在两任杭州时期、东坡词创作中接受的白居易诗集中分布在杭州刺史时期正好形成对应关系。元丰二年（1079）十二月，苏轼因乌台诗案被贬水部员外郎、黄州团练副使。苏轼在黄州谪居四年多，这一时期，苏轼有意效法白居易，将躬耕之地取名为东坡，并作《东坡八首》，还自号东坡居士。周必大《二老堂诗话·东坡立名》云："谪居黄州，始号东坡，其原必起于乐天忠州之作也。"③ 洪迈

---

① （宋）苏轼. 苏轼诗集［M］.（清）王文诰，辑注. 北京：中华书局，1982：1507.
② （宋）苏轼. 苏轼诗集［M］.（清）王文诰，辑注. 北京：中华书局，1982：1764.
③ （宋）周必大. 二老堂诗话［M］//（清）何文焕. 历代诗话. 北京：中华书局，1981：657.

《容斋随笔·三笔》卷五《东坡慕乐天》云："苏公责居黄州，始自称东坡居士，详考其意，盖专慕乐天而然……苏公在黄，正与白公忠州相似。"① 有相似的贬谪经历和迁谪心态，苏轼对白居易贬谪江州之诗必然给予格外的关注，并在创作中有意无意之间受到影响。这与东坡词对白居易诗的接受集中分布在贬谪时期、东坡词创作中接受的白居易诗集中分布在贬谪江州时期正好形成对应关系。

苏轼《次韵孔毅夫集古人诗见赠》云："天下几人学杜甫，谁得其皮与其骨……前生子美只君是，信手拈得俱天成。"② "信手拈得俱天成"，正可用来形容和评价东坡词对杜甫、白居易等前人诗歌的接受。苏轼在《书吴道子画后》云："出新意于法度之中，寄妙理于豪放之外。"③ 他运用丰富多样的艺术技巧，学习借鉴杜甫、白居易等前人诗歌并对其突破超越，创作出富有鲜明艺术个性的词篇，展示了高超的语言驾驭能力和艺术创造能力，是其"以诗为词"的鲜明体现和生动实践。郑文焯《大鹤山人词话》评东坡词云："匪可以词家目之，亦不得不目为词家。"④ 苏轼敢于突破常规，独辟蹊径"以诗入词"，可谓前无古人，故而"匪可以词家目之"；然而，东坡词的突破创新，仍在"法度之中"，并且后有来者，故而"亦不得不目为词家"。故汤衡《张紫微雅词序》中云："元祐诸公，嬉弄乐府，寓以诗人句法，无一毫浮靡之气，实自东坡发之也。"⑤

---

① （宋）洪迈. 容斋随笔［M］. 上海：上海古籍出版社，1995：485.
② （宋）苏轼. 苏轼诗集［M］//（清）王文诰，辑注. 北京：中华书局，1982：1157.
③ （宋）苏轼. 苏轼文集［M］. 孔凡礼，点校. 北京：中华书局，1986：2210 - 2211.
④ （清）郑文焯. 大鹤山人词话［M］//唐圭璋. 词话丛编. 北京，中华书局，1986：4323.
⑤ 金启华，等. 唐宋词集序跋汇编［M］. 南京：江苏教育出版社，1990：164.

第六章

# 晏几道词对前人诗歌的接受

晏几道（1038—1110），字叔原，号小山，晏殊之子。他的词艺术成就很高，陈廷焯在《白雨斋词话》中云："北宋晏小山工于言情，出元献、文忠之右……而措词婉妙，则一时独步。"① 认为他的词超过了晏殊和欧阳修的成就，在当时无人可与他比拟。

翻开晏几道的《小山词》，可发现其中有一大特色：即对前人诗歌的大量接受。他以旧瓶装新酒，使前人的诗句生发出了新的意义。本章据张草纫的《二晏词笺注》做了初步统计，晏几道共有 260 首词，其中接受前人诗词的材料共 197 条，其中唐前 19 条，唐代 124 条，宋代 54 条。占比分别为10%、63% 和 27%。在对这些前人诗词的接受中，他对重要诗人的诗歌接受数量达三次以上的依次如下：白居易，16 次；晏殊，15 次；李商隐，14 次；李贺、杜牧、张先，各 12 次；李白，11；欧阳修，9 次；温庭筠，6 次；杜甫、韩偓，各 5 次；元稹，4 次；谢灵运、王昌龄、刘禹锡、柳永，各 3 次。这些接受对其词风的形成有什么关系？本章对这一现象做一探寻，从字面、语句到篇章，分析其对前人诗歌的接受方式和接受特点。

---

① （清）陈廷焯. 白雨斋词话 ［M］. 北京：人民文学出版社，1983：10.

# 一、晏几道词对前人诗歌的字面接受

文学的第一要素是语言，适当采用前人诗歌中的语言，不仅可以唤起读者的阅读联想，而且可以丰富自己的语言系统。沈义父在《乐府指迷》中指出："要求字面，当看温飞卿、李长吉、李商隐及唐人诸家诗句中字面好而不俗者，采摘用之。"① 晏几道也深谙此理，其词中经常截取前人诗歌中的字面，大多数是用三字和四字的字面，个别也有用五字和八字的字面。

截用三字的多为短语，表现自然或人物情态。如《蝶恋花》"照影弄花娇欲语"，截自李白《渌水曲》："荷花娇欲语。"《南乡子》："月夜落花朝"，截自唐董思恭《咏雪》："天山飞雪度，言是落花朝。"《少年游》"新样两眉愁"，截自韩偓《闺情》"一声声作两眉愁。"《玉楼春》"一缕斜红临晚镜"，截自张先《天仙子》："临晚镜，伤流景，明日落红应满径。"《减字木兰花》"半镜流年春欲破"，截自晏殊《玉楼春》"寒食清明春欲破。"

截用四字的，往往辞藻富丽，文采绚烂。如《虞美人》"闲敲玉镫隋堤路"，截自张祜《少年乐》"醉把金船掷，闲敲玉镫游"。《浪淘沙》"秾蛾叠柳脸红莲"，用李贺《洛姝真珠》"浓蛾叠柳香唇醉"中的字面，《河满子》"五陵少年浑薄幸，轻如曲水飘香"，用李贺《河南府试十二月乐词》"曲水飘香去不归，梨花落尽成秋苑"中的字面。《清平乐》"冶叶倡条情绪"，截自李商隐《燕台》诗"冶叶倡条遍相识。"《采桑子》"金风玉露初凉夜"，截自李商隐《辛未七夕》"由来碧落银河畔，可要金风玉露时"。《蝶恋花》"坠粉飘红，日日香成阵"，从韦庄《叹落花》诗中稍做变动而出："飘红堕白堪惆怅，少别秾华又隔年。"《浪淘沙》"多少雨条烟叶恨"，用晏殊《浣溪沙》："雨条烟叶系人情。"《蝶恋花》："红杏开时，花底曾相遇"，用晏殊

---

① （宋）张炎，沈义父. 词源注 乐府指迷笺释［M］. 夏承焘，校注；蔡嵩云，笺释.
北京：人民文学出版社，1981：59.

《蝶恋花》"红杏开时，一霎清明雨。"

截用五字和八字的，如《虞美人》"去年双燕欲归时"，用晏殊《清平乐》："双燕欲归时节"中的字面，强调了时间元素。《诉衷情》"暗香浮动，疏影横斜，几处溪桥"，截自林逋《山园小梅》"疏影横斜水清浅，暗香浮动月黄昏"，拓展了空间范围。

有时他在一首词中连续截用前人诗中的字面，更使其琳琅满目，辞采华丽。如《浪淘沙·高阁对横塘》"绿浦归帆看不见，还是斜阳"，用李贺《大堤曲》中的字面："莫指襄阳道，绿浦归帆少。""藕丝衫袖郁金香"，用元稹《白衣裳二首》之二中的"藕丝衫子柳花裙"，仅易一字；"曳雪牵云留客醉"，用李贺《洛姝真珠》中的"牵云曳雪留陆郎"。又如《玉楼春·离鸾照罢尘生镜》"几点吴霜侵绿鬓"，用李贺《还自会稽歌》"吴霜点归鬓"；"豆蔻梢头春有信"，用杜牧《赠别》"豆蔻梢头二月初"；"天若有情终欲问"，用李贺《金铜仙人辞汉歌》"天若有情天亦老"。

从以上例子可看出，这些词语都不是一般的语言，往往是前人诗歌中独创的字面，熟悉中国诗歌的人，一下子就能从其字面联想到前人的经典诗歌语言。在唐代诗人中，晏几道特别喜欢用李贺、李商隐、杜牧、温庭筠等人诗歌中的字面。在宋人中，他喜用晏殊、柳永、张先等人词中的字面。这些诗词语言的主要特征一是语言形象鲜明，动态感、色彩感比较强；二是多运用比喻、拟人、夸张等修辞手法，给人留下深刻印象。晏几道词"出语必雅"，一方面与他的出身背景有关，另一方面与他的精神世界相关，他生活在诗词的世界里，触目都是前人的锦句秀语，故其用语也绚丽多彩。

## 二、晏几道词对前人诗歌的句子接受

黄庭坚在《小山词序》中评论晏几道词"嬉弄于乐府之余，而寓以诗人之句法。清壮顿挫，能动摇人心"①。明代沈际飞也在《草堂诗余续集》中评价晏几道的词"句能铸新"，这说明很多人都注意到了晏几道在词中化用前人诗歌成句，并在句法上有所创新。晏几道接受前人诗歌成句的数量多，质量高，处理方法也多种多样。

### （一）成句直用

晏几道词常用整齐的五字句或七字句，所以可以把现成的五言或七言唐诗句子直接取来，不加任何变动地放入自己的词中。如《生查子》"无处说相思，背面秋千下"，原封不动引用李商隐《无题》的"十五泣春风，背面秋千下"。《临江仙》"落花人独立，微雨燕双飞"，袭用五代翁宏《春残》诗："又是春残也，如何出翠帷？落花人独立，微雨燕双飞。"《临江仙》"酒筵歌席莫辞频"，成句袭自晏殊《浣溪沙》词。《鹧鸪天》"从今屈指春期近，莫使金樽对月空"，直用李白《将进酒》"人生得意须尽欢，莫使金樽空对月"，只是改动了一下"空"的次序。《鹧鸪天》"罗幕翠，锦筵红"，直用张先《更漏子》"锦筵红，罗幕翠，侍燕美人姝丽"，但把前两句调换了次序。这些诗句虽出自前人之手，但选用精当，有的一句，有的两句，置放在词中非常妥帖，成为"天生好言语"（陈廷焯《词则·大雅集》），能恰当地表情达意，和词人自己的语言天衣无缝地结合在一起。

### （二）成句改写

晏几道还经常把前人的诗句直接改写在词中，有的略加改动，改动字数仅一两个字。

改动一字的，如《临江仙》"风吹梅蕊闹，雨细杏花香"，改自南朝梁简文帝《从顿暨还城诗》"日照蒲心暖，风吹梅蕊香"，将"香"改成"闹"，比原来更有声有色；《清平乐》"宫女如花倚春殿"，改自李白《越中览古》

---

① （宋）黄庭坚. 小山词序［A］//张草纫，笺注. 二晏词笺注. 上海：上海古籍出版社，2008：603.

"宫女如花满春殿，只今惟有鹧鸪飞"，将"满"改成"倚"，突出宫女娇慵无力的形象特点；《生查子》"天与短因缘，聚散常容易"，改自晏殊《蝶恋花》"春梦秋云，聚散真容易"，改"真"为"常"，增加了聚无定期的感叹。《虞美人》"一声长笛倚楼时"，改自赵嘏《长安晚秋》"长笛一声人倚楼"，将"长笛一声"改为"一声长笛"，将"人倚楼"改成"倚楼时"；《阮郎归》"去时庭树欲栖鸦"，改自韦庄《延兴门外作》"王孙归去晚，宫树欲栖鸦"，将"宫树"改成"庭树"。

改动二字的，如《清平乐》"满路落花红不扫"，出自白居易《长恨歌》"西宫南内多秋草，落叶满阶红不扫"，将"落叶满阶"改成"满路落花"，扩大了空间的范围。《玉楼春》"蕊珠宫里旧承恩，夜拂银屏朝把镜"，出自王建《宫词》之"夜拂玉床朝把镜，黄金殿外不教行"，将"玉床"改成"银屏"，更含蓄蕴藉。《玉楼春》"妆成尽任秋娘妒"，出自白居易《琵琶行》之"曲罢常教善才服，妆成每被秋娘妒"，将"每被"改成"尽任"，程度上更进一层。

有的成句改写，不仅用其词意，还用其句式。如《玉楼春》"织成云外雁行斜，染作江南春水浅"，直用白居易《缭绫》"织为云外秋雁行，染作江南春水色"之句式。《浣溪沙》"户外绿杨春系马，床前红烛夜呼卢"，直用乐府《水调歌》"户外碧潭春洗马，楼前红烛夜迎人"之句式。

以上改写只是字面上的微调，变化不大，读者还是很容易联想到前人诗歌。而有的成句改写则是用其意而不用其辞，要细致辨别，才能发现其中对前人的接受。如《木兰花》之"紫骝认得旧游踪，嘶过画桥东畔路"，用温庭筠《经李徵君故居》的"惆怅羸骖往来惯，每经门巷亦长嘶"。《玉楼春》："此时金盏直须深，看尽落花能几醉？"用崔敏童《宴城东庄》的"能向花前几回醉，十千沽酒莫辞频"。同样是写怀人，同样是写伤春，但晏词做了新的表达。

### （三）成句压缩

词为长短句，和齐言诗歌的形式不同。成句压缩主要是把长句压缩成短句，以符合词体的要求，但核心意象不变，诗句的意思也基本不变。

有压缩自五言的，如《采桑子》"泪墨题诗，欲寄相思"，压缩自唐孟郊《归信吟》"泪墨洒为书，将寄万里亲"。《浪淘沙》"莺语惺忪"，压缩自元稹《春六十韵》"燕巢缠点缀，莺舌最惺憁"。《临江仙》"玉钗风"，压缩自温庭筠《菩萨蛮》"双鬓隔香红，玉钗头上风"。有压缩自七言的，如《满庭芳》"开残槛菊，落尽溪桐"，压缩自白居易《晚秋夜》"花开残菊傍疏篱，叶下衰桐落寒井"。《诉衷情》"拟将幽恨，试写残花，寄与朝云"，压缩自李商隐《牡丹》"我是梦中传彩笔，欲书花片寄朝云"。《胡捣练》"遥想玉溪风景，水漾横斜影"，压缩自林逋《山园小梅》二首之一"疏影横斜水清浅，暗香浮动月黄昏"。《蝶恋花》"春梦秋云，聚散真容易"，压缩自白居易的《花非花》"来如春梦几多时，去似朝云无觅处"和晏殊的《木兰花》"长于春梦几多时，散似秋云无觅处"。这些压缩过的词句，虽然读者看到这些经典诗句时能知道出自何处，但晏几道词已经有了不少变换，这些经典的语言在新词中同样出彩。

或是将两句压缩成一句，如《浣溪沙》"绿杨藏乌静掩关"，压缩自古乐府《杨叛儿》"暂出白门前，杨柳可藏乌"；《浣溪沙》"衣化客尘今古道"，压缩自晋陆机《为顾彦先赠妇》二首之一"京洛多风尘，素衣化为缁"；《浪淘沙》"花开花落昔年间"，压缩自刘希夷《代悲白头翁》"年年岁岁花相似，岁岁年年人不同"；《蝶恋花》"玉钩斜傍西南挂"，压缩自李白《挂席江上待月有感》"倏忽城西廓，青天悬玉钩"；《浣溪沙》"落英飞絮冶游天"，压缩自白居易《春池闲泛》"白扑柳飞絮，红浮桃落英"；《蝶恋花》"分钿擘钗凉叶下"，压缩自白居易《长恨歌》"钗留一股合一扇，钗擘黄金合分钿"；《蝶恋花》"斜阳只与黄昏近"，压缩自李商隐《登乐游原》"夕阳无限好，只是近黄昏"；《蝶恋花》"谁家芦管吹秋怨"，压缩自李益《夜上受降城闻笛》"不知何处吹芦管，一夜征人尽望乡"；《浣溪沙》"红笺小写问归期"，压缩自韩偓《偶见》"小叠红笺书恨字，与奴方便寄卿卿"；《诉衷情》"长因蕙草记罗裙"，压缩自牛希济《生查子》"记得绿罗裙，处处怜芳草"；《玉楼春》"手挼梅蕊寻香径"，压缩自冯延巳《谒金门》"闲引鸳鸯香径里，手拨红杏蕊"。诗歌本来就是凝练概括的艺术，晏几道词压缩前人的诗歌，将两句并成一句，使之更为精炼，一方面当然是受词的字数、格律的限制，词语要缩小减少，另一方面也是为了变化出新，寓熟悉于陌生之中。

**（四）成句拓展**

成句拓展则是和成句压缩相反，是将短句拓展成长句，文字有所调整，但意思基本不变。

或者是把单句五言拓展成单句七言。如将谢朓《晚登三山还望京邑》的"澄江静如练"，拓展成《蝶恋花》之"粉塘烟水澄如练"；将谢灵运《登池上楼》的"池塘生春草"，拓展成《蝶恋花》之"碧草池塘春又晚"和《清平乐》的"谢客池塘生春草"；将沈约《别范安成》的"梦中不识路"，拓展成《蝶恋花》之"梦里关山路不知"；将薛道衡《人日思归》的"人归落雁后"，拓展成《南乡子》之"漫道行人雁后归"；将韩偓《暴雨》的"擎荷翻绿扇"，拓展成《蝶恋花》之"日日露荷凋绿扇"；将于良史《春山夜月》的"弄花香满衣"，拓展成《浣溪沙》之"弄花熏得舞衣香"；将李贺《还自会稽歌》的"吴霜点归鬓"，拓展成《玉楼春》"几点吴霜侵绿鬓"；将杜牧《杜秋娘》的"闲捻紫箫吹"，拓展为《浣溪沙》的"夜凉闲捻彩箫吹"，将"紫箫"改成"彩箫"。

或者是将双句五言拓展成双句七言。如将杜牧《醉题》"醉头扶不起，三丈日还高"，拓展成《玉楼春》"明朝三丈日高时，共拚醉头扶不起"；将杜牧《题安州浮云寺楼寄湖州张郎中》的"当时楼下水，今日到何处"，拓展成《玉楼春》的"吴姬十五语如弦，能唱当时楼下水"；将温庭筠《菩萨蛮》的"人远泪阑干，燕飞春又残"，拓展成《鹧鸪天》之"一醉醒来春又残，野棠梨雨泪阑干"。

或者是把单句拓展为双句，如把杜甫《蜀相》的"隔叶黄鹂空好音"，拓展成《蝶恋花》之"隔叶莺声，似学秦娥唱"；将李贺《三月过行宫》的"风娇小叶学娥妆"，拓展成《蝶恋花》之"小叶风娇，尚学娥妆浅"；将崔颢《王家少妇》的"十五嫁王昌"，拓展成《河满子》之"可羡邻姬十五，金钗早嫁王昌"；将韩愈《晚雨》的"廉纤晚雨不能晴"，拓展成《生查子》之"无端轻薄云，暗作廉纤雨"；将温庭筠《题河中紫极宫》的"曼倩不归花落尽"，拓展成《鹧鸪天》之"故园三度群花谢，曼倩天涯犹未归"。

成句拓展是在前人诗歌的基础上，为适应自己创作情景的需要，增加相关的内容，形成或延伸或转折的关系，使前人的诗歌和自己的创作互为呼应，有的句子在拓展时经常将前后次序进行调换，以翻出别趣，造成陌生化的效果。

### （五）成句反用

成句反用，是指采用逆向思维的方法，对前人诗句反其意而用之，以产生意想不到的效果。

或是将否定作肯定。如《清平乐》"渡头杨柳青青，枝枝叶叶离情"，反用张籍《忆远》"唯爱门前双柳树，枝枝叶叶不相离"。张诗写柳树枝枝叶叶不相离，以反衬的手法写出了夫妻不能团聚的情感痛苦。晏词则反其意而用之，古人离别时要折柳相送，因此杨柳的枝枝叶叶都是离情的象征。《阮郎归》"晓妆长趁景阳钟"，写南朝齐武帝景阳钟事。齐武帝以宫深不闻端门鼓漏声，置钟于景阳楼上，以便宫女闻钟声，早起装饰。这句反用李贺《追赋画江潭苑四首》之"今朝画眉早，不待景阳钟"。与之相类的还有如《浣溪沙》"日日双眉斗画长"，反用唐秦韬《贫女》"敢将十指夸针巧，不把双眉斗画长"。《浣溪沙》"碧罗团扇自障羞"，反用李商隐《拟意》"云衣不取暖，月扇未障羞"。《木兰花》"一笑留春春也住"，反用欧阳修《蝶恋花》"雨横风狂三月暮。门掩黄昏，无计留春住"。《浪淘沙》"明夜月圆帘四卷，今夜思量"，反用欧阳修《渔家傲》"楼上四垂帘不卷，天寒山色偏宜远"。

或是将肯定作否定。如将唐齐己《早梅》"前村深雪里，昨夜一枝开"，改为《鹧鸪天》"云高未有前村雪，梅小初开昨夜风"，齐己写早梅，以皑皑深雪作为一枝梅花开放的背景。晏几道则改其意而用之，意谓虽然没有冬天的大雪，梅花却依然开放。将孟郊《归信吟》"泪墨洒为书，将寄万里亲"，改成《诉衷情》"此时还是，泪墨书成，未有归鸿"，孟诗表达是男主人公，眼泪滴在给亲人写信时的墨水中，变成了泪墨。晏几道则在其诗意上反其意而用之，意谓即使泪墨书成，却未有鸿雁可以传书。类似这样的例子，还有如《清平乐》"紫陌香尘少"，反用刘禹锡《元和十一年自朗州召至京戏赠看花诸君子》"紫陌红尘拂面来，无人不道看花回"。《蝶恋花》"红烛自怜无好计，夜寒空替人垂泪"，反用杜牧《赠别二首》"蜡烛有心还惜别，替人垂泪到天明"。《木兰花》"又应添得几分愁，二十五弦弹未尽"，反用唐钱起《归雁》"二十五弦弹夜月，不胜清怨却飞来"。《玉楼春》"归来双袖酒成痕，小字香笺无意展"，反用晏殊《清平乐》"红笺小字，说尽平生意"。

　　魏庆之在《诗人玉屑》中云："文人用故事，有直用其事者，有反其意而用之者……直用其事，人皆能之，反其意而用之者，非学业高人，超越寻常拘挛之见，不规规然蹈袭前人陈迹者，何以臻此？"[①]袁枚在《随园诗话》中云："诗贵翻案。"[②]晏几道反用前人成句，对其语义进行翻新，有自己的思考和再创造，这是对前人诗歌更高水平的接受。

## 三、晏几道词对前人诗歌的篇章接受

　　在借鉴汲取前人诗歌字面、成句的基础上，小山词也有成篇接受前人诗歌的情况，有的是全篇化用，有的是多处化用，有的是压缩化用。

### （一）整体接受

　　整体接受是把前人诗篇几乎完整地引用，用其辞并用其意，这样的例子比较少见。如《临江仙》：

　　东野亡来无丽句，于君去后少交亲。追思往事好沾巾。白头王建在，犹

---

　　① （宋）魏庆之. 诗人玉屑［M］. 上海：上海古籍出版社，1982：147.

　　② （清）袁枚. 随园诗话：卷二［M］. 北京：人民文学出版社，1982：53.

见咏诗人。　　　学道深山空自老，留名千载不干身。酒宴歌席莫辞频。争如南陌上，占取一年春。

这首词是怀念他的两位挚友沈廉叔和陈君龙的。上片化用张籍《赠王建》诗："于君去后交游少，东野亡来箧笥贫。赖有白头王建在，眼前犹见咏诗人。"开头两句把次序调换了一下，第三句"追思往事好沾巾"，化用汉张衡《四愁诗》"侧身北望涕沾巾"，四五两句将七言句改成五言句，各去掉开头两个字。下片化用刘禹锡《戏赠崔千牛》诗："学道深山许老人，留名万代不关身。劝君多买长安酒，南陌东城占取春。"下片第三句"酒宴歌席莫辞频"，引用自晏殊《浣溪沙·一向年光有限身》中之成句，全词只是对前人诗歌的字句做了一些微调和改编，就整合成了一首新词。晏几道巧妙地把张籍和刘禹锡的诗歌合在一起，通过高超的艺术手段，贴切地表现了其感怀往昔，不胜惆怅的心情。

有的整体接受是用其意而不用其辞的。如《鹧鸪天》："春悄悄，夜迢迢，碧云天共楚宫遥。梦魂惯得无拘检，又踏杨花过谢桥。"此词为小山词名篇，实则脱胎于张泌的《寄人》诗："别梦依依到谢家，小廊回合曲阑斜。多情只有春庭月，犹为离人照落花。"两者都是写庭院花月的春夜，都是借梦境来反映恋情，用典也相同，但张诗中的梦只是恋人间的寻常之梦，充满温馨色彩。而晏词中的梦，恍惚缥缈，"又"字可见梦里相寻，已非一次，暗示其人已远，再见为难。又如《御街行》："树头花艳杂娇云，树底人家朱户……落花犹在，香屏空掩，人面知何处。"改编自崔护《题都城南庄》："去年今日此门中，人面桃花相映红。人面不知何处去，桃花依然笑春风。"同是暮春时节、朱户人家，同是人面不见，落花犹在，晏词改原诗的顺叙为倒叙，更具体形象地表现花落人去的怅惘之情。

### （二）多处接受

多处接受是在一首词中多处化用前人诗句，穿插其间，熔铸新意，有点类似于集句词，但又不全是集前人之句。如《南乡子》：

新月又如眉。长笛谁教月下吹。楼倚暮云初见雁，南飞。漫道行人雁后归。　　意欲梦佳期。梦里关山路不知。却待短书来破恨，应迟。还是凉生玉枕时。

此词大约写于晏殊去世后，晏几道的生活急转直下，他有了很多伤怀感世的喟叹。其中"新月又如眉"改写自唐人齐己《湘妃庙》的"新月如眉升阔水"；"长笛谁教月下吹"压缩自杜牧《题元处士高亭》"何人教我吹长笛，与倚春风弄月明"；"漫道行人雁后归"化用薛道衡《人日思归》"人归落雁后，思发在花前"；"意欲梦佳期，梦里关山路不知"化用沈约《别范安成》"梦中不识路，何以慰相思"等。晏词表现自己的怀人之情，却一连化用四句前人诗歌，不露痕迹组合成了一首新词，表现了他对前代诗歌的娴熟，在处理前人诗歌时已经达到了左右逢源，运用自如的地步。又如《鹧鸪天》："守得莲开结伴游，约开萍叶上兰舟。来时浦口云随棹，采罢江边月满楼。　　花不语，水空流，年年拼得为花愁。明朝万一西风劲，争奈朱颜不耐秋。"此词借采莲而怀人，"莲"字与"怜"字语音相谐，表现他对其的恋情，其中"约开萍叶上兰舟"直用曹松《陪湖南李中丞宴隐溪》"约开莲叶上兰舟"，只是将"莲"改为"萍"。"来时浦口云随棹，采罢江边月满楼"，写采莲女的生活环境和采莲过程，改写王昌龄《采莲曲》三首之一"来时浦口花迎入，采罢江头月送归"，而且用其句式。"明朝万一西风动，争耐朱颜不耐秋"，写其为莲花的遭遇担忧，也暗喻这一女子的命运，化用李白《古风》其二十八："华鬓不耐秋，飒然成衰蓬"，改"华鬓"为"朱颜"。又如《浣溪沙·日日双眉斗画长》写一位歌妓寂寞痛苦的内心世界，也是三处化用唐人诗句。其中"日日双眉斗画长"，反用唐秦韬玉《贫女》诗"敢将十指夸针巧，不把双眉斗画长"；"不将身嫁冶游郎"，化用李商隐《蝶》三首之三"见我佯羞频照影，不知身属冶游郎"；"弄花薰得舞衣香"，化用于良史《春山夜月》："掬水用在手，弄花香满衣"。

徐师曾在《文体明辨序说》中云："按集句诗者，杂集古句以成诗也，自晋以来有之，至宋王安石尤长于此。盖必博学强识，融会贯通，如出一手，然后为工。若牵合傅会，意不相贯，断不足以语此矣。"① 晏几道化用前人不同的诗句，又能将其巧妙地嵌合在自己的词中，杂用前人诗句而不显凌乱突兀，使之一气贯通，成为一首新词，这既表现了他的博学强识，也表现了其把前人诗句熔于一炉的能力。

### （三）压缩接受

压缩接受是指将前人几乎完整的诗歌压缩化用，改编进自己的词中。如《采桑子》上阕："征人去日殷勤嘱，莫负心期。寒雁来时，第一传书慰别离"，改编自唐代无名氏《伊州歌》第一："秋风明月独离居，荡子从容十载余。征人去日殷勤嘱，归雁来时数寄书。"首句原封不动引用，第二句增加了"殷勤嘱"的内容，三四句将原来的单句拓展成双句，"第一传书"增加了事件的重要性。《浣溪沙》"莫问逢春能几回……尽须珍重掌中杯"，压缩自杜甫《绝句漫兴》九首其四"二月已破三月来，渐老逢春能几回？莫思身外无穷事，且尽生前有限杯"。杜诗表达了对时间流逝，年华渐老的忧虑，要借酒浇愁，及时行乐。晏词反其意而用之，以豁达姿态表达了对当下的珍惜。《少年游》"飞鸿影里，捣衣砧外，总是玉关情"，压缩自李白《子夜吴歌》四首之三："长安一片月，万户捣衣声。秋风吹不尽，总是玉关情。何日平胡虏，良人罢远征。"但变李诗的泛指思妇之情为自己的特指怀人之意。

类似这样对前人诗歌全篇接受的还有很多，如《蝶恋花》"梦入江南烟水路，行尽江南，不与离人遇"，压缩自岑参《春梦》诗："洞房昨夜春风起，故人尚隔湘江水。枕上片时春梦中，行尽江南数千里。"《采桑子》"非花非雾前时见，满眼娇春"，压缩自白居易《花非花》："花非花，雾非雾。夜半来，天明去。来如春梦几多时，去似朝云无觅处。"《踏莎行》"迎风朱户背灯开，拂檐花影侵帘动"，压缩自元稹《莺莺传》中崔莺莺答张生诗："待月西厢下，迎风半户开。扶墙花影动，疑是玉人来。"《鹧鸪天》"行人

---

① （明）吴讷，徐师曾. 文章辨体序说 文体明辨序说［M］. 北京：人民文学出版社，1982：111.

莫便消魂去，汉渚星桥尚有期"，压缩自李商隐《七夕》："鸾扇斜分凤幄开，星桥横过鹊飞回。争将世上无期别，换得年年一度来。"《更漏子》"北来人，南去客，朝暮等闲攀折"，压缩自敦煌词《望江南》："莫攀我，攀我太心偏。我是曲江临池柳，这人折了那人攀。恩爱一时间。"这些前人的诗篇大都是脍炙人口的名篇，晏几道将之浓缩化用在自己的词中，既是向前代诗人的致敬，也是因为这些诗歌能恰当地摅写词人自己的情思。但晏几道在化用时，也进行了适度的改编，字面、语句都有所不同，虽取材前人诗歌，但并不是用前人的诗风替代自己的词风，而是在保持了自己词作"淡语皆有味，浅语皆有致"① 的风格特征基础上汲取前人诗歌之精华。

有的诗歌颇为知名，只要稍稍提及其核心意象就能让人联想起全诗。晏几道词也经常化用这样的诗歌。如《生查子》"谁寄岭头梅，来报江南信"，化用南朝宋盛弘之《荆州记》记载陆凯赠范晔诗："折花逢驿使，寄与陇头人。江南无所有，聊赠一枝春。"《临江仙》"渌酒尊前清泪，阳关叠里离声"，化用王维的《送元二使安西》；《浣溪沙》"绿窗红豆忆前欢"，化用王维的《相思》："红豆生南国，春来发几枝。愿君多采撷，此物最相思。"《清平乐》"恨不寻芳早"，反用杜牧《叹花》："自是寻春去较迟，不须惆怅怨芳时。狂风落尽深红色，绿叶成荫子满枝。"

## 四、晏几道词接受前人诗歌的原因和特点

清人田雯在《古欢堂集杂著》中云："古人作诗，皆有所本，而脱化无穷，非蹈袭也。"② 晏几道就是如此，他在词中大量化用前人诗歌，进行二次创作，青出于蓝而胜于蓝。

---

① （清）冯煦. 蒿庵论词［M］//唐圭璋. 词话丛编. 北京：中华书局，1986：3587.
② （清）田雯. 古欢堂集杂著：卷三［M］//郭绍虞. 清诗话续编. 上海：上海古籍出版社，1983：715.

　　他之所以大量借用前人的诗歌，并取得这样的成就，一是因为他的很多词是即兴创作的，是"听"的文学。据《小山词原序》，他"兼写一时杯酒间闻见，所同游者意中事……每得一解，即以草授诸儿，吾三人持酒听之"①。这说明他的一些词是在酒席上写成的，这意味着必须在有限的时间里快速完成。钟振振在《散点透视"宋词运用唐诗"》中写道："听的文学的最佳写作策略，是使用常见字、浅俗语、现成句，是尽量迁就（换一个角度来说则是充分利用）接受者既有的文学积累，否则就会产生接受障碍，影响接受效果。"② 晏几道之所以大量借用前人诗句，大概与这一点不无关系。二是得力于他学养深厚，对前人的诗歌烂熟于心，才能娴于运用、多方汲取。张邦基在《墨庄漫录》中记载："晏叔原聚书甚多，每有迁徙，其妻厌之，谓叔原有类乞儿搬漆碗。"③ 黄庭坚在《小山词序》中也说他"平生潜心六艺，玩思百家，持论甚高，未尝以治世"④。他天性好学，敏锐多感，加之也许是由于他仕途淹蹇，在现实生活中少有知音，这使他更多地沉浸在前人的诗集中，驰骋百家，广泛汲取前人诗歌的创作经验。其词中借鉴的前代诗人有八十余家，化用的诗歌近二百处，就充分说明了这一点。三是他善于学习，因难见巧，自出新意。他学习前人的诗歌，包括花间词、珠玉词，都不是亦步亦趋，匍匐在前人脚下，而是有自己的创造。陈振孙在《直斋书录解题》中评曰："其词在诸名胜中，独可追逼花间，高处或过之。"⑤ 况周颐云："小山词从珠玉出，而成就不同，体貌各异。"⑥ 这些评论，说明他在学

---

① （宋）晏几道. 小山词原序［A］//张草纫，笺注. 二晏词笺注. 上海：上海古籍出版社，2008：602.
② 钟振振. 散点透视"宋词运用唐诗"［J］. 文学评论，2009（4）：64.
③ （宋）张邦基. 墨庄漫录：卷三［M］//宋元笔记小说大观：五. 上海：上海古籍出版社，2001：4674.
④ （宋）黄庭坚. 小山词序［A］//张草纫，笺注. 二晏词笺注. 上海：上海古籍出版社，2008：603.
⑤ （宋）陈振孙. 直斋书录解题：卷二十一［M］. 上海：上海古籍出版社，2005：618.
⑥ 况周颐. 蕙风词话未刊稿［A］//龙榆生. 唐宋名家词选. 上海：上海古籍出版社，2014：129.

习前人的过程中，是积极主动的，他自身具有的学养和才学使其在接受前人诗歌时进行了新的改造，做到了"以故为新"。

晏几道的"融诗入词"呈现着他独特的创作风格与特色，一是善用诗句、转换自然。晏几道的词采用很多以七言或五言为主的句式，因此撷取同为五言或七言的律诗极为方便。杨海明先生在《唐宋词史》中写道："小晏写词常喜选用那类体式整齐的词调。比如他写了《玉楼春》词十三首、《木兰花》词八首、《鹧鸪天》词十九首、《生查子》词十三首、《浣溪沙》词二十一首。这些词的体式基本就接近于七律或五律，因此读后会使人生出一种整齐、匀称的感觉。"① 如上文谈到，晏几道把前人的诗句原封不动地引入词中，或者仅改动一两个字，字数不变、句式不变，就得力于其词采用诗歌的体式。不仅如此，而且经常还会出现这样的情况，有的诗句在前人诗中很平常，放到晏词中变得更为出色了。如《临江仙》"落花人独立，微雨燕双飞"，这两句来自唐人翁宏的《落花》诗，沈祖芬在《宋词赏析》中云："我们拿晏词和翁诗作一比较，就不难看出，它们之间，不仅全篇相比，高下悬殊，而且这两句放在诗中也远不及放在词中那么和谐融贯。……在翁诗里，这么好的句子，由于全篇不称，所以有句无篇，它们也随之被埋没了，而由于晏词的借用，它们就发出了原有的光辉，而广泛流传，被人称道。"② 前人的诗句有佳句而无佳篇，几乎湮没无闻，而在晏词中，在前后语句的烘托下，这一借用的句子更为出彩，成为宋词借用唐诗的成功典范。

二是炼字炼句、变旧为新。近人夏敬观对晏几道词多次有这样的批语：评其《蝶恋花·醉别西楼醒不记》时云"熟意炼生"，评其《蝶恋花·欲减罗衣寒未去》时云"'恨'字、'迟'字妙极。熟字炼之使生，尤不易"，在评其《蝶恋花·金错刀头芳意动》时批曰"'金错刀头'用'二月春风似剪刀'，接以'芳意动'，意新"。③ 这说明晏几道在化用前人诗歌时经常有自

---

① 杨海明. 唐宋词史 [M]. 南京：江苏古籍出版社，1987：218.
② 沈祖芬. 宋词赏析 [M]. 上海：上海古籍出版社. 1980：56.
③ 张草纫. 二晏词笺注 [M]. 上海：上海古籍出版社，2008：297–302.

己的创造，能够翻出新意，翻出别趣。贺裳在《皱水轩词筌》中云："词家须使读者如身履其地，亲见其人，方为蓬山顶上。……晏几道'溅酒滴残罗扇字，弄花薰得舞衣香'，真觉俨然如在目前，疑于化工之笔。"① 此句从唐于良史《春山夜月》诗中化出："掬水月在手，弄花香满衣。"于诗只是写其春夜山中赏月的乐趣，表达一种悠然自得之情。晏几道将其后句进行改造用来描写一位歌妓的形象，在"弄花"后添加"薰得"两字，改"香满衣"为"舞衣香"，与前句"溅酒滴残罗扇字"一起，增强了动感，更为贴切形象地写出了舞女的生活。正是因为作者用心去观察和理解，所以才能把歌妓的形象表现得活灵活现。

三是善于顿挫、曲折动人。黄庭坚在《小山词序》中说他的词："独嬉弄于乐府之余，而寓以诗人之句法，清壮顿挫，能动摇人心。"② 陈廷焯在《云韶集》中云："叔原词风流自赏，极顿挫起伏之妙。叔原词丽而有骨，不第以绮语见长。"③ 这些评论都说明了小山词善于顿挫转折的特点。上文中提到他经常反用前人诗句，采用翻案法使其词产生跌宕起伏的意外效果，就是这样的一种表现。他还擅用关联词语，使原有的诗句产生更紧密的关系。如其《鹧鸪天》一词中的"今宵剩把银釭照，犹恐相逢是梦中"，此句化用杜甫《羌村三首》中的"夜阑更秉烛，相对如梦寐"，杜诗写其在安史之乱中与家人相聚时的似真似幻之感，而小山词则是写其与歌妓重逢的悲欢离合之情，都是写悲喜相融，但晏词变杜诗的叙述句为转折句，使之有一种跌宕起伏之感，产生一种"顿挫"之美。周之琦《心日斋十六家词选》："词之有令，唐五代尚已，宋惟晏叔原最擅场，贺方回差堪接武。……大抵宋词闲

---

① （清）贺裳. 皱水轩词筌 ［M］//唐圭璋. 词话丛编. 北京：中华书局，1986：700.

② （宋）黄庭坚. 小山词序 ［A］//张草纫，笺注. 二晏词笺注. 上海：上海古籍出版社，2008：603.

③ （清）陈廷焯. 云韶集：卷二 ［M］//葛渭君. 词话丛编补编. 北京：中华书局，2013：1436.

雅有余，跌宕不足，长调则有清新绵邈之音，小令则少抑扬抗坠之致。"① 晏
几道词篇幅虽短，却改变了宋词原来跌宕不足的叙述方式，使之更委婉
曲折。

　　总之，晏几道词感情真挚，格调高雅，他大量借鉴前人的诗歌，为自己
的创作服务，其词不仅冠绝一时，也流芳百世。今人沈祖棻在《涉江词》丙
稿《望江南·题〈乐府补亡〉》中云："情不尽，愁绪茧抽丝。别有伤心人
未会，一生低首《小山词》，惆怅不同时。"② 评论道出其对晏几道其人其词
的无穷倾慕和追忆。

---

① （清）周之琦. 心日斋十六家词选［M］//孙克强. 唐宋人词话. 天津：南开大学
　　出版社，2012：291.
② 沈祖棻. 涉江词［M］. 长沙：湖南人民出版社，1982：125.

# 第七章

# 黄庭坚词对前人诗歌的接受

  黄庭坚（1045—1105），字鲁直，号山谷老人。他的诗与苏轼齐名，在当时即有"苏黄"之称；词与秦观齐名，并称"秦七、黄九"。其词集名《山谷词》，又名《山谷琴趣外篇》。本章主要参考马兴荣、祝振玉的《山谷词校注》（上海古籍出版社 2011 版），将山谷词中对前人诗歌的接受进行分类和梳理。经统计，黄庭坚存词 183 首，对前人诗歌的接受近 400 处，其中对唐诗的接受次数最多，超过 300 次；其次是对魏晋南北朝时期和宋诗的接受，各 30 余处；再次是对汉乐府和《诗经》的接受，分别是 9 处和 7 处。在对这些诗歌的接受中，排名前十的诗人依次是杜甫（66 处）、白居易（51 处）、李白（30 处）、苏轼（16 处）、韩愈、王维（各 10 处）、李商隐（8 处）、韩偓（6 处）、古诗十九首（6 处）、韦应物、温庭筠、郑谷（各 5 处）。黄庭坚对唐诗的接受，尤其是对盛唐、中唐诗歌的接受，是其词创作接受的重点。陈廷焯在《白雨斋词话》中评论辛弃疾词"运用唐人诗句，如淮阴将兵，不以数限"①。这在《山谷词》中，也同样适用。本章将从语言、意象、表达技巧三个方面，来论述黄庭坚对前人诗歌的接受。

---

  ① （清）陈廷焯. 白雨斋词话：卷七［M］//唐圭璋. 词话丛编. 北京：中华书局，1986：3950.

## 一、黄庭坚词对前人诗歌语言的接受

对诗歌语言的接受，指其在创作时选取与其情感有共同指向的诗歌语言，力图以精简的语言表达含蓄深远的意味，这也是其“点铁成金”“夺胎换骨”手法的体现，具体表现为“用语词”和“用句意”两种情况。

### （一）用语词

黄庭坚在创作时选取前人诗歌中语境相符合的语词，使之巧妙嵌入自己作品中，增添词作文采。他所撷取的诗歌语词，在其词的创作前后期有所不同。

黄庭坚早年对诗歌语词的接受表现为对一些纤秾绮丽语词的选取，主要用来描写男女恋情。如“曾共结、合欢罗带”（《两同心》）中“合欢罗带”一词，取自梁元帝萧绎《秋歌》“绣带合欢结，锦衣连理文”，原意是以绣带结成双结，象征夫妇和好恩爱，此处指词人与女主人公相处时，曾想共结连理的愿望。又如“恼乱得、道人眼起”（《步蟾宫》），“恼乱”一词来自白居易《和微之十七与君别及陇月花枝之咏》“恼乱君心三十年”，传达出作者与恋人相处时的心理感受。黄庭坚喜欢在词作中选取韩偓香奁诗中的纤绮语词，如《千秋岁》其二“汗浃瞢腾醉”中“瞢腾醉”一词，源自《马上见》“去带懵腾醉，归因困顿眠”。韩偓原诗写喝醉酒的迷糊状态，黄庭坚用此词表述男女情事，词作显得香艳纤淫，招致批评。再看“与佯佯奚落”（《好事近》），“佯佯”一词接受自韩偓《厌花落》“佯佯拢鬓偷回面”，因为一时没见到而假装奚落恋人，表现出恋人之间相处的情景。这些纤秾绮丽语词的选取，使得此期词作显得柔婉香艳，在很大程度上促进了黄庭坚早期纤巧香软词风的形成。

黄庭坚还喜欢接受前人诗歌中生硬新奇的语词，用以增添词作特点。《画堂春》“翠管细通岩溜”中“岩溜”一词，选取自许棠“冰封岩溜断，雪压砌松敧"（《冬杪归陵阳别业五首》），意为山岩上的小股流水，用语新奇独特，让人眼前一亮。又如"抖擞了百病销磨"（《少年心》），"抖擞""销磨"二词正是撷取自白居易《答州民》"宦情抖擞随尘去，乡思销磨逐日无"，白诗原意是指做官的志趣像是尘土一般离去，思乡的心情逐日销磨殆尽；山谷此处用来描写只要与恋人相处就百病消除的状态。再看"山泼黛，水挼蓝"（《诉衷情》）中，"泼黛""挼蓝"二词截取自顾况"泼黛欲还休"（《华山西冈游赠隐玄叟》）、白居易"直是挼蓝新汁色"（《池上》），以浓重的色彩，绘出了江南山水的春容。"泼"字、"挼"字用得很有魄力，用拟人手法把春天的美丽铺展开来，构成一幅完整的色彩明丽的江南春景画面，新巧奇特。《玉楼春》"红尘闹处便休休"中，"休休"一词来自"好乐无荒，良士休休"（《唐风·蟋蟀》），意为安闲貌，山谷用来表述精神状态，在红尘闹市中仍旧保持内心的安闲自得。

此外，黄庭坚还在创作时截取前人诗歌中与音乐有关的语词，在看见字面的时候想起相关音乐，是视觉与听觉的双重感受。有的是关于歌曲名字的，如"日日梁州薄媚"（《清平乐》）中"梁州""薄媚"都是乐曲名字，分别撷取自武元衡"佳人夜唱古梁州"（《听歌》）、刘禹锡"一听曹刚弹薄媚"（《曹刚》），传达出词人对音乐的喜爱以及珍惜当下的生活态度。"无弦琴上单于调"（《渔家傲》）中，"单于调"也是曲调名，来自李益《听晓角》："无数塞鸿飞不度，秋风卷入小单于。"有的语词是关于乐器的，"危柱促，曲声残，王孙带笑看"（《更漏子》）中的"危柱"指琴弦柱，来自谢灵运《道路忆山中》："殷勤诉危柱，慷慨命促管。"又如"西邻三弄争秋月"（《采桑子》）中"三弄"一词，源自陆龟蒙"或彻三弄笛，或成数联诗"（《明月湾》）。古有笛曲《梅花三弄》，通过梅花的洁白芬芳和耐寒等特征歌颂具有高尚节操的人，山谷援引此词，意为吹笛，给人高洁雅致的感受。再如"坐玉石，倚玉枕，拂金徽"（《水调歌头》）中，"金徽"一词指琴徽，取自梁元帝萧绎《咏秋夜》："金徽调玉轸，兹夜抚离鸿。"词人坐在玉石上抚琴，表明词人志行高洁、纤尘不染之姿态。

**（二）用句意**

用句意指化用前人诗句，是黄庭坚对诗歌语言接受的另一方面。通过对前人诗句的点化，使之与词人的情感心境贴合，在原来的基础上形成新的体式新的面貌，从而生成新的词境。

1. 句意歇后

黄庭坚在化用诗句时，通过歇后手法将完整句意隐去，通过隐喻暗示所要表达的意义，在词作中召唤出原作所蕴含的情感，使得词作含蓄深远，耐人寻味。先看《减字木兰花》"岂谓无衣，岁晚先寒要弟知"，"无衣"句歇后自《秦风·无衣》："岂曰无衣，与子同袍。"表现出山谷与其弟知命同穿一衣、同披一袍的深厚情感，同时传达出对知命的思念与关心。再如"举头无语，家在月明生处住"（《减字木兰花》），语典来自李白《静夜思》："举头望明月，低头思故乡。"仅是"举头无语"四字，就使人联想到词人在夜里望着皎皎明月，思亲无语的情景。"第四阳关云不度"（《青玉案》）中，"第四阳关"指王维《送元二使安西》中"劝君更进一杯酒"一句，传达出送别时的伤感沉重，更描写出与兄长离别后，山谷至宜州身边再无亲友故人的情状。"忧能损性休朝暮，忆我当年醉时句"（《青玉案》），"醉时句"指山谷《夜发分宁寄杜涧叟》诗中"我自只如常日醉，满川风月替人愁"一句，时山谷谪宜州，在词中却不说自己愁，而说"满川风月替人愁"，移情于物，以景物写人，含蓄生动地表现了作者的离愁别绪。再看《西江月》一词，首句云"断送一生唯有，破除万事无过"，语典来自韩愈"断送一生唯有酒"（《遣兴》）和"破除万事无过酒"（《赠郑兵曹》）两首诗，通过歇后手法将"酒"字隐去，而此词题序为"老夫既戒酒不饮，遇宴集，独醒其傍。坐客欲得小词，援笔为赋"，点明这是一首与饮酒有关的词，但是全词却没有出现一个"酒"字，可见山谷用意之妙。

2. 熔铸句意

黄庭坚在词的创作中对前人诗句进行化用熔铸，对原句进行缩略或是拓展，使之贴合长短句的体式特点，在原句基础上生成新的词境。

　　首先是缩用句意，即对诗歌语言进行剪裁压缩，与自我语言进行熔铸整合，在原来的基础上生成新的意味。如"柳叶随歌皱，梨花与泪倾"（《南歌子》）中，"梨花"句取自白居易《长恨歌》："玉容寂寞泪阑干，梨花一枝春带雨。"描写女子哭泣的样子如同春雨中的梨花一般楚楚可怜，细腻生动。再看《南歌子》中"槐绿低窗暗，榴红照眼明"，"榴红"句缘自韩愈"五月榴花照眼明"（《题张十一旅舍三咏》），山谷改"榴花"为"榴红"，不仅写出了石榴花明亮的色彩，而且与"槐绿"句相对，使得词境优美，同时还适应词体合律可歌的特点，故俞陛云赞之"婉而有韵，丽而能雅"①。"搜搅胸中万卷，还倾动、三峡词源"（《满庭芳》），分别缩用自卢全"三碗搜枯肠，唯有文字五千卷"（《走笔谢孟谏议寄新茶》）、杜甫"词源倒流三峡水，笔阵独扫千人军"（《醉歌行》），意即在喝茶之后文思涌动，如同三峡水一般流畅充沛，独扫万军一样笔锋犀利、所向无敌，写出饮茶时的快感。山谷此处连用两个语典以写茶效，刻意出奇，穷力追新，也体现出其作诗"无一字无来历"的主张。

　　其次是扩用句意。扩用句意指对原句进行拓展，把前人的诗句扩展为适合词体的样式，用以表达自我词意。"记取江州司马，座中最老"（《品令》），扩用自白居易"江州司马青衫湿"（《琵琶行》），将原诗中的失意情感与自我境况叠合起来，突出词人此刻的无奈与心酸。"宴寝香残，画戟森森镇八蛮"（《采桑子·送彭道微使君移知永康军》），拓展自苏轼"画戟空凝宴寝香"（《苏州闾丘江君二家雨中饮酒二首》），苏轼此处写画戟空凝在内室之中，并无别的用处。山谷在苏诗基础上进行扩充，对彭道微寄予厚重期许，希望他能用森森画戟镇压南方八蛮国。"吞又吐，信还疑，上钩迟"（《诉衷情》），取自德诚禅师"夜静水寒鱼不食"（《拨棹歌》其二）。德诚禅师原句写水寒而钓鱼无获，山谷此处在原句的基础上进行拓展，写出水中鱼儿的迟疑与小心翼翼，如在眼前。再如"只恐晚归来，绿成阴，青梅如豆"（《蓦山溪》），扩用自杜牧"绿叶成荫子满枝"（《叹花》）语典。崇宁三年

---

　　①　俞陛云. 唐五代两宋词选释 [M]. 上海：上海古籍出版社，1985：225.

（1104），山谷过衡阳作此词赠妓陈湘，山谷通过对原诗情思的熔铸扩用，表达出后约无期、恐美人另有所属的怅惘。

黄庭坚通过化用熔铸前人诗歌中与自我词意贴合的句意，增加词作的情感密度与深度，用以表达自我情思，使得词作尤显意味深长。

3. 袭用成句

袭用成句是山谷对诗歌句意接受的又一种方式，指在词作中直接引用前人现成的诗句，化为己用，如从己出。如作于崇宁二年（1104）的《促拍满路花》一词，在词的开始就用"秋风吹渭水，落叶满长安"（贾岛《江上忆吴处士》）写秋天到来时的情景，山谷用在词首，使全词笼罩上一股萧瑟之气，表现词人贬谪宜州时的凄清肃杀的环境和孤独落寞之心态。再看"明日馀尊还共倒，重来，未必秋香一夜衰"（《南乡子》），"秋香"句袭用自郑谷《十月菊》。又如《鹧鸪天·紫菊黄花风露寒》词中"且看欲尽花经眼""十年一觉扬州梦"句分别袭用自杜甫《曲江二首》其一、杜牧《遣怀》，将前人诗歌成句巧妙嵌入自己词作中，刻画出词人心中的自伤与失意，表达为乐当及时、珍惜当下的生活态度。

袭用成句的极端表现是集句词。集句词自王安石首创，苏轼及黄庭坚均有所作，山谷有三首集句词：《菩萨蛮·半烟半雨溪桥畔》《鹧鸪天·节去蜂愁蝶不知》《南乡子·黄菊满东篱》。其中第一首是效仿王安石之作，元丰七年（1084）春，黄庭坚北上德州途中过金陵，至钟山访王安石，和其词，词中有归隐之想。后两首作于重九，表达词人"酩酊酬佳节"之心态。用集句手法袭用前人成句，彰显出山谷的博闻强识与才学。

## 二、黄庭坚词对前人诗歌意象的接受

如果说对语言的接受还停留在基础层面，那么对诗歌意象的接受则体现出词人的审美意识和表达方式，语词在反复使用中有了固定的意义和情感指向，“它反映了人类千百年来层层积淀而相互传递着的共同情感”①。黄庭坚在词中对前人诗歌意象的接受是有选择性的，主要表现为对女性、月亮、酒三种意象的接受，由此表达词人的审美取向，这也在某种程度上显示出黄庭坚的词作特点。

### （一）对女性意象的接受

女性意象是词中常见的意象，这与作词的环境与目的有关，“不无清绝之词，用助妖娆之态”②，词在最开始是写给歌儿舞女的歌曲，女性便成为其描写的主要对象。黄庭坚对前人诗歌中女性意象的接受重点，前后有所变化。他早年对诗歌中女性意象的接受，多是具体描写女性的容貌形态，使其词作显出俚俗的特点。有写女子体态的，“欢极娇无力”（《千秋岁》），正是接受了白居易《长恨歌》“侍儿扶起娇无力，始是新承恩泽时”一句，描写女性的身体形态，此类词作被认为“亵诨不可名状”③。有写女子眉眼的，如“秋水遥岑”（《两同心》），语典来自白居易《筝》“双眸剪秋水，十指剥春葱”，写女性双目含情的眼睛和眉毛，像是秋水一般温柔明亮。“旋揎玉指着红靴，宛宛斗弯讹”（《诉衷情》），“弯讹”是“弯蛾”的误写，指眉毛，取自温庭筠“横波巧能笑，弯蛾不识愁”（《江南曲》）。

至贬谪后，黄庭坚对诗歌中女性意象的接受则超出前期对具体容貌形态的描写，变得相对空泛。“白发又挨红袖醉”（《南乡子》）中，源自白居易“今夜还先醉，应烦红袖扶”（《对酒吟》），“红袖”虽指女性，却不指向具体女性，而是一种泛指，表达词人饮酒后红袖相扶的情状。“赖得清湘燕玉面，同倚阑干”（《浪淘沙》）中，“燕玉”一词泛指美人，语典来自“燕赵多佳人，美者颜如玉”（《古诗十九首》）。“少讼多闲，烟霭楼台舞翠鬟”（《采桑子》），“翠鬟”接受自唐高蟾“翠鬟丹脸岂胜愁”（《华清宫》），用

① 陈植锷．诗歌意象论［M］．北京：中国社会科学出版社，1990：5.
② （五代）赵崇祚．花间集校注［M］．杨景龙，校注．北京：中华书局，2014：1.
③ （清）纪昀，等．四库全书总目［M］．北京：中华书局，1965：1809.

鬈发代指歌姬美人。

此外，黄庭坚还用前人诗中的女性意象来写景咏物，给人生新之感。如其"销瘦，有人花病损香肌"（《定风波》），源自唐崔珏《有赠》"粉落香肌汗未干"，用女性肌肤形容来描写刚剥好的荔枝，柔嫩白亮、清香怡人，可谓生动形象。又如"我为灵芝仙草，不为绛唇丹脸"（《水调歌头》）句中的"丹脸"，原指美人，源自许浑"长眉留桂绿，丹脸寄莲红"（《圣女庙》），山谷此处用来表示桃花，灼灼之意呼之欲出。"浓丽清闲，晓镜新梳十二鬈"（《采桑子》）中，"十二鬈"喻指巫山十二峰，语典出自李端"巫山十二峰，皆在碧虚中"（《巫山高》），用比拟手法以鬈发形状写山峰样貌，想象丰富。

### （二）对月亮意象的接受

黄庭坚词作中多次写到月亮，贬谪之后尤多。山谷对前人诗歌中月亮意象的接受，延续前人诗歌中通过对月亮的抒写，用以倾吐自我思绪。

绍圣三年（1096）中秋，黄庭坚与黔守曹谱宴饮赏月，作《减字木兰花》三词，是夜先雨，而后雨过云开见月。其一言"贪看冰轮不转头"，"冰轮"一词来自朱庆余《十六夜月》"昨夜忽已过，冰轮始觉顾"，意为月亮，此词写下雨时却抬头望月的情状。月亮被浓阴骤雨所覆，词人由此联想到巫峡云雨这一有情故事。即使没有月光也抬头看着，等候"冰轮"从云中重现。其二曰"中秋无雨，醉送月衔西岭去"，取自苏轼诗"清风弄水月衔山"（《武昌山上闻黄州鼓角》），写月光清幽洒落下来，醉酒的词人慢慢看着月亮向西岭落去，直至消失不见。此时词人在黔中已三年，复归之路漫漫，师友俱不在身边，只能将满腔思绪诉说于幽幽月光。其三言"还有清光同此会"，来自常建"松际微露月，清光犹为君"（《宿王昌龄隐居》），借着月亮的清光来倾吐对师友的怀想思念，希望天各一方的亲友们，能够通过这微微月光一同心神交汇。三首词中均接受了前人诗歌中的月亮意象，由一开始的"贪看冰轮"到"醉送月亮"，再到最后的"清光同会"，词人思绪的迸发和情感的表达也愈发鲜明厚重，月亮不再是孤独的自然意象，它承载了词人对自我的期许和对远方亲友的怀想，做到了"愁苦之情出以风流放诞之笔，绝世文情"①。

《念奴娇·断虹霁雨》一词作于元符二年（1099）中秋后二日，时词人与朋友赏月、饮酒、听笛。"桂影扶疏，谁便道、今夕清辉不足"中，"桂影""清辉"均指月亮，分别引自骆宾王"凌霜桂影寒"（《秋晨同淄川毛司马秋九咏其五秋月》）、杜甫"清辉玉臂寒"（《月夜》），描绘月光清幽铺洒下来的景象，营造出一种清幽高洁的意境，为词人抒发超然淡泊的情感作铺垫。又如"山围江暮，天镜开晴絮"（《蓦山溪》）中，"天镜"一词指明月，取自宋之问"石帆摇海上，天镜落湖中"（《游禹穴回出若耶》），则描写出词人周遭环境和身边景象，以月渲染清幽气氛，衬托出词人孤独的形象和"老懒"的心情。

### （三）对酒意象的接受

词是歌筵酒席的产物，酒与词的联系紧密。黄庭坚词中多酒，他除了对茶青睐，也钟情于酒。元丰七年（1084），黄庭坚作《发愿文》，戒酒肉女色；至元符二年（1099），他在戎州恐为瘴疠所侵，始破戒饮酒。黄庭坚对前人诗歌中酒意象的接受，早年主要用来表现文士风流。"无更因发次公狂"（《西江月》），"次公狂"比喻蔑视权贵的一种情态，典故来自《汉书·盖宽饶传》，山谷此处接受自苏轼"时复中之徐邈圣，无多酌我次公狂"（《赠孙莘老七绝》其六），描写饮酒时的狂态与恣意，表达文人士大夫饮酒时的风流自在。"樱桃艳里欢聚，瑶觥举"（《下水船》），接受自王勃"银烛摘花，瑶觥抒兴"（《越州秋日宴山亭序》），描写相聚时举杯欢庆之情景，表现饮酒之乐。

贬谪之后，黄庭坚对前人诗歌中酒意象的接受变为借酒抒怀。"谪仙何处，无人伴我白螺杯"（《念奴娇》），语典来自李白《对酒忆贺监诗序》："太子宾客贺公，于长安紫极宫一见余，呼余为'谪仙人'。"山谷表面写李白不在，无人陪伴词人饮酒，言外之意却是词人身边无知音，他的这种不俗

---

① （清）陈廷焯. 词则·放歌集：卷一 ［M］. 上海：上海古籍出版社，1984：300.

之姿无人理解。他在中秋席上作《减字木兰花·中秋无雨》词，言"前年江外，儿女传杯兄弟会"，取自杜甫"旧日重阳日，传杯不放杯"（《九日》），词人借"传杯"想起前年（绍圣元年）中秋还未和家人亲友分别时，在芜湖江边上家人相聚时的场景，进而抒发对远方亲友的相思怀念，表达词人去国怀乡的孤清之情。他作于戎州的《醉落魄》四词，皆写饮酒情状，此时山谷已戒酒十五载矣。"陶陶兀兀，尊前是我华胥国"一句，本于白居易"似游华胥国，疑反混元代"（《卯时酒》），写饮酒后思绪发散，像是在华胥国游玩一般自由自在，然而华胥国终究只存在于人们的想象之中，从侧面反映出词人此时的郁结之情。《西江月·断送一生惟有》一词，上阕言饮酒之害；下阕却言"杯行到手莫留残，不道月明人散"，接受自韩愈《赠郑兵曹》："杯行到手君莫停，破除万事无过酒。"由"不饮"到"劝饮"，叫人饮酒莫停手，词人通过饮酒来排遣心中的愁闷抑郁，借酒浇愁，一醉方休。

## 三、黄庭坚词对前人诗歌表达技巧的接受

黄庭坚在贬谪之后"以诗为词"，通过借鉴吸收前人诗歌的表达技巧，用以抒发自我情思，表达词人独特的人生体验和心理感受。这主要表现为抒情方式上的直抒胸臆，修辞手法上的曲喻和借代，立意结构上的曲折致意等三个方面。

### （一）直抒胸臆

黄庭坚在创作时接受前人诗歌中直抒胸臆的抒情方式，将人物情感直接表达出来，使其词作呈现出疏宕的特点。绍圣元年（1094），他因修《神宗实录》"类多附会奸言"，被贬为涪州别驾，转黔州安置。但他性格倔强，虽身处艰困却并不颓丧。如作于黔州的《定风波·万里黔中一漏天》，重阳之日簪花本是传统，但对于山谷这样的老人却是不合时宜的，词人却说"莫笑老翁犹气岸，几人黄发上华颠"，直抒胸中浩然逸气。这正是借鉴李白《流

夜郎赠辛判官》："气岸遥凌豪士前，风流肯落他人后。"借"老翁簪花"这种反俗举动表达老当益壮、穷且益坚的乐观精神。

　　元符元年（1099），黄庭坚由黔州被移往更为"远恶"的戎州，他在词中直接抒发心中感受，"投荒万里无归路，雪点鬓繁"（《采桑子》），借鉴自柳宗元《别舍弟宗一》："一身去国六千里，万死投荒十二年。"柳宗元因谪蛮荒，满腔愤懑愁苦，山谷对柳诗借鉴吸收，表达出他在贬谪途中去国怀乡的忧闷悲苦之情。到达戎州后，山谷又云"龙山落帽千年事，我对西风犹整冠"（《鹧鸪天·重九日集句》），不仅暗用龙山落帽之典，而且对杜甫诗歌进行反用翻新。杜诗云"羞将短发还吹帽，笑倩旁人为正冠"（《九日蓝田崔氏庄》），原意是诗人怕风将帽吹落，露出萧萧白发为人所笑，所以请人正冠。说是"笑倩"，实是强颜欢笑，骨子里透出一缕伤感、悲凉的意绪。而山谷此处则反用杜诗句意情感，不仅不怕风吹落帽，而且要仔细整冠来显示精神，一个"犹"字把词人的倔强表现到极致。

　　崇宁四年（1105），黄庭坚作《南乡子·诸将说封侯》，这是他的绝笔词。他在宜州，受到当地官员的排斥，重阳节独上郡楼，有感而作此词。词末言"花向老人头上笑，羞羞，白发簪花不解愁"，是对苏轼"人老簪花不自羞，花应羞上老人头"（《吉祥寺赏牡丹》）的翻新，然而此时山谷已是六旬老者，他平生最亲密的师友，如苏轼、秦观、陈师道等都已经去世，山谷此处借"白发簪花不解愁"，表达了一种深深的自伤，一种无人解语的孤怀悲绪。

### （二）　曲喻和借代

　　黄庭坚在修辞手法上对前人诗歌的借鉴，主要为曲喻和借代，目的是避俗就新，由此达到一种陌生化的效果。

　　所谓曲喻，是一种委婉含蓄的比喻烘托。正如钱钟书在《谈艺录》中所云："夫二物相似，故以此喻彼；然彼此相似，只在一端，非为全体。"① 如

---

① 钱钟书. 谈艺录［M］. 北京：商务印书馆，2013：133.

黄庭坚"桃李成阴，甘棠少讼"（《雨中花慢·送彭文思使君》），两句分别取自白居易《春和令工绿野堂种花》"令工桃李满天下，何用堂前更种花"，《诗经·召南·甘棠》"蔽芾甘棠，勿翦勿伐，召伯所茇"，桃李满天下本是景象描写，在白居易诗中喻门生或荐士之众；甘棠少讼意为循吏之美政。山谷词中通过曲喻手法，称赞彭文思使君善教化，使民少讼。又如《千秋岁·苑边花外》，时山谷自衡州移宜州。二月过衡阳，览秦观《千秋岁》遗墨，追和其词，时秦观已卒三年有余。词末言"重感慨，波涛万顷珠沉海"，语自孟郊"珠沉百泉暗"（《逢江南故昼上人会中郑方回》）。他用明珠沉海譬喻秦观逝世，表达了对秦观的万分惋惜及再无相见的沉痛。又如"芭蕉渐展山公启"（《踏莎行》），取自李商隐"芭蕉不展丁香结，同向春风各自愁"（《代赠二首》）和"人间只有嵇延祖，最望山公启示来"（《赠宇文中丞》），山谷此处将李诗"芭蕉不展"反其意用之，并与"山公启事"的典故结合起来，写芭蕉展开就像当年山涛公展开的奏折一样，比喻事情就像当年山涛公亲自选拔人才一般，在向好的方向发展，传达出词人内心的喜悦。

　　所谓借代，是指不直说物名，而说其性状，用新鲜之语写常见之物。正如钱钟书在《谈艺录》中云："盖性僻耽佳，酷好奇丽，以为寻常事物，皆庸陋不堪入诗。力避不得，遂从而饰以粉垩，绣其鞶帨焉。"[①] 这也是"以故为新"手法的体现。如黄庭坚"直待腰金拖紫后"（《昼夜乐》），语自白居易"一片绿衫消不得，腰金拖紫是何人"（《哭从弟诗》）。"腰金拖紫"原是官位制服的颜色，此处代指位居高位的官人。又如《满庭芳·北苑龙团》词中的"纤纤捧，冰瓷莹玉，金缕鹧鸪斑"，"纤纤"本指柔美貌，出自《古诗十九首》："娥娥红粉妆，纤纤出素手。"此处借指柔美之手；"金缕鹧鸪斑"语自释惠洪《与客啜茶戏成》"玉瓯绞刷鹧鸪斑"，意为沏茶后碗面呈现之斑点，此处以纹色代指精美茶盏。再看其"怎归得、鬓将老，付与杯中绿"（《看花回》），出自李白"相邀共醉杯中绿"（《对雪醉后赠王历阳》）。李白用"杯中绿"来代指酒，山谷此处代指茶，形象地描绘出杯中茶

---

① 　钱钟书. 谈艺录［M］. 北京：商务印书馆，2013：148.

水的形貌颜色。又如《西江月·月侧金盆堕水》，首句语自杜甫《赠蜀僧闾丘师兄》："夜阑接软语，落月如金盆。"金盆代指圆月，加以"堕水"二字，切合湘江夜宿舟中所见情景。黄庭坚对借代修辞格的接受，使得其词作新颖巧致，绚丽感性。

### （三）曲折致意

曲折致意，是指其章法结构上的曲折跳转，从而形成一个个想象驰骋的空间，使人一唱三叹。方东树在《昭昧詹言》中曰："杜公所以冠绝古今诸家，只是沉郁顿挫，奇横恣肆，起结承转，曲折变化，穷极笔势。迥不由人，山谷专于此苦用心。"① 讲的就是黄庭坚在诗法中对杜甫曲折致意手法的接受。如杜甫《哀江头》一诗，以哀起事，事事皆哀；哀极转写杨、李之乐，又乐极生悲，写国破家亡，把诗人心中的哀痛表达到极致。全诗结构波折跌宕，纡曲有致。黄庭坚词中亦有对这种曲折致意手法的接受。如《望江东·江水西头隔烟树》一词，是黄庭坚因党祸迁徙至西南时写下的一首抒情寄慨之作，表达词人东望思归的心情：

江水西头隔烟树，望不见江东路。思量只有梦来去，更不怕、江阑住。灯前写了书无数，算没个、人传与。直饶寻得雁分付，又还是、秋将暮。

词人先写因江水、烟树的阻隔望不见江东路，思来想去只有在梦中去见（江东的亲人），因为梦中能自由自在，不怕江水阻隔，然而只是思量，这个梦还没有做，此是一折；接着，词人在灯前写了书信，想要把自己的心意传达出去，但"算没个、人传与"，又使他陷入深深的失望，此又一折；词人想找到鸿雁来传书信，然而"又还是、秋将暮"，秋天快结束了，鸿雁早已南飞，书信是无论如何传不出去的了，其情感也随之落寞，此为第三折。一首短短的小令中，写出了主人公心绪的一波三折，由失望到希望，再回归于

---

① （清）方东树. 昭昧詹言：卷十四［M］. 汪绍楹，点校. 北京：人民文学出版社，1961：379.

失望，可谓曲折致意。清人陈廷焯在《白雨斋词话》中评论上词云："笔力奇横无匹，中有一片深情，往复不置，故佳。"①黄庭坚另有《品令·凤舞团团饼》茶词，亦用此法。明朱存爵在《存余堂诗话》中云："诗词虽同一机杼，而词家意象，亦或与诗略有不同。句欲敏，字欲捷，长篇须曲折三致意而气自流贯乃得。近读宋人咏茶词云（即山谷此词，略），真亦可谓妙于声韵者也。"②

　　黄庭坚在《山谷词》的创作中，对前人诗歌作品有选择性地借鉴吸收，使之融于自我的创作，表达自我的审美取向和独特情感，这也是其"点铁成金""夺胎换骨"诗法在词创作中的体现。入馆阁前，黄庭坚视词为"小道"，以游戏之笔写俗艳之情，此时对前人诗歌语言的接受主要体现在一些纤秾绮丽语词的撷取。而对前人诗歌意象的接受则贯穿黄庭坚词的创作生涯，对女性、月亮、酒三种意象的接受，唤醒沉淀在人类心中的共同情感。至贬谪后，黄庭坚追随苏轼，以作诗的态度和方法入词，视词为独立的抒情文体，词成为山谷此时的创作重心，表达他在贬谪时期的人生体验和人格姿态，具有独特魅力。在对前人诗歌抒情方式的接受上，黄庭坚主要选择了直抒胸臆这种手法，在翻叠创新他人诗歌的同时直接表达词人的思想情感，抒写他在贬谪过程中的具体感受；同时又在修辞手法和章法结构上对前人进行借鉴吸收，延伸自我词境。黄庭坚在创作中，通过接受前人诗歌，使得其词蕴蓄着无穷意味，成为在词坛上享有盛誉的与秦观并称的"今代词手"③。

---

①　（清）陈廷焯. 白雨斋词话［M］//唐圭璋. 词话丛编. 北京：中华书局，1986：3921.

②　（明）朱存爵. 存余堂诗话［M］. 北京：中华书局，1985：22.

③　（宋）胡仔. 苕溪渔隐丛话后集：卷三十三［M］. 北京：人民文学出版社，1981：253.

# 第八章

## 秦观词对前人诗歌的接受

在宋代词人中，贺铸、周邦彦以善于熔炼前人诗词而著称，辛弃疾更是兼收并蓄、有容乃大。但实际上，在"俊逸精妙"①的秦观词中，对前人作品的借鉴吸收情况也很突出，在数量和质量上都堪称上乘。秦观的词以宋本编排的有 77 首，其补遗有 34 首，在这些词中，秦观对前人诗词的接受数量颇为惊人，笔者根据徐培均先生的《淮海居士长短句笺注》（上海古籍出版社 2011 年版），并参考谢燕编注的《秦少游词精品》（华东师范大学出版社 2013 年版）统计，秦观词对前人诗词的接受共 134 条，其中唐前 17 条，唐代 88 条，宋代 29 条。占比分别为 12.7%、65.7% 和 21.6%。在对这些前人诗词的接受中，他对重要诗人的诗歌接受借鉴数量达两次以上的分别如下：杜甫、李贺、杜牧、李煜，各 9 次；李商隐、柳永，各 8 次；白居易，6 次；温庭筠、欧阳修、晏几道，各 5 次；陶渊明、李白、苏轼，各 3 次；江淹、王维、韩偓、冯延巳，各 2 次。这些接受有的直接明了，有的相对间接隐蔽，对其词风和词境的形成起到了十分重要的作用，本章将对这一现象进行归纳整理和分析评论，重点分析其表现和特点。

---

① （宋）王灼. 碧鸡漫志：卷二［M］//唐圭璋. 词话丛编. 北京：中华书局，1986：83.

# 一、秦观词对前人诗歌接受的表现方式

秦观在词作中对不同时代的不同作家作品进行了不同程度的吸收和改造，从形式上来讲，大致可分为借用、化用、合用、多用等方式，而每种方式往往又能再细分出若干支脉。从这些丰富多样的接受方式，我们不难发现，秦观对前人作品的借鉴吸收非但不呆板无趣，反而灵活机变，其目的不在于展示才学、故作高深，而是借前人之言抒己身之感，一切为创作服务。

## （一）借用

所谓"借用"，是一种比较基本的接受方式，它在很大程度上保留了原句的本来面貌，将前人的诗词妥当地镶嵌到自己的词作中。这种做法要求作者所选取的原句要能在意象、风格、抒情等方面与词作相契合，既能以凝练生动的语言写景抒情，又能使读者眼前一亮进而会心一笑。但倘若选择语句不当，或者摆放的位置不对，便成了生搬硬套、贻笑大方之作。而秦观并没有犯这种错误。"借用"的方法，在淮海词中又有三种形式，分别是用成句、用语词和用语法，三者在保留前人诗词的程度上呈现递减趋势。

1. 用成句

这是指采撷前人诗歌中的现成句子，直接放置在自己的作品中。如《望海潮·秦峰苍翠》"天际识归舟"，用南朝诗人谢朓《之宣城郡出新林浦向板桥》中"天际识归舟，云中辨江树"中的上句。《满庭芳·山抹微云》"斜阳外，寒鸦万点，流水绕孤村"，用隋炀帝诗"寒鸦千万点，流水绕孤村"中成句，其中将一个五字句变成四字句。《满庭芳·碧水惊秋》"西窗下，风摇翠竹，疑是故人来"，用唐代诗人李益《竹窗闻风寄苗发司空曙》"开门复动竹，疑是故人来"中的下句。《临江仙·千里潇湘挼蓝浦》"曲终人不见，江上数峰青"二句用唐代诗人钱起《省试湘灵鼓瑟》中成句。《南乡子·妙手写徽真》"任是无情也动人"，用唐代诗人罗隐《牡丹》"若教解语能倾国，任是无情也动人"中的下句。《菩萨蛮·虫声泣露惊秋枕》"毕竟不成眠，鸦啼金井寒"，上句用柳永《忆帝京》"毕竟不成眠，一夜长如岁"中的成句。秦观直接采用前人诗词中的成句数量不多，大都并不生僻。而这些人们所熟知的诗句、词句，在秦观词中也贴切妥当，与其自创句子融为一体，丝毫不突兀。

2. 用语词

这是指撷取前人诗歌中的一些语词，巧妙地和自己的语词聚合。由于借用前人两个字的语词数量较多，不胜枚举，计入统计的例子一般都是包含三个字或四个字的语词。如《阮郎归·湘天风雨破寒初》"迢递清夜徂""峥嵘岁又除"，分别用杜甫《倦夜》中的"空悲清夜徂"和《敬赠郑谏议十韵》中的"旅食岁峥嵘"；《点绛唇》"月转乌啼"，用张继《枫桥夜泊》"月落乌啼霜满天"，只是改动了一个字；《金明池·琼苑金池》"红尘佛面，也则寻芳归去"，用刘禹锡《元和十年自朗州召至京戏赠看花诸君子》中的语词"紫陌红尘拂面来，无人不道看花回"；《鹧鸪天》"玉容寂寞花无主"，用白居易《长恨歌》"玉容寂寞泪阑干"；《醉桃源》"碧天如水月如眉"，用温庭筠《瑶瑟怨》"碧天如水夜云轻"；《如梦令·莺嘴啄花红溜》"指冷玉笙寒"，用李璟《山花子》"小楼吹彻玉笙寒"；《满庭芳·晓色云开》"凭栏久，疏烟淡日，寂寞下芜城"，用宋代诗人王淇《题九曲池》"凄凉不可问，落日下芜城"；《水龙吟·小楼连远横空》中的"名缰利锁"，用柳永《夏云峰》"向此免，名缰利锁，虚费光阴"，等等。将前人作品中的精华保留下来，又有自己的创造，使得秦观词在深厚的文学底蕴的基础上，又能有个人才思的闪光，而秦观对前人的接受也一直秉持着这种态度——不拘于前人，不吝于创造。

3. 用句式

这是指借用前人诗词中的现成句式来表达陈述、假设、祈请和疑问等关系。有的表达陈述，如《江城子》"南来飞燕北归鸿"，借用《玉台新咏》卷九《东飞伯劳歌》中的"东飞伯劳西飞燕"和南朝陈江总《东飞伯劳歌》中的"南飞乌鹊北飞鸿"；《江城子》"飞絮落花时候一登楼"，借用花间词人张泌的《江城子》"飞絮落花时节近清明"。有的表达感叹，如《虞美人·行行信马横塘畔》"绿荷多少夕阳中，知为阿谁凝恨背西风"，借用杜牧《齐安郡中偶题二首》的"多少绿荷相倚恨，一时回首背西风"；又如《八六子·倚危亭》中的"正销凝，黄鹂又啼数声"，借用杜牧《兰畹曲》的"正销魂，梧桐又移翠阴"。有的表达假设，如《江城子·西城杨柳弄春柔》中的"便做春江都是泪，流不尽，许多愁"，借用苏轼《江城子·别徐州》中的"欲寄相思千点泪，流不到，楚江东。"有的表达祈请，如《调笑令·灼灼》中的"妾愿身为梁上燕，朝朝暮暮长相见"，借用冯延巳《长命女》中的"一愿郎君千岁，二愿妾身常健，三愿如同梁上燕，岁岁长相见"。有的表达疑问，如《阮郎归·湘天风雨破寒初》"衡阳犹有雁传书，郴阳和雁无"，借用晏几道《阮郎归·旧香残粉似当初》中的"梦魂纵有也成虚，那堪和梦无"句式。有的表达呼应，如《满庭芳·碧水惊秋》中的"酒未醒，愁已先回"，借用沈邈《剔银灯》中的"酒未到，愁肠还醒"句式。句式上的借鉴接受，脱离了文字层面，更多的是对前人表达方式的学习，会使读者有一种似曾相识的阅读感受，营造出一种陌生感，也能够吸引读者进一步体会词意。

### （二）化用

如果说借用是对前人诗词的直接截取或改写，化用则是在此基础上的缩略或拓展，通过调整语序、改编句意，形成新的语句。对前人作品的化用，显然要比借用更有难度，作者原创的成分也更多了。不论是缩略还是拓展，都需要作者能够把握前人作品的核心意蕴及语词，在充分理解原作的基础上才能较为稳妥地化用原作。而在秦观的词作中，压缩手法的使用要明显多于拓展。

#### 1. 压缩

压缩的手法可以分为三种，其中一种是把前人的整首诗歌浓缩在自己的词中。这些一般都是广为流传、家喻户晓的诗篇，仅用其中的片言只字，就能让人联想起全诗。如《青门饮·风起云间》词中"任人攀折，可怜又学，章台杨柳"之句，就是浓缩唐代韩翃的《寄柳氏诗》："章台柳、章台柳，昔日青青今在否？纵使长条似旧垂，也应攀折他人手。"用12个字就将"章台柳"的意蕴妥帖地表达了出来。又如《踏莎行·雾失楼台》中的"驿寄梅花"，浓缩三国时吴陆凯的"折梅逢驿使，寄与陇头人。江南无所有，聊赠一枝春"。《满庭芳·碧水惊秋》中的"西窗下，风摇翠竹，疑是故人来"，浓缩唐代诗人李益的《竹窗闻风寄苗发司空曙》："微风惊暮坐，临牖思悠哉。开门复动竹，疑是故人来。"《金明池·琼苑金池》中的"佳人唱，金衣莫惜"，浓缩唐代杜秋娘的《金缕衣》诗，《鼓笛慢》中的"那堪万里，却寻归路，指阳关孤唱"，浓缩王维的《送元二使安西》诗，等等。秦观在这些词句中极为凝练地将前人整首诗歌以寥寥数语写出，却又丝毫无损原作的情韵，这显然需要很好的笔力。当然，原作的知名度也是这种手法成功的重要因素。

　　另一种是压缩前人的七言或五言诗，使之适应词体的要求，变成长短不齐的句子。如《满庭芳·北苑研膏》"搜搅胸中万卷，还倾动、三峡词源"，压缩自杜甫的《醉时歌》"词源倒流三峡水，笔阵横扫千人军"；《点绛唇·醉漾清舟》"山无数，乱红如雨"，压缩自李贺的《将进酒》"况是青春日将暮，桃花乱落如红雨"；《河传·乱花尽絮》"那更夜来，一霎薄情风雨"，压缩自温庭筠的《菩萨蛮》"南园满地堆轻絮，愁闻一霎清明雨"；《虞美人》"碧桃天上栽和露，不是凡花数"，压缩自唐代诗人高蟾《下第后上永崇高侍郎》中的"天上碧桃和露种，日边红杏倚云栽"；《菩萨蛮·金风簌簌惊黄叶》："雁已不堪闻，砧声何处村？"压缩自唐代诗人李颀《送魏万之京》中的"鸿雁不堪愁里听，云山况是客中过"；《千秋岁·水边沙外》中的"花影乱，莺声碎"，压缩自唐代杜荀鹤的《春宫怨》"风暖鸟声碎，日高花影重"，等等。从这些例子中不难看出词体和诗体的区别，词的韵律节奏更富于变化，因此化用前人诗句必然要使之适应词作的体式，需要作家灵活应对。

　　最后一种则是把前人的两句压缩成一句，或是把前人的长句压缩成短句。如《鹧鸪天·枝上流莺和泪闻》"雨打梨花深闭门"，压缩自唐代诗人刘方平《春怨》"寂寞空庭春欲晚，梨花满地不开门"；《望海潮·梅英疏淡》中的"长记误随车"，压缩自韩愈的《嘲少年》"只知闲信马，不觉误随车"；《千秋岁·水边沙外》中的"离别宽衣带"，压缩自《古诗十九首》中"相去日已远，衣带日已缓"和柳永的《凤栖梧》"衣带渐宽终不悔，为伊消得人憔悴"；《江城子》中的"西城杨柳弄春柔"，压缩自宋人王雱的《眼儿媚》"杨柳丝丝弄轻柔，烟缕织成愁"；《南乡子·妙手写徽真》中的"水剪双眸"，压缩自李贺的《唐儿歌》"一双瞳人剪秋水"；《菩萨蛮·金风薮薮惊黄叶》中的"月明乌鹊飞"，压缩自三国曹操的《短歌行》"月明星稀，乌鹊南飞"；《鹊桥仙》中的"柔情似水"，压缩自宋代寇准《夜度娘》中的"柔情不断如春水"，等等。这也是压缩程度最高的一种方式，以最简洁的语言表达丰富的内容和含义，让词作更为凝实。

2. 拓展

拓展和压缩相反，是把前人的五言拓展成七言，或把前人的两句拓展成多句。如把杜甫《羌村》中的"夜阑更秉烛，相对如梦寐"，拓展成《浣溪沙·霜缟同心翠黛连》中的"枕上忽收疑是梦，灯前重看不成眠"；把晏几道的《生查子》"关山魂梦长，鱼雁音尘少"，拓展成《鹧鸪天·枝上流莺和泪闻》中的"一春鱼鸟无消息，千里关山劳梦魂"；把白居易《长恨歌》中的"天长地久有时尽，此恨绵绵无绝期"，拓展成《风流子·东风吹碧草》中的"算天长地久，有时有尽。奈何绵绵，此恨难休"；把江淹《别赋》中的"黯然销魂者，惟别而已矣"，拓展成《满庭芳·山抹微云》中的"销魂，当此际，香囊暗解，罗带轻分"，等等。

拓展手法的使用之所以远少于压缩，或许是因为那些经典的诗句、词句基本上都是较为简练精悍的，倘若硬加以拓展，会使词中有冗余的语词，得不偿失。而且优秀的词句、诗句大多有余韵余味供读者细品，若是拓展说破，反而会破坏原句的美感，使得词作的可读性大大降低。因此，压缩手法才会得到秦观的青睐，它会加深词的厚度、加强词的节奏，让词作更有内涵。

### （三）合用

合用，与借用和化用不同，是并取两个或两个以上诗人的不同诗句，组合成新的词句。如《菩萨蛮·虫声泣露惊秋枕》中的"毕竟不成眠，鸦啼金井寒"两句，上句用柳永《忆帝京》中的"毕竟不成眠，一夜长如岁"，下句化用李贺《河南府试十二月乐词》中的"鸦啼金井下疏桐"；《长相思·铁瓮城高》中的"晓镜堪羞，潘鬓点、吴霜渐稠"，合用李商隐《无题》诗中的"晓镜但愁云鬓改"和李贺《还自会稽歌》中的"吴霜点归鬓，身与塘蒲晚"；《如梦令·门外鸦啼杨柳》中的"春色著人如酒"，合用唐代诗人李群玉《感春》"春情不可状，艳艳令人醉"和宋代李之仪《谢池春》"著人滋味，真个浓如酒"；《阮郎归·湘天风雨破寒初》中的"丽谯吹罢小单于，迢递清夜徂"，合用唐代杜甫《倦夜》"空悲清夜徂"、唐代李益《听晓角》"无数塞鸿飞不度，秋风卷入小单于"和宋代吴忆《烛影摇红》"楼雪初销，丽谯吹罢单于晚"；《调笑令·灼灼》"妾愿身为梁上燕，朝朝暮暮长相见"，合用宋玉《高唐赋序》中的"旦为朝云，暮为行雨。朝朝暮暮，阳台之下"和冯延巳《长命女》中的"三愿如同梁上燕，岁岁长相见"，等等。要把两处诗词组合到一起，并不能随意而为，这两句的衔接一定要做到无缝贴合，无论是情感、意象、时空都要有延续性。

有的合用则是同一诗句有前后不同的出处，都借用其意。如《一落索·杨花终日空飞舞》中的"海潮虽是暂时来，却有个堪凭处"，既用唐代诗人李益《江南曲》"嫁得瞿塘贾，朝朝误妾期。早知潮有信，嫁与弄潮儿"，又用白居易《浪淘沙》"借问江潮与海水，何似君情与妾心。相恨不如潮有信，相思始觉海非深"；《风流子·东风吹碧草》中的"恼人春色，还上枝头"，合用唐代诗人罗隐《春日叶秀才曲江》"春色恼人遮不得"、五代词人魏承班《玉楼春·寂寂画堂梁上燕》"一庭春色恼人来，满地落花红几片"、宋代诗人王安石《夜直》"春色恼人眠不得，月移花影上栏杆"，等等。这种方式更能保证两句合用的协调和美，也更加隐蔽，情感表达也更为顺畅。

#### （四）多用

多用是对前人的某些诗句格外青睐，在词中多次反复使用。秦观特别喜欢把唐代诗人杜牧写扬州的诗篇写入自己的作品，如把杜牧《遣怀》诗中的"十年一觉扬州梦，赢得青楼薄幸名"，写入《风流子·东风吹碧草》中的"前欢记，浑似梦里扬州"、《梦扬州·晚云收》中的"十载因谁淹留……佳会阻，离情真乱，频梦扬州"、《满庭芳·晓色云开》中的"豆蔻梢头旧恨，十年梦，屈指堪惊"及《满庭芳·山抹微云》"谩赢得，青楼薄幸名存"等；把杜牧《赠别》诗中的"春风十里扬州路，卷上珠帘总不如"的句意，写入《望海潮·星斗分斗牛》中的"珠帘十里东风"、《八六子·倚危亭》中的"夜月一帘幽梦，春风十里柔情"等，大概因为杜牧写的是他的家乡，表现的又是诗酒风流的生活，而杜牧所代表的才子形象、晚唐风韵也与唐宋词的气质相符合，故特别惬合他的心意。

其他被秦观格外青睐的中晚唐诗人的诗篇，还有杜甫《羌村三首》中的"夜阑更秉烛，相对如梦寐"两句，秦观在《浣溪沙·霜缟同心翠黛连》中用"枕上忽收疑是梦，灯前重看不成眠"，在《临江仙·髻子偎人娇不整》中用"不忍残红犹在臂，翻疑梦里相逢"来表现；而白居易《长恨歌》中的"梨花一枝春带雨"以生动的比喻写人，也是诗中佳句，被秦观用"梨花春雨余"写入《阮郎归·潇湘门外水平铺》，又用"花带雨"写入《御街行·银烛生花如红豆》；李贺《金铜仙人辞汉歌》的"天若有情天亦老"的句意，秦观在《水龙吟·小楼连远横空》中用"天还知道，和天也瘦"，在失调名词中用"天若有情，天亦为人烦恼"来表现；李商隐《无题》中的诗句"晓镜但愁云鬓改"，秦观也一再写入词中，如《一斛珠·碧云寥廓》中的"晓镜空悬，懒把青丝掠"，《长相思·铁甕城高》中的"晓镜堪羞，潘鬓点、吴霜渐稠"等。除了以上诗句，南唐李煜的《虞美人》"问君能有几多愁，恰似一江春水向东流"也被反复写入秦观的词中，如《江城子·西城杨柳弄春柔》"便做春江都是泪，流不尽，许多愁"，《千秋岁·水边沙外》"春去也，飞红万点愁如海"，等等。

　　在唐诗之外，秦观还多次将唐前诗人的诗文融入词中，如江淹《杂体三十首·休上人怨别》中的"日暮碧云合，佳人殊未来"，秦观在《忆秦娥》中用"暮云碧，佳人不见愁如织"，在《千秋岁·水边沙外》中用"人不见，碧云暮合空相对"来表现；陆凯的"折梅逢驿使，寄与陇头人。江南无所有，聊赠一枝春"，秦观在《踏莎行·雾失楼台》中用"驿寄梅花"，《雨中花·指点虚无是征路》中用"一枝难遇，占取春色"来表现；陶渊明在《桃花源记》中描写了世外桃源的美景："忽逢桃花林，夹岸数百步，中无杂树，芳草鲜美，落英缤纷……寻向所志，遂迷，不复得路。"秦观在《鼓笛慢·乱花丛里曾携手》中用"桃源路，欲回双桨"，《点绛唇·醉漾清舟》中用"山无数，乱红如雨。不记来时路"来表现。

　　从以上"多用"的实例，大致可以看出秦观在创作时所倾向的前代诗词文作家。在唐代诗人中，杜甫无疑是宋人最重要的学习对象之一，宗杜学杜也早已从诗学领域拓展到词学领域。而宋词中所借鉴吸收的杜诗，并非其著名的"史诗"一类，而是深婉清丽、闲适冲淡之诗影响更为普遍。①白居易、杜牧、李商隐等中晚唐诗人的诗作，江淹等南朝文人的诗文，在风格和气质上，都比较接近词文学，将他们的作品纳入词中，能够取得良好的效果。而南唐后主李煜之词，其长处在于情之沉痛动人，对于"古之伤心人"秦观来说，后主的敏感多愁、后主词的凄婉深挚，都与自身产生了共鸣。秦观词中多次使用前人语句的情况，既是他自身品位喜好的体现，也折射了当时词坛的审美倾向，可以肯定地说，中晚唐诗作和南朝诗文是秦观最主要的接受对象之一。

---

　　①　刘京臣《盛唐中唐诗对宋词影响研究》（中国社会科学出版社 2014 年版）的第三章中分别从语词字句、意象意境和题材风格的角度来探究杜诗对宋词的影响，可详参。

## 二、秦观词接受前人诗歌的特点和原因

秦观对前人诗歌的大胆借用，对其独特词风的形成起到了十分重要的作用，既丰富了他的用字造句，也扩大了他的艺术手段，更提升了他的艺术意境。其对前人诗歌接受的主要特点如下。

### （一）精心提炼

宋魏庆之《诗人玉屑》引晁无咎评："近世以来作者，皆不及秦少游。如'斜阳外，寒鸦万点，流水绕孤村'。虽不识字人，亦知是好言语。"① 这句"好言语"如一幅天然图画，远与近、动与静结合，情在景中，神余言外。它虽是从隋炀帝的诗中借来的，但比起原诗来，更见特色。前人多次提到这一点，如明王世贞《艺苑卮言》云："'寒鸦千万点，流水绕孤村。'隋炀帝诗也；'寒鸦数点，流水绕孤村。'少游词也。语虽蹈袭，然入词犹是当家。"② 世经堂康熙十七年残本《词综》卷六"晓色云开"调下批语："'寒鸦'二句，虽用隋炀帝句，恰当自然，真色见矣。"③ 清贺贻孙在《诗筏》中评此三句则更全面到位："余谓此语在炀帝诗中，只属平常，入少游词，特为妙绝。盖少游之妙，在'斜阳外'三字，见闻空幻。又'寒鸦'、'流水'，炀帝以五言划为两景，少游词用长短句错落，与'斜阳外'三景合为一景，遂如一幅佳图。此乃点化之神，必如此乃可用古语耳。"④

历代词论家对少游"斜阳外，寒鸦万点，流水绕孤村"句的高度评价，

---

① （宋）魏庆之. 诗人玉屑：卷二十一 ［M］. 王仲闻，点校. 北京：中华书局，2007：671.

② （明）王世贞. 艺苑卮言 ［M］//唐圭璋. 词话丛编. 北京：中华书局，1986：387.

③ 徐培均. 淮海居士长短句笺注 ［M］. 上海：上海古籍出版社，2011：56.

④ （清）贺贻孙. 诗筏 ［M］//郭绍虞. 清诗话续编. 上海：上海古籍出版社，1983：177.

充分肯定了秦观接受前人作品的成就。首先，他所选择的诗句便是好句，隋炀帝虽然在历史上毁誉参半，但其文学素养普遍得到赞赏，其所存作品不多，"寒鸦千万点，流水绕孤村"便是其中的佼佼者，因此，秦观的审美品位是毋庸置疑的。其次，前人的诗句再好，若是不能与自己的词作相契合，那也于事无补。而秦观在这方面堪称典范，隋炀帝的诗句本身写景出色、意境清幽，而到了秦词中经过加工改造便更上一层楼，基于原句而又超脱原作，这也是该句词备受好评的关键因素。

### （二）后出转精

秦观的词虽是渊源有自，采用了许多前人的诗语，但往往能加入自己的切己体会，做到和自己的句子融合无间，有后出转精之妙。

有的引用更精炼更形象。如宋陈郁《藏一话腴》："太白云：'请君试问东流水，别意与之谁短长？'江南李后主云：'问君还有几多愁，恰似一江春水向东流。'略加融点，已觉精采。至寇莱公则谓'愁情不断如春水'，少游云'落红万点愁如海'，青出于蓝而胜于蓝矣。"① 宋俞文豹《吹剑录》："李颀诗：'请量东海水，看取深浅愁。'李后主词：'问君还有几多愁，恰似一江春水向东流。'秦少游则三字尽之，曰：'落红万点愁如海。'而语益工。"② 这两段话评点的是秦观《千秋岁》词中的句子，认为秦观的词句比前人更警醒，也更有概括力。如王国维《人间词话》附录："温飞卿《菩萨蛮》'雨后却斜阳，杏花零落香'。少游之'雨余芳草斜阳，杏花零落燕泥香。'虽自此脱胎，而实有出蓝之妙。"③ 秦观《画堂春·东风吹柳日初长》中的词句比起温庭筠的句子加了"芳草"和"燕泥"，更为具体形象了。又如《江城子·西城杨柳弄春柔》"便做春江都是泪，流不尽，许多愁"，借用

---

① （宋）陈郁. 藏一话腴：甲集卷上［A］//徐培均. 淮海居士长短句笺注. 上海：上海古籍出版社，2011：89.
② （宋）俞文豹. 吹剑录全编［M］. 张宗祥，校订. 上海：古典文学出版社，1958：33.
③ 王国维. 人间词话［M］//唐圭璋. 词话丛编. 北京：中华书局，1986：4273.

苏轼《江城子·别徐州》："欲寄相思千点泪，流不到，楚江东。"杨慎评云：
"此结语又从坡公结语转出，更进一步。"① 《浣溪沙·锦帐重重卷暮霞》"枕
上梦魂飞不去，觉来红日又西斜"，清黄苏《蓼园词选》评云："沈际飞曰，
前人诗'梦魂不知处，飞过大江西'。此云'飞不去'，绝好翻用法。"② 或
是套用句式，或是翻用句式，都灵活多变，有加倍效应。

有的引用更婉曲更概括。缪钺在《诗词散论》中指出诗词的区别原则
是："诗显而词隐，诗直而词婉。"③ 这说明比起诗来，词要更柔婉含蓄。秦
观的词，虽用寻常之语，但多曲折之笔。如他的《蝶恋花·晓日窥轩双燕
语》"持杯劝云云且住，凭君碍断春归路。"借用宋代张先《水仙子》"水调
数声持酒听……送春春去几时回"。徐培均评云："此二句亦问春、伤春之
意，唯借劝云以表达之，尤为婉曲耳。"④《踏莎行》："郴江幸自绕春山，为
谁留下潇湘去。"徐培均评云："以上二句似唐杜审言《渡湘江》诗：'独怜
京国人南去，不似湘江水北流。'而更为婉曲含蓄。"⑤ 又如他的《千秋岁·
水边沙外》中的"花影乱，莺声碎"，压缩自唐代杜荀鹤的《春宫怨》"风
暖鸟声碎，日高花影重"，但将"花影重"改为"花影乱"，"鸟声碎"改为
"莺声碎"。徐培均评云："莺声呖呖，以一'碎'字概括，已可盈耳；花影
摇曳，以一'乱'字形容，几堪迷目。"⑥ 因为这两句改得特别好，南宋范
成大守处州时专门建"莺花亭"以作纪念，并题了六首七言绝句。

以上种种，都表明了秦观对前人的接受不仅是有选择的，更是有自己特
色的。他充分认识到诗词文体的区别，能够打通诗词，将诗句改造成更适合
词体的形式，同时又能将前人的精神内蕴很好地保留下来，语句婉转流畅，
意境空灵优美。在词史上，借用前人诗句而更加出色的例子，除此之外，便

① 徐培均. 淮海居士长短句笺注 [M]. 上海：上海古籍出版社，2011：65.
② （清）黄苏，辑. 蓼园词选 [M] //程千帆. 清人选评词集三种. 济南：齐鲁书社，
　1988：14.
③ 缪钺. 诗词散论 [M]. 上海：上海古籍出版社，1982：56.
④ 徐培均. 淮海居士长短句笺注 [M]. 上海：上海古籍出版社，2011：101.
⑤ 徐培均. 淮海居士长短句笺注 [M]. 上海：上海古籍出版社，2011：94.
⑥ 徐培均，罗立刚. 秦观词新释辑评 [M]. 北京：中国书店出版社，2010：133.

是晏几道的"落花人独立，微雨燕双飞"①，但这样的情况并不多见，足以说明要高水平、高层次地借用前人作品，并不像看上去那么容易。秦观借用前人作品，却能后出转精，再一次展现了他在词学创作上的才能。

### （三）别有创造

王国维在《人间词话删稿》中云："'西风吹渭水，落日满长安。'美成以之入词，白仁甫以之入曲，此借古人之境界为我之境界者也。然非自有境界，古人亦不为我用。"② 秦观也是如此，他巧妙地将古诗词与自己的词句组织在一起，不以前人为止境，既有继承，又有新变。如黄苏在《蓼园词选》中云："按七夕歌以双星会少别多为恨，少游此词谓两情若是久长，不在朝朝暮暮，所谓化臭腐为神奇。凡咏古题，须独出心裁，此固一定之论。"③ 刘熙载在《艺概》中云："秦少游得《花间》《尊前》遗韵，却能自出清新。"④ 这里的"独出心裁""自出清新"，说明秦观的词在引用前人诗句时往往别有创造。

如他在《风流子·东风吹碧草》中云："算天长地久，有时有尽。奈何绵绵，此恨难休。拟待倩人说与，生怕人愁。"此处用四个偶句化解白居易《长恨歌》中"天长地久有时尽，此恨绵绵无绝期"两个七字句，同时又有自己新的创造。正如俞陛云在《唐五代两宋词选释》中评论的那样："下阕'天长地久'四句虽点化乐天《长恨歌》，而以'倩人说与'句融纳之，便运古入化，弥见情深。"⑤ 又如他在《水龙吟·小楼连远横空》中云："天还知道，和天也瘦"，虽然借用了李贺的"天若有情天亦老"，但他以"瘦"

---

① 晏几道《临江仙·梦后楼台高锁》词中使用了五代翁宏《春残》诗中的两句成句"落花人独立，微雨燕双飞"，原诗名声不显且水准有限，但经过晏几道的移植，点铁成金，词名远甚于诗名。

② 王国维. 人间词话［M］//唐圭璋. 词话丛编. 北京：中华书局，1986：4258.

③ （清）黄苏，辑. 蓼园词选［M］//程千帆. 清人选评词集三种. 济南：齐鲁书社，1988：76.

④ （清）刘熙载. 词概［M］//唐圭璋. 词话丛编. 北京：中华书局，1986：3691.

⑤ 俞陛云. 唐五代两宋词选释［M］. 上海：上海古籍出版社，2011：177.

易"老",别有会心。所以明沈际飞《草堂诗余正集》卷五评论此句云："天也瘦起来,安得生致?少游自抉其心。"①

　　秦观借用杜牧诗句的情况较多,但都能把杜牧的诗句和自己的词句融合起来,构成更好的意境。如叶嘉莹在《灵谿词说·论秦观词》中评论其《八六子·倚危亭》时云:"其中的'夜月一帘幽梦,春风十里柔情'两句,次句虽然是用的杜牧之诗意,但放在此一联中,却因为与前面的'夜月一帘'相映衬且相对偶,于是'春风十里'便也成了一个鲜明的形象,而继之以'幽梦''柔情',遂使得抽象之情思,都加上了具象的形容。"② 叶先生的分析比较细致深入,她认为秦观的作品能与杜牧的诗句相映成趣,并有自己新的创造。明陈霆在《渚山堂词话》中云:"少游《八六子》尾阕云:'正销凝,黄鹂又啼数声',唐杜牧之一词,其末云:'正销魂,梧桐又移翠阴。'秦词全用杜格。然秦首句云:'倚危亭,恨如芳草,萋萋划尽还生',二语甚妙,故非杜可及也。"③ 这是指秦观虽然套用了杜牧的句式,但有更多自出新意的妙语,从整体上超越了前人。

　　吸收借鉴前人诗词,是加深词作文学底蕴、提升词学审美境界的重要手段,但是这并非词学创作的必要手段。一个词人、一首词作,能否在词史上流芳百世,靠的不是化用了多少经典名句,而是词人本身的创造力。前人的作品只是写作的原材料,作者必须根据作词时表情达意的需求,对其进行取舍、改写、熔炼。而作者的新意和创造,是提升词作档次的关键。以上实例中,白居易、杜牧的诗句不可谓不精妙,但秦观并不是泥古之人,词作若是蹈袭前人之意,便平平无奇。而秦观词常常给人眼前一亮的感觉,就在于他以自己的才情性情和创新精神进行创作,尽可能地削减前人的影响,以我为主,抒发自己的性情。因此,接受前人作品,不是为了炫耀学识,而是为创

　　①　(明)沈际飞. 草堂诗余正集:卷五 [A] //徐培均. 淮海居士长短句笺注. 上海:上海古籍出版社,2011:22.
　　②　缪钺,叶嘉莹. 灵谿词说 [M]. 上海:上海古籍出版社,1987:259.
　　③　(明)陈霆. 渚山堂词话:卷一 [M] //唐圭璋. 词话丛编. 北京:中华书局,1986:355.

作服务，要分清主次。秉持着这样的理念，秦观的创作根植于肥沃的文学土壤，却又实实在在是"秦观特色"的作品。也正是其独特性，吸引了读者和词论家驻足品味，也让秦观词在词史中占据了一席之地。

　　秦观之所以会大量借用前人诗歌，自然是有其缘由的。首先，他深受前代文学的影响。秦观虽以词称名于世，但其诗文成就在当时也得到称赏，如苏轼认为其《黄楼赋》"雄词杂今古，中有屈宋姿"①，王安石称"得秦君诗，手不能舍"，其诗"清新妩丽，鲍、谢似之"②。可见他的诗文创作受到前代许多作家的影响，词的创作当然也不会例外。其次，他也受到了江西诗派的影响。秦观和黄庭坚同为"苏门四学士"的成员，他们之间的私交很好。而黄庭坚作为江西诗派的代表人物，提倡"点铁成金""夺胎换骨"，在创作中取用前人的"陈言"而展示新的境界。因此在创作中融入前人作品在当时是一种比较普遍的做法，秦观正是顺应了这股潮流，章培恒、骆玉明主编的《中国文学史新著》提到，"秦观也写一点类似江西诗派奇异风貌的诗"③，他受到黄庭坚的影响也实属正常。再次，秦观的个人才华和性情为他提供了接受前人成果的条件。正因为秦观在文学创作上的天赋才情，使得他在借用前人诗词的同时能够进行充分的创新，写出的词作清新俊逸，独具特色，而不是掉书袋式的作品。

　　奇怪的是，以化用前人诗句著称的贺铸、周邦彦与秦观的生存年代相差并不远，但秦观在这方面的名声却微弱很多。秦观善于熔炼前人诗词特点之所以被忽视，或许是由于绝大多数读者和词论家更看重或只看到了秦观词的情感深挚、语言优美清新。即便是看到了秦观借用诗词，也只是单独讨论其某一句词作，而没有对整个淮海词进行总结归纳，也因此没有给读者留下秦观善于接受前人诗词成果的总体印象。秦词的"情"是其触动感染读者最重

①　（宋）苏轼. 太虚以黄楼赋见寄，作诗为谢［A］//周义敢，周雷. 秦观资料汇编. 北京：中华书局，2001：3.
②　（宋）王安石. 回苏子瞻简［A］//周义敢，周雷，编. 秦观资料汇编. 北京：中华书局，2001：1.
③　章培恒，骆玉明. 中国文学史新著［M］. 上海：复旦大学出版社，2007：259.

要的因素之一，这也是其反复被提及、论述的部分，但合理的章法、优美的语言以及深厚的文化底蕴是完美抒情的必要条件，仅仅有深挚的情感并不能构成一首好词。秦观在情感和语词的平衡上还是做得很好的，这也是其词学创作成功的秘诀之一。

虽然秦观在接受前人诗歌的这一特长没有得到如周邦彦那样古今一致的重视，但是从实际效果来看，秦观词的成就并不下于清真词。陈廷焯就认为北宋词人中周、秦两家"皆极沉郁顿挫之妙，而少游托兴尤深，美成规模较大"①，很好地概括了两者的异同点。周、秦并称，是对二者词学地位的肯定。而秦观在吸收前人诗词上的实践，他的超越前人和锐意创新，也都为后人包括周邦彦提供了借鉴和警醒，那就是作词要以我为主、写出新意。

总之，秦观的词敢于大胆借用前人的诗歌，其数量很多，质量也很高。秦观正是在广泛学习借鉴前人诗作的基础上，转益多师，以故为新，才走出了一条自己的道路，成为宋代词人中的"今之圣手"。

---

① （清）陈廷焯. 白雨斋词话［M］//唐圭璋. 词话丛编. 北京：中华书局. 1986：3890.

# 第九章

# 贺铸词对前人诗歌的接受

　　研究贺铸词的创作接受，就不得不深入贺铸词的文本，细致探索贺铸词创作接受的基本态势与构成特点。不同于用典研究，偏重于研究用典来源，接受研究更侧重于贺铸如何在择取前人作品上赋予其新的意义。本章将从字面意象、句子句法、篇章意境三方面逐一具体细致地探索贺铸词对前人作品的接受状况，并以此分析贺铸再创作过程中的创作接受过程、创作接受追求与创作接受心态。

## 一、贺铸词对前人诗歌字面意象的择取与呈现

　　字面、意象是词最基础的构件，词人通过字面的提炼、意象的抽取与组合来营造氛围、生成词境，从而构成词的基本风貌。对于字面的重要意义，南宋人张炎有一段十分精辟的论述："句法中有字面，盖词中一个生硬字用不得。须是深加煅炼，字字敲打得响，歌诵妥溜，方为本色语。如贺方回、吴梦窗，皆善于炼字面，多于温庭筠、李长吉诗中来。字面亦词中之起眼处，不可不留意也。"①

　　贺铸词中所用前人字面，时间跨度之广和涵盖范围之大，足令人惊叹。

---

① （宋）张炎. 词源：卷下［M］//唐圭璋. 词话丛编. 北京：中华书局，1986：259.

钟振振先生在《东山词》前言中曾这样概括："取材于《诗经》《楚辞》、两《汉书》《文选》、陶集、唐诗；时代由春秋战国，文体兼诗赋、尺牍、传记、谣谚；书类括经、史、集。"① 吉林大学梁玉龙进一步从用典的书类来源上加以统计，得出贺铸词经史子集用典的具体数量，其中又以集部最多，所用典故多为香艳之事的结论。② 这样的情况，是由贺铸词的题材所决定的。贺词题材虽然广泛，然就现存数量而言，多数词作仍以描写闺情、艳情为主，决定了贺铸所选用前人的字面意象，也必须围绕闺情、艳情的主题来展开。如果跳出"用典来源"的藩篱，将这些字面意象当作词的基本构件来看，具体的字面意象选用情况揭示了词人对前人作品的理解与接受，字面的重新组合与意象的重新排列生成新的词境，呈现词人对前人作品的阐释与演绎，也是词人对自身内心世界的勾勒与展示。探索字面意象的择取与呈现情况，是一把靠近词心的钥匙，也是复杂的创作接受过程的第一步。

下面就贺铸词中常见的一些字面意象进行分类梳理和统计，分析贺铸的择取特点及偏好，并结合例子详细分析其中的接受动机。再分析这些字面意象在贺铸词中的具体呈现，结合相关例子详细探究贺铸"炼字""取意"的过程，是如何对这些现有构件进行再创作的。

### （一）字面意象的择取

从字面意象对整首词的作用出发，可以将贺铸词中所选用的，常见的前人字面意象大体分为人物、风物、地域及音乐等类别，笔者将具体的使用情况加以梳理统计，就贺铸对前人字面意象的选用特点加以阐述分析。

贺铸词中所择取的人物意象，大体可以分为两类：一类是传统闺情恋情词中的人物意象，另一类是其他词中的历史人物意象，许多历史人物意象带有明显的自况意味。

闺情恋情词中的人物意象都具有强烈的指向性，牛女、玄宗与玉环恋人

---

① （宋）贺铸. 东山词［M］. 钟振振，校注. 上海：上海古籍出版社，1989：5.
② 梁玉龙. 贺铸词用典研究［D］. 长春：吉林大学，2013：11.

意象和东邻女、姮娥、苏小小等女性意象在贺词中颇为常见。女性意象出现较为频繁，形态也更广泛，既有姮娥、汉江仙女、湘灵等仙女，也有丽华、月华、阿娇等后妃，更有桃叶、莫愁、董妖娆等在前代文学作品中出现的多姿多彩的民间女子。其中贺铸所偏爱的是"红粉墙东，曾记窥宋三年"（《断湘弦》）的东邻女意象，该意象出自宋玉的《登徒子好色赋》，在贺铸词中出现了 7 次之多，如《减字木兰花·冷香浮动》"寂寞墙东，门掩黄昏满院风"，《断湘弦》"红粉墙东，曾记窥宋三年"。贺铸还将一首《木兰花》另拟词题《东邻妙》，足见对这个意象的喜爱程度。另一个为贺铸所钟爱的女性意象是以"山有木兮木有枝，心悦君兮君不知"的《越人歌》中向公子皙求爱的越人，原载于《说苑·善说》，贺铸在词中也多次使用，喜爱之情溢于言表："恨难招、越人同载"（《菱花怨》）、"越人相顾足嫣然，何必绣被，来伴拥蓑眠？"（《临江仙》）表述十分恳切真挚。还有一个值得注意的女性意象是征妇意象，贺铸在一组《古捣练子》词中予以集中塑造。这个意象虽无明确的来源可考，就其呈现形式而言集中指向唐诗。宋代杨万里就将这首《杵声齐》篇中的词句"寄到玉关应万里，戍人犹在玉关西"误记为唐诗《寄边衣》中的诗句，并赞其"三百篇之意味，黯然犹存也"①。近人夏敬观评这组《捣练子》"皆为唐人绝句作法"②。上述三个女性意象，为贺铸词中出现最多的女性意象（均为 7 处），从具体词句的表述中也能看出贺铸对这些意象的精心营造，对这三个女性意象的认同。这三个女性意象有一些共性：没有明确的身份和名字，但都勇于主动追求爱情、追求幸福生活，对爱情的态度都甚为坚贞。这些特质在传统花间范式为主体，一片凄怨旖旎的思恋词中，是极为鲜活可嘉的。贺铸还从女性的视角出发，择取了一些典型意象，来表达女性对配偶的希冀：如善于画眉的张敞、精通音乐的周郎，解得琴心的相如等，同时谴责了封建社会中喜新厌旧给妇女带去痛苦的秋胡式

---

① （宋）杨万里. 颐庵诗稿序［A］//郭绍虞. 中国历代文论选第二册. 上海：上海古籍出版社，1985：401.

② 夏敬观. 映庵词评［A］//《词学》（影印合订本）第二卷第五辑. 上海：华东师范大学出版社，2009：202.

男子。

以上对前人作品中男女意象的择取，反映了贺铸对词"女性特质"的进一步认识：作为抒情主体所择取的女性意象，社会阶级更加广泛，形态更加多样，境遇更加具体。通过对典型意象的反复使用与重新刻画来表达对一些女性美好品质的赞赏，同时对于她们在封建社会中所处的不利境遇给予真诚且深切的同情，为她们发声，谴责了那些给她们带去痛苦的人与物，展现了贺铸的人文思想、人文关怀和传统士大夫的社会责任意识。

贺铸在词中择取的历史人物意象主要有三方面的作用。其一，用这些历史人物的特质比附自身文韬武略又风流多情形象，如司马相如、曹操、韩寿等；其二，通过这些历史人物的经历特点勾勒自身的实际状态，如文园病卧、兰成老去、沈腰潘鬓等；其三，通过历史人物的经历抒发抱负、表达观点，寻求慰藉，如曹操文韬武略、郭子玄口若悬河、季鹰拒仕等。从一二项可以看出，贺铸所择取的历史人物有很明显的自我投射作用，继苏轼之后，进一步将词中抒情主体进行扩大化和个人化，使词的抒情功能得到进一步的发展和完善。在贺铸所择取的历史人物中，司马相如和季鹰的择取值得关注。司马相如这个人物意象的特质很突出，经历也极为丰富。他与卓文君的风流佳话，历来是各诗词作家经常使用的题材。司马相如本人的出众文才，也引得后人频频比附，贺铸词中也有"自有怜才处，似题桥贵客"（《画眉郎》）之句。然而，贺铸词中频繁出现的，是司马相如多病、老去、寂寞、淹没久的形象。如：

> 未至文园多病容。（《雁后归》）
> 归卧文园犹带酒。（《浣溪沙》）
> 河阳官罢文园病。（《罗敷歌》）
> 文园老令难堪酒。（《呈纤手》）
> 寂寞文园淹没久。（《醉琼枝》）

这与《史记·司马相如列传》的记载"相如……常有消渴疾"，"其进仕宦，未尝肯与公卿国家之事，称病闲居，不慕官爵"尚有一些出入。如

"称病闲居，不慕官爵"和"淹没久"，前者强调主动选择，后者则是更多出于无奈。可见，词中反复描绘的落寞的、不得志的、受病痛所折磨、借酒聊以自慰的意象，是自身形象的投射。卧病文园这个意象融合了贺铸的经历与情感，是贺铸在选择接受基础上再创作出的典型意象，它象征了贺铸经历的坎坷与蹉跎，是贺铸苦闷内心的真实写照。季鹰这个历史人物意象，出自《世说新语》："张季鹰辟齐王东曹掾，在洛，见秋风起，乃思吴中菰菜、莼羹、鲈鱼脍，曰：'人生贵适志，何能羁宦数千里，以邀名爵乎？'遂命驾而归。"① 贺铸对这个意象的态度，经历了一个变化发展的过程："莼羹鲈脍非吾好"（《望长安》）—"季鹰久负鲈鱼兴"（《罗敷歌》）—"苦笋鲥鱼乡味美"（《梦江南》），是一个反向接受逐渐过渡到正向接受的过程，意象不变，而态度与心境的变化，正反映了贺铸人生经历与境遇的变化，这是一个漫长的、超越时空的对话过程，这个意象也因贺铸用尽自己人生的反复咀嚼，变得更加丰满、厚重，表达出贺铸对同一人物意象在不同时期不同的复杂接受情感。

贺铸词中风物意象、地缘意向与音乐意象的择取，都与人物意象紧密相连，它们是某种具体氛围营造、情绪表达的物质承担者。绝少白描，每一个意象都是一个象征，物象本身的作用和意义被冲得极淡，象征的所指意义得到极大的强化。

笔者将贺铸词中择取前人的动植物等意象归为风物意象，是因为这些意象通常还带有极强的岁华感，春波涨绿、西飞燕子、疏影小梅等意象不仅标志着季节特性与时间流逝，更强调抒情主体对时序变化的敏感性，这种敏感性来源于抒情主体心灵世界的深处。抒情主体对外物的感知建立在主体意识之上，所以赋予了词中风物意象强烈的情感色彩。如"一叶知秋"，是标志节气变化的意象，秋又象征着万物将衰。《淮南子·说山》中就有"见一落叶而知岁之将暮"之句，唐代李子卿《听秋虫赋》中也写道："时不与兮岁

---

① （南朝宋）刘义庆. 世说新语［M］.（梁）刘孝标，注，杨勇，笺校. 北京：中华书局，2006：354.

不留，一叶落兮天地秋。"贺铸在《浪淘沙》中也选用了该意象："一叶忽惊秋，分付东流"，"忽"字即是上述"敏感性"的体现，抒情主体被"离愁"的情绪所包围，"一叶知秋"所象征的时间流逝意义，足以引起抒情主体内心剧烈的动荡，这个意象也因而带有哀怨、无奈之感。贺词在《摊破浣溪沙》中有"风物宛然常在眼，只人非"之句，是对选用这一类意象最好的注释。

地点的择取同样突出其象征意义，如使用次数最多（均为 5 次）的南浦、蓬山、桃花源意象，强调其象征的离别之悲、距离之远和世外桃源无尽的渴望。鹊桥、醉乡、温柔乡等艳情词中常见的意象，更是已经完全淡化了地点的实际意义，着意强调字面的香艳意义，因而塑造出一种烟云模糊、风光旖旎的朦胧气氛。择取石城、渭城、凤凰城地点的旧称，贺铸的用意在强化该旧称象征的人文内涵，如石城对应《莫愁曲》，渭城则对应《渭城曲》，凤凰城对应秦穆公女吹箫，凤降于城之典。

贺铸对音律的才华，从词中择取音乐意象的多样性和该意象和词作内容的契合程度中可窥见一二。贺铸词中出现的音乐意象有《水调》《阳关》《凉州》《双凤》《三弄斜阳》《秋风曲》《江南曲》《商调》《侧商调》《楚调》《想夫怜》《宛转歌》《广陵散》《梅落》《阿滥》《鹧鸪词》《玉树后庭花》《紫云回》《花十八》《渔阳弄》《团扇》《霓裳》《宛转歌》《碧云》等 24 种之多。除了这些音乐意象的字面意义，曲调的特征也是贺铸选择的重要原因。如《渔阳弄》，《后汉书》中记载其"声节悲壮，听者莫不慷慨"，贺铸用之于《六州歌头》"箫鼓动，渔阳弄"就是利用这个音乐特性营造词中慷慨悲壮的氛围效果。

还有一些字面，由于在诗词中使用过于频繁，且贺铸并未在字面内涵上加以引申，已经使这些字面脱离了"意象"的范畴，沦为代字的惯用。这些代字集中在女性形象的塑造中，突出的例子有"凌波微步"和"木兰舟"的滥觞。"凌波微步袜尘香"作为《洛神赋》中对洛神步态的描述，唐宋词中多有使用，如柳永《临江仙引》"罗袜凌波成旧恨"、苏轼《菩萨蛮》"长愁罗袜凌波去"等，但在个人词作中使用并不频繁。检《全宋词》，"凌波微步"在北宋词人中的使用情况为：柳永2处，张先2处，晏几道1处，王安石2处，苏轼1处，黄庭坚1处，周邦彦2处，朱敦儒3处，而贺铸则达12处之多。所使用该意象的词句，不是"空相望，凌波仙步"（《花心动》），就是"谁认凌波微步，袜尘香"（《南歌子》），令贺铸所塑造的女性意象出现了类型化的特征。与之相类的还有"木兰舟"，虽为诗家常用意象，但逢舟便曰"木兰"，也难免令人觉得乏善可陈。频繁使用的代字再搭配以"小金环""玉燕钗""辟寒金"等华丽字面的装饰，令贺铸词中的一些女性意象过于类型化、模糊化，王国维先生批评其"非不华瞻，惜少真味"的词，应当集中体现在这一类词上。

### （二）字面意象的呈现

贺铸词中的确有许多的代字使用，使其作为意象而言过于扁平化。不过，也有相当数量的意象，通过贺铸各种技法的营造而获得新的生命力，产生新的风韵。陈廷焯和夏敬观常评贺词"意新"，就是对贺词中这些意象的新特质而言的。笔者总结贺铸在词中重新淬炼升华旧意象，使之跃然呈现的方法主要有如下几种。

1. 意象的反用

意象反用的意义在于用熟悉的字面营造出陌生化效果，令人耳目一新。这种反用既可以是对意象所指内涵的反用，也可以是对意象修辞手法的反用。

对意象修辞手法的反用基于对意象所指内涵合理而新奇的想象。如《簌水近·一笛清风弄袖》中"新月梳云缕"句，是化用后蜀毛熙震《浣溪沙·半醉凝情卧绣茵》"象梳欹鬓月生云"句。毛词以月喻梳，贺词以梳喻月，本体和喻体交换错位，已令人感觉新鲜。细思"梳"的动作，是用梳齿勾勒出云的缕缕的形态，云缕印在新月上，又描摹出梳齿形状，二者相互构成，相互辉映。同时，乌发般的澄凉夜色令这个轻柔的动作格外突出，愈发显得月与云的意象更为鲜明。整个意境典雅、蕴藉，又包含着女性的温柔特质。整个句子看似只是交换了原句中意象的主体与喻体，实际上贺铸为了营造出这样贴合而新鲜纯美的意境，对意象来源的物象进行了重新淬炼。钟振振先生在为这一句作注时，也不禁感叹贺铸的这一反用"尤妙"[①]。修辞上反用也并不是每次都能取得如此惊艳的效果，同样反用修辞的例子如贺词《摊破木兰花》首句"芳草裙腰一尺围"，也如上句一样，交换苏轼《再和杨公济梅花十绝》诗句"裙腰芳草抱山斜"中的主体与喻体，苏轼以裙腰喻草，把物象拟人化，着意强调芳草意象的曲线美。贺铸则反以芳草喻裙腰，是借芳草意象点出美人罗裙的颜色，虽然方法相同，但就其效果而言则略显平淡。

2. 意象的烘托

词的突出美感特质在于含蓄婉致，为了取得含蓄婉致的效果，词家通常避免正面的描写，而通过侧写、暗写等方法使隐含的内容格外突出又蕴意无限。

贺铸在词中多用烘托的手法，通过关键意象的描写与反复重建场景，烘托渲染情感，情感来源的主体意象并不直接出现。如《献金杯·风软香迟》上阕的一段描写："碧纱窗影，卷帐蜡灯红，鸳枕畔。密写乌丝一段。"这是艳情词中常见的侧面描写之句，烘托男女主人公之间难舍难分的浓郁艳情。四句中四个意象颇为常见，但在《霍小玉传》中秋之霄的描写中曾共同出现过，尤其最后一句"密写乌丝一段"与霍小玉以乌丝授李益，李益援笔成章以约的情节极为相似。这段描写也因提取《霍小玉传》中的共同关键意象暗含了男女主人公的约定之意，与下阕内容相契合。又如《菩萨蛮·绿窗残梦闻鹧鸪》上阕的人物描写："绿窗残梦闻鹧鸪。曲屏映枕春山叠。梳□发如蝉。镜生波上莲。"此句从李珣《临江仙》词"强整娇姿临宝镜，小池一朵芙蓉"化出。贺铸用更为细微的意象勾勒镜中之人，使美人临镜梳妆的整体图景变得朦胧而破碎，末一句"镜生波上莲"尤妙，不是美人临镜，而是镜生波上，使得作为"莲"的美人意象由碎片化的描写中惊艳亮相，既鲜明生

① （宋）贺铸. 东山词［M］. 钟振振，校注. 上海：上海古籍出版社，1989：464.

动，又含蓄动人。夏敬观赞其"语新"①。

3. 意象的叠映

意象的叠映是指抓住两个以上意象的共同特质来做触类延伸，穿插幻叠，使不同的时空意象亦真亦幻地显现在同一画面上，如同电影中的蒙太奇效果一般极具艺术感染力。

意象叠映最基础的用法，就是通过字面的一致将实指不同的两个意象叠映在一起，不实际指明主体和喻体，营造朦胧叠影的效果。如贺词《点绛唇·十二层楼》"触处逢桃李"中的"桃李"意象，既指实际的桃李物象，又指曹操《杂诗》"容华若桃李"的美人。同理贺词中的"碧云"意象，有时既指江淹"日暮碧云合"（《拟休上人怨别》诗）中的风物，又指苏易简"翠云开处，隐隐金舆晚"（《越江吟》）中的乐曲。

贺词中最常用也是效果最佳的叠映，是通过意象"形"方面的共同特质来达成"意"的贯通。贺铸在《卷春空》选取"人面桃花"与《桃花源记》中的共同意象——一片"簌簌红"的桃花作为整首词的关键意象，并择取两个典故之间共同的情感基调——"翻使，惜花人恨五更风""无奈，武陵流水卷春空"，令整首词将两个典故从形与意两方面叠映在一起。《浪淘沙·一叶忽惊秋》也是如此，"一叶忽惊秋，分付东流"，这片红叶既是《淮南子》"见一落叶而知岁之将暮"中的红叶，也是《题红怨》中令卢渥与宫女结合的红叶，贺铸在另一首《度新声》又有"微波寄叶"之句，取《洛神赋》"托微波而通辞"之意。时岁的匆匆、人生的无奈、对恋人的相思、对恋情的期许都随这片红叶在水上点出的涟漪，一圈一圈叠映起四个不同时空的故事，令红叶这个意象，最大程度凝缩出无尽的意味。

有时叠映并不通过具象的意象来完成，而是"语不接意接"，通过各个意象在声、味等联觉方面的特质来完成意义的联动。《木兰花·佩环声认腰肢软》则利用通感，"佩环声认腰肢软，风里麝熏知近远"二句，从听觉到

---

① 夏敬观. 映庵词评［A］//《词学》（影印合订本）第二卷第五辑. 上海：华东师范大学出版社，2009：204.

触觉，又从嗅觉到视觉，充分运用了联觉转位的技法，将李商隐"已闻环佩知腰细"（《水天闲话旧事诗》）和梁元帝"衣香知步近"（《登颜园故阁诗》）的美人意象叠映在一起，词中所唱之人就在这虚实叠映的形象中若隐若现，如隔纱帘。

4. 意象的色彩对比和渲染

在人的五官中，视觉能直接传递信息，给人留以鲜明的印象。意象的色彩对比与渲染效果能有效刺激视觉，辅助意象的呈现，并给人留以鲜明的印象。

强烈的色彩对比能给视觉造成强有力的冲击，使得意象分外突出，意象所包含的情感力度也格外强健。如贺词《子夜歌》上阕："三更月，中庭恰照梨花雪。梨花雪，不胜凄断，杜鹃啼血。"梨花雪意象早见于萧子显《燕歌行》"洛阳梨花落如雪"句，并在岑参《白雪歌送武判官归京》诗中大放异彩，杜鹃啼血意象出于《尔雅》中《翼》篇的记载，是诗词中的常见意象。贺铸选用这两个意象即是着眼于色彩的强烈对比效果："血"的红已触目惊心，"雪"的白更加剧了视觉冲击力，"血"与"雪"读音相近，令这一组意象的对比关系更为紧密，杜鹃啼血所包含的痛苦情感，由于梨花雪的映衬显得更为突出，令人印象深刻。又如《国门东》"指红尘北道，碧波南浦，叶黄西风"，贺铸强调三个常见意象的色彩感，"红""碧""黄"的色彩组合鲜明有力，画面感极强。

相比色彩对比的鲜明有力，色彩渲染更注重色彩调配带来的和谐之美。贺词《减字浣溪沙·楼角初销一缕霞》的上阕设色极清新淡雅："鸯外红销一缕霞，淡黄杨柳暗栖鸦，玉人和月摘梅花。"贺裳评首句"俊句也，实从子安脱胎，固是慧贼"①，后一句出自《玉台新咏》所载西曲歌《杨叛儿》"杨柳可藏鸦"。整个上阕依次呈现出霞红、淡黄、柳绿、鸦黑、月白的颜色，组合在一起，则是一副雅致的画卷。杨慎在《词品》中盛赞："此词句

---

① （清）贺裳. 皱水轩词筌［M］//唐圭璋. 词话丛编. 北京：中华书局，1986：713.

句绮丽，字字清新，当时赏之，以为花间、兰畹不及，信然。"① 除了意象多颜色的调配组合，贺铸也用意象的单色浓淡来渲染调和色彩美，如《夜游宫》："江面波纹皱縠。江南岸、草和烟绿。初过寒食一百六。采苹游，□香裙，鸣佩玉。"整体化用柳恽《江南春》"汀洲采白苹，日落江南岸"诗句，其中春水、芳草、罗裙、佩玉是一片深深浅浅的绿，白烟、白苹调节着这片绿的浓淡，并为其蒙上一层淡淡的薄霜。这片蒙着霜的绿色令人感受到扑面而来的春寒，也能体会到这首词中渲染的冷色调的伤春之情。

## 二、贺铸词对前人诗歌成句句法的改易与转换

叶梦得言贺词"掇拾人所遗弃，少加隐括，皆为新奇"②，这在成句句法的改易和转换上表现得最为突出。如何将前人成句"少加隐括"在自己的词中运用，贺铸是从成句的袭用和微调、句式的套用和剪裁、成句的翻叠与翻案三个方面去逐一探索的。

### （一）成句的袭用和微调

袭用是指直接使用或稍加修改增损前人词句，承袭内容或表达方式的接受方法。据笔者统计，贺铸词中有36处直接用前人成句，改易增损前人成句多达94处。

成句的直接袭用，讲求自然贴合，如从己出。具体来讲就是将成句放在词中最合适的位置，不仅使词意贯通，更因新语境、新意象与之有机结合，使全词达到江西诗派所追求的那种"夺胎换骨""点铁成金"的效果。从贺铸在词中袭用成句的整体情况来看，成句用在词末取得的效果要好于用在词

---

① （明）杨慎. 词品［M］//唐圭璋. 词话丛编. 北京：中华书局，1986：483.
② （宋）叶梦得. 石林居士建康集：卷八［M］//丛书集成续编. 上海：上海书店出版社，1994：780.

中取得的效果。如《雁后归·临江仙》："未是文园多病客，幽襟凄断堪怜。旧游梦挂碧云边。人归落雁后，思发在花前。"后二句用薛道衡《人日思归》诗成句，黄蓼园在《蓼园词选》中品评得很好："心系京华，如薛道衡之思故国也。情至婉而笃。"① 在词中使用成句的效果大多如《花想容》中的情况："云想衣裳花想容，春未抵情浓。""云想衣裳花想容"是李白《清平调》成句，宋代词家多用之于词，贺铸这首词中也选用这个成句，虽然使词意完成了贯通，然而就效果而言确是平平。不过，就结构而言，词中每个句子的地位本身就并不相等，首尾句和换头句相比其他句子更需要精心设计。贺铸在构思时，放在结尾的成句自然要比安插在词中的成句更花心思，所以也更易取得好的效果。贺铸在词中使用成句取得较好效果的情况也并非没有，如下面两首词：

薄雨初寒，斜照弄晴，春意空阔。长亭柳色才黄，远客一枝先折。烟横水际，映带几点归鸦，东风销尽龙沙雪。还记出关来，恰而今时节。　　将发。画楼芳酒，红泪清歌，顿成轻别。已是经年，杳杳音尘多绝。欲知方寸，共有几许清愁，芭蕉不展丁香结。枉望断天涯，两厌厌风月。(《石州引》)

翡翠楼高帘幕薄，温家小玉妆台。画眉难称怯人催。羞从面色起，娇逐语声来。　　门外木兰花艇子，垂杨风扫纤埃。平湖一镜绿萍开。缓歌轻调笑，薄暮采莲回。(《采莲回》)

前者用李商隐《代赠》诗"芭蕉不展丁香结"成句，上阕情中布景，句句明秀，下阕情思郁结，淋漓顿挫。"欲知方寸，共有几许清愁"将情绪推至最高点，后接"芭蕉不展丁香结"，仿佛这清愁不知深浅，也无从诉说，只好顾左右而言他，谈及不相关的景物，实则借景物整理情思，将高亢的情绪舒缓下来，使得这一句既饱含深情，又余韵无穷。《能改斋词话》记载了贺铸选用这句诗入词的本事："贺方回眷一姝，别久，姝寄诗云：'独倚危栏

---

① (清) 黄蓼园. 蓼园词选 [M]. 上海：上海惜阴堂刻本，1920：31.

泪满襟，小园春色懒追寻。深思纵似丁香结，难展芭蕉一寸心。'贺得诗，初叙分别之景色，后用所寄诗成《石州引》……"① 可见，这一句本就是用于赠答的关键，也是整首词的情感内核，在创作时属于中心地位，取得这样的效果也是情理之中了。也非所有成句的使用都要如此花费心力，改变原句的语境，就可以使原句呈现出新的面貌，如第二首《采莲回》。"羞从面色起，娇逐语声来"为王维《扶南曲歌词》五首之一中的成句，原诗描写后妃承欢春眠曙慵起的娇媚，贺铸则用于描绘采莲女对镜画眉难称怯人催的娇俏。用垂杨风和绿萍湖洗去了宫脂极具艳情意味的旖旎色彩，用民歌的生气开发出了原句活泼生动的美感。

成句的微调增损通常有两种情况，一种是根据创作的实际需要改动原句中的词语，另一种是为了符合词体的形制而增减词语。贺词的两种改动大都承袭了原句的内涵与意境，没有较大意义上的变动。前者如《续渔歌·木兰花》将卢仝《客淮南病》的诗句"四肢安稳一张床"纪实性地改为"四肢安稳一渔舟"，《尔汝歌》改杜甫《醉时歌》"忘形到尔汝"为"忘形相尔汝"；后者如《小重山·月月相逢只旧圆》"伤心不照绮罗筵"用聂夷中《咏田家》诗"不照绮罗筵"句，加以"伤心"二字，强调月意象的人格化情感。同样，《罗敷歌·河阳官罢文园病》"怅望星河共一天"也是在唐代诗人李洞的诗句"星河共一天"（《送云卿上人游安南》）加上情感色彩浓厚的"怅望"。在一些长调中，也有这两种改动相结合的情况，如《行路难》就是将李益《同崔邠登鹳雀楼》中的诗句"事去千年犹恨速，愁来一日即为长"改为"事去千年犹促恨，争奈愁来一日却为长"，不仅改变了形制，将整句改为长短句，也根据创作的需要把"犹速恨"改为"犹促恨"，并加上强调情感的语气词"怎奈"。

---

① （宋）吴曾. 能改斋词话［M］//唐圭璋. 词话丛编. 北京：中华书局，1986：139.

### （二）句式的套用和剪裁

句式套用这种方法，可以说是最能体现"创作接受心理"的一种方法。"人类的天性中，有一种厌倦平常，喜悦新奇的需要，也有一种安于既成、因袭过去的怠惰习惯。用之于语文的表达上，也有这二种习性。"① 频繁的句式套用，从原创性的角度来看，难免要落下思力不逮的印象，但从艺术效果看，用熟悉的句型表达新的意思，不是新瓶装旧酒，是旧盏盛新酿，如果新酿足够沁人，就能让人在不经意之中别有回甘。

贺词《凤栖梧·挑菜踏青都过却》"啼鸟自惊花自落"套用唐代诗人李华诗句"芳树无人花自落"（《春行寄兴》）的句式，贺铸选用啼鸟意象，以动衬静表现"无人"，鸟啼声响细微却足以"自惊"，很自然地将词人内心的敏感移情于物，使"花自落"的情感力度得以强化，产生了与原句不同的风韵。《乌啼月》"城乌可是知人意，偏向明月啼"的改法也与之类似，套用聂夷中《乌夜啼》诗"还应知妾恨，故向绿窗啼"的句式，都是移情于物，赋予意象强烈的人格特征，用加强情态的虚词来强化句子的情感色彩，符合词含蓄的审美要求。《减字浣溪沙·烟柳春梢蘸晕黄》中，贺铸则是改变视点方向，加重语气来使词意浓厚，"望处定无千里眼，断来能有几回肠"套用柳宗元诗句"岭树重遮千里目，江流曲似九回肠"（《登柳州城楼寄漳汀封连四州》）。柳句"岭树重遮千里目"的视点是由内向外，贺句"望处定无千里眼"的视点则是由外向内；柳句"江流曲似九回肠"虽然曲折，仍有一定的流动性和延续性，贺句"断来能有几回肠"则强调了断点性和持续性；柳诗的情感，虽然有外力"岭树重遮"阻碍，但仍是一个外向的发散的状态，而贺词的情感则是自发的环环否定又犹疑，是一个向内的郁结状态，虽然句式套用柳诗，呈现的却是完全不同的情感状态。

与改易成句最大的不同在于，句式套用的句式结构稳定，相同词性词的位置和动宾关系都相对固定，若想翻陈出新、压倒原句确实不易。句式套用

---

① 黄永武. 中国诗学·设计篇［M］. 北京：新世界出版社，2012：197.

能取得的最好效果是能从旧句式中脱胎而出，翻新句意从而生成新的句式。贺铸词中有一很好的例子：《清平乐·厌厌别酒》"无端不系孤舟，载将多少离愁"，套用郑文宝《柳枝词》"不管烟波与风雨，载将离恨过江南"的句式，将无形的离愁以船载的形式加以量化，创造出船载离愁的新句式，并在创作中加以应用。如"彩舟载得离愁动"（《菩萨蛮》）、"斗酒才供泪，扁舟只载愁"（《南柯子》）。"扁舟载愁"的句式从艺术效果上来说非常成功，李清照《武陵春》词又在贺铸句式的基础上进一步翻新，成就了"只恐双溪舴艋舟，载不动，许多愁"的佳句。明代沈际飞误认贺铸是翻用李清照词句，实际上李清照《武陵春》词较贺词晚出，李清照翻用贺词的可能性反而较高。其他套用诸如"侵窗冷雨灯生晕"（《思越人》）套用韩愈"梦觉灯生晕"（《宿龙宫滩》）、"个侬无赖动人多"（《艳声歌》）套用隋炀帝"个人无赖是横波"（《罗罗》）、"暮雨不来春又去"（《江城子》）套用韦庄词"君不归来情又去"（《清平乐》）等句子，多是利用成句句式的便利作用，效果自然不可和前述句子比较。

　　句式的剪裁是利用句式整体的一致性完成内容的呼应与回环。最常见的剪裁形式是把成句从中裁开，分插在词的首尾句，形成首尾呼应结构。如《海月谣·楼平叠巘》词，将《史记·封禅书》中所载"蓬莱、方丈、瀛洲，此三神山者，其傅在勃海中，去人不远"[1] 分别用于首尾二句"楼平叠巘，瞰瀛海、波三面""顿觉蓬莱方丈，去人不远"。同样也是首尾呼应结构的还有《第一花》，起句"豆蔻梢头莫漫夸，春风十里旧繁华"和结句"无端却似堂前燕，飞入寻常百姓家"都用杜牧诗句，既有集句之妙，又构成了首尾呼应的结构，可谓别出心裁。贺铸还利用《琴调相思引》词调本身的特点，在"团扇单衣杨柳陌"一首下阕的重复处化用李商隐"座中醉客延醒客"（《杜工部蜀中离席》）句和《诗》"今夕何夕"（《诗·唐风·绸缪》）句，"半醉客，留醒客。半醉客，留醒客。……问此夕，知何夕？问此夕，知何夕？"从意义上形成了一个对话问答，从音节上又形成了回环往复的结

---

　　① （汉）司马迁. 史记［M］. 北京：中华书局，1963：1369.

构，从场景设置上看，重复之问答正符合酒醉之人朦朦胧胧的意识。

### （三）成句的翻叠与翻案

狭义的翻案仅指对原句句意的反用，广义的翻案除了反用，应该还包含翻叠，即在原意上翻叠出新意，使句子呈现出开放性，至少包含有原意与新意两层内涵。贺铸就常在词中使用翻案的手法来表达自己对某些句子、典故的反向接受并藉以抒情。

翻叠的一种具体呈现形式是适量扩充，通过聚焦原句的细微部分作演绎扩写，导情入句，使情无限。如《小重山·花院深疑无路通》"花院深疑无路通，碧纱窗影下，玉芙蓉"是刘威诗句"似隔芙蓉无路通"（《游东湖黄处士园林》）的拓展，贺铸细化了"无路通"的具体环境，将原诗中的芙蓉意象与相思之人叠映起来，通过环境渲染和突出重点的方式改变了原诗的情感走向，使情思浓厚。贺铸还通过对原句所传达情感的反复吟咏来突出情感深度的淳真，贺铸将李珣《浣溪沙》词句"遇花惜酒莫辞频"拓展为"不信春芳厌老人，老人几度送余春，惜春行乐莫辞频"（《醉中真》），突出"人"与"花"的关系，通过否定之否定的句式与时间的浓缩的技法，极大地增加了人对花的感情浓度，至结尾点出"物情唯有醉中真"，则是为"遇花惜酒莫辞频"作最好的注脚。

翻叠的另一种形式，更能体现贺铸的创作接受动机：为了呈现自己对原句内涵的看法而拉原句作陪，突出自己的新意，使新句的内涵回环重叠，层折有味。在原句基础上再叠一层的例子有"豆蔻梢头莫漫夸，春风十里旧繁华"（《第一花》），翻叠杜牧诗句"豆蔻梢头二月初，春风十里扬州路"（《赠别》其一），"豆蔻梢头""旧繁华"的对照使二者凝集了时空变幻的厚重感，"莫漫夸"的寄言赋予了原"豆蔻词""代悲白头翁"式的人生感慨。《更漏子》将"何必言梦中，人生尽如梦"（《太平广记》）翻叠为"休道梦，觉来空，当时亦梦中"，将读者引入梦境，而梦中所见亦是梦，那么到底何言梦，何言空呢？贺铸用《庄子》作为其哲学内核，使相思的歌词融入了人生的哲思，令词格在无形之中得到了提升。

反用的作用与上述翻叠后者的情况类似，但由于反用会与原句形成意义上的对抗，从而使新句内部形成强大的张力，给人冲击力十足的印象。如"此时乘兴，半道忍回桡?"（《弄珠英》）反用《世说新语》王子猷访戴安道乘兴而行尽兴而返之典；又比如"千金一笑"，汉有崔骃吟"一笑千金"（《七依》），梁有王僧孺吟"一笑千金买"（《咏宠姬》）。然而美人一笑，千金真的能买到吗？贺铸发出这样的反问："嫣然何啻千金价?"（《木兰花》）将美人用金钱物化，这背后传递出的思慕也是一种庸俗的、功利的欲望之爱，须知美人是鲜活灵动的人，这样世间稀少而有珍贵的美，不仅不能用金钱去衡量，甚至也难付诸笔端："意远态闲难入画"（同前），两句串联，又从不可衡量、不能入画强调了心上人"嫣然"的转瞬即逝性，因此显得格外珍贵。进一步看，这样的"嫣然"是一种象征，不仅象征着男女相悦之情，更为贺铸所看重的象征意义，大概更相近于对一个知己的心灵寄托。如贺铸在《临江仙·暂假临淮东道主》中有这样的词句："越人相顾足嫣然，何须绣被，来伴拥蓑眠?"反用《说苑》所载鄂君子皙闻越女歌而举绣被与之交欢之事。只从在词中反用的修辞效果看，也许有故以奇语翻案之嫌疑，事实上，这句词是方回内心深处的心灵独白。全词为：

暂假临淮东道主，每逃歌舞华筵。经年未办买山钱。筋骸难强，久坐沐猴禅。　　行拥一舟称浪士，五湖春水如天。越人相顾足嫣然。何须绣被，来伴拥蓑眠。

这首词的编年夏承焘据《诗集》卷五《寓泊临淮有怀杜修撰》自注"丙子三月赋"认为或作于绍圣三年，是从"假"取训借、藉之意所推。从"暂假"一词在词中的意思来看，当取兼摄之意，故从钟振振考证，当作于徽宗二年至四年，方回以宣议郎通判泗州，曾摄知州时。[①]彼时方回所恋吴女尚在世，同期词作《品令》中仍有"怀彼美……求好梦，闲拥鸳鸯绮"之句，故此处"嫣然"当不指吴女。方回在这首词中反复表达的，是自己"身

———————
① （宋）贺铸. 东山词［M］. 钟振振，校注. 上海：上海古籍出版社，1989：464.

无所依"的处境所带来的无所适从：筵席的主人是"知州"，自己不过代摄其职，这热闹的筵席是不属于他的世界，因此引发了心理上的不适，故曰"每逃"，逃出来后，词人不免想起自己的未来立身之所，虽早已选定要"东山归隐"，事实情况却每是"经年未办买山钱""东山未办终焉计"（《罗敷歌》），不免变得踌躇起来，所谓"筋骸难强"不过是托词，真正令词人"久坐沐猴禅"的，是心中无所适从的焦虑与郁结。这种状态中，贺铸是需要精神寄托的，不但令他可以有"行拥一舟"的安身之所，冥冥之中，也希望能有一知己相知，报以"嫣然"的回应。这样看来，确是与鄂君被的苟合之意无涉，并非为标新而翻案，仅仅是借反用典故来表明心迹罢了。

翻案的接受方法，更能凸显出贺铸创作的主体性地位，不依赖于原典的文本固定含义，将其创作思考凌驾于原典的文本之上，令原意位列于从属地位，为词作的独特构思服务。

## 三、贺铸词对前人诗歌篇章意蕴的拼合与重构

词中大量语典、事典的使用，使得贺铸不得不从词整体的结构上用心经营。若无坚实稳定的结构，使各种意象、句子之间有机结合，多种语典事典未免太嫌繁芜，缺乏张力；若不调整气息节奏，又会使整首词因典故的叠用而显得气脉缓驰散漫；若无结句的苦心经营，就无法使整首词的内容得以升华，形成言有尽而意无穷的效果。所以，搭建稳健的骨架、合理的调整气息节奏、苦心经营结句，使词的各部分有机结合，发挥出整体的作用，才是最能体现贺铸的再创作能力关键，下面就从整体的拼接组建、节奏气息的调整、结句的经营三方面考察贺铸创作接受的整体架构情况。

### （一）整体的拼接组建

词的骨架如何搭建并无定式，从贺铸对前人作品的整体接受情况来看，主要有整体接受，檃括其意；部分拼接，熔铸其意；驰骋百家，重构意境三

种呈现形式。三种不同的呈现形式也分别有其不同的结构组织方法，以下具体分析。

1. 整体接受，檃括其意

"檃括"作为宋词常见的一种修辞手法，早见于寇准《阳关引》、刘几《梅花曲》等，苏轼在《与朱康叔二十首》其十三中阐释了这种"虽微改其词，而不改其意"，使之"入音律"的"檃括"作词法，并在自己的创作中加以积极运用。贺铸词中，也有七篇整首檃括的前人作品的词作，如：

楼角参横，庭心月午。侵阶夜色凉经雨。轻罗小扇扑流萤，微云度汉思牛女。　　拥髻柔情，扶肩昵语。可怜分破□□□。□□□□有佳期，人间底事长如许。（《思牛女》）

东风柳陌长，闭月花房小。应念画眉人，拂镜啼新晓。　　伤心南浦波，回首青门道。记得绿罗裙，处处怜芳草。（《绿罗裙》）

前者明显檃括杜牧《秋夕》诗，后者檃括牛希济《生查子·春山烟欲收》词，结句"记得绿罗裙，处处怜芳草"更直接用牛希济词的原句，道明其与原词之间的联系。与之相类的还有《小梅花》，全词檃括卢仝《有所思》诗。这种整体的檃括，并不用改变原意、叙述顺序布景，甚至于原句都被保留入词，这样的词实在算不上是"创作"，"接受"的意图更为明显，可以说是贺铸对原作品音乐属性的拓展。不过有一首词，也体现了贺铸保留内容，使情义略有翻叠，呈现出与原作不同风味的檃括：

章台游冶金龟婿。归来犹带醺醺醉。花漏怯春宵。云屏无限娇。　　绛纱灯影背。玉枕钗声碎。不待宿醒销。马嘶催早朝。（《菩萨蛮》）

整首词檃括李商隐《为有》："为有云屏无限娇，凤城寒尽怕春宵。无端嫁得金龟婿，辜负香衾事早朝。"把"怨"的对象从金龟婿移到了马身上，用词中常有的婉笔，把对夫婿的娇嗔表现得鲜活可爱。

也有一些作品，由于其在文学史上的经典地位，引得后人频频模仿吟咏，而成为一个文学母题。对文学母题的再创作，要表达作者对文学母题的理解与演绎，当然有别于上述"檃括词"的定义。如果将"檃括"看作一种修辞方法，也不妨将这些词看作檃括词。如檃括温庭筠《望江南》和陶渊明《桃花源记》的《忆仙姿·江上潮回风细》和《桃源行》：

> 江上潮回风细，红袖倚楼凝睇。天际认归舟，但见平林如荠。迢递、迢递，人更远于天际。（《忆仙姿》）　　流水长烟何缥缈。诘□□□，□逗渔舟小。夹岸桃花烂□□。□□□□□□。　　萧闲村落田畴好。避地移家，□□□□□。□□殷勤送归棹。闲边勿为他人道。（《桃源行》）

《桃源行》因内容多有阙漏，无法知晓原貌，不过就《忆仙姿》一首来看，贺铸还是为其注入了新特质的。"红袖倚江楼望归舟"的整体设置不变，贺词主要是通过整体结构的设置来制造出了一种张力，"潮回"—"但见"—"迢递"—"人更远"揭示了主人公因潮回而认归舟，不见归舟只见平林，失望之际又望流水，愿相思付与流水，与比天际更远的人的曲折心理活动过程。尾句"迢递、迢递"利用词调特性做动作特写，将主人公的情思与江水叠映在一起，推向"人更远于天际"的诗外，一种相思经过结构的设计，更加回环宛转，蕴意无限。夏敬观也赞此词"意新"①。

2. 部分拼接，熔铸其意

部分拼接是把两首以上的诗或词拼贴糅合在一起，相似的意境相互融合，使整首词的意思和情感完成贯通。贺铸的这类词多取自闲情诗和艳情词，因地缘和意象的高度重合，极易完成拼贴，熔铸其意。如《鸳鸯梦》：

> 午醉厌厌醒自晚，鸳鸯春梦初惊。闲花深院听啼莺。斜阳如有意，偏傍小窗明。　　莫倚雕阑怀往事，吴山楚水纵横。多情人奈物无情。闲愁朝复暮，相应两潮生。

上阕檃括唐代方棫《失题》诗："午睡醒来晚，无人梦自惊。夕阳如有

---

① 夏敬观. 映庵词评［A］//《词学》（影印合订本）第二卷第五辑. 上海：华东师范大学出版社，2009：204.

意，常傍小窗明。"下阕隐括温庭筠《望江南》词，很典型的上阕写景，下阕抒情的闲愁词，隐括的内容通过虚设的一个女主人公午睡惊醒既而怀人的线索完成了贯通。

拼贴还有一种"集句"拼贴法，"集句自国初有之，犹未盛也，至石曼卿人物开敏，以文为戏，然后大著"①。集句初虽以游戏为名，经过一定时期创作积累，也能脱离"戏集"的目的，取得较高的成就。严羽曾在《沧浪诗话》中高度评价王安石的集句诗："集句惟荆公最长，《胡笳十八拍》混然天成，绝无痕迹，如蔡文姬肝肺间流出。"② 贺铸的集句词除《太平时》一组，基本也能脱离"戏集"的范畴，反应一定的创作接受思想。如《南歌子》：

疏雨池塘见，微风襟袖知。阴阴夏木啭黄鹂。何处飞来白鹭、立移时。
易醉扶头酒，难逢敌手棋。日长偏与睡相宜，睡起芭蕉叶上、自题诗。

起句"疏雨池塘见，微风襟袖知"改自杜牧《秋思》："微雨池塘见，好风襟袖知。""阴阴夏木啭黄鹂"是王维《积雨辋川庄作》成句，"何处飞来白鹭，立移时？"化用苏轼《江城子·湖上与张先同赋》中的"何处飞来双白鹭？如有意、慕娉婷"。上阕通过拼贴勾勒出一个雨后初歇的夏日午后。换头句"易醉扶头酒，难逢敌手棋"套用姚合《答友人招游》诗"睹棋招敌手，沽酒自扶头"，从景引入看景的人。"日长偏与睡相宜"改自苏轼《和子由送将官梁左藏仲通》"日长惟有睡相宜"成句，"睡起芭蕉上，自题诗"化用韦应物《闲居寄诸弟》诗"尽日高斋无一事，芭蕉叶上坐题诗"，两句串联，横生意趣。整首词的拼贴痕迹几乎全无，只有"闲适之致，淡而弥永"③ 的意蕴。与这首集句词相比，《思越人》的拼贴痕迹更淡：

京口瓜洲记梦间。朱扉犹想映花关。东风太是无情思，不许扁舟兴尽

---

① （宋）蔡絛. 西清诗话［M］//吴文治. 宋诗话全编. 南京：凤凰出版社，1998：2492.

② （宋）严羽. 沧浪诗话［M］//四库全书·集部：第 1480 册. 上海：上海古籍出版社，1987：817.

③ 俞陛云. 唐五代两宋词选释［M］. 上海：上海古籍出版社，2011：192.

还。　　春水漫，夕阳闲。乌樯几转绿杨湾。红尘十里扬州过，更上迷楼一借山。

起句改自王安石《泊船瓜洲》诗句"京口瓜洲一水间"，埋下离别相思之绪。"犹想"句从离别之处回到相思之人的住所，套用韩翃"深户映花关"（《题荐福寺衡岳暕师房》）句，沉溺在对相思之人回想之中，难免要叹东风不解风情，不送自己归去，顺手反用了一个《世说新语》中王子猷"尽兴而返"典。过片句用唐代严维《酬刘员外见寄》诗"柳堂春水漫，花坞夕阳迟"中的字面，将情思拉回到眼前，然而还是回不过神来，绿杨湾是实景，乌樯是想象，实实虚虚都因相思几转。"红尘十里扬州过，更上迷楼一借山"前者化用杜牧《赠别》中的"春风十里扬州路"，后者化用刘敞《登平山堂寄永叔内翰》诗"芜城此地远人寰，尽借江南万叠山"，点明了相思之人所在之处，却又被时间空间双重阻隔的现实，语似流水地把相思和哀怨一笔淌过，让人在余韵中回味，淡而有致。

3. 驰骋百家，重构意境

贺铸的檃括和拼贴多用于小令。小令因篇幅短小，对结构的要求相对较低，基本可以通过景物的接续和情思的接引来完成意蕴的融合。在长调中，则更需考虑章法，来完成多个语典事典的联属。贺铸的长调并不多，有别于周邦彦长调的回环往复，多是一气到底的恢弘，用壮阔的笔势驰骋百家，驱策万象，于不经意间快速完成语意的转换，细而言之，以自己的人生经历作基底，糅合进史论的厚重感，短句多而不至于凝涩，长短句间的"语意联属，飘飘然有豪纵高举之气"①，酣畅淋漓间又沉郁顿挫，有如"汉魏乐府"②。如《六州歌头》和《小梅花》调下的《行路难》《将进酒》。

少年侠气，交结五都雄。肝胆洞。毛发耸。立谈中。死生同。一诺千金

---

① （宋）赵闻礼. 阳春白雪外集［M］//顾廷龙. 续修四库全书·集部·词类：第1728 册. 上海：上海古籍出版社，2002：391.

② 夏敬观. 映庵词评［A］.《词学》（影印合订本）第二卷第五辑. 上海：华东师范大学出版社，2009：202.

重。推翘勇。矜豪纵。轻盖拥。联飞鞚。斗城东。轰饮酒垆，春色浮寒瓮。吸海垂虹。闲呼鹰嗾犬，白羽摘雕弓。狡穴俄空。乐匆匆。　似黄粱梦。辞丹凤。明月共。漾孤篷。官冗从。怀倥偬。落尘笼。簿书丛。鹖弁如云众。供粗用。忽奇功。笳鼓动。渔阳弄。思悲翁。不请长缨，系取天骄种。剑吼西风。恨登山临水，手寄七弦桐。目送归鸿。（《六州歌头》）

缚虎手。悬河口。车如鸡栖马如狗。白纶巾。扑黄尘。不知我辈，可是蓬蒿人。衰兰送客咸阳道。天若有情天亦老。作雷颠。不论钱。谁问旗亭，美酒斗十千。　酌大斗。更为寿。青鬓常青古无有。笑嫣然。舞翩然。当垆秦女，十五语如弦。遗音能记秋风曲。事去千年犹恨促。揽流光。系扶桑。争奈愁来，一日却为长。（《行路难》）

前篇和后篇的内容相近，都是回忆自己少年时期在京师结客的豪侠生活，后官冗蹉跎，请缨无路，报国无门，空余一腔悲愤；前篇侧重于请缨无路的愤懑，后篇侧重于蹉跎一世的无奈，都是以自己的人生经历作为主要线索，虽句句用典，但有自身经历的填充，并不觉空洞，配之以短句的节奏和密集的布韵，"有如天风海雨飘然而至，惊涛骇浪此起彼伏。激越的声情在跳荡的旋律中得到了充分的展现，两者臻于完美统一"①。然而这样的架构和笔调却有一个关键问题，陈廷焯在盛赞时也曾指出："章法句法不古不今，亦不类乐府。"② 以人生经历为主线，以阅历为笔力的章法是浑然天成，因此使用范围非常局限，后人难以效仿。夏敬观先生指出："稼轩豪迈之处，从此脱胎。"同时又说："豪而不放，稼轩不能学也。"③

### （二）节奏气息的调整

"气"是词学审美论的重要范畴。论词气的呈现与创作因素关系，就用

① 钟振振. 北宋词人贺铸研究［M］. 台北：台北文津出版社，1994：147.
② （清）陈廷焯. 白雨斋词话［M］//唐圭璋. 词话丛编. 北京：中华书局，1986：3910.
③ 夏敬观. 映庵词评［A］.《词学》（影印合订本）第二卷第五辑. 上海：华东师范大学出版社，2009：202.

笔与行气而言，诸词论家主要持两种态度：一种认为使用各种技法必然影响词气的自然运转，如元代陆辅之《词旨》："古人诗有翻案法，词亦然。词不用雕刻，刻则伤气，务在自然。"① 另一种认为技法运用本身并不妨碍词气的自然运转，得当的技法更能令词臻善完美，如清代朱彝尊在《孟彦林词序》中云："词虽小道，为之亦有术矣。去《花庵》《草堂》之陈言，不为所役，俾滓秽涤濯，以孤技自拔于流俗。绮靡矣，而不戾乎情；镂琢矣，而不伤夫气。夫然后足与古人方驾焉。"② 如何运用得当的技法使气、味、韵等创作要素有机结合起来，则又与各作家的创作个性有关。就贺铸词而言，集中体现在调整词的节奏上。

调整词的节奏气息，具体而言是要有意设计词的整体结构，使词的内涵力和外延力有机结合，在张弛有度、强弱有序的节奏中令词气自然地运转，达到"神理气味"的和谐统一。贺铸在这一点上的探索，提出了更高的要求，那就是遂于倚声。或者说，他理解中的词气，不仅包含着词句内涵力的文气，更流淌着外延力的乐感，词与乐本就是一体的。基于这样的认知，贺铸在词的布韵调息上就格外精益求精，许多篇目尝试，不仅令词篇传唱不逮，还对后人创作有直接影响，在词史上的开创和衔接作用，应予以重视。

贺铸加强一首词的节奏，常使用的方法有密集的用韵，多用短句与实字。实字增强笔力，短句与密集的韵脚则表现急促的声节与气氛，引导情绪的昂扬与迫切。反之，疏于布韵，多用长句与虚字，能使气势纡徐下来，引导情绪的舒缓起伏。前者突出的例子为《台城游》：

南国本潇洒。六代浸豪奢。台城游冶。襞笺能赋属宫娃。云观登临清夏。璧月留连长夜。吟醉送年华。回首飞鸳瓦。却羡井中蛙。　　访乌衣，成白社。不容车。旧时王谢。堂前双燕过谁家。楼外河横斗挂。淮上潮平霜下。墙影落寒沙。商女篷窗罅。犹唱后庭花。

---

① （元）陆辅之. 词旨［M］//唐圭璋. 词话丛编. 北京：中华书局，1986：301.

② （清）朱彝尊. 孟彦林词序［A］//冯乾，编校. 清词序跋汇编. 南京：凤凰出版社，2013：171.

从内容上看是以陈后主之事寄托千古兴亡之感叹，上阕末句与歇拍均化用杜牧诗句，用以针砭时弊。贺铸为配合此词厚重的怀古幽思，加重词句的力量，又在词调上做出调整：此词所用词调为《水调歌头》，十九句九十五字，通常只押八平韵，并无如《戚氏》《哨遍》等调平仄通协的定格。而贺铸在这首词中有意采用同韵部平仄通协的做法，十八句韵一气而下，句句有力，仿若暮鼓晨钟的鼓点，从节奏上引导词气流宕起伏，令歇拍句不仅仅充满怀古的苍凉，更融入了贺氏对北宋国势颓靡的沉痛浩叹。囿于词体功能仍为小道的认识，怀古题材在北宋词中较为少见。此词继王安石《桂枝香·金陵怀古》之后，从内容到艺术表现上都不逊色，加之又格外注意苏轼因豪怀壮笔不事声律而招致的非议，贺铸此词可谓煞费苦心。这样的做法在宋词中都是极为少见的，《词谱》注"宋人只此一体"，可见一斑。再看《薄幸》：

艳真多态。更的的、频回眄睐。便认得、琴心相许，与写宜男双带。记画堂、斜月朦胧，轻颦微笑娇无奈。便翡翠屏开，芙蓉帐掩，与把香罗偷解。　　自过了收灯后，都不见、踏青挑菜。几回凭双燕，丁宁深意，往来翻恨重帘碍。约何时再，正春浓酒暖，人闲昼永无聊赖。厌厌睡起，犹有花梢日在。

明李攀龙评此词赞曰："凡闺情之词，淡而不厌，哀而不伤，词作当之。"① 淡写闺情，极易似是而非、形容拖沓，失去真实动人的魅力，所以不得不从气息节奏上精心编排。陈廷焯在《云韶集》中评这首词"意味极缠绵，而笔势极飞舞，宜其独步千古也"②，又在《词则》中进一步点出，这是"善用虚字"③ 的缘故。的确，"眄睐""琴心"等都是常用之典，但用"便""与"提起，从节奏上形成了一种低回往复之态，伴着回环的音节，便

① （明）吴从先，辑. 草堂诗余［A］//钟振振，校注. 东山词. 上海：上海古籍出版社，1989：164.
② （清）陈廷焯.《云韶集》辑评［M］//葛渭君. 词话丛编补编. 北京：中华书局，2013：1455.
③ （清）陈廷焯. 词则·闲情集［M］. 上海：上海古籍出版社，1984：23.

使散漫的气韵顺着虚字流动起来，所以显得整体风致嫣然，淡而有味。虚字的作用，沈义父《乐府指迷》就有指出"腔子多有句上合用虚字"①，说的就是能使作品形成一种流动的气韵和节奏。

节奏和气息需要调整，通常是因为长调篇幅较长。但贺词多用前人语，内容和节奏更容易显得散漫。所以，除了整体节奏的掌控，贺铸同时在关键之处进行勾勒，来完成文气的提顿和意思的转接。朱孝臧评其长调《伴云来》"盘空横硬语"便是一例，小令《菩萨蛮·炉烟微度流苏帐》下阕"玉人飞阁上。见月还相望。相望莫相忘。应无未断肠"也可以算得上用勾勒提顿文气的例子。前两句是白描，关键在于后两句。"相望莫相忘"改自桃叶答王献之的《团扇歌》"相忆莫相忘"，贺铸将"相忆"改作"相望"，用顶真的笔法，从意思和结构上都与上句不留痕迹地衔接在一起，同时"相望"与句内的"相忘"同音，同音反意，加大了此句的张力。短短几个字中，完成了文气的提顿和意思的转接，而音韵上的回环，既形成一致的节奏，又形象地传达出主人公思忖百转的姿态。此句的勾勒令歇拍的双重否定式的"断肠"更为意蕴浓厚。刘永济说："钩勒者，愈转愈深，层出不穷也。"② 以笔法转换带来情思意味的深厚，就是"钩勒"的主要目的所在。

### （三）结句的经营

北宋末期，随着词人不断地创作积累，词在艺术上逐渐臻至完善。在这个过程中，词的文学价值不断被强化，词人开始有意识地追求词外之意，意外之韵。直接的体现，就是在词的结句上下功夫。李之仪在《跋吴师道小词》中以理论的形式提到了这点："妙见于卒章，语尽而意不尽，意尽而情不尽。"③ 相比宋代对诗的结句的全面认识和创作要求而言，词的结句在创

---

① （宋）沈义父. 乐府指迷［M］//唐圭璋. 词话丛编. 北京：中华书局，1986：281.

② 刘永济. 微睇室说词［M］. 北京：中华书局，2007：69.

③ （宋）李之仪. 跋吴师道小词［A］//张惠民. 宋代词学资料汇编. 汕头：汕头大学出版社，1993：200.

作追求中呈现出的特质非常突出，诚如李之仪所言，就是追求"意尽而情不尽"的效果。

　　三折式的情中布景建立在以景结情的基础方法上。沈义父在《乐府指迷·结句》明确提出："结句须要放开，含有余不尽之意，以景结尾最好。"① 词相对单薄的题材和含蓄的美感特质而言，以景结情可以说是最合适表现"意尽而情不尽"的一种方法。自词诞生起，就频频用于词的结句。至北宋末期，这一方法经过长时间的创作积累，显现出了新的特质：所描写的景物更加细碎，情景之间的关系更为浑融，所表达的情感更加曲折绵密。如秦观《八六子》的结句："那堪片片飞花弄晚，濛濛残雨笼晴。正销凝，黄鹂又啼数声。"可以看出这句脱胎于晏殊《浣溪沙》词句"无可奈何花落去，似曾相识燕归来"，从表述方式上来看，景物描写更加细碎了：花落和燕归被细化成片片飞花，濛濛残雨，数声黄鹂；情景之间的投射关系更模糊了，无可奈何和似曾相识的惆怅情感用"那堪、销凝、数声"等虚字糅合在景物之间，景物与抒情主体之间的关系更加浑融了。从整体效果上看，整饬情感被裁剪得细碎而绵长，所要表达的感情是闲愁、思念或怅惘却很含混，使人不得不细细回味，慢慢思忖。贺铸词的结句，基本也是呈现出这样的创作追求的。如：

　　伤心两岸官杨柳，已带斜阳又带蝉。（《鹧鸪天》）
　　隋岸伤离，渭城怀远，一枝烟柳。（《醉春风》）
　　应念斑骓何在。碧云长有待，斜阳外。（《感皇恩》）

　　细碎的景物描写中，不难注意到景物意象的择取均为三种，《鹧鸪天》是"杨柳""斜阳""蝉"；《醉春风》是"隋岸""渭城""烟柳"；《感皇恩》是"斑骓""碧云""斜阳"。情感则通过虚字依凭在这三种景物之上，一层一层地翻转折进，显得绵密而悠长。《唐五代两宋词选释》在评贺铸的

① （宋）沈义父. 乐府指迷 ［M］//唐圭璋. 词话丛编. 北京：中华书局，1986：279.

152

另一首《西江月·携手看花深径》结句"小窗风雨碎人肠，更在孤舟枕上"时也论及了这种"三折式"的结法："论句法固属凄婉，析言之，曰'风雨'、曰'孤舟'，曰'枕上'，三折写来，更见客愁之重叠也。"① 贺铸的这种"三折式"的结句法不仅限于景物的择取，在句式上也有所体现，如《鸳鸯语》的结语"行雨行云，非花非雾，为谁归去为谁来"，同样是通过三折式的翻转折进，使结句的情感更加秾至。再进一步看，这种三折式的结句写法中，还叠加着对前人成句的化用，如前组例子其一《鹧鸪天》"已带斜阳又带蝉"用李商隐《柳》诗成句；其二《醉春风》"隋岸"出韩偓《开河记》，"渭城"出王维《送元二使安西》诗；其三《感皇恩》"斑骓"出《乐府诗集》"陆郎乘斑骓"，"碧云"出江淹《拟休上人怨别》"日暮碧云合，佳人殊未来"，"斜阳外"则出自范仲淹《苏幕遮》词"芳草无情，更在斜阳外。"如果说例一的以成句入词还是无心随手的以景结情，那么例二、三的则有明显的依情造境意味。"烟柳""斜阳"等典型意象所承载的情感与文化含义是相对固定的，贺铸选用典型的意象，正是为了召唤出其所包含的情感内涵。这样就引出了创作中情与景的生成问题。在贺词的创作中，情与景并非是相生或引起与被引起的关系，而是投射与演绎的关系。这一点周济在《宋四家词选》中曾明确地指出："耆卿于写景中见情，故淡远。方回于言情中布景，故秾至。"② "情中布景"不同于"景中见情"的地方在于，情在创作中总是处于核心与主导的地位，是先行的，而景则是根据情所表达的需要去择取与设置，以景的形式将情的物化状态呈现出来。而如何去设置，如何去择取物象或是意象，在词的收结处取得最好的效果，是贺铸一直在词中反复去尝试的。经过大量的创作实践，他在词的结句处理上形成了一个相对稳定的雏形，即是三折式的情中布景。这种结句法所取得的最佳效果，就是令他以"贺梅子"闻名的《青玉案》结句："试问闲愁都几许？一川烟草，满

---

① 俞陛云. 唐五代两宋词选释［M］. 上海：上海古籍出版社，2011：204.

② （清）周济. 宋四家词选［M］//唐圭璋. 词话丛编. 北京：中华书局，1986：1653.

城风絮，梅子黄时雨。"黄庭坚"解道江南断肠句，只今惟有贺方回"的评价，也一再被后人引述认可。这样的唯有贺铸解道的断肠之句，固然有其人生际遇、情感离合的沉淀作为情感基底，然而以词句的形式将其呈现出来，则经历过极为艰难的艺术探索过程，才逐渐成形。我们可以从贺铸的词中明显看到这种探索的痕迹，试看以下三首贺词的结句：

> 对梦雨帘纤，愁随芳草，绿遍江南。（《怨三三》）
> 何处？半黄梅子，向晚一帘疏雨，断魂分付与、春将去。（《人南渡》）
> 试问闲愁都几许？一川烟草，满城风絮，梅子黄时雨。（《横塘路》）

如上一组例子一样，这一组在意象的择取上颇为相近，"梦雨""疏雨""梅子雨""芳草""烟草"，是择取江南春末的时令物象，这些物象，又在前人诗中有迹可循："梦雨"出自李商隐"一春梦雨常飘瓦"（《重过圣女祠》），韩愈《晚雨》诗也有"帘纤梦雨不能晴"句，"梅子雨"从形态内容都出自寇准的"梅子黄时雨如雾"。晚春的雨，幽绵细密又无处不在，用于表现心中潜伏的愁思，的确是极佳的选择。然而，正是因为若有若无和幽绵细密，显得情思过于靡弱，还未延长，就仿佛要消失不见。在结句要留下悠长绵邈的效果，单薄的晚春之雨是不够的，必须与其他的意象联结来完成情感的承接和折进，使情思有力量游动起来，而不至于被湮没。贺铸在《怨三三》篇的做法是直接将愁绪附于芳草，又将芳草的色感点出——"绿遍江南"连范围也勾勒了出来，追求的是一种鲜明的视觉冲击感，在过于纤弱的"梦雨帘纤"物象之后，这种愁绪的鲜明呈现由于烘托与对比仿佛带着一种力量，一个"遍"字又将愁的范围作了限定，这样的表达令愁绪很难有回旋的意味。后两首词的结句都是将"梅子黄时雨意浓"作了拆解，《人南渡》用半黄梅子、疏雨的零落之感表现断魂的愁绪，最终落在春将去的感叹之中，整个动作非常轻柔地将愁绪以何处、分付等词语揉合在其间又在结尾抛得极远。《横塘路》则在"梅子黄时雨意浓"的基础又添加了烟草和风絮两个意象，使景物描写更为细碎。意象本身又都具有无处可寻又无处不在的特点，通过三折式叠加，使愁一层深似一层。从时间上看，是"一句一月，非

154

一时也"，将时间推得极长。虽然用了"满城"这样的边际限定词，但由于景物之间的连接非常紧密而淡化了边际作用，突出了绵密效果。这样的布景，从空间上被填得满而密，从时间上被拉得悠而长。最重要的是，词中完全没有愁绪的附着痕迹，不是"付与"，不是"比作"，而仅仅是一种浓烈的、绵密可感的愁绪迎面扑来，令人忘记了喻体的作用，而完全沉浸在词人所要传达的情思上去了。"解道江南断肠句，只今惟有贺方回"的惊艳效果正是通过贺铸在创作中反复的探索中所取得成果。

这种"三折式的情中布景"的结句法，使贺铸自觉追求结句所描写的景物更加细碎，情景之间的关系更为浑融，所表达的情感更加曲折绵密的成果。从艰辛卓绝的探索造就而来，却又在表现形式上抹去了艰辛的痕迹，因而有极为厚重的审美意义。

贺铸还有一种尝试，将结句设置立足于全篇，用结句作为"开关"，把整体的作用发挥出最大的效果。陈廷焯在《白雨斋词话》中对这一点有十分精到的阐述：

贺老小词，工于结句。往往有通首煊染，至结处一笔叫醒，遂使全篇实处皆虚，最属胜境。如《浣溪沙》云："梦想西池辇路边。玉鞍骄马小辎軿。春风十里斗婵娟。 临水登山漂泊地，落花中酒寂寥天。个般情味已三年。"又前调云："闲把琵琶旧谱寻。四弦声怨却沉吟。燕飞人静画堂深。欹枕有时成雨梦，隔帘无处说春心。一从灯夜到如今。"妙处全在结句，开后人无数章法。①

只可惜这种尝试多用于小令，并未多着笔墨予以探索。相比周邦彦章法折进虚实的尝试，显得微不足道。但也应给予相应的关注，因为这是对词结句作用探索的有益成果。

词的创作是一个复杂而系统的过程，对于多用前人语"少加檃括，皆为

①（清）陈廷焯. 白雨斋词话［M］//唐圭璋. 词话丛编. 北京：中华书局，1986：3971.

新奇""深婉密丽，如比组绣"的贺铸词而言，在对前人文本表达的接受上更加强调自身的模仿性、创造性和有机性。本章从创作的字面意象的择取与呈现、成句句式的改易和转换和篇章的翻叠与翻案三个层面对贺铸词如何接受前人作品作了逐一的探索。

从字面的选择与呈现上来看，贺词中所选用的字面大体可分为人物、风物、地域及音乐等意象类别。人物意象的择取中，作为抒情主体所择取的女性意象，社会阶级更加广泛，形态更加多样，境遇更加具体。反映了贺铸对女性美好品质的赞赏并谴责了那些给她们带去痛苦的人与物，展现了贺铸的人文思想、人文关怀和传统士大夫的社会责任意识。作为自我投射的历史人物意象的选择，主要通过这些历史人物的经历特点勾勒自身的实际状态，通过不同时期对同一人物意象的反复使用，表达出贺铸对同一人物意象在不同时期不同的接受情感。其他风物意象、地缘意向与音乐意象的择取与人物意象紧密相连，贺铸在选取这些意象时着意淡化其物象本身的作用而强化其象征意义，使其为某种具体氛围营造、情绪表达发挥出更具人文色彩的一面。贺铸在词中具体呈现这些意象，用意象的反用、烘托、叠映、色彩对比和渲染等主要方法，着意重新淬炼升华旧意象，获得新的生命力，产生新的风韵。

成句句法的改易和转换讲求自然贴合，如从己出，又要用熟悉的句型表达新的意思。贺铸对前人成句的改易方式主要有成句的袭用和改易、句式的套用和剪裁、成句的翻叠与翻案。成句的袭用和微调通过更改实词、增添虚字将原句的内涵与意境带到新的语体和语境下，由此引发不同的效果；句式的套用和剪裁是利用原句句式的稳定语体结构，注入新的意蕴，使其焕发新的生命；成句的翻叠与翻案则是建立在原句的思想内涵之上，通过对话与议论的形式，表达自己的观点，突出新意，将原句置于陪衬的位置上。

篇章意蕴的拼合与重构的层面，更加强调整体的有机性，使各部分通过有机整合发挥最强的表现力。从内容来说，贺铸词有整体接受，檃括其意；部分拼接，熔铸其意；驰骋百家，重构意境三种呈现形式。从形式与艺术手法来看，贺铸主要从节奏气息的调整与结句的经营上多加尝试实践，并形成了极有特色的三折式的情中布景的结句模式，是贺词追求言外之意，意外之韵取得的重要成果。

　　从贺铸词文本接受所呈现出的整体面貌来看，反映了贺铸深厚的学养和一种着眼于艺术形式的美学追求，即追求雕琢的美，这种雕琢不是堆砌，而是强调整体的有机结合。它代表一种创作思想的转变，开始改变以性情感怀为主的创作倾向，把词当作一门功夫来研究，王灼曾言"周贺词语意精新，用心甚苦"，这与杜甫"为人性僻耽佳句，语不惊人死不休"的表述都是一致的，都是一种重功力、重技巧、追求形式美的创作追求。这是宋人尚学的风气渗透进词学创作领域和词学创作积累达到一定程度所带来的必然结果。

# 第十章

# 周邦彦词对前人诗歌的接受

周邦彦（1056—1221），字美成，号清真居士，是北宋末的重要词人，如叶嘉莹先生所说，他是"结北开南的人物"①，被尊为词家"正宗"、"词家之冠"。周词的成就体现在多方面，而张炎认为其"采唐诗融化如自己者，乃其所长"②，陈振孙也说"周美成多用唐人诗句隐括入律，浑然天成。长调尤善铺叙，富艳精工，词人之甲乙也"③，可见周邦彦擅长将唐人诗句融入自己词中。但实际上，周邦彦所隐括、化用的诗文，不仅仅来自唐代，可以说，周邦彦的词正如其文一般，"经史百家之言，盘屈于笔下，若自己出"（楼钥《清真先生文集序》），唐诗只是其中最具代表性的。周词从先秦两汉到北宋，各个历史时期的经史子集都有所涉猎，但本章主要关注的是周邦彦对诗歌的借鉴和化用，兼及文章（以辞赋为主）和词。本章以孙虹校注、薛瑞生订补的《清真集校注》（中华书局 2007 年版）为底本，先对周邦彦词的使用语典情况进行整体的统计和梳理，然后根据统计结果选取几个重点来探讨清真词的用典手法，即字面、修辞和意境三个角度。

---

① 叶嘉莹. 唐宋词十七讲 ［M］. 石家庄：河北教育出版社，1997：306.
② （宋）张炎. 词源：卷下 ［M］//唐圭璋. 词话丛编. 北京：中华书局，1986：266.
③ （宋）陈振孙. 直斋书录解题 ［M］. 上海：上海古籍出版社，1987：618.

## 一、周邦彦词对前人诗歌字面上的接受

字面乃"词中之起眼处，不可不留意也"①，对字面的接受在清真词中比比皆是，是周邦彦接受前人诗歌较为浅层的一个方面，但周邦彦也不是机械地使用这些字面，而是非常灵活的。

### （一）袭用前人原句

周邦彦借鉴前人诗词，最简单直接的做法就是原封不动地袭用原句。当然，这种做法并不常见，因为要把诗歌原句与词的语言、意境完美衔接，是不容易做到的，也是要冒一定风险的，如果原句与词作无法自然融合，就很容易弄巧成拙。清真词中有九处直袭前人诗句，两处直袭前人词句，总体来看都取得了不错的效果。其《意难忘·衣染莺黄》上阕写筵席上与歌妓饮酒畅谈，"低鬟蝉影动，私语口脂香"两句分别自元稹《会真诗三十韵》、白居易《江南喜逢萧九彻因话长安旧游戏赠五十韵》中截取原句，用以形容美女娇羞之态和女子低声说话时唇膏散发出香味，元、白之句将这种情状极为生动地写出，周邦彦拿来写词，十分贴切。杜牧"恨如春草多，事与孤鸿去"（《题安州浮云寺楼寄湖州张郎中》）表达的是对友人的怀念，周邦彦《瑞龙吟·章台路》也是写春景，并借"事与孤鸿去"句表达一种物是人非、无可奈何的感慨。

这些诗词原句被周邦彦挪用到词中，语意基本不变，有的在原意的基础上有所调整，总体上都使用得非常恰当。

---

① （宋）张炎. 词源：卷下［M］//唐圭璋. 词话丛编. 北京：中华书局，1986：259.

**（二）保留原意，截取语词**

在袭用原句之外，周邦彦常会从前人诗句中截取个别语词，将之作为自己词作中的词语。前人诗文中的很多固定语词、短语，后来都成为经典而被后人当作写作的语言材料，在清真词中也是如此，这些语词是词中最小最基本的组成单位，在周邦彦的精心构思之下被放置在词作恰当的地方，为词人创作服务。如周邦彦从杜牧"当时楼下水，今日到何处"（《题安州浮云寺楼寄湖州张郎中》）句中拈出"楼下水"（《荔枝香近·照水残红零乱》），从钱起"曲终人不见，江上数峰青"（《省试湘灵鼓瑟》）中截取"数峰青"（《蓦山溪·楼前疏柳》），这样的例子非常之多。

除了从一句诗中拈取一个词或短语，周邦彦还从两句诗中各拈出一个词语，再将其连缀成句。如"新篁摇动翠葆"（《隔浦莲近拍·新篁摇动翠葆》）一句，"新篁"是从王筠《奉和皇太子忏悔应诏诗》"新篁向舒悠"而来，指新生之竹，"翠葆"则源自杜牧《华清宫三十韵》"嫩岚滋翠葆"句，形容草木青翠茂盛。而有时，周邦彦则是从一句诗词中截取两个词，再重新组合，如"鸿惊凤翥"（《早梅芳近·缭墙深》）句就是从陆机《浮云赋》"鸾翔凤翥，鸿惊鹤奋"的前后两句分别拈出"鸿惊""凤翥"，原句是写浮云，而周邦彦则借以写女子的体态轻盈，舞姿优美。

周邦彦在沿用前人诗句的时候，还会使用藏词法，即故意隐藏原句中的部分词语。这种用法一共有4处，如"且莫思身外，长近尊前"（《满庭芳·风老莺雏》）句之于杜甫"莫思身外无穷事，且尽生前有限杯"（《绝句漫兴九首之四》），"吹一箭"（《夜游宫·客去车尘未敛》）句之于徐昌图"一箭霜风吹绣户"（《木兰花》），还有"秋藕绝来无续处"（《玉楼春·桃溪不作从容住》）句除了用藏词格从谢朓《在郡卧病呈沈尚书诗》"夏李沈朱实，秋藕折轻丝"句而来之外，还以"丝"双关"思"。

**（三）改易文字，沿袭原意**

当然，周邦彦也并非完全照搬前人的语句，多数会在文字上做一些改动。例如调整词语的顺序，将温庭筠"象尺熏炉未觉秋，碧池已有新莲子"（《织锦词》）句中"象尺熏炉"改为"熏炉象尺"（《丁香结·苍藓沿阶》），写房中摆设；又如将谢朓《游东田》诗中的"鱼戏新荷动"改为"鱼戏动新荷"（《鹤冲天·梅雨霁》），同是写池中荷叶因鱼儿的游动而摇晃，谢朓侧重客观描写这一现象，而周邦彦则加强了鱼的动态感。

有的时候周邦彦改动原句的一两个字，但句意不变，如将"风逆雁无行"（杜甫《冬晚送长孙渐舍人归州》）改成"风紧雁无行"（《诉衷情·堤前亭午未融霜》），将"冶叶倡条遍相识"（李商隐《燕台诗》）改作"冶叶倡条俱相识"（《尉迟杯·隋堤路》）。而有的改写则会在一定程度上改变原意，如周邦彦将杜甫"映阶碧草自春色，隔叶黄鹂空好音"（《蜀相》）下句改为"隔叶黄鹂传好音"（《粉蝶儿慢·宿雾藏春》），杜诗中"自""空"二字为诗眼，以衬托祠庙的荒芜与幽清，给人寥落之感，周邦彦承袭了杜甫"隔叶"听黄鹂的用法，但他是以欣喜的态度来写鸟啼，虽然只改动了一个字，情绪却截然不同。

有的改动则相对复杂一些，如周邦彦在《齐天乐·绿芜雕尽台城路》词的上阕化用贾岛《忆江上吴处士》诗中"秋风生渭水，落叶满长安"一句，将贾岛句中的意象重新组合，删去动词，且改"秋风"为"西风"、改"落叶"为"乱叶"，用"渭水西风，长安乱叶"状晚秋之景，凸显了萧瑟凄凉的氛围，借古人的语言和境界来抒发自己的情绪。

由于词在音律、平仄上更加多变，也更富有起伏变化，所以在借用前人诗句的时候，难免要将其重新断句，以使音节适应词体的需要。如刘禹锡"一方明月可中庭"（《生公讲堂》）句在清真词中变为"恰有一方明月、可中庭"（《南柯子·宝合分时果》）；而杜甫《月夜》诗中"香雾云鬟湿"在清真词中不仅被改换词语顺序也被断开全句，变成了"云鬟，香雾湿"（《锁阳台·白玉楼高》）。这样的断句增强了节奏感，同时也并未割裂原句的意脉。

### （四）浓缩和拓展

为了格律或抒情的需要，周邦彦经常会在前人诗句的基础上进行浓缩或拓展。

所谓浓缩，即对诗句进行压缩概括，使其更为简洁凝练。如将白居易《琵琶行》中"浔阳地僻无音乐，终岁不闻丝竹声"一句概括为"地僻无钟鼓"（《宴清都·地僻无钟鼓》），极言地处之偏僻，抒羁旅行役之感。又如将李商隐《夜雨寄北》中的名句"何当共剪西窗烛，却话巴山夜雨时"概括为"故人剪烛西窗语"（《琐窗寒·暗柳啼鸦》）。其他又如将"青女素娥俱耐冷，月中霜里斗婵娟"（李商隐《霜月》）浓缩为"素娥青女斗婵娟"（《霜叶飞·露迷衰草》）一句，等等。

这样的浓缩提炼基本上保留了原句的意蕴，甚至保留了原本的核心语词，虽然在经典性上无法与原诗相比，却妥帖地镶嵌在词中，为构建整体意境和情感世界服务。与上面的浓缩相比，要将多句诗词凝练成一两句词，难度就更大，需要有高超的提炼概括技巧。

周邦彦《花心动·帘卷青楼》开篇"帘卷青楼，东风满，杨花乱飘晴昼"三句是将孟浩然《赋得盈盈楼上女》全诗浓缩、改写而成。同样是写杨花乱飞的暮春，青楼中女子卷帘而坐，孟浩然将前因写出，并刻画女子愁绪满怀、百无聊赖的情态。周邦彦开篇点出季节、地点，之后再层层铺叙开来，最后以"从此后、纤腰为郎管瘦"作结。这也体现了诗、词在表情达意上的区别，词更加隐幽曲折。白居易《琵琶行》描写琵琶乐声可说是千古绝唱，周邦彦"危弦弄响，来去惊人莺语滑"（《看花回·蕙风初散轻暖》）两句主要从"间关莺语花底滑"而来，将之浓缩成"莺语滑"三字。《琵琶行》是长篇乐府，因无篇幅限制，故而可以用多句诗来展现琵琶女的弹奏技艺，而周邦彦只是将琵琶声作为描绘女子的一个侧面，加上词的篇幅限制，所以只是用最经典、最具特色的语句一概而过。

除了对诗歌原句进行浓缩概括，周邦彦有时也会对原作中的语句、意象进行扩充、展开，不过这种拓展的做法远远少于浓缩。有的扩充只在原句上增添一两个字，如将杜甫残句"人静乌鸢乐"改作"人静乌鸢自乐"（《满庭芳·风老莺雏》）、将杜牧"好风襟袖知"（《秋思》）改为"好风襟袖先知"（《四园竹·浮云护月》）、将王维的"山色有无中"（《汉江过眺》）变成"天寒山色有无中"（《虞美人·疏篱曲径田家小》），原本的句意完全没有改变。

周邦彦在对李商隐《偶成转韵七十二句赠四同舍》诗中"天官补吏府中趋，玉骨瘦来无一把"的后一句进行拓展时，补充了之所以消瘦的原因，即"玉骨为多感，瘦来无一把"（《塞垣春·暮色分平野》）。而"何处望归舟，夕阳江上楼"（《菩萨蛮·银河宛转三千曲》）扩写何逊《慈姥矶诗》"客悲不自已，江上望归舟"的下句，自问自答，哀怨之极，全词颇有温、韦之风。

以上从四个角度讨论了周邦彦如何从字面上接受前人诗歌，从原封不动地"拿来主义"到在字面上有所增减改易，但原句的意思基本不变。虽然这种层面的接受比较简单直白，但只要能将前人诗句、字面很好地嵌入自己的词中，无论在韵律、语言还是情感意境方面都能保持一致，那么这种接受就是成功的。以周邦彦的学养，要做到这一点还是很容易的。正因为字面的接受是最容易的，所以在清真词中也是最常见的，但周邦彦显然不会满足于此。

## 二、周邦彦词对前人诗歌修辞手法上的接受

周邦彦作词时像杜甫作诗那样苦心孤诣，注重炼字炼句、章法和音律，而精于修辞也是二人的共通之处。所谓修辞，即运用各种语文材料及表现方式，使语言表达得准确、鲜明而生动有力。从广义来讲，用典（包括事典和语典）也是一种修辞手法，但本节所讨论的手法并不包括用典，而是诸如借代、比喻、拟人、迭字、通感等修辞方式。

## （一）借代

沈义父在《乐府指迷》中说："炼句下语，最是紧要，如说桃，不可直说破桃，须用'红雨''刘郎'等字。……往往浅学俗流，多不晓此妙用，指为不分晓，乃欲直捷说破，却是赚人与耍曲矣。如说情，不可太露。"① 沈义父所说的这种手法便是借代。周邦彦词中多用借代手法，除了沈义父提及的那些古典诗词中常用的代字之外，他还从前人诗句中加以提炼。典型则是指代月亮的词汇，如"疏星挂，凉蟾低下林表"（《霜叶飞·露迷衰草》）中的"凉蟾"来自李商隐《燕台四首·秋》诗中的"月浪冲天天宇湿，凉蟾落尽疏星入"。类似的还有"清蟾""霜蟾""银蟾"等，均为月光之意。

借代手法的使用，是为了避免文辞的直露浅白和语汇的重复出现，有时则是适应词律音节的需要，而有的代字还带有感情色彩或历史底蕴。代字的大规模使用使清真词的语言富于变化，也能传达出细微隐秘的情绪，给人典雅优美的审美感知。当然，代字的过多使用也会导致词的晦涩难懂，给读者带来"隔"的感受，王国维就对此颇有微词。但从总体上看，周邦彦所使用的代字很少有非常生僻艰涩的用法，基本上都是比较容易被读者领会的，这也是清真词"雅"的一个重要表现。

## （二）比喻

比喻，又叫"譬喻"，是古典诗词中极为常见的修辞手法，它以甲事物来比拟乙事物，能够体现作者对事物细致的观察和丰富的想象力。清真词中的比喻辞格也非常丰富，其中有沿袭前人的用法，也有清真自己的创造。

如"愁如春后絮"（《满路花·金花落烬灯》）借鉴了杜牧《题安州浮云寺楼寄湖州张郎中》诗中"楚岸柳何穷，别愁纷若絮"的手法，将离愁比作漫天飞絮。在《少年游·并刀如水》一词中，"并刀如水，吴盐胜雪"两句，

---

① （宋）沈义父. 乐府指迷［M］//唐圭璋. 词话丛编. 北京：中华书局，1986：280.

"吴盐胜雪"来自李白"吴盐如花皎白雪"（《梁园吟》）；杜甫"焉得并州快剪刀，剪取吴淞半江水"（《戏题王宰画山水图歌》）句以夸张手法极言并州剪刀之快，周邦彦则以比喻手法将其提炼为"并刀如水"，在以杜诗为本的基础上加以创造，两句词一同状冬闺静物，简洁传神。而《水龙吟·素肌应怯余寒》词中"雪浪翻空"句和韩愈的"风揉雨练雪羞比，波涛翻空杳无涘"（《李花赠张十一署》）句，尽管一写梨花一写李花，但同样都是把盛开的花比成雪浪翻涌，蔚为壮观。

以上实例中，清真词大体沿袭了前人诗句中的本体和喻体，改换了语句，而语意也基本保留了。周邦彦也有自己独特的构思，如"山围故国绕清江，髻鬟对起"（《西河·佳丽地》）以"髻鬟"比喻金陵江边青山；"金炉应见旧残煤。莫使恩情容易、似寒灰"（《虞美人·灯前欲去仍留恋》）以"寒灰"比喻情义断绝，等等。无论是具象的人物景物，还是抽象的情感思绪，周邦彦都能找到恰当的喻体来将其作譬喻。在清真丰富独特的想象力和生花妙笔的共同运作之下，具体的人、景、物形象更为丰满生动，而思想情感则被化虚为实，变得有形可感。比喻的使用，让清真词更富有生命力和创造力。

### （三）拟人

拟人手法是把事物人格化，即赋予人以外的他物以人的特征，使之具有人的思想、感情和行为。词贵在含蓄蕴藉，词人的情感要含而不露，让读者在余味不尽的字里行间去玩味和体悟。而用拟人的手法，将人的情感、动作投射到景物身上，既能使意象和语言生动活泼、变化万端，又能委婉含蓄地透露出词人暗含的思绪情感，可谓是一举两得。

《风流子·枫林凋晚叶》词中"泪花销凤蜡"句为"凤蜡泪花销"之倒，继承杜牧《赠别》"蜡烛有心还惜别，替人垂泪到天明"句的手法，将蜡烛拟人化，其燃烧滴落蜡油正如人垂泪。"杏靥夭斜，榆钱轻薄"（《丹凤吟·迤逦春光无赖》）两句，"夭斜"原本被白居易用来形容苏小小袅娜多姿，清真则用来形容杏花；杜甫《绝句漫兴九首·之五》"轻薄桃花逐水流"

中，"轻薄"的是桃花，而清真则以之形容"榆钱"，这也体现了周邦彦在借鉴前人的时候是有自己的创造的。在《瑞鹤仙·悄郊原带郭》词中，"斜阳映山落，敛余红、犹恋孤城阑角"三句化用韩偓的《三忆》诗"敛笑慢回头，步转阑干角"，写夕阳的余晖照在亭榭阑干的一角，但"敛"字、"恋"字就使夕阳人格化。太阳东升西落是自然规律，而这里的太阳还依恋着阑角而久久不愿离去，实则暗含了词人对时光流逝的不舍。

从这些拟人修辞的运用可以看出，周邦彦对自然万物是充满喜爱之情的，无论是花鸟草木还是太阳、春光，都可以被赋予生命。周邦彦将自己的思想情感转移到客观景物身上，使它们具有动态的美感和可人的情态，也极为克制地透露出词人自身的情绪。

### （四）迭字

迭字，又叫叠字，为构词方式之一，亦为修辞方式之一。迭字原本多用于口语，文人将其用于诗词之中，不仅音节上和谐流利，而且令情韵更加绵长。两个字重叠使用变为迭字之后，即成为形容词，用来修饰景物、情感、动作等。清真词中的迭字，有些是文学中的惯常用字，如以"迢迢"状路途遥远或时间久长，而有些则是从前人诗句中而来，不仅接受迭字的字面，而且通常连其所修饰的对象也继承了下来。

南朝诗人在描绘自然景物时，常常用迭字加以形容。如谢朓以"漠漠"状云之迷蒙"漠漠轻云晚"（《侍筵西堂落日望乡》），周邦彦"朝云漠漠散轻丝"（《少年游·朝云漠漠散轻丝》）句就沿袭了谢诗的用法，而"向露冷风清，无人处、耿耿寒漏咽"（《浪淘沙慢·晓阴重》）中的"耿耿"来自谢朓《暂使下都夜发新林至京邑赠西府同僚》诗之"秋河曙耿耿"句。唐代诗人也常常以迭字状物，如李商隐"稍稍落蝶粉，班班融燕泥"（《细雨成咏献尚书河东公》）句中"班"通"斑"，形容雨点众多，周邦彦便直接用以写成"雨斑斑"（《诉衷情·出林杏子落金盘》）。而王建《谢田赞善见寄》诗中"年少力生犹不敌，况加憔悴闷腾腾"以迭字来形容心绪，周邦彦便截取了"闷腾腾"（《醉桃源·冬衣初染远山青》）三字来形容心中烦闷。

166

　　南朝与唐代诗歌中的迭字往往是上下两句相对，但也有一句诗中重复使用的，如韩愈《感春三首（之三）》形容花开得红白相间、繁盛鲜艳，便曰："晨游百花林，朱朱兼白白。"周邦彦便以"开遍朱朱白白"（《鹊桥仙令·浮花浪蕊》）状花开之貌。而在"蠢蠢黄金初脱后"（《蝶恋花·蠢蠢黄金初脱后》）句中，"蠢蠢"意为众多而杂乱貌，以之描写柳丝十分新颖独特，足见清真的创意。周邦彦虽然着意追求词的典雅，但也主动吸收民歌、口语的成分，这些迭字的频繁使用，让清真词格外富有生气，清新活泼和典雅精工在清真词中很好地融合在了一起。

　　清真词中所用到的修辞手法还有通感，如继承李贺"酸风射眸子"（《金铜仙人辞汉歌》）打通味觉和触觉的手法。还有对偶，周邦彦精于对仗，无论是四言、五言、七言，都能非常工整地相对，甚至有的词整篇都是对仗的。又如夸张、双关、对照等，在清真词中也可找到例证。周邦彦在细致观察外部景物和抓捕内心情绪的基础上，运用自己独特的想象力，加上前人诗句的启发，对景物和情感进行修辞描摹，而且他在创作时也会将几种修辞手法融为一体，因此摹景状物十分生动细腻。


## 三、周邦彦词对前人诗歌意象意境上的接受


　　前文所论及的字面和修辞的接受，都是相对来说较为浅层的改写借鉴，而周邦彦自然不会满足于此，他还有很多词句对原作的改写程度更深，往往只保留了其的大致意思和主要意象，在句法结构、意象组合乃至语言特色上都有较大变化。因此，这种整体上的化用较其他方式而言更能体现作者的创新性和独特性。


### （一）整体化用

　　周邦彦曾整体化用前代诗人的整首作品，例如《蝶恋花·桃萼新香梅落后》的下阕："雨过朦胧斜日透。客舍青青，特地添明秀。莫话扬鞭回别首。

渭城荒远无交旧。"该词化用了王维《送元二使安西》的意境，同时也保留了"渭城""客舍青青"的意象。又如整体化用杜牧的《秋夕》诗，写出"露下天如水，风来夜气清。娇羞不肯傍人行。扬下扇儿拍手、引流萤"（《南柯子·宝合分时果》）的词句，将小女儿的娇态写得栩栩如生。白居易《长恨歌》中"惟将旧物表深情，钿合金钗寄将去。钗留一股合一扇，钗擘黄金合分钿。但教心似金钿坚，天上人间会相见"一段写李杨二人至死不渝的爱恋，周邦彦将之化为"密意都休，待说先肠断。此恨除非是，天相念。坚心更守，未死终相见"（《归去难·佳约人未知》），以此表达心志之坚定。这样的化用在沿袭原作意境的基础上改换表达方式，且并不落俗套，能产生一种陌生化效果，给读者一种新奇感。

　　而周邦彦在化用某些诗句的时候，并未留下明显的痕迹，需要结合意象、词语和上下文才能察觉。如《红罗袄·画烛寻欢去》词中"念取酒东垆，尊罍虽近，采花南圃，蜂蝶须知"就暗用陶潜《饮酒》诗中"采菊东篱下，悠然见南山"句。而《西河·长安道》一词中，"尘埃车马晚游行"一句，结合前后句意，则发觉其化用了李商隐《乐游原》诗的意境。这样的化用是隐性的，注重取意而非取词，将原作的情感、意境很好地继承下来，再加上周邦彦自己在语句上的创造，前人之作和自己之作结合得不着痕迹，体现出周邦彦高超的化用水准。

### （二）反向化用

　　周邦彦有时会特意将原句的语意整个扭转过来使用，即反用诗句。经统计，在清真词中，一共有 23 处反用前人诗词的实例。其中数量最多的是两类，即"改否定为肯定"和"改肯定为否定"。"改否定为肯定"，即原句意在否定某种事实或现象，而周邦彦却对其表示肯定，如韩愈《月蚀诗效玉川子作》诗中是"油灯不照席"，周词中却是"灯照离席"（《兰陵王·柳阴直》）。"改肯定为否定"则恰好相反，如苏轼《海棠》诗云"只恐夜深花睡去，故烧高烛照红妆"，周邦彦却说"寻花不用持银烛"（《丑奴儿·肌肤绰约真仙子》）。而其余的反用并非肯定和否定的转换，像从"仆本江北人，今作江南客"（韩熙载《感怀诗》）到"江南人去路杳"（《伤情怨·枝头风信渐小》）是"来"变成"去"；从"停烛聚飞虫"（张籍《宿广德寺寄从舅》）到"短烛散飞虫"（《燕归梁·帘底新霜一夜浓》）是从"聚"变为"散"；从"心肠不自宽，衣带何由窄"（白居易《古意》）到"衣带宽懊恼、心肠终窄"（《浪淘沙慢·万叶战》）是"宽"和"窄"之间的转化。

　　除了以上的一组组反义词的转换之外，还有整体反用诗意的。汉成帝嫔妃班婕妤因失宠而作《怨诗》，抒心中悲怨之情，而周邦彦反用班婕妤诗意，云："汉姬纨扇在，重吟玩、弃掷未忍。"（《丁香结·苍藓沿阶》）在反用诗意之外另有反用典故，《史记·汲郑列传》中记载郑当时为太子舍人时常在长安郊外对故人、宾客存问请谢，而周邦彦"多谢故人，亲驰郑驿，时倒融尊"（《西平乐·稚柳苏晴》）句则反用为故人殷勤存问自己。

　　这些"反用"的例子表明周邦彦在阅读史传、诗文的时候是有自己的思考的，体现了周邦彦用典的灵活性。


### （三）分别化用

　　周邦彦作词时很少平铺直叙，而是采取回环往复的篇章结构，这种曲折多变的章法也投射在用典上。除了改变语词、语意以达到陌生化效果之外，周邦彦有时还会将前人的一首诗或一句诗拆解开来，在自己的词的不同地方将其融入词句之中，这就使得原句的脉络由实变虚却又连绵不断，也使得清真词的上下文相互映衬，词意词境浑化圆融。这其中体现得最明显的便是周邦彦的金陵怀古词《西河·佳丽地》，第一片的"山围故国绕清江，髻鬟对起。怒涛寂寞打孤城"明显来自刘禹锡《石头城》"山围故国周遭在，潮打空城寂寞回"句，而刘诗后两句则在周词第二片改写成"夜深月过女墙来，伤心东望淮水"。第三片则是整体化用刘禹锡《乌衣巷》诗。刘禹锡在和州刺史任上所作的《金陵五题（并引）》分咏石头城、乌衣巷、台城、生公讲堂与江令宅，在中唐诗坛名声卓著，此后咏怀金陵的诗词便常自觉或不自觉地化用它们，周邦彦也是如此。他"以'山围故国'、'朱雀桥边'二诗作蓝本，融化入律，气韵沉雄，音节悲壮"①，表达了与刘禹锡类似的时代更替、物是人非的慨叹。

　　与之类似的还有周邦彦《虞美人·灯前欲去仍留恋》词，其上阕的"待得蔷薇花谢、便归来"句和下阕的"舞腰歌板闲时按，一任傍人看"句一同来自杜牧《留赠》诗："舞靴应任闲人看，笑脸还须待我开。不用镜前空有泪，蔷薇花谢即归来。"而且周邦彦特意调整了前后两联的次序。周邦彦还数次在同一首词的不同地方化用前人的同一句诗，如在《夜飞鹊·河桥送人处》一词中，上阕"铜盘烛泪已流尽"句和与下文"树杪参旗"，一道从李商隐《明日》诗"天上参旗过，人间烛焰销。"周邦彦不仅将同一首诗或同一句诗的前后部分分别化用，而且常常将前后句次序颠倒过来，这说明周邦彦是着意淡化其化用痕迹，并营造出陌生感。

### （四）多方化用

　　清真词用典之妙还在于，他有时在一句词中，同时化用了不止一个典故，往往是事典与语典合用，大大丰富了词句的内涵，也有助于展现词人微妙隐幽的内心世界。这样的用典方式需要词人有非常出色的驾驭能力，既能将事典正确使用，又能将语典与事典完美融合，最后又能使其在全词中处于恰当的位置，与整体风格、意境相吻合。能集中展现周邦彦这种才能的便是《清真词》的压卷之作《瑞龙吟·章台路》。

　　《瑞龙吟》第三片起句"前度刘郎重到，访邻寻里，同时歌舞"中的"刘郎"是指刘义庆《幽明录》所载东汉刘晨、阮肇之事中的刘晨，他曾两度入仙境，故称"前度刘郎"。同时，"前度刘郎重到"从语句上来看，又与刘禹锡《再游玄都观》"种桃道士归何处，前度刘郎今又来"诗句明显存在关联。周邦彦在此处显然是以"刘郎"自况，而这个"刘郎"应该是兼指刘晨和刘禹锡。《瑞龙吟》词整体意蕴是来自崔护"人面桃花"诗，事典和诗典中都提及桃花，而这又与第一片相呼应，可见清真用典之精当。下文的

---

①　（清）陈廷焯. 词则·放歌集［M］. 上海：上海古籍出版社，1984：304 – 305.

"吟笺赋笔，犹记燕台句"两句在语句上化用李商隐《赠柳枝》诗"长吟远下燕台句，惟有花香染未消"句，也有两层含义，歌妓柳枝与李商隐和李商隐堂兄的两段爱情都无疾而终，与周邦彦词中所叙之事类似。从以上两个例子，可以看出周邦彦使用多层含义的典故和语句，让词句的内涵更丰富更深刻，将自己不愿讲明的情感委婉地透露出来。这种意蕴叠加的用典方式能很好地展现作者的才学，从中不难看出，周邦彦在用典方面是下了很大功夫的，是经过缜密的思索和精心的安排才运笔作词的，而这种作词态度也使得清真词在语言、章法、用典各方面都取得很高成就。

"词以意趣为主，要不蹈袭前人语意"①，周邦彦对前人诗词意象意境的接受是比较深入的，在意境意蕴和意象语词两方面根据写景抒情的需要而有所取舍和创造。有时他还会特意反用前人诗意，或将原句原篇割裂开来，或者将几重含义熔铸到一句词中，种种化用的手段都是为了营造陌生化效果，打破读者预设的期待，给读者新鲜感。

## 四、周邦彦词接受前人诗歌的特点和原因

历代词论家对于周邦彦接受前人诗歌，并非一面倒地赞扬，也有论者对其展开批评，表达自己的不满。胡仔就曾在《苕溪渔隐丛话》中指出其用典的不当之处。他认为周邦彦"水亭小，浮萍破处，檐花帘影颠倒"（《隔浦莲近拍·新篁摇动翠葆》）句，从杜甫"灯前细雨檐花落"（《醉时歌》）化用而来，而周邦彦"用此'檐花'二字，全与出处意不合，乃知用字之难矣"②。但实际上在杜甫之前，丘迟就有"其取落檐花"（《答徐侍中为人赠妇诗》）之语，何逊则有"燕戏还檐际，檐花落枕前"（《为人妾怨诗》）之

---

① （宋）张炎. 词源：卷下［M］//唐圭璋. 词话丛编. 北京：中华书局，1986：260.

② （宋）胡仔. 苕溪渔隐词话［M］//唐圭璋. 词话丛编. 北京：中华书局，1986：167.

句。王楙在《野客丛书》中指出，胡仔只看到杜甫诗中有"檐花"二字，而不知在其之前已有"檐花落"，所以得出的结论是不正确的，故而"详味周用'檐花'二字，于理无碍"，"大抵词人用事圆转，不在深泥出处，其组合之工，出于一时自然之趣"①。当然，也有人指出，杜诗中的"檐花"并非檐下之花，而是指"檐前雨映灯花如花耳"②。但观周邦彦词意，"檐花"是指靠近屋檐下边开放的花，周邦彦写"檐花帘影颠倒"，"颠倒"谓檐前花、珠帘影映入水中，无论是从丘迟、何逊还是杜甫诗中而来，都能说得通。

但周邦彦确有误用典故的情况。在《西河·佳丽地》词中，曾云："莫愁艇子曾系。"莫愁是古乐府中传说的女子，《旧唐书·音乐志》云："《莫愁乐》，出于《石城乐》。石城有女子名莫愁，善歌谣。《石城乐》和中复有'莫愁'声，故歌云：'莫愁在何处？莫愁石城西。艇子打两桨，催送莫愁来。'"③ 而其中的"石城"是指郢州。但包括周邦彦在内的很多人，都将"石城"当作石头城，在咏金陵时言及莫愁，这是很明显的误用。这种典故的误用，是由于对《石城乐》望文生义，可见周邦彦在使用这个典故时，犯了经验主义错误，没有进行理性缜密的判断。

除了以上两例，将周邦彦奉为作词典范的沈义父，在肯定周邦彦化用唐人诗句成就的同时也指出，像周邦彦"庾信愁多，江淹恨极"（《宴清都·地僻无钟鼓》）、"兰成憔悴，乐广清羸"（《大酺·对宿烟收》）这样以两个人名对举的用法是不可取的，因为"词中用事使人姓名，须委曲得不用出最好"④，即用事不用点出人姓名。周邦彦用典大多都能做到"委曲"，如此刻意以两人并举，不符合其一贯作风，不知其究竟何故。

周邦彦是北宋第一个大规模、全方位化用前人诗句的词人，此前的词人

① （宋）王楙. 野客丛书：卷十［M］. 郑明，王义耀，校点. 上海：上海古籍出版社，1991：138.
② （明）杨慎. 词品：卷二［M］//唐圭璋. 词话丛编. 北京：中华书局，1986：458.
③ （后晋）刘昫，等. 旧唐书：卷二十九［M］. 北京：中华书局，1975：1065.
④ （宋）沈义父. 乐府指迷［M］//唐圭璋. 词话丛编. 北京：中华书局，1986：282.

化用诗句多是个别现象，而同样在这方面著称的贺铸在融前人诗句入词时则基本上停留在字面的层面。周邦彦化用前人诗歌，无论从广度还是深度上来讲都超越了之前的绝大多数词人，也因此得到好评。

周邦彦化用前人诗句，存在以下特点。其一是密实，特别是在长调中，几乎句句都化用诗典、语典，却并不晦涩。其二是用典来源广泛，从横向来看，清真词对各个历史时期的经史子集都有所涉猎，但以诗歌为主，其次是赋。从纵向来看，从先秦到唐五代，周词所借鉴的前代文人及其作品的数量也随着历史的演进而呈现递增的态势，在唐朝达到峰值——他对唐诗的化用特别突出。其三是其化用方式丰富多样，如前文所述，他从字面、修辞到意境意象这些不同层面来接受前人诗句，并通过语词颠倒、分割原句、反用诗意等方式，来刻意营造陌生化效果，而不是陈陈相因。其四是能将前人语句与自己的词作融合，选取主题、情感、内在特质相一致的作品来化用，并通过章法上的精心组织安排、音律上的和谐，让化用的痕迹尽可能地消弭。其五是周邦彦不仅仅融化前人诗句，更继承、融入了前人特别是唐人的精神风骨，故而其词能"于软媚中有气魄"①，这种精神上的追摹比之字句更加重要，也更加深入，是作家人格气质的体现。除此之外，周邦彦在字句、语言和意境上也有自己的创新，而不是局限于前人之作。

考究清真究竟缘何有如此突出的用典现象，有各方面的动因。就其自身而言，周邦彦是学者型的词人，他有深厚的学养，能够驾驭这些典故诗句。同时，他以端正严肃的态度作词，追求词的典雅和精工，"卓然自立，不肯浪下笔"，故"语意精新，用心甚苦"②。另外，这也是词体自身发展的结果。词从晚唐五代发展到北宋末年，已经由伶人乐工之词发展为士大夫之词，北宋文化是精英士大夫的雅文化，对词也提出了提升词格、雅化词体的要求。加上词的体式由小令发展为长调，其容量大大增加，也为融化诗句提

---

① （宋）张炎. 词源：卷下［M］//唐圭璋. 词话丛编. 北京：中华书局，1986：266.

② （宋）王灼. 碧鸡漫志：卷二［M］//唐圭璋. 词话丛编. 北京：中华书局，1986：86.

供了条件。同时，词文学受到其他文体特别是诗的影响，从苏轼以诗为词开始，词的作法、语言等方面开始向诗靠近，不再刻意与诗保持距离;① 而北宋中后期江西诗派大行其道，也对作词产生了影响，其倡导的"点铁成金""夺胎换骨"也被运用到词中；再者，宋人尊杜崇杜的风尚也由诗坛漫延到词坛，周邦彦词中就用杜诗最多，更师法了杜甫作诗精益求精的态度。而周邦彦之所以用中晚唐诗歌、六朝小诗小赋最多，则在于这些作品在语言、风格等特质上与词存在相通之处，因而能够比较容易化入词中。

对于周邦彦融前人诗句入词，张炎、沈义父等词论家都表示赞扬，但只提及唐诗，显然是片面的。"六朝风华靡丽之语，后来词家之所本也"②，周邦彦也喜用六朝诗歌和辞赋，更有经史、笔记小说、词等。而正因为这种做法，张炎批评其"意趣却不高远"③，与白石词相比显得过于"实"，缺乏空灵飘逸之气和一些哲理性的思索。陈廷焯则认为："美成词熔化成句，工炼无比，然不借此见长，此老自有真面目，不以缀拾为能也。"④ 若周邦彦只会拾人牙慧，而无自己的创见创新，是不会被尊为词宗的。看待清真词，不能只局限于一个方面，它是立体的、丰满的，清真词的成就和影响是多方面因素共同促成的，用典只是其中一端而已。此外，也应看到清真在用典时也会出现错误，并非无懈可击。在理性客观的观照下，周邦彦用典的成就是值得肯定的，他没有被材料淹没和左右，而是以我为主去驱使语典，使词在语言、意境、音律、章法、情致上圆融谐和，达到了浑成的境界，为后人的创作树立了典范和榜样。

---

① 王兆鹏. 从诗词的离合看唐宋词的演进［J］. 中国社会科学，2005（1）：151-163.

② （清）沈雄. 柳塘词话：卷一［M］//葛渭君. 词话丛编补编. 北京：中华书局，2013：771.

③ （宋）张炎. 词源：卷下［M］//唐圭璋. 词话丛编. 北京：中华书局，1986：266.

④ （清）陈廷焯. 词坛丛话［M］//唐圭璋. 词话丛编. 北京：中华书局，1986：3723.

第十一章

# 李清照词对前人诗歌的接受

李清照,自号易安居士(下文简称"易安")。作为古代文坛上文采出众的女性作家,她工诗善文,以其词成就最高。笔者以徐培均先生的《李清照集笺注》(上海古籍出版社 2010 年版)为底本,对李清照现存 53 首词(不含存疑词)对前人作品的接受情况进行了统计,共计 122 条,涉及范围上至先秦经史、下至本朝文人的诗词。① 本章将以此为基础,进而探讨易安词如何巧妙汲取前人作品之精华,于词坛别树一帜。

## 一、李清照词对前人诗歌的接受方式

易安词对前人作品的接受主要是从语言、修辞手法、意象意境三个方面着手,并在接受的过程中不断地进行改造创新,融入新元素,营造出一种陌生化效果,以达到自然典雅、含蕴丰富的艺术境界。

### (一)语言

易安词语言自然清新而不失新颖别致,得益于对前人语言的借鉴和妙

---

① 本章数据主要根据《李清照集笺注》(徐培均笺注,上海古籍出版社,2002 年版)中笺注的李清照接受前人作品的词条辑录汇总,并参考《李清照集校注》(王仲闻校注,人民文学出版社,1979 年版)。

用。通过对前人作品中成句的袭用、合适语词的选取，以及创造性地改易语
典素材等方式，易安词得以形成别具一格的语言特色。

1. 袭用成句

对前人语言的借鉴最直观的便是袭用成句，易安词中这种形式的接受并
不多，可见者仅有两处：其一，《临江仙》首句"庭院深深深几许"，李清照
自序云，因酷爱欧阳修《蝶恋花》中此句，而以之开头作数阕；其二，《小
重山》首句"春到长门春草青"，袭自花间词人薛昭蕴同题词作中的"春到
长门春草青，玉阶华露滴，月胧明"一句。两处成句都是对于景物的描写，
然而作者借用的意图却不相同。《临江仙》一词中，易安在挪用原句的同时
也基本承袭了原作表达的独居深院、孤清寂寞之意蕴；《小重山》词中，易
安有别于薛词的以乐景兴哀情，反是借其句中所绘春景，表达了春归之际词
人见草碧梅红的喜悦。照搬原句通常给人没有新意的印象，而李清照能根据
眼前之景、心中之情灵活化用，既将个人心绪巧妙地熔铸其中，又增添了作
品的骚雅意趣。

2. 截取语汇

截取前人语汇入词，在易安词中有二十余处，大致可分为两类。第一类
语汇不带有情感意蕴，只是客观地描写人物动作、生活场景、自然景象等。
《如梦令·常记溪亭日暮》中，李清照从"日暮行人争渡急，桨声鸦轧满中
流"（刘禹锡《大堤行》）中拈取"争渡"这一动词并反复吟咏，用来形容
少女误入藕花深处的焦急之态；"酒阑歌罢玉尊空"（《好事近·风定落花
深》）描写了闺中女子借酒遣怀后的凄清场景，语本毛文锡《恋情深·玉殿
春浓花烂漫》"酒阑歌罢两沉沉"；"清露晨流，新桐初引，多少游春意"
（《念奴娇·萧条庭院》）取自《世说新语》"清露晨流，新桐初引"，展现了
清空明朗的春景。第二类则较为情绪化，能反映作者的创作心态。一般来
说，这类语汇在原词境中便被赋予了某种情感或意义，易安直接截取入词多
是因其契合自己当时的心境。如，"无人到，寂寥恰似，何逊在扬州"（《满
庭芳·小阁藏春》）一句，语本杜甫《和裴迪登蜀州东亭送客逢早梅相忆见
寄》诗"东阁官梅动诗兴，还如何逊在扬州"。据《全芳备祖》卷一所载：

"梁何逊在扬州法曹，廨舍有梅花一株，逊吟咏其下。后居洛阳思梅花，再请其任，从之。抵扬州，花方盛，逊对花彷徨。"① 此时的易安是寂寞的，眼前的"梅"不禁使词人与昔日"对花彷徨"的何逊产生了情感上的共鸣，因而借杜诗入词也就自然而然。又如冯延巳《鹊踏枝·谁道闲情抛掷久》一词中，有"日日花前常病酒，不辞镜里朱颜瘦"之句，杜甫《登高》诗云："万里悲秋常作客，百年多病独登台。"李清照分别截取"病酒""悲秋"两个语典素材，云："新来瘦，非干病酒，不是悲秋。"（《凤凰台上忆吹箫·香冷金猊》）句中以"非干""不是"一再否定"新来瘦"的原因，但其中因由不言自明，语典原本蕴含的惆怅感伤之情也在新的语境中得到深化。不论是描写客观现象还是呈现主观情致，在语汇的选取上，易安似乎并不用费太多心思，对熟悉的语典信手拈来，就能恰到好处、宛若天成。

3. 改易词句

择取前人词句进行改易，使之更好地融入自己的词中，相比前两种方式更可见易安在创作接受过程中的主动性和创造性。有时，易安从前人之作中取某一短语佳句，只对其中个别字眼进行增删改写。如"萧萧两鬓生华"（《清平乐·年年雪里》）一句取自苏轼《南歌子·苒苒中秋过》"萧萧两鬓华"，增加了一个"生"字，乃是为了适应曲调节拍。《行香子·草际鸣蛩》"云阶月色，关锁千重"将"云阶月地一相遇"中（杜牧《七夕》）"地"字改为"色"，是对眼前景致的实写；"坐上客来，尊中酒满"（《殢人娇·玉瘦香浓》）借用的是《后汉书·孔融传》中对宴饮盛况的描述，对原句"坐上客恒满，尊中酒不空"进行了更为简洁的改写。总之，这类的改动或是局限于词之体式，或合乎当下的情景，语句简单明了。有时易安会选取前人作品某一句或几句中的核心语词、主要意象裁剪提炼。如《一剪梅·红藕香残玉簟秋》"此情无计可消除，才下眉头，却上心头"，此句本自范仲淹《御街行·秋日怀旧》："都来此事，眉间心上，无计相回避。"易安在范词的基础上有意设计了一个愁情从"下眉头"到"上心头"的转折，低回宛转，甚是

---

① （宋）陈景沂. 全芳备祖［M］. 杭州：浙江古籍出版社，2014：9.

巧妙。相对于这样明显痕迹的改易，"玉炉沉水袅残烟"（《浣溪沙·淡荡春光寒食天》）则较为含蓄。该句是从"玉炉香暖频添炷，满地飘轻絮，珠帘不卷度沉烟"（毛文锡《虞美人·宝檀金缕鸳鸯枕》）浓缩而来，语词相似度小，但我们仍能看出"玉炉""沉烟"等核心意象的影子。此外，"我报路长嗟日暮，学诗谩有惊人句"（《渔家傲·天接云涛连晓雾》），则是融合了屈原《离骚》"路曼曼其修远兮，吾将上下而求索""欲少留此灵琐兮，日忽忽其将暮"以及杜甫"语不惊人死不休"（《江上值水如海势，聊短述》）之句，言语凝练而不失词意的完整性。这种具有隐蔽性的改易词语更可见易安在语言运用上的匠心。

就语言接受层面而言，李清照善于借用前人作品中的语典素材准确表达自我的思想情感，或从感性生发，给人一种纯粹天然的美感；或经过理性思考，虽出自雕琢却恰到好处，这是李清照文学禀赋与丰富的创作经验相结合的产物。

### （二）修辞手法

刘熙载曾言，词当"极炼如不炼，出色而本色"①，强调以纯熟的技巧成就词作的浑然天成，易安在这一方面颇为出色。其词中的修辞手法丰富多样，或是袭用前人的用法，或在前人基础上翻新，抑或是独出机杼。下文仅取其词中炼字、比喻、迭字这三种具有代表性的修辞方式进行分析。

1. 炼字

古人为了表达的需要，不惜余力在用字遣词上进行一番精雕细琢、锤炼推敲，即为"炼字"。而李清照对于造语用字、翻陈出新也颇费心思。其词《诉衷情·枕畔闻梅香》"更挼残蕊，再捻余香，更得些时"，句中"挼""捻"二字分别取自"闲引鸳鸯芳径里，手挼红杏蕊"（冯延巳《谒金门·风乍起》），以及"闲折海棠看又捻，玉纤无力惹余香"（张泌《浣溪沙·依约残眉理旧黄》）。一"挼"一"捻"，用字精当。这般细微的动作，对于刻

---

① （清）刘熙载. 词概［M］//唐圭璋. 词话丛编. 北京：中华书局，1986：3708.

画女子倦慵无聊的苦闷形象非常具有表现力。"背窗雪落炉烟直"（《菩萨蛮·归鸿声断残云碧》）一句中，"直"字脱胎于王维千古名句"大漠孤烟直，长河落日圆"。易安词中原本应弥漫缥渺的烟霭因室内空气凝滞，而呈现出"直"的形态，营造出一种幽深孤寂的氛围。相比之下，境界上确实无法超越摩诘之诗，但从侧面可见易安对前辈的学习和有意识地改创。值得注意的还有易安词中多次出现的"瘦"字。《点绛唇·蹴罢秋千》"露浓花瘦"以及《临江仙·庭院深深深几许》"玉瘦檀轻无限恨"等多首词中，皆以"瘦"字形容花之体态，此外其炼字之典范"绿肥红瘦"，以及由此延伸而来的经典名句"人比黄花瘦"，更是天下人称之。以"瘦"形容花并非易安首创，在此之前，有"淡花瘦玉，依约神仙妆束"（孙光宪《女冠子·蕙风芝露》）、"梅花瘦雪梨花雨"（张先《武陵春·每见韶娘梳鬓好》）、"遥想酒醒来，无奈玉销花瘦"（秦观《如梦令·幽梦匆匆破后》），等等，然而这种用法只在易安词中得到了高度的认可和赞誉，可以说是易安对前人炼字之法的创新与超越。

### 2. 比喻

易安善于挖掘事物的外在特点和内在意义，感受力敏锐且联想丰富，因而其词中诸多比喻用得生动贴切，令人印象深刻。其中有对前人的借鉴，亦有个性化的创见。如"极目犹龙骄马，流水轻车"（《转调满庭芳·芳草池塘》）一句，脱胎于李煜《望江南》："还似旧时游上苑，车如流水马如龙。"易安去掉喻词"如"，保留了本体"车""马"和喻体"流水""龙"，语言重新组合后形成两幅简洁鲜明的画面，加上"极目"一词从空间上扩大视野，还原当年盛况的同时，也反衬出眼下的悲凉。此外，易安敏于抓住自然植物与人之间的相似性，使描写对象生动可感。如李商隐《二月二日》诗中，有"花须柳眼各无赖，紫蝶黄蜂俱有情"之句，易安词"柳眼梅腮，已觉春心动"（《蝶恋花·暖雨晴风初破冻》）即有学习的痕迹，只是易安更具巧思，在"柳形似眼"之外，敏锐而准确地捕捉到"梅色似腮"，很是细腻。句中"春心"一词赋予春天以人的心思，同时又一语双关，暗指自己因春景引发的意兴，源自李商隐《无题》"春心莫共花争发，一寸相思一寸灰"。而

"绣面芙蓉一笑开"（《浣溪沙·闺情》）一句也许是受了白居易"芙蓉如面柳如眉"的启发，将女子姣好的面庞比作芙蓉，"一笑开"三字化静为动，仿佛少女娇羞的笑颜在眼前摇曳绽放，产生一种妙不可言的柔美。

### 3. 迭字

精妙的迭字能使文学表达更为形象确切，或取得音律和谐、声声悦耳的艺术效果，或抒发幽微隐秘的情思，给人以特别的审美感受。且看"人悄悄，月依依，翠帘垂"（《诉衷情·枕畔闻梅香》），此句中"悄悄""依依"分别截自"忧心悄悄"（《邶风·柏舟》）、"依依脉脉两如何，细似轻丝渺似波"（吴融《情》）。两组平声迭字的使用营造出淡然的意境，沉默中又略有起伏，百无聊赖的寂寞愁绪在轻缓的语调中不经意流露；而"依依"一词更是赋月以人的灵性，婉约别致。"重帘未卷影沉沉"（《浣溪沙·小院闲窗春色深》）中，"沉沉"一词见于杜甫《醉时歌》："清夜沉沉动春酌，灯前细雨檐花落。""沉"字的叠用既状出闺阁深邃幽静、暗影沉沉之景，又借此景语表女子孤清落寞之情。迭字不仅可使自然意象的表现更加确切精当，在主体情感的修饰描摹上亦能产生细腻生动的艺术魅力。易安词云"永夜厌厌欢意少，空梦当时，认取长安道"（《蝶恋花·上巳召亲族》），"厌厌"，亦同"恹恹"，形容精神萎靡不振，亦是沿袭前人之意。当然这种叠用也较为常见，如"林风淅淅夜厌厌"（李煜《临江仙·庭空客散人归后》）、"年年三月病恹恹"（韩偓《春尽日》）等。此外，易安《声声慢》："寻寻觅觅，冷冷清清，凄凄惨惨戚戚"一句中迭字用得绝妙，引得后世文人赞誉有加且争相效仿，然鲜有能与之比肩者。易安对迭字的运用创意出奇如此，一方面基于自身的文学禀赋，另一方面也离不开对前人作品的借鉴。

限于词之体式，词人若要在有限的篇幅中表现阔大的内容，则需借鉴多样的修辞技巧。易安词中炼字精准、比喻恰当，迭字巧妙，从而最大程度突破了词体的限制，增强词作语言、意境等方面的表现力和感染力，深化了词作内涵。

### （三）意象意境

意象是寄托作者主观情思的客观事物，意境则是由一个或多个意象共同营造的情景交融、和谐统一的艺术境界。易安善于摄入契合心境的经典意象，通过含蓄曲折的艺术手法，形成丰富蕴藉的艺术空间。

#### 1. 意象的择取

易安词中出现过诸多抒情文学中的传统意象，如《一剪梅·红藕香残玉簟秋》词"雁字回时，月满西楼"中"雁""月"意象，《凤凰台上忆吹箫·香冷金猊》中"阳关""流水"意象等。这些意象虽然常见，但李清照在化用时，通常会在传统意蕴的基础上做一个同向延伸，赋予它个性情感，使之更加饱满丰富。比如她笔下的"流水"意象是"应念我、终日凝眸"，一个"念"字使得无生命的流水具备了知觉和思想，它能知人念远，聊以慰藉词人内心的愁苦。相比前人仅将"流水"作为相思离愁的承载物又更进一步。再如"梨花"意象，唐刘方平《春怨》诗："寂寞空庭春欲晚，梨花满地不开门。"宋晏几道《生查子》："牵系玉楼人，绣被春寒夜。消息未归来，寒食梨花谢。""梨花"在历代文人的吟咏中，逐渐与凄清、寂寞等主观情致相结合，成为"闺怨"代名词之一。李清照词"梨花欲谢恐难禁"（《浣溪沙·小院闲窗春色深》）一句，以淡语道出庭内景色。想着梨花即将凋谢，女子触景伤情，生出春去难留的忧思，一个"恐"字将衰败的景物与细微的感情巧妙结合，从而加深了内心的落寞，词境更为委婉而深沉。有时，易安也会从反面化用的角度赋予词作新意，凸显个人独特的才思，起到意想不到的表达效果。如杜甫《独酌成诗》："灯花何太喜，酒绿正相亲。"诗中以"灯花"为喜庆与吉兆的象征，李清照却将之用于写哀情："谁怜憔悴更凋零。灯花空结蕊，离别共伤情。"（《临江仙·庭院深深深几许》）色彩和氛围的反转，使得两种词境对比鲜明，别出新意。与此有异曲同工之妙的还有"醒时空对烛花红"（《浣溪沙·莫许杯深琥珀浓》），化用自李煜《玉楼春·晚妆初了明肌雪》"归时休放烛光红，待踏马蹄清夜月"。前者的烛花是隐隐的孤寂，后者的烛光渲染着欢愉，李清照仅改易几字，而词境已殊。

2. 意境的改造

化用前人的意境，如同将他人构建的诗意空间挪为己用，而如何在其间创造出新意，则十分考验词人的功力。《鹧鸪天·寒日萧萧上琐窗》本是一首感时伤离之作，"寒日萧萧""夜来霜"等对环境的描写渲染了一种凄婉悲苦的气氛，然而词末"不如随分尊前醉，莫负东篱菊蕊黄"一句意境超脱，有骚人墨客式的雅趣。此句汲取了周邦彦《粉蝶儿慢·宿雾藏春》词"赏心随分乐，有清尊檀板。每岁嬉游能几日？莫使一声歌欠"的随性达观，以及陶渊明《饮酒二十首》"采菊东篱下"的怡然自得，使得整首词的基调从低沉转为积极，有种超凡脱俗的意趣。此外，易安似乎十分青睐韩偓的诗，曾一再截取其诗作的某一片段或情节，加以渲染、发挥。如《点绛唇·蹴罢秋千》，语本韩偓《偶见》诗："秋千打困解罗裙，指点醌醐索一尊。见客入来和笑走，手搓梅子映中门。"易安在原作的基础上进行了更为细致的刻画，如词中用"蹴罢""慵整""袜划""溜""和羞走""倚门回首""嗅"一系列的动词将少女天真娇憨之态描摹得生动传神，人物形象鲜活立体。虽化用于韩诗，却着实语更工、情更切，词中清新自然、活泼动感的艺术境界可谓是青出于蓝而胜之。又如《如梦令·昨夜雨疏风骤》，全词化用韩偓《懒起》（一作《闺意》）诗意。韩诗下半云："昨夜三更雨，临明一阵寒。海棠花在否？侧卧卷帘看。"李词承袭原作抒发惜春之情，保留了"海棠""雨""帘"等意象，但在词的内涵意蕴上有着个性化的创造。比起"三更雨"，易安"雨疏风骤"四字对外界自然环境的变化作了更为具体的描写，画面感更强；韩诗"侧卧卷帘看"一句并未直接点出海棠花的现状，给人留下想象的余地，而易安自问自答"知否，知否？应是绿肥红瘦"，反问叠词的使用，但觉意味深长，"绿肥红瘦"委曲精工，婉转细腻的意境迈越前人。

易安词对意象的选择更多时候是基于生活经历与创作的紧密联系，如眼前所见的"流水""灯花"；意境的接受一定程度反映了易安具有明确的学习目标，即韩偓。不过不论是意象的采取还是词境的改造，易安精巧构思、独特个性的融入为词作增添了不少艺术魅力。

## 二、李清照词对前人诗歌的接受重点

据笔者统计，易安接受前人作品数量共计 122 条，内容题材涵盖经史子集、诗词文赋，在历代分布依次为：先秦 6 条、两汉 8 条，魏晋南北朝 20 条，唐 37 条（其中晚唐 15 条），五代 27 条，宋 24 条。可见深厚的文学积淀、良好的文学素养是易安词独树一帜的重要前提。易安接受对象丰富，同时也呈现出一些较为突出的接受倾向。

首先，对魏晋文学的接受。魏晋时期，人们对于内心世界和个体精神的关照引领着文学的自觉和文学创作的个性化，文学作品整体呈现出风流娴雅的气度。其中，易安接受频次最高的分别是刘义庆（5 次）、陶渊明（4 次），以典故为主。其他文学接受散见于谢灵运、萧统、鲍照等人的作品。刘义庆的《世说新语》是这一时期笔记小说的代表，展示了魏晋文人内在的才情、品格、风貌，体现了一种超脱潇洒、不拘一格的精神气质和审美取向。陶渊明及其文学创作是该时期的一股清流，其清新自然、恬淡旷远的美学意蕴对后世可谓影响深远。而陶渊明本人和他笔下的东篱之菊也成为"冲淡自然"的代名词，逐渐演化为文学中的经典意象。易安内心对这种疏朗淡雅的文学内质的认同，正体现在她的文学作品和日常生活中。杨海明先生曾在《诗·酒·茶·梅·菊及其他——谈李清照词中的"雅士"气息》一文中，对易安的生活内容和词作志趣进行解读，揭示了李清照的风流倜傥和骚情雅趣。①显然，雅致的日常生活是文学创作的一部分源泉，也是个人审美趣味外化的体现，而这种"雅士"气息的渊源则来自易安对魏晋文学的接受。

其次，对晚唐五代诗词的接受。晚唐五代是词文学兴起的重要时间节点，晚唐诗歌影响着五代词的走向和发展。因而笔者将晚唐五代合为一列，继而对易安接受这一时期作品的特点进行阐述。易安词对晚唐五代诗词的接

---

① 杨海明. 唐宋词纵横谈 [M]. 苏州：苏州大学出版社，1994：165 – 172.

受共计 42 条，占总数 1/3。从数据来看，这一时期的文学审美取向对易安词的创作影响较大。就接受作者的次数来说，依次为李商隐（5 次）、李煜（5 次）、温庭筠（4 次）、冯延巳（4 次）、杜牧（3 次）、韦庄（3 次）、顾夐（3 次），基本上涵盖了晚唐五代时期诗词创作的主要作家。其中，以李商隐等人为代表的晚唐诗歌对内心幽隐情绪的挖掘和表达手法的细腻真切，为五代词所吸收和借鉴；而以温庭筠为代表的花间词，则确立了以男女之情为主的题材取向和以柔软婉丽为美的审美规范，直接影响了后世词坛。李清照词作中有明显师法晚唐五代诗词的痕迹，体现在语言表达、艺术技巧、闺中物象等方面，也由此奠定了其词风含蓄蕴藉、细腻柔美的整体基调。然而，她摒弃了花间词派的绮靡秾艳，也并未局限于"婉约柔媚"，而是在前人基础上进行改创，以流丽清新之语创造出了清新典雅、婉媚不俗的词作。

最后，对北宋词人的接受。北宋词人虽大多亦沿袭了花间风范，但是又多有突破：题材不断丰富、词境逐渐开拓、词风呈现多样化特征。身处这个时代的李清照必然受到文学环境潜移默化的影响。欧阳修、柳永、晏殊、苏轼等人对推动词体发展有着不可忽视的意义，他们的词作也自然而然成为易安学习借鉴的对象。就创作接受层面而言，易安对北宋词人的接受较为分散，除了苏轼、晏殊、贺铸三人，其余大多只有一条。但是，体现易安词学思想的《词论》曾一度对词坛名家进行批判：

逮至本朝，礼乐文武大备。又涵养百余年，始有柳屯田永者，变旧声作新声，出《乐章集》，大得声称于世；虽协音律，而词语尘下……至晏元献、欧阳永叔、苏子瞻，学际天人，作为小歌词，直如酌蠡水于大海，然皆句读不葺之诗尔……乃知词别是一家，知之者少。后晏叔原、贺方回、秦少游、黄鲁直出，始能知之。又晏苦无铺叙。贺苦少典重。秦即专主情致，而少故实。譬如贫家美女，虽极妍丽丰逸，而终乏富贵态。黄即尚故实而多疵病，譬如良玉有瑕，价自减半矣。①

---

① 徐培均. 李清照集笺注［M］. 上海：上海古籍出版社，2002：266.

　　这样大胆的言论首先是基于易安对北宋词人词作的熟稔，进而是她对前辈之作熟读而深思的学习结果。至此，易安对前人的接受也由浅及深，进入个人对词之体质的思考和词学观念的建立，可见时代环境、词坛风气对她文学涵养的影响是如春风化雨、润物无声的。

　　魏晋文学的娴雅风度内化为易安个性中一部分特质，而晚唐五代的婉约词风影响了易安词的主体风格，北宋词坛对词体的革新与开创为词的发展打开了新局面，同时也给易安提供了良好的成长环境和丰富的文学养分。

## 三、李清照词对前人接受中的主体特性

　　显而易见，李清照对前人的接受是多层次、多维度的。然而在这样貌似大杂烩的接受中，易安词最终形成独具个性魅力的艺术风格，在众多名家中自成一体，人称"易安体"。女性身份的天然优势、进取求新的个性意识，决定着她的独特性。

　　词的本质是和乐而歌的歌词，起初为酒筵歌席中娱宾遣兴之用，而后随着词体的发展，其文学功能也得到显现和开拓。在这个发展过程中，女性不论是作为词作的演唱者还是词作的描写对象，都承担着重要角色。词人笔触皆围绕着女性声容、体态、情思等展开，词作形成了缥缈幽深的美感，这一特点恰恰与女性天然的柔美相契合。相比"男子作闺音"，李清照的女性身份与词体特质相结合，则是如鱼得水，女性的独特视角和细腻敏感在这种新的文学形式中可以得到自由发挥。不同于传统男性词人笔下单一和普泛化的女性形象，李清照的词作融入自身的生活经历和真挚的情感体验，她笔下的女性生活是丰富多样、多姿多彩的。细嗅青梅、轻泛兰舟、活火分茶、把酒东篱的生活日常，"帘儿底下，听人笑语"的苦楚、"伤心枕上三更雨"的哀愁、"归来也，着意过今春"的洒脱……不需要假想、不受限于时空，我手写我心让易安的文学才能和情思得以尽情地释放。清代沈谦《填词杂说》评

其词："男中李后主，女中李易安，极是当行本色。"① "当行本色"正是易安自我形象的融入，因而我们能在精心雕琢的笔触下体会其真切动人的感性之思，体悟其生命的灵动。

　　女性的身份优势是易安词独特性的先天条件，但更重要的是她后天的努力和创新。显然，李清照并未止步于对前人作品的接受，所有的学习借鉴都应是为了走出一条属于自己的道路。正如其《孤雁儿·藤床纸帐朝眠起》自序云"世人作梅词，下笔便俗。予试作一篇，乃知前言不妄耳"，是对前人的敢于挑战，又如《鹧鸪天·桂花》"何须浅碧轻红色，自是花中第一流"，是个体精神的宣言，她的创作实践中处处可见的是鲜明的个性意识和创新意识。她写"寻寻觅觅，冷冷清清，凄凄惨惨戚戚"，十四字迭字婉妙甚绝；她写"帘卷西风、人比黄花瘦"，表现手法新巧别致；她写"九万里风鹏正举。风休住，蓬舟吹取三山去"，境界阔大、气势豪迈。总之，改易前人用语、创新表现技巧、对前人词境加以开拓和深化，易安在融会贯通的基础上展现出对词体特质的敏感以及突出的创造力，形成独具个性的词韵。词学理念上，她大胆质疑词坛大家，提出词"别是一家"，要求词形式上重视音律，内容上专注情致，风格应崇尚文雅，以严守诗词之别，维护词之传统，推动着词体沿着本色道路发展，在词史上有不可低估的贡献。

　　作为女性文人，有关李清照的历史记载并不多，后人大多是通过她的词作、自传性文章《金石录后序》来勾勒易安形象，还原她的生活，体味她的情感。也庆幸易安词作中的自我融入和个性鲜明，以及丰富的创造力和生命力，我们才有机会一睹一代才女的风貌，感受经典文学的永恒魅力。

　　总而言之，易安充分借鉴前人的创作经验、融化吸收多样的创作风格，不断地突破创新，取得了突出的艺术成就；词作中融入个人的生活经历和情感体验使之别具一格，增添了一份鲜活而独特的生命意蕴，感召着历代文人学者。正是对前辈文学作品的继承与创新，最终成就了她在词坛的"大家"地位。

---

　　① （清）沈谦. 填词杂说 [M] //唐圭璋. 词话丛编. 北京：中华书局，1986：631.

# 第十二章

# 辛弃疾词对前人诗歌的接受

"用成语贵浑成，脱化如出诸己"① 是稼轩词很突出的一个特点。过去的词论家论及这一特点时，多将其视为用典来发论，形成了两种对立的观点：一种认为稼轩词用典多且广成就了其词的价值，如吴衡照《莲子居词话》："辛稼轩别开天地，横绝古今，论、孟、诗小序、左氏春秋、南华、离骚、史、汉、世说、选学、李、杜诗，拉杂运用，弥见其笔力之峭。"② 另一种认为稼轩词用典过多是其弊处所在，如刘克庄《跋刘叔安感秋八词》云："高则高矣，但时时掉书袋，要是一弊。"③ 就后一种观点而言，它并没有否认辛词的成就——"高则高矣"，但不认为这种"高"和稼轩词用典之间有关联，也没有说明辛弃疾时时掉书袋的弊处所在，仿若用典多即是弊处，这显然是不合理的。这两种观点都将目光集中在了用典的来源和使用数量，而忽视作者在用典时的接受与再创作过程。而这个过程是真正体现辛弃疾对前人成句的思考与接受，融入自己的创作个性的重要过程，刘熙载说"稼轩词龙腾虎掷，任古书中理语、廋语，一经运用，便得风流，天姿是何夐异"④，

---

① （清）沈祥龙. 论词随笔［M］//唐圭璋. 词话丛编. 北京：中华书局，1986：4059.

② （清）吴衡照. 莲子居词话［M］//唐圭璋. 词话丛编. 北京：中华书局，1986：2408.

③ （宋）刘克庄. 跋刘叔安感秋八词［M］//辛更儒. 辛弃疾资料汇编. 北京：中华书局，2005：102.

④ （清）刘熙载. 艺概·词概［M］//唐圭璋. 词话丛编. 北京：中华书局，1986：3693.

沈祥龙说"自其才力绝人处，他人不宜轻效"①，正是强调了辛词复杂的创作接受过程有其无法复制的独特性，应当重新予以重视。据统计，稼轩词中所用前人成句也多集中在集部，占存词总数的一半多。② 笔者的考察也主要集中在集部，本章以邓广铭先生笺注《稼轩词编年笺注》为底本，从接受再创作的角度，详细对稼轩词字面接受、成句接受和篇章接受情况进行考察，把握稼轩在创作时的一些思考轨迹，体会他的创作思路，看他如何为古语注入新鲜的活力，用于自己词的创作，生成了新的风格。

# 一、辛弃疾词对前人诗歌字面的接受

字面是词最基础的构成单位，是"词中之起眼处，不可不留意也"③。稼轩词对前人字面的选择接受正体现出稼轩词的一些特质。

## （一）截取字面，沿用原意

直接截取前人成句中的字面入词是一项颇为基础的做法，由于字面较短，改动空间不大，原句的文本含义和情感内涵基本没有发生太大的变化，主要通过择取的过程来体现出稼轩词对前人的接受。

从择取的结果来看，稼轩词多选取前人诗句中一些较为宏大的字面，来表达辛弃疾本人个性与创作追求中的一种自信的、向上的、蓬勃的生命力。如他多选用类似于"文章力"（《满江红·贺王宣子产湖南寇》）、"文章伯"（《满江红·建康史致道留守席上赋》）、"三万卷"（《满江红·贺王宣子产湖南寇》）、"百篇才"（《水调歌头·官事未易了》）这样的字面，这些字面分

---

① （清）沈祥龙. 论词随笔 ［M］//唐圭璋. 词话丛编. 北京：中华书局，1986：4059.
② 张宇. 稼轩词用典研究 ［D］. 长春：吉林大学，2012：6.
③ （宋）张炎. 词源：卷下 ［M］//唐圭璋. 词话丛编. 北京：中华书局，1986：259.

别来自刘禹锡诗《郡斋书怀寄江南白尹，兼简分司崔宾客》、杜甫诗《戏赠阌乡秦少公短歌》、陈师道诗《寄送定州苏尚书》和杜甫诗《饮中八仙歌》中的字面。在辛弃疾看来，文字自有其强大的力量，他将前人这些字面截出用在自己的词作中，表达自己对前人观点的认同和赞许，同时也透露出辛弃疾本人的审美趣味和美学风格。词对辛弃疾来说，不仅限于抒写"态浓意远，眉蹙笑浅"（《醉太平·春晚》，截取杜甫《丽人行》"态浓意远淑且真"中字面）的缠绵柔婉情愫，也不仅限于抒写"熏梅染柳"（《汉宫春·立春》，截取李贺《瑶华乐》"熏梅染柳将赠君"中字面）的旖旎情怀，更多的时候他还是在追寻一种"多松菊"（《满江红·老子平生》，截取自陶渊明《归去来兮辞》"松菊犹存"）、"抖擞尘埃"（《沁园春·和吴尉子似》，截取自白居易《游悟贞寺》"抖擞尘埃衣"）的审美取向和精神面貌。

从意象的择取上也能体现这一点，他往往在词的开头就选用前人诗中的意象，如《水调歌头·千里渥洼种》中的起句"千里渥洼种"，取自李群玉诗句《骢马》"由来渥洼种，本是苍龙儿"。《一剪梅·独立苍茫醉不归》中的起句"独立苍茫醉不归"，取自杜甫《乐游园歌》"此身饮罢无归处，独立苍茫自咏诗"。《满江红·天与文章》中的起句"天与文章，看万斛、龙文笔力"，取自韩愈《病中赠张十八》"龙文百斛鼎，笔力可独扛"。《水调歌头·造物故豪纵》中的起句"造物故豪纵"取自苏轼《同正辅表兄游白水山》"伟哉造物真豪纵，攫土抟沙为此弄"。诸如此类字面的择取，都体现出辛弃疾自信而宏远的气势，只不过通过古人之语将其表述出来罢了。

### （二）绾合字面，压缩原意

从前人成句中提炼字面绾合起来成为新的句子，也是一种常用的字面接受技法，通过藏头歇尾的设置，将原句藏一部分、露一部分，并通过露出的关键字面来传达出要隐藏传达的内容。

辛弃疾根据不同的创作需求来择取字面，多数时候是提炼出原句中的关键意象，通过关键意象的绾合来引入原句的部分内涵。有时沿用原句的时空设置，如"日暮天寒"（《一剪梅·游蒋山呈叶丞相》），仅取杜甫诗《佳人》

"天寒翠袖薄，日暮倚修竹"中的时间意象；有时沿用意象的语境设置，如"缟带银杯江上路"（《念奴娇·和南涧载酒见过雪楼观雪》），绾合韩愈《咏雪赠张籍》诗句"随车翻缟带，逐马散银杯"中的关键意象，将原句中的场景和动作内涵压缩进自己的词句；又有时作发散绾合，不限于同一出处，如《卜算子·万里蔚浮云》"一喷空凡马"，绾合杜甫诗句"一洗万古凡马空"（《丹青引》）和苏轼诗句"有儿真骥子，一喷群马倒"（《造作淮口遇风戏用其韵》）中的字面，辛弃疾以马作为意象发散搜索语典，选取向外的出众脱俗的意象绾和起来，表现其自信及气势。

　　以上都是将提炼出的关键意象绾合成句，因为意象典型，所以用字经济，以很少的笔墨就可以增强字面的表现力和感染力。又有一些情况下，辛弃疾提炼出关键意象，却刻意将其隐藏起来，通过绾合原句的其他字面做渲染及侧面描写，使原句中的关键意象呼之欲出，使其变得更加鲜明又不失蕴藉。如《瑞鹤仙·赋梅》"雪后园林、水边楼阁"，是绾合林逋《梅花》诗"雪后园林才半树，水边篱落忽横枝"中写景的字面，将真正和关键意象梅花有关的字面"半树""横枝"全部裁去，只通过原句的场景设置，将关键意象梅花的形象呼之欲出，正如歇后语一般。又如《鹧鸪天·桃李满山过眼空》"吾家篱落黄昏后"也是同样的方法，仍用林逋《梅花》诗句"水边篱落忽横枝"和《山园小梅》诗句"暗香浮动月黄昏"，提炼出地点与时间绾合成句，又由于后一句已为名句，梅花暗香浮动的神韵特点也随之萦绕于稼轩的词句中了。

## 二、辛弃疾词对前人诗歌句子的接受

　　词体的生成和唐诗有天然的联系，用唐诗成句入词，也是宋代词家颇为常见的一种做法。辛弃疾在《水调歌头·赋松菊堂》中明确地表达出了他的看法："却怪青山能巧，政尔横看成岭，转面已成峰，诗句得活法，日月有新工。"诗句要选取合适的角度得以"活法"，便能获得新的生命。具体来说，稼轩词对前人的接受有几种"活法"：袭用、改易和重铸。

**（一）成句袭用**

辛弃疾本人学养极为深厚，成句的运用都极为自然贴合，可贵的是他又能根据整体的设置，令成句不仅延续了原句的文本固定含义，又能最大程度上为己所用，融入自己的情思。如《生查子·独游雨岩》：

溪边照影行，天在清溪底。天上有行云，人在行云里。　　高歌谁和余？空谷清音起。非鬼亦非仙，一曲桃花水。

词中一派清幽之境被稼轩写得极为活泼，结句前使用了苏轼《夜泛西湖五绝句》中的成句"湖光非鬼亦非仙"。不同于东坡诗中"风恬浪静光满川"的水，稼轩词中的水是用来为高歌和音的"清音"，所以这水有了一点轻微的动态。正是在空谷里，依稀还带着回声，让人不禁想到山鬼水仙之清唱，然而这声音是"非鬼亦非仙"的，成句的铺垫令结句"一曲桃花水"的出现格外惊艳，使整个清幽的意境之中添上了一抹水红色的温柔。辛弃疾将成句放在最适宜的位置上，令其产生了不同于原句的意义。运用前人成句入词的例子还有《沁园春·我见君来》"搔首踟蹰，爱而不见"，是《诗经·邶风·静女》中的成句；《水调歌头·醉吟》"山水有清音"来自左思《招隐》诗"何必丝与竹，山水有清音"；《水调歌头·我亦卜居者》中的"众鸟欣有托、吾亦爱吾庐"是用陶渊明《读山海经》中的成句；《水调歌头·文字觑天巧》首句则来自韩愈《答孟郊》中的句子。有时在一首词中集前人多首诗歌成句，如《忆王孙》"登山临水送将归，悲莫悲兮生别离。不用登临怨落晖，昔人非，唯有年年秋雁飞"，分别集自《九辩》《九歌》、李峤和杜牧诗。总之，其来源范围极广，从古到今，都有大量的运用。

**（二）成句改易**

词体与诗体在文字形式上的不同，在于词体长短句的形式，有一些成句入词时，须得略加增删，使其适应词体的要求。辛弃疾改易成句，一方面沿用原意提炼情语入词，一方面延伸原意作翻叠翻案之词。

　　1. 沿用原意，提炼情语

　　辛弃疾在增删微调沿用其意时，主要是抓住原句的情感内涵，提炼出"情语"，通过增删虚词、调整语序的方法，使其适应词体长短句之间的变化，也在接受过程中融入自己新的创作思想。

　　最基础的改易就是给成句加上不改变原意的虚字，如《上西平·会稽秋风亭观雪》中的"才整整、又斜斜"，改自杜牧《台城曲》二首之一诗句"整整复斜斜"，很显然"才"和"又"都从"复"字自化出，从意义上讲，辛弃疾添的虚字"才"将主体的主观时间缩短，为原句的情感内涵增添了一道波折，而词的长短式又将原句的节奏打散，成了三三句的均衡而回环的节奏，辛弃疾选择含有叠词的原句营造出了音韵上的美感。看似细微而不经意的改动，实际上也包含了辛弃疾精心的创作考量。又如"白发空垂三千丈"（《贺新郎·甚矣吾衰矣》）是用李白诗句"白发三千丈"（《秋浦歌》十七首之十五）增虚字而成，"空垂"似不经意，实际上提炼出了原句后一句"缘愁似个长"的情感内涵。又如《念奴娇·赋白牡丹和范廓之韵》"最忆当年，沉香亭北，无限春风恨"，是对李白《清平调》"解释春风无限恨，沉香亭北倚阑干"的改易，既适宜了词体的形式，又加入了令"无限春风恨"产生的情语"最忆当年"。

　　2. 借助原句，翻叠翻案

　　这一种改动更能突显出辛弃疾选择接受再创作的过程，只借助原句，但对其所包含的文本内容和情感内涵融入自己的阅读思考，令原句的固定文本含义叠加或翻案出新的内涵。

　　翻叠是延伸诗句的原意，生成新的意义或使情感力量加倍。如辛弃疾将欧阳修诗句《礼部贡院阅进士就试》"下笔春蚕食叶声"的声音意象夸大，延伸为"春蚕食叶响长廊"（《鹧鸪天·送廓之秋试》），都是描写考场之上的安静的氛围，将微微的春蚕食叶之声夸张为响彻长廊之声，从对比中更可见其安静之程度。《鹧鸪天·叹息频年廪未高》"只今明月费招邀，最怜乌鹊南飞句"，是将曹操《短歌行》诗句"月明星稀，乌鹊南飞"铺叙改为因果句来实现情感的外物化。

反用原意，是我们通常说的翻案文章。辛弃疾常用改变原句语境的方法来改变原意的文本内涵。在《玉楼春·戏赋云山》中辛弃疾用反问语境翻案原句的陈述语境，将黄庭坚《追和东坡壶中九华》的诗句"有人夜半持山去"改为"何人半夜推山去"，"何人"是虚设的发问，当然是指词中描写的主体，这是令起句能顺利展开的语境设置。又如《沁园春·甲子相高》"君家里，是几枝丹桂、几树灵椿?"是个设问语境，来源和答案都在冯道《赠窦十》的诗里："燕山窦十郎，教子有义方。灵椿一株老，丹桂五枝芳。"辛弃疾也常用衬以与原句情感内涵完全相反的虚字，来完成反用原意。"笑君解释春风恨"（《鹧鸪天·莫上扁舟访剡溪》）用"笑君"来反用李白的诗句"解释春风无限恨"（《清平调》三首之三），《念奴娇·赋雨岩，效朱希真体》"休说往事皆非，而今云是，且把清尊酌"也是同样的方法来反用陶渊明《归去来兮辞》中的成句"觉今是而昨非"。"倚栏看碧成朱"（《水龙吟·倚栏看碧成朱》）则通过调换主客体关系来达到反用原意的目的。王僧儒诗《夜愁》中的原句是"看朱忽成碧"，辛弃疾沿用颜色与句式，颜色互换，拉长了时间的长度，与原句中"忽看""惊觉"的感觉相比，更加强调看花的人默默观看的动作，这漫长的动作里，融入的是看花人无限的绵长情思。


**（三）成句重铸**

辛弃疾在用前人成句入词不局限于成句的增删改易，为适应词体的体式要求和自己的创作需求，他将前人成句打散后重新熔铸成句，或是沿用前人成句的固定句式赋予其新的内涵。

1. 延伸原意，融句入词

重新熔铸诗句入词，被称为"化用"，辛弃疾在词中化用前人诗句熟练自如，且看《祝英台近·晚春》"是他春带愁来，春归何处，却不解将愁归去"，用雍陶《送春诗》"今日已从愁里去，明年更莫共愁来"。同样是送春，原句愁今且去明年莫来，是个宣泄个人感情的祈使句，春仿佛不曾参与，这送春的语气就略显硬峭。而稼轩词正好颠倒原句的前后次序，愁是他春带来，春要走我却不免和愁将去，可恼的是春来春去却不解我的多情，愁的情感就不免成倍增加。词中春是人格化的，愁通过"带""随"两个依附性动词，似乎也有了纤纤肢体，句式设问又自答，口吻还带了些许的娇嗔，整体缠绵宛转，情意无限，故刘克庄评云"虽用前语而反胜之"①。再看辛弃疾的名作《南乡子·登京口北固亭有怀》："千古兴亡多少事，悠悠，不尽长江滚滚流。"后一句用的是杜甫《登高》诗句"无边落木萧萧下，不尽长江滚滚流"，但可看出抒情模式是延续了李煜的"问君能有几多愁，恰似一江春水向东流"，杜甫和李煜的成句都是名作，辛弃疾的化用却毫不逊色，诚如刘熙载所赞"一经运用，便得风流"②。

　　化用还体现为拓展和压缩诗句原意，拓展如《鹧鸪天·枕簟溪堂冷欲秋》"不知筋力衰多少，但觉新来懒上楼"，拓展自刘禹锡的诗句"筋力上楼知"（《秋日书怀寄白宾客》）。辛弃疾强化了上楼主体的直感，又增设了因果关系，使拓展后的句子"格调自苍劲，意味自深厚"③。又如《最高楼·君听取》中的词句"人间朋友犹能合，古来兄弟不相容"，是拓展《诗经·小雅·常棣》中的句子"虽有兄弟，不如友生"，除了形式上的改动，为适应形式上的变动加入了"人间"和"古来"，突出了变化中的"不变"，强化了痛惜兄弟不相容之意。压缩如《朝中措·九日小集，时杨世长将赴南宫》"年年团扇怨秋风"，辛弃疾提炼自班婕妤《怨歌行》："裁成合欢扇，团团似明月……常恐秋节至，凉飚夺炎热，弃捐箧笥中，恩情中道绝。"诗中的感情基调是"怨"，并将其产生的原因——时序的变化以一个"秋风"意象涵盖，和原句中的关键意象"团扇"绾合，使整首诗不损内涵地凝缩在自己的词句中。《永遇乐·投老空山》"投老空山，万松手种"也是同样的方

----

① （宋）刘克庄. 后村诗话前集［M］//王秀梅，点校. 北京：中华书局，1983：12.
② （清）刘熙载. 艺概·词概［M］//唐圭璋. 词话丛编. 北京：中华书局，1986：3693.
③ （清）陈廷焯. 白雨斋词话［M］//唐圭璋. 词话丛编. 北京：中华书局，1986：3792.

法，将苏轼《寄题刁景纯藏春坞诗》"白首归来种万松，待看千尺舞霜风"压缩进自己的词句中。

2. 套用句式，注入新意

以上的改动都是在前人诗句内涵的基础上所做改动，辛弃疾当然也注意到了文字形式本身所产生的美感，在词中沿用前人诗歌句子的形式，注入自己新的情思。如"锦绣麻霞坐黄阁"（《兰陵王·赋一丘一壑》）和"莺蝶一春忙里活"（《满江红·天与文章》）分别套用李贺诗句"紫绣麻鞋踏哮虎"（《寝宫》）和"秦宫一生花底活"（《秦宫诗》）。"一舸弄烟雨"（《摸鱼儿·观潮上叶丞相》）套用杜牧《杜秋娘》诗句"一舸逐鸱夷"。又如"东岸绿阴少，杨柳更须栽"（《水调歌头·带湖吾甚爱》）套用杜甫《舍弟占归草堂检校聊示此诗》："东林竹影薄，腊月更须栽。""一松一竹真朋友，山鸟山花好弟兄"（《鹧鸪天·不向长安路上行》）套用杜甫《岳麓山道林二寺行》："一重一掩吾肺腑，山鸟山花吾友于。""浮天水送无穷树，带雨云埋一半山"（《鹧鸪天·唱彻阳关泪未干》）套用杨徽之《嘉阳川》："浮花水入瞿塘峡，带雨云归越隽州。""人似秋鸿无定住，事如飞弹须圆熟"（《满江红·两峡崭岩》）套用苏轼《正月二十日与潘郭二生出郊寻春》："人似秋鸿来有信，事如春梦了无痕。"这种句式套用，也相当程度延续了原句的内涵。

以上成句接受的各种方法，辛弃疾在作词时常结合使用，为其创作思想服务。如《清平乐·溪回沙浅》中，既有沿用杜甫诗句"两个黄鹂鸣翠柳，一行白鹭上青天"（《绝句》）的词句"谁似先生高举，一行白鹭青天"，又有反用苏轼诗句"春江水暖鸭先知"（《惠崇春江晓景二首》）的词句"鸂鶒不知春水暖，犹傍垂杨春岸"。将自己的胸襟志向借前人成句或正或反道出，成句中的关键意象"白鹭青天""鸂鶒春水"的提炼，又令两句的意境自然地融为了一体，生成了新的词境。

## 三、辛弃疾词对前人诗歌篇章的接受

北宋名家多由偶然的感发为词，有时纵有佳句，因章法未多经琢磨，整体难以经得起推敲；周邦彦善于谋篇，但篇章与字句之间的设计又太过精巧，情感的抒发不免不能尽意；辛弃疾是以气谋篇而不放纵，既精心设计了篇章的骨架，又不掩饰自己率真的创作个性，更重要的是，他能将高明的典故与天然的语感相结合带到词中，借古人之言，尽力抒发自己胸中的一脉热情，给人以大巧不工的印象。辛弃疾对前人诗句整体的接受，主要用檃括和聚合两种方法。

### （一）檃括

檃括是对前人诗篇章的化用，又分为部分檃括和整体檃括。部分檃括类似于压缩，将一首诗的全部内涵压缩在一两句词中。在稼轩词中的部分檃括，除了形式上的压缩，更注重提炼原诗的情感内核，外化为"情语"呈现在词中，强化了词句的情感力量。如《念奴娇·是谁调护岁寒枝》中的"料君长被花恼。惆怅立马行人，一枝最爱，竹外横斜好"，是檃括苏轼《和秦太虚梅花》诗："东坡先生心已灰，为爱君诗被花恼。多情立马待黄昏，残雪消迟月出早。江头千树春欲闇，竹外一枝斜更好。"《沁园春·我醉狂吟》中的"朱雀桥边，何人会道，野草斜阳春燕飞"是檃括刘禹锡《乌衣巷》："朱雀桥边野草花，乌衣巷口夕阳斜。旧时王谢堂前燕，飞入寻常百姓家。"两句都提炼出了原诗句中的"情语"——"一枝最爱"和"何人会道"，关注情感的生成和变化，正是词有别于诗的特长所在。

整体檃括一般也包含了致敬之意，基本不改变原诗的情感走向，也少作翻案文章，是重新以词的形式，书写辛弃疾对前人诗篇的理解，词句之间既檃括了原诗的内容，也加入了辛弃疾本人的接受体验。如他特别喜欢陶渊明的《停云》诗，多次写进词中，如《贺新郎·把酒长亭说》："想渊明，《停云》诗就，此时风味。"还将其诗檃括在《声声慢》中：

停云霭霭，八表同昏，尽日时雨。搔首良朋，门前平陆成江。春醪湛湛独抚，限弥襟、闲饮东窗。空延伫，恨舟车南北，欲往何从。　　叹息东园佳树，列初荣枝叶，再竞春风。日月于征，安得促席从容。翩翩何处飞鸟，息庭树、好语和同。当年事，同几人、亲友似翁。

且看陶渊明《停云》诗：

霭霭停云，濛濛时雨。八表同昏，平路伊阻。静寄东轩，春醪独抚。良朋悠邈，搔首延伫。

停云霭霭，时雨濛濛。八表同昏，平陆成江。有酒有酒，闲饮东窗。愿言怀人，舟车靡从。

东园之树，枝条载荣。竞用新好，以招余情。人亦有言：日月于征。安得促席，说彼平生。

翩翩飞鸟，息我庭柯。敛翮闲止，好声相和。岂无他人，念子实多。愿言不获，抱恨如何！

辛词没有改变陶诗的内涵和情感走向，而是巧妙地进行了剪裁绾合。从形式上看，陶渊明这首诗是四言，语言古直，回环往复一唱三叹，是《诗经》的余响。稼轩将其檃括成长短句，首先在于拎出推进内容走向的句子，将其他句子全部剪掉。再将选出的句子绾合捋顺，略加笔墨使其完整，如原诗中的"霭霭停云，濛濛时雨。八表同昏"出现两次，是时间的推移，稼轩改造成"停云霭霭，八表同昏，尽日时雨"。调整了语序，用虚字"尽日"凝练出原诗的反复之意，"舟车靡从"拓展成"恨舟车南北，欲往何从"，以虚字对应心理刻画。最后改造形式，给四字句直接加上衬字、虚字，调整韵部，如"春醪独抚"中迭字的"湛湛"，"安得促席从容"是绾合"安得促席，说彼平生"的字面再加以句首发语词"安得"。词的结句"当年事，同几人、亲友似翁"较大地改变了思念的模式，不似原诗那般决然，是稼轩不可掩盖的旷达心胸和真挚情感的自如流露。整个檃括的过程使得清脆叮咚的原诗连成了悠扬的琴曲，改变的是演奏方式，却丝毫不损原味。

又如辛弃疾《哨遍·一壑自专》，同样是隐括陶渊明的《归去来辞》，苏轼的词更像是语体文今译，而辛弃疾的词不仅取其形，更能取其神。所以卓人月在《古今词统》中评云："东坡隐括《归去来辞》作《哨遍》，不过得其皮毛，此乃得其神髓。"①

### （二）聚合

聚合是按照一个创作目的做思维发散，将符合创作思想的前人诗句按照一定的顺序聚合起来，组成新的篇章。这种做法在宋代极为常见，集句是一种代表形式，辛弃疾本人也有《踏莎行·赋稼轩，集经句》的类似集句之作，不过集句多被视为一种文字游戏，和聚合所要达到的"用典不为典使"，融会贯通地使事典、语典融为一体，又表达本人创作思想是不同的。辛弃疾在词中对前人诗句的聚合形式，多表现为用杂取和专取两种形式。

辛弃疾的杂取，诚如刘宰所说，是"驰骋百家，搜罗万象"②，却能不显得芜杂，这得益于整体架构的设计和得当的句法安排，如《贺新郎·赋琵琶》：

凤尾龙香拨。自开元、霓裳曲罢，几番风月？最苦浔阳江头客，画舸亭亭待发。记出塞、黄云堆雪。马上离愁三万里，望昭阳宫殿孤鸿没。弦解语，恨难说。　　辽阳驿使音尘绝。琐窗寒、轻拢慢捻，泪珠盈睫。推手含情还却手，一抹《梁州》哀彻。千古事，云飞烟灭。贺老定场无消息，想沉香亭北繁华歇，弹到此，为呜咽。

梁启超评这首词曾说："琵琶故事，网罗胪列，野杂无章，殆如一团乱草。惟其大气足以包举之。"③ 这种大气得益于稼轩精心搭建的骨架，令所

---

① （明）卓人月. 古今词统：卷十六［M］. 沈阳：辽宁教育出版社，2000：610.

② （宋）刘宰. 贺辛待制弃疾知镇江［A］//辛更儒. 辛弃疾资料汇编. 北京：中华书局，2005：71.

③ 梁启超. 饮冰室词评［M］//唐圭璋. 词话丛编. 北京：中华书局，1986：4309.

有语典、事典顺着骨骼肌理长在一起，成为一个有血有肉的生命。细读全词，可以看出除了琵琶的人文故实，词中似乎也实际描述了一位乐手演奏琵琶的全过程："凤尾龙香拨……弦解语，恨难说……琐窗寒、轻拢慢捻，泪珠盈睫。推手含情还却手，一抹《梁州》哀彻……弹到此，为呜咽。""琐窗寒"，仿佛的确是有这样一个演奏的场景，"泪珠盈睫"，乐手是名女子，女子是何人，又为何而悲？则自然地需要一一从词中琵琶的人文故实里去寻觅。全词的典故虽多，其实通过梳理可知稼轩用杨妃、《琵琶行》中的琵琶女、明妃三个事典为主要事典，其他语典都是围绕这三个事典进行提取凝练。这三个事典如何相互联系呢？是句型的设计，也靠辛弃疾运转前人诗歌典故的功力。"凤尾龙香拨"用苏轼《听琵琶》"数弦已品龙香拨，半面犹遮凤尾槽"，起首就点出琵琶这一器乐。"自开元、霓裳曲罢，几番风月？"用白居易《长恨歌》"惊破霓裳羽衣曲"，是设问，自然而答"最苦浔阳江头客，画舸亭亭待发"，前句用白居易《琵琶行》"浔阳江头夜送客"，后句用郑文宝《咏柳》"亭亭画舸系寒潭"，因下句又要接引明妃事典，所以改写状态为"待发"。"记出塞"勾连上句，自然地引入明妃事典："马上离愁三万里，望昭阳宫殿孤鸿没"。三个事典在整阕中是并列结构，稼轩却能将其串联在一起，犹如乐曲之中相互独立又有共同主题的三个乐章。"弦解语，恨难说"，用杜甫《咏怀古迹》"千载琵琶作胡语，分明怨恨曲中论"，既是总结上阕，又和起句"凤尾龙香拨"相呼应，使上阕结构相当稳定完整。下阕接引上阕，用关键意象的提炼、前人诗句的截取和侧面描写方法，从明妃到琵琶女，再收回至杨妃，令整个文脉"圆转流丽"① 地完成了贯通。其中，"轻拢慢捻"用白居易《琵琶行》"轻拢慢捻抹复挑"，"推手含情还却手"用欧阳修《明妃曲》"推手为琵却手琶"，"贺老定场无消息"用元稹《连昌宫词》"贺老琵琶定场屋"，"想沉香亭北倚栏杆"用李白《清平调》诗"沉香亭北倚栏杆"。至此，那位用琵琶弹奏着画外音的女子乐手的形象

---

① （明）陈霆. 渚山堂词话［M］//唐圭璋. 词话丛编. 北京：中华书局，1986：363.

就丰满了起来，既是明妃、琵琶女、杨妃每个人，也是她们三人的叠映。词人包含在这首词中的情感，是深沉而复杂的：既有对不可自主命运的女性的深切同情，又有怀古词所有的历史沉浮之感触。叶嘉莹曾说："杜之咏物诗大多由对物之直感而引起感发，而辛词则有时可以由用典中引起感发。"①的确，这首词是不窘于物象，由对前人作品引发的各类感触，聚合而成的奇作。

专取，集中体现了辛弃疾对某个诗人的偏好。据统计，稼轩词中所化用最多的诗人为杜甫、苏轼、韩愈、屈原和陶渊明，所用杜甫诗句达一百多处。②稼轩词中的专取体现在两个方面，一是在同一篇作品中多化用同一诗人的作品，二是某位诗人的同一篇作品在稼轩词中不同篇目里面多次被化用。以稼轩词中所化用最多的杜甫诗为例，第一种情况如《沁园春·和吴尉子似》，词中三句"柴门今始开""岂有文章，漫劳车马""青刍白饭"均化用自杜甫诗句，分别来自"蓬门今始为君开"（《客至》）、"岂有文章惊海内，漫劳车马驻江干"（《有客》）、"为君酤酒满眼酤，与奴白饭马青刍"（《入奏行赠西山检察使窦侍御》）。第二种情况如杜甫作品《洗兵马》，其中"二三豪俊为时出，整顿乾坤济时了"和"安得壮士挽天河，净洗甲兵长不用"两句特别为辛弃疾所喜爱，他在多篇词作中都化用了这两句作品：

> 从容帷幄去，整顿乾坤了。（《千秋岁·为金陵史致道留守寿》）
> 要挽银河仙浪，西北洗胡沙。（《水调歌头·寿赵漕介庵》）
> 待他年，整顿乾坤事了，为先生寿。（《水龙吟·甲辰岁寿韩南涧尚书》）
> 两手挽天河，要一洗、蛮烟瘴雨。（《蓦山溪·画堂帘卷》）

虽然前三篇都是寿词，但整体看，辛弃疾每次化用都没有改变杜甫诗句的情感走向，都流露出对杜甫原作内涵的强烈认同和向往。与之相同情况的

---

① 叶嘉莹. 论咏物词之发展及王沂孙之咏物词 [J]. 四川大学学报，1986（4）：80.
② 林律光. 论辛词"用典"之艺术特色 [J]. 中国韵文学刊，2008，22（4）：15 – 16.

还有杜甫的《发秦州》，"大哉乾坤内，吾道长悠悠"这两句诗，被辛弃疾化用在《踏莎行·和赵国兴知录韵》和《雨中花慢·登新楼有怀昌甫》中（对应词句分别为"吾道悠悠，忧心悄悄"和"贫贱交情落落，古今吾道悠悠"）。刘扬忠先生曾在《稼轩词与老杜诗》中一文中总结了辛弃疾之所以特别喜爱化用老杜诗的原因，是他特别认同老杜诗中不断表达和追求的一种"舍我其谁"的用世意识和笔力雄健、气象阔达的审美追求。①

　　辛弃疾对前人诗歌的接受是全方位多样化的，取得的成果非常丰硕。陈廷焯在《白雨斋词话》中云："辛稼轩词运用唐人诗句，如淮阴将兵，不以数限，可谓神勇。"② 他之所以能广泛借用前人的诗歌，一是读书万卷，博学多闻，善于领会古人的创作精神和方法。吕本中在《童蒙诗训》中云："诗词高深要从学问中来。"这在辛词中有大量的反映，他在词中写道："读书万卷，致身须到古伊周。"（《水调歌头·落日古城角》）"读书万卷，致君人，翻沉陆。"（《满江红·倦客新丰》）这说明他有丰富的贮藏，对前人作品兼收并蓄。他读儒家经典，在其诗《同杜叔高祝彦集观天保庵瀑布主人留饮两日且约牡丹之饮》中云："屏去佛经与道书，只将语孟味真腴。出门俯仰见天地，日月光中行坦途。"意谓儒家经典如日月光照大地，读这样的书可将他的人生前程照得一片光明。前文提到他的专取，他与屈原、陶渊明、杜甫、韩愈、苏轼等人有很多相近之处，如他特别喜欢读屈原的《离骚》，在《生查子·青山招不来》中云："夜夜入青溪，听读《离骚》去。"在《水调歌头·渊明最爱菊》中云："手把《离骚》读遍，自扫落英餐罢，杖屦晓霜浓。"在《喜迁莺·暑风凉月》中云："千古《离骚》文字，芳至今犹未歇。"特别喜读陶渊明的诗歌，在《鹧鸪天·晚岁躬耕不怨贫》中序云："读渊明诗不能去手，戏作小词以送之。"在《水龙吟·老来曾识渊明》中云："老来曾识渊明，梦中一见参差是。"当然他也读大量的佛老书籍，在《感皇

---

① 刘扬忠. 稼轩词与老杜诗 [J]. 文学遗产，1992（6）：81-83.
② （清）陈廷焯. 白雨斋词话 [M] //唐圭璋. 词话丛编. 北京：中华书局，1986：3950.

恩·案上数编书》中云："案上数编书，非庄即老。"以此化解他长期被废置闲处、抱负不得施展的愤激郁闷之情。二是勤于实践，笔耕不辍。辛弃疾是宋代词人中创作数量最多的作家，今存词作 626 首。尽管他才气磅礴、博洽多闻，但还是虚心学习，多方效仿。如在《玉楼春·少年才把笙歌盏》中"效白乐天体"，在《唐河传·春水千里》中"效花间体"，在《丑奴儿·千峰云起》中"效李易安体"，在《归朝欢·山下千林花太俗》中"效介庵体为赋"。他还用《天问》体赋《木兰花慢》。虽然这些皆为即兴之作，非其代表之作，但说明辛弃疾兴趣十分广泛，善于全方位地借鉴前人。夏承焘在《稼轩词编年笺注序》中写道："今观稼轩，若《题瓢泉》之效《招魂》，酹中秋之摹《天问》，与夫《沁园春》《六州歌头》之赋齐庵、对鹤语，铺排起伏一综于汉赋，挈班、扬以侣秦、柳，固昌黎之遗则也。'① 叶嘉莹在《灵谿词说》中写道："辛词既能用古又能用俗，在词史上可以说是语汇最为丰富的一位作者，而尤以其用古方面最为值得注意。"② 二人都高度评价了他的这一特点。

　　总之，辛弃疾是宋代词人中化用前人诗歌最多的词人，相比于同样善于融化他人成句入词的北宋词家贺铸和周邦彦更加圆润成熟。这种圆润成熟，不仅仅体现在辛弃疾的博闻强识、旁搜远绍，对前人诗歌字面、成句的信手拈来上，更为重要的是，他能在对前人成句的再创作中注入自己丰沛的情感，融入对前人成句内涵的深入思考，同时又不掩其率真的气性，"别开天地、横绝古今"，借助于前人的创作而形成自己独特的风格和个性。

---

① 夏承焘. 稼轩词编年笺注序［A］//邓广铭. 稼轩词编年笺注. 上海：上海古籍出版社，2007：18.

② 缪钺，叶嘉莹. 灵谿词说［M］. 上海：上海古籍出版社，1987：430.

第十三章

# 姜夔词对前人诗歌的接受

姜夔（约1155—1221年），字尧章，号白石道人，饶州鄱阳（今江西省鄱阳县）人。他品格狷介而有才学，范成大赞其"翰墨人品皆似晋宋之雅士"①，张炎赞其词"如野云孤飞，去留无迹"②。他清空骚雅的词体风格受到后人，特别是清代浙西词派的大力推崇。然而白石词之所以能够自成一派，形成独特的词风，与他对前人作品的广泛接受密不可分。那么，他主要接受了哪些前人的作品？又接受了前人作品中的哪些元素？他怎样在接受前人作品的同时又有自己新的创造？本章将对这些问题略做探讨。

## 一、姜夔词对前人诗歌语言的接受

语言的接受，具体表现为借用或化用前人作品中的词语和句子，即使用语典，是接受前人创作最基础的层面。据统计，白石词共83首，其中使用语典的作品就有61首，③ 占全部作品的70%左右。具有朝代分布广泛、使用数

① 夏承焘校辑. 白石诗词集：附录［M］. 北京：人民文学出版社，1959：159.
② （宋）张炎. 词源［M］//唐圭璋. 词话丛编. 北京：中华书局，2005：259.
③ 数据根据《姜白石词校注》（夏承焘校、吴无闻注，广东人民出版社，1983年版）、《姜白石词笺注》（陈书良笺注，中华书局，2009年版）、《姜夔词新释辑评》（叶嘉莹主编、刘乃昌编著，中国书店，2001年版）三个版本别集中笺注的姜夔使用前人语典的词条汇总统计而成.

量众多的特点，请看下表中统计数据。

白石词语典朝代分布表

| 朝代 | | 接受作家人数 | 使用语典次数 |
|---|---|---|---|
| 先秦 | | 4 | 21 |
| 两汉 | | 3 | 3 |
| 魏晋南北朝 | | 15 | 19 |
| 唐 | 初唐 | 3 | 3 |
| | 盛唐 | 6 | 31 |
| | 中唐 | 7 | 14 |
| | 晚唐 | 5 | 19 |
| 五代 | | 1 | 1 |
| 北宋 | | 12 | 29 |
| 南宋 | | 5 | 11 |
| 合计 | | 61 | 151 |

注：先秦、两汉时期皆不便统计接受作家人数，先秦接受 4 部作品总集，其中接受《诗经》语典 8 次、《楚辞》语典 8 次、《庄子》语典 3 次、《论语》语典 2 次；两汉接受 3 首古乐府。其余朝代统计数据皆为接受作家人数。

综合观之，姜夔偏好使用先秦、盛唐、晚唐、北宋四个时期作品中的语典，这也可以从白石喜好的作家作品的所处朝代来验证。白石词使用个体作家作品语典次数的前 10 名依次为：杜甫 17 次、杜牧 9 次、李白 8 次、《诗经》8 次、《楚辞》8 次、李贺 7 次、苏轼 7 次、周邦彦 6 次、黄庭坚 6 次、白居易 6 次。其中先秦作品 2 部，盛唐作家 2 位，晚唐作家 2 位，北宋作家 3 位，中唐作家 1 位。

对前人语言的接受化用，是创作接受中最基础的层面，白石词中主要通过截取语词和化用语句两种方式接受前人语言，凭借其深厚的文化积淀和巧妙的布局构思能力，收获了夺胎换骨、点铁成金的艺术效果。

**（一）截取语词**

白石词中有少数语典直接截取前人句子中的语词，不加修改而为我所用，在其精心构思下放置于恰当的位置，增添作品的文采。他所截取的语词往往同词作刚健骚雅的语言风格相一致，主要分为两类。

第一类截取的语词，用语古奥典雅。白石词中多处截取《诗经》中的语言，如"千枝银烛舞傞傞"（《鹧鸪天·輦路珠帘两行垂》）中"傞傞"一词，取自《诗经·小雅·宾之初筵》"屡舞傞傞"，本意为宾客醉舞欹斜貌，白石此处用以形容烛火轻盈摇曳的样子。

白石词还擅长截取运用借代修辞的语词来喻指事物，增添典雅色彩。如"玉友金蕉"（《石湖仙·松江烟浦》），"玉友"截取自辛弃疾《鹧鸪天·石壁云积渐高》"呼玉友，荐溪毛，殷勤野老苦相邀"，代指美酒，"金蕉"，取自杨无咎《望海潮·菊暗荷枯》"听缓敲牙板，引满金蕉"，代指酒杯。

第二类截取的语词，用语新奇险僻。有的语词想象奇特，具有夺人眼球的艺术效果。白石词中多处截取李贺的语言，如"露脚斜飞云表"（《秋宵吟·古帘空》）中的"露脚"一词，截取自李贺的"露脚斜飞湿寒兔"（《李凭箜篌引》），形容露水从天而降，仿佛是自己长了双脚，十分形象。

有的语词能够传达词人独特的心理感觉，如白石词中"惺憁花上啼"（《阮郎归·红云低压碧玻璃》），"惺憁"二字正是截取自元稹"燕巢才点缀，莺舌最惺憁"（《春六十韵》），本意为警觉的样子，此处姜夔用前人语典来传达鸟鸣声声不断、富有生机的听觉效果。

**（二）化用语句**

截取语词是原封不动地照搬前人作品内容，白石词中更多的是化用前人语句，熔铸整合而为我所用。

1. 化用单个语典与化用多个语典

从单句化用语典数量来看，可分为化用单个典故与化用多处典故。在一句中化用单个语典，即整句只化用前人作品的一处语言。如"水佩风裳无数"（《念奴娇·闹红一舸》）一句，化用李贺"风为裳，水为佩"（《苏小小墓》），形容荷花品质高洁，以水为佩玉、风为衣裳，拥有崇尚自然而不事雕琢的雅致情怀。

白石词中更精彩之处在于多处化用前人典故，即在一句词中化用两个或两个以上的前人作品语言，将语典素材进行拆分、重组，创造出新的词境。且看其《蓦山溪·青青官柳》中对杨花的描写："如今春去，香絮乱因风，沾径草，惹墙花，一一教谁管。"正是同时化用了章质夫与苏轼二位词人对杨花的描写，"香絮乱因风，沾径草，惹墙花"点化了章质夫《水龙吟·燕忙莺懒芳残》中"柳花飘坠。轻飞乱舞，点画青林"的词句，从形态上写杨花飘零飞舞，凸显体态上的轻盈，及数量之多，天空树林遍处都是；"一一教谁管"化用了苏轼"也无人惜从教坠"（《水龙吟·似花还似非花》）之语句，从情感上感叹杨花孤苦伶仃、漂泊世间的命运，怜美惜春之情溢于纸背。通过化用两处语典，描写与抒情相结合，使杨花之形态与神韵兼备。

2. 缩略与拓展

从化用语典的形式来看，可分为缩略与拓展。缩略，即对前人语言进行剪裁压缩，具体表现为将一句话缩短为几个字，或是将几句话简略为一句话，以短小精悍的语句包含浓郁的情感，收获隽永深远的词境。其《江梅引·人间离别易多时》中写道："湿红恨墨浅封题。""湿红恨墨"暗含无限离别伤心，正是压缩了晏几道《思远人·红叶黄花秋意晚》中语句："泪弹不尽当窗滴，就砚旋研墨。渐写到别来，此情深处，红笺为无色。"想要给远方人写信一抒相思之苦却无法克制自己的感情，泪水滴落打湿红笺、晕化了墨水。白石仅取四字就将晏词中深厚情韵一一道出。

拓展，指白石词中对前人语典进行扩充提升，将几个字扩充为一句话或是将一句话扩充为几句话。如"想佩环、月夜归来，化作此花幽独"（《疏影·苔枝缀玉》）化用了杜甫"环佩空归夜月魂"（《咏怀古迹》）之句，杜甫此处写王昭君远嫁匈奴，死后魂魄在月夜归来。白石在此基础上进行拓宽，想象昭君的魂魄正是化为这枝头的梅花，意境上更深一层，衬托出梅花的幽独孤寂之美。

两种化用形式中，姜夔更倾向于用缩略的方式来融化前人语典。白石受江西诗派的影响，作词讲究炼字炼句，追求挺异句法，缩略前人语言能够化繁为简且不失韵味，将浓郁的感情进行浓缩化、冷处理，使白石词整体呈现出摒弃繁赘、洗练含蓄的艺术风格。

3. 正面化用与反向化用

从化用语典的效果来看，可分为正向化用与反向化用。正向化用，即根据词作的情境需要，巧妙地将前人作品中的语境、情感融入到自己的作品中，借前人之语而抒己之情。《鬲溪梅令·好花不与殢香人》中写道，"又恐春风归去绿成荫，玉钿何处寻"，正向融化了杜牧《叹花》的诗句："自恨寻芳到已迟，往年曾见未开时。如今风摆花狼藉，绿叶成荫子满枝。"杜牧此诗是为感叹未按时践约的昔日恋人而作，自恨寻芳已晚，以"绿叶成荫子满枝"暗示伊人已成家生子。白石此处化用，设意措辞十分贴近，抒发时不我待之感，担心昔日恋人已他适。

反向化用，指在词中融入前人语典，语意却大相径庭，令人感觉眼前一亮。且看其《惜红衣·簟枕邀凉》中写道："墙头唤酒，谁问讯、城南诗客。"此句是对杜甫诗《夏日李公见访》中"隔屋唤西家，借问有酒不？墙头过浊醪，展席俯长流"的反向化用。杜甫意在表现邻里之间的人情美，以及自己借酒待客的诗意生活，着重展现人与人之间的和谐关系。而姜夔此处则是写自己独居城南深院中无人问讯，唯一与人的交流就是隔着院墙向酒贩买酒，突出自己客居他乡、离群索居的孤寂生活。墙头唤酒之情节在二人作品中呈现的语境一暖一冷，一热闹一冷清，一旷达一愁苦。

## 二、姜夔词对前人诗歌意象的接受

语言的接受还只停留于字面上的接受，意象的接受则上升为对前人审美、情感的接受。一方面，白石词中多处接受历经前人作品凝淀而具有固定寓意的意象，这类意象又称之为"原始意象"，即"在某民族的抒情传统中长期反复使用并因之产生了内涵相对固定的模式化意象"①，如"杨柳"意象通常用来代表离别情绪，"月亮"意象通常用来承载孤独与悲哀，"秋"意象用来描写悲哀失意的心绪等。任何作家都会受到民族文化心理的影响，有意无意地在作品中接受这类"原始意象"，白石也不例外。

另一方面，白石词中还喜欢接受前人作品中与之产生共鸣的意象，这类意象的选择、接受能够体现出词人的创作审美个性，相对于接受"原始意象"而言，可称之为接受"个性意象"。白石词中所接受的"个性意象"，总体上呈现出清幽孤寂的冷色调，折射词人隐秘的内在心灵。在具体论述上，本文打破"原始意象"与"个性意象"之间的界限，将白石词中接受的前人意象分为地域意象、自然意象、佳人意象三类。

### （一）地域意象的接受

白石词中多处接受了以地域场景为原型所形成的"原始意象"，具体表现为接受"阳关""南浦"等地域意象，来指代离别场景。如接受王维《送元二使安西》中"劝君更尽一杯酒，西出阳关无故人"中的"阳关"意象以喻离别，白石词中有"想见西出阳关，故人初别"（《琵琶仙·双桨来时》）、"阳关去也，方表人断肠"（《蓦山溪·青青官柳》）等语。还接受了江淹《别赋》中"送君南浦，伤如之何"的"南浦"意象，如"愁入西风南浦"（《念奴娇·闹红一舸》）、"江淹又吟恨赋，记当时、送君南浦"（《玲珑四犯·叠鼓夜寒》）等语，皆是以南浦承载离愁。

再看个性化的意象接受，白石词中接受最多的地域意象就是杜牧《赠别》《遣怀》二诗中塑造的扬州意象，其词中频繁出现"十里扬州""扬州梦觉""春风十里"等字眼。姜夔与杜牧有着相似的人生经历，杜牧诗中将仕途坎坷、流连恋情的苦涩情感凝练成扬州意象，白石正是通过对此意象的接受来表达情感上的共鸣。其《月下笛·与客携壶》中写道："扬州梦觉，

① 鲁枢元，刘锋杰，姚鹤鸣. 文学理论［M］. 上海：华东师范大学出版社，2009：44.

彩云飞过何许。"正是接受了杜牧"十年一觉扬州梦，赢得青楼薄幸名"的语境，写往日的歌馆游冶、晤会佳人，犹如黄粱一梦倏然幻灭，而自己依然功名未就、一身清寒，顿生人生如梦之感。

此外，还有对扬州繁华意象的继承与反用，以寄托黍离之悲。如其《扬州慢·淮左名都》中写道："过春风十里，尽荠麦青青。"反用杜牧"春风十里扬州路"之语境，写昔日扬州城莺歌燕舞的喧嚣繁华已不复存在，放眼望去一片荒芜景象，声讨战争带来的苦难。

### （二）自然意象的接受

白石词中还接受了前人作品中的自然意象。一类是接受具有特殊意义的自然意象，即以自然景物为原型的"原始意象"。白石词中频繁出现"萋萋春草"与"桓公之柳"两类意象，这两种景物经过前人反复吟咏描写，已然凝结成经典的精神意象。"萋萋春草"出自西汉淮南小山《楚辞·招隐士》："王孙游兮不归，春草生兮萋萋。"意为时光荏苒，而出行在外的游子隐士却迟迟不归，漫野的芳草徒然勾起人的相思闲愁。白石词中经常使用"萋萋春草"这一意象来传递羁旅天涯的漂泊之感与对亲友的思念。如"玉梯凝望久，叹芳草、萋萋千里"（《翠楼吟·月冷龙沙》）、"满汀芳草不成归"（《杏花天影·绿丝低拂鸳鸯浦》）等。

"桓公之柳"出自东晋大司马桓温以柳自比的典故，发出"树犹如此，人何以堪"[①]的感叹，这一意象传递出岁月无情、催人衰老的沧桑之感。白石词中多处使用这一意象，如其《永遇乐·云隔迷楼》结句写道："问当时、依依种柳，至今在否。"姜夔此处引柳树意象表达对时光的珍惜，并希望好友辛弃疾能够早日建功立业，祝愿其在战争中能够马到成功。

另一类是接受前人作品中具有个性特征的自然意象。有对自然界中景物

---

① 《世说新语·言语》篇载："桓公北征，经金城，见前为琅邪时种柳，皆已十围。慨然曰：'树犹如此，人何以堪！'攀枝执条，泫然流泪。"庾信《枯树赋》写道："桓大司马闻而叹曰：'昔年种柳，依依汉南；今看摇落，凄怆江潭。树犹如此，人何以堪！'"

意象的接受，这类景物往往呈现出孤寂、幽冷的特色，折射出词人冷僻的心灵世界。如其《徵招·潮回却过西陵浦》中写道："似怨不来游，拥愁鬟十二。""愁鬟十二"，正是接受了黄庭坚《雨中登岳阳楼望君山》中的青山意象："满川风雨独凭栏，绾结湘娥十二鬟。"将山峦比作美人的发髻，"怨"与"愁"二字点染出孤寂清苦的词境，仿佛青山怨恨词人久不入其怀，主体与自然客体之间情意相通，此处"山"意象正是词人孤独心灵的外化。

也有对自然界中动物意象的接受，这类动物意象通常居无定所，散发出倦旅天涯的愁苦。如其《念奴娇·昔游未远》中写道："绕树三匝，白头歌尽明月。"白石也接受了曹操《短歌行》中的乌鹊意象："月明星稀，乌鹊南飞。绕树三匝，何枝可依。"曹操以盘旋枝头的鹊鸟意象暗喻贤士择主而从，白石此处以徘徊的乌鹊自比，来寄托自己不知何处栖身的迷茫心绪。

### （三）佳人意象的接受

女性佳人是唐宋词中出现最频繁的意象之一，姜夔对前人作品中的佳人意象进行选择性的接受。他回避前人作品中对女性形象浓艳繁丽的工笔刻画，而是接受了"凌波微步，罗袜生尘"（曹植《洛神赋》）式的简笔勾勒。并不着眼于容貌描写，而是注重动作与形态的刻画，整体形象散发出一股清冷神韵。

白石词中接受前人的佳人意象，一方面用于描写歌妓、恋人等女性形象，如其"端正窥户"（《玲珑四犯·叠鼓夜寒》）、"画船障袖"（《角招·为春瘦》），二处正是接受了周邦彦《瑞龙吟·章台路》中对往日情人的描写："因念个人痴小，乍窥门户""障风映袖，盈盈笑语"。巧妙营造初见时刻的温馨美好、心弦微动。

另一方面，姜夔在咏物词中接受了佳人意象，以前人作品中清幽孤寂、遗世独立的美人来比拟所咏之物。接受最多的是杜甫《佳人》诗中"倚竹翠袖"的佳人形象："天寒翠袖薄，日暮倚修竹。"吟咏梅花是"篱角黄昏，无言自倚修竹"（《疏影·苔枝缀玉》），将梅花比作与世隔绝的姣好佳人，带有孤芳自赏的意味。《念奴娇·楚山修竹》中咏竹榻，同样将之喻为佳人：

"翠袖佳人来共看，漠漠风烟千亩。"词人将竹榻比作心灵上的知己，在日常生活中能够实现物我之间的情意相通，如此惺惺相惜更是增添了所咏之物的神韵。

## 三、姜夔词对前人诗歌意境的接受

意象的接受还只是着眼于作品中的单个元素，意境的接受则上升为对作品整体情感氛围的一种感知，达到形神兼备、虚实结合的艺术效果。白石词善于融化前人意境入词，使作品波澜起伏，意味不尽。

### （一）空灵闲雅意境的接受

姜夔是南宋后期颇具"晋宋"风度的雅士，他喜好借鉴前人作品中的风雅兴致来传递悠然自得的心境，赋予日常生活以清雅气息，营造出一种天人合一、空灵澄明的意境，追求"意象幽闲，不类人境"（《念奴娇·闹红一舸》序）的理想境界。如《暗香·旧时月色》中"唤起玉人，不管清寒与攀摘"一句，正是化用了贺铸《浣溪沙·楼角初消一缕霞》"玉人和月摘梅花"的空灵意境。冬夜的月光洒落一地，玉人与梅花两相映照，似有晶莹剔透之美感，使人飘然如至仙境。

又如《湘月·五湖旧约》中写道："中流容与，画桡不点清镜。"正是化用了韩愈"瞰临渺空阔，绿净不可唾"（《题合江亭寄刺史邹君》）之意境，韩愈是以空阔清澈的水面来譬喻此刻安宁的心境，姜夔同样如是。驾一叶扁舟行至中流，月下的江水澄澈如镜，从容而又舒缓地流淌着，人们不禁停止摇桨，生怕惊扰大自然所赐予的内心宁静。妙处在于写客观实景，即湖面的清静，而体现出主观的内心世界，达到物我交融的浑然境界。

### （二）梦幻朦胧意境的接受

姜夔词中还接受了前人作品中梦幻朦胧的意境，使作品笼罩上凄婉迷离的感伤色彩。白石词中常借鉴梦境、幻境来倾诉相思之情，境界逼真而惨淡，深情中见高致。且看其《霓裳中序第一·亭皋正望极》中写道："人何在，一帘淡月，仿佛照颜色。"正是化用了杜甫"落月满屋梁，犹疑照颜色"（《梦李白》）之意境，透过朦胧的月亮来营造极度相思而神思恍惚的梦幻之境，眼前仿佛出现了思念之人的面孔，共度此漫漫长夜。

接受前人作品中梦幻朦胧的意境，还用于凸显寤寐求之而不得的惆怅与苦闷，理想与现实的差距将人推向恍惚迷离的幻境当中。《江梅引·人间离别易多时》中有"几度小窗幽梦手同携"之动人词句，正是接受了苏轼《江城子·十年生死两茫茫》中"夜来幽梦忽还乡，小轩窗，正梳妆"的梦幻境界。所谓日有所思，夜有所梦，词人只能通过恍惚梦境来重温相聚的美好时光，以温馨的梦境来凸显现实之残酷。

### （三）凄冷孤寂意境的接受

白石词中接受了前人作品中凄冷孤寂的意境，较之前两种意境，此种意境所表达的心理感受是隐秘幽微又强烈悲怆的。一方面，白石词中通过以声音为原型所形成的"原始意象"来构筑词境，前人作品中砧声、雨声、笛声营造出的意境都为之所化用，凸显出辗转难眠的孤苦漂泊之情。如其《念奴娇·楚山修竹》中写道："此时归去，为君听尽秋雨。"化用前人的雨夜意境，写思念友人而夜深不寐，此种意境使人联想到李商隐的名作《夜雨寄北》："君问归期未有期，巴山夜雨涨秋池。何当共剪西窗竹，却话巴山夜雨时。"以秋夜中淅淅雨声传递出对友人的思念，渲染伶仃一人的孤苦。

另一方面，白石善于捕获前人作品中特定时刻的意境，营造清冷空旷的环境，将内心的孤独苦闷无限放大。先看其对黄昏时刻意境的接受，辛弃疾《摸鱼儿·更能消几番风雨》结尾写道："闲愁最苦。休去倚危栏，斜阳正在，烟柳断肠处。"写暮色苍茫的景象。白石《点绛唇·燕雁无心》中接受了此意境，写道："今何许？凭栏怀古，残柳参差舞。"两首词都是写黄昏时分柳絮乱舞的凄凉景象，以夕阳象征南宋衰弱的国势，残柳乱舞来表现内心的凄冷，将个体置身于一片空旷天地之间，更凸显出内心的迷惘、孤独与无助。

再看其对深夜清冷意境的接受，《霓裳中序第一·亭皋正望极》中写道："漫暗水、涓涓流碧。"此句化用了杜甫"暗水流花径"（《夜宴左氏庄》）之意境。秋夜万籁俱寂，只听得草木遮护下碧色溪水缓缓流动，昔日回忆如同逐暗水落花而去，词境传递出由内而外的冷感。

## 四、姜夔词对前人诗歌抒情方式的接受

词，这一文学体裁，最能够表现幽微细腻的内心情感，抒情性是词体的重要特征。白石词中同样借鉴前人婉转的表达手法来锤炼词技，以低沉的声调徐徐吐露内心情思。然而，作家创作往往有不谋而合之处，抒情方式作为一种普遍性的艺术表达手法，很难具体区分是借鉴前人还是自觉创作。本文将白石词中与前人具体作品十分相似的情境，并且采取了同种抒情方式的成分，判定为对前人抒情方式的接受。

### （一）接受对面落笔的抒情方式

白石词中多处接受前人对面落笔的抒情方式，来表达对恋人的思念，彼我之情有如水乳交融、融融泄泄。双方之境，亦如双镜互照、交相辉映。

一方面，以彼之口述我之思念。不从正面写自己的相思之苦，而是调转笔锋设想对方对自己的思念，其实这种想象的过程正是从侧面烘托出自己的刻骨思念。这种抒情手法在《诗经》中就已出现，《诗经·豳风·东山》中写道："妇叹于室，洒扫穹室，我征聿至。有敦瓜苦，烝在栗薪。自我不见，于今三年。"从征人的角度设想妻子在家为"我"打扫房间，盼望自己早早归来，妻子睹物伤情，对着柴堆上闲置的新婚纪念物瓠瓜黯然神伤，将征人思归的情思表现得丰满而又深切。其后，对面落笔的抒情方式被广泛运用到

诗歌创作中。①

　　请看姜夔《八归·芳莲坠粉》中写道："想文君望久，倚竹愁生步罗袜。"不从正面写自己的相思，而是设想离别之后，留守闺中的佳人定是每天企盼自己的归来，黄昏时分倚靠在篱院前的翠竹翘首眺望，直到深夜仍旧坐在门前台阶上苦苦等候，如此度过无数个煎熬的日子。这与柳永"想佳人，妆楼颙望，误几回、天际识归舟"（《八声甘州·对潇潇暮雨洒江天》）的抒情方式十分相似，只不过柳永表达得直白浅露，姜夔则含蓄内敛。

　　另一方面，对面落笔的抒情方式，还表现为从双方共同角度来写恋情，一种离别相思，却牵动两人心绪。既加重了离愁的分量，使感情更为沉痛浓烈，也展示了词人对这段恋情的自信，证明并不是只有自己沉溺其中，离别也是两个人共饮的愁酒。李清照《一剪梅·红藕香残玉簟秋》中写道："一种相思，两处闲愁。"深情而自信，白石词中接受了此种抒情方式。《鹧鸪天·肥水东流无尽期》中写道："谁教岁岁红莲夜，两处沉吟各自知。"每逢元宵灯节，离思倍增，词人确信自己思念伊人的同时也被思念着，用共同的情愫联结两处时空，更显情深意切。

### （二）接受寄情于物的抒情方式

　　王国维在《人间词话》中提倡"一切景语皆情语"② 的艺术境界，正是强调词体含蓄内敛的抒情特征。白石词中经常化用前人作品中寄情于物的抒情方式，于细处着笔，将胸中情感巧妙地融化于眼前之物。其《月下笛·与客携壶》中有"春衣都是柔荑剪，尚沾惹、残茸半缕"之句，意为身上穿着的春衫还是伊人白皙柔嫩的双手剪裁缝制而成，上面还沾带着些许残丝断线，就好像彼此的思念附着于心，无法剪断厘清。正是接受了苏轼《青玉

---

①　如王维《九月九日忆山东兄弟》中写道："遥知兄弟登高处，遍插茱萸少一人。"杜甫《月夜》中写道："今夜鄜州月，闺中只独看。遥怜小儿女，未解忆长安。"白居易《邯郸冬至夜思家》中写道："料得家中夜深坐，多应说着远行人。"都是运用了对面落笔的抒情方式。

②　王国维. 人间词话［M］. 上海：上海古籍出版社，2014：30.

案·三年枕上吴中路》中"春衫犹是，小蛮针线"的抒情手法，将抽象的离愁具体表现为春衫上的针线。

寄情于物的抒情方式赋予词中景物深厚的情感内涵，能够由眼前之景而打通今昔时空。《蓦山溪·与鸥为客》一词，为白石重访旧友钱良臣园林所写，此次重游钱氏业已过世。其中"两行柳阴垂，是当日、仙翁手植"一句带着浓厚的怀人感伤，化用了欧阳修"手种堂前垂柳，别来几度春风"（《朝中措·平山阑槛倚晴空》）之词境，由今日亭亭垂柳联想到昔日友人手植之场景，传递出时光荏苒、沧海桑田之感。其情意深重使人联想到苏轼《西江月·三过平山堂下》中对老师欧阳修的悼念之句："十年不见老仙翁，壁上龙蛇飞动。"

寄情于物的抒情方式使词人笔下出现众多性灵化、人格化的生灵形象。请看姜夔《月下笛·与客携壶》中写道："多情须倩梁间燕，问吟袖、弓腰在否。"吟袖、弓腰指能歌善舞的佳丽，白石此处代指为相思的恋人。无奈分隔两地，时光过隙，已不知佳人音讯，只能请燕子为之打听伊人是否尚在。此种抒情方式使人联想到李商隐《无题》诗中"蓬山此去无多路，青鸟殷勤为探看"的新颖构思。二者都运用了拟人手法，白石烦请燕子为自己探寻佳人音讯，义山劳驾青鸟为自己探看伊人。这些都是相思而不得相聚的无奈表现，只能寄情于眼前生灵以求得心灵上的宽慰，燕子、青鸟是作者思念的化身，寄托着深厚的情感。

### （三）接受对比反衬的抒情方式

对比反衬，是抒情话语的基本组合方式之一。通过对比，感情的表达能够更加深刻、浓烈，以客体之境遇来反衬主体之情思。白石词继承了前人运用对比反衬的抒情方式，主要可分为今昔对比与内外对比两种抒情手法。

今昔对比，即将现在与过去的场景做对比，发出今非昔比的低回感叹，白石词中多处用以表达对恋人的思念。如"花满市，月侵衣，少年情事老来悲"（《鹧鸪天·巷陌风光纵赏时》）一句正是化用了欧阳修《生查子·去年元夜时》当中今昔对比的抒情方式，永叔词中写道："去年元夜时，花市灯如昼。月上柳梢头，人约黄昏后。 今年元夜时，月与灯依旧。不见去年人，泪湿春衫袖。"白石此句正是以今昔对比的方式将之凝练，却不减当中深情意味，以乐景写哀情。

内外对比，指将外界与自我的境遇做对比，白石词中往往是将外界的喧嚣热闹与自我孤寂冷清的内心世界做对比。其《鹧鸪天·忆昨天街预赏时》一词写于元宵佳节之夜，正是观灯高潮，词人却闭门不出，其中写道"旧情惟有绛都词。芙蓉影暗三更后，卧听邻娃笑语归"。词中情境自然使人想到李清照《永遇乐·落日熔金》中"如今憔悴，风鬟雾鬓，怕见夜间出去。不如向帘儿底下，听人笑语"的抒情话语，白石对"绛都词"所描述的太平盛世心神向往，然而和平气象已成往事，当下南宋偏安一隅的忧患局面，词人实在无心出游。直到夜已深沉、灯火渐暗，深居寒斋的词人听到邻里儿童嬉笑而归的打闹声，屋内与屋外形成了鲜明对比。姜夔与李清照，共同塑造了经历国家盛衰之后，止步于内心世界的伤心人形象。

白石依据自己的审美标准，广泛接受先秦、盛唐、晚唐和北宋四个时期的作家作品，对前人作品中的语言、意象、意境、抒情方式等元素进行选择性的接受。他之所以对前人作品进行大量接受，析其原因，一方面，借鉴化用前人优秀作品是历代文人的创作习惯，能够增加作品的内涵深度，并获得言有尽而意无穷的效果，白石是一位苦心经营作品的词人，必然会继承这一传统，从前人创作宝库中汲取灵感。另一方面，白石词中接受前人作品，有其独特的选择，他接受最多的杜甫、杜牧、李贺等人，不仅是文坛名家，还与他有着某些相似的人生经历和情感历程，其作品中的题材内容、意象意境、抒情方式等吸引着姜夔将之融入自己的词作中。

白石对前人作品接受的可贵之处是能够融化前人作品于无迹，形成以清劲之笔为用，深至之情为体的独特风格。从基础的语言接受层面来看，他选择化用前人新奇险僻的字词，与自己生新斗硬的笔锋相协调，并且以虚字传神，增添作品的灵气韵味。从深度层面，即意象、意境、抒情方式的接受来看，都是围绕情感的抒发进行的，接受的意象意境始终有其主体情思掩映其

216

中。王国维评白石写景之作"虽格韵绝高，然如雾里看花，终隔一层"①，批判其词中所绘景象不够明朗，与读者有一定的距离，那是因为词人笔下的景物都是经过主体情思浸染后呈现的，因而散发出扑朔迷离的朦胧美，也正是其深厚的情感内涵才使得白石词不断散发出抱之不尽的幽韵冷香！

---

① 王国维. 人间词话［M］. 上海：上海古籍出版社，2014：36.

# 第十四章

# 史达祖词对前人诗歌的接受

　　史达祖，字邦卿，号梅溪，是南宋时期的一位重要词人，也是骚雅词派的代表人物，此派词人大多善以诗人笔法入词，他们所推崇的周邦彦就非常擅长将前人的诗句融入自己的词作中，戈载在《宋七家词选》中云："周清真善运化唐人诗句，最为词中神妙之境。而梅溪亦擅其长，笔意更为相近，予尝谓梅溪乃清真之附庸，若仿张为作词家主客图，周为主，史为客，未始非定论也。"① 故梅溪词中也常常可以看到他对前人诗歌的化用。本章以雷履平、罗焕章校注的《梅溪词》（上海古籍出版社 1988 年版）为底本，从接受与再创作的角度，对史达祖化用前人诗句入词的现象进行整理，并从几个方面考察其接受前人诗歌的情况。

## 一、史达祖词对前人诗歌的文本接受

### （一）字面接受

　　字面是词最基本的组成部分，是"词中之起眼处，不可不留意也"②。

---

① （清）戈载. 宋七家词选［A］//孙克强. 唐宋人词话（增订本）. 天津：南开大学
　　出版社，2012：946.

② （宋）张炎. 词源：卷下［M］. 中华书局，1991：48.

梅溪词中存在着大量对前人诗句的字面接受。

1. 截取字面

史达祖常常截取前人诗句中的一些经典语词融入自己的词句之中，截取的过程也是进行再创作的过程。在 112 首梅溪词中，有 30 余处截取了前人成句中的字面入词。大多是一些缠绵柔婉的语词，如《阳春曲·杏花烟》："杏花烟，梨花月，谁与晕开春色?"其中的"杏花烟"截取自李贺《冯小怜》"裙垂竹叶带，鬓湿杏花烟"；《玉楼春·赋梨花》"玉容寂寞谁为主"一句中，"玉容寂寞"截取自白居易《长恨歌》"玉容寂寞泪阑干，梨花一枝春带雨"；《花心动》"半寒薇帐云头散"，其中的"薇帐"截取自李贺《昌谷》"愁月薇帐红"。由于截取的字面较短，诗意都没有发生太大的改变。截取这些清新闲婉的字面入词，使其词更加婉约典雅，也反映了梅溪词句精字炼的特点。史达祖通过截取字面创造出的词中不乏佳句，例如《贺新郎·湖上高宾王、赵子野同赋》"怕见绿荷相依恨"，截取自杜牧《齐安郡中偶题》"多少绿荷相倚恨，一时回首背西风"，被李调元称为"史氏碎金"。①

史达祖对前人诗歌字面的截取，风格多样。既有《海棠春令》中"似红如白含芳意，锦宫外、烟轻雨细"这样旖旎多姿的春景，截取自《青箱杂记》记晏殊诗句"似红如白野棠花"②；又有《夜行船·正月十八日闻卖杏花有感》中"不剪春衫愁意态"这样缠绵悱恻的情愫，截取自元稹《六年春遣怀》"重纩犹存孤枕在，春衫无复旧裁缝"；既有《满江红·书怀》中"未暇买田清颍尾，尚须索米长安陌"这样郁结不平的心绪，截取自欧阳修《石枕竹簟》"终将卷簟携枕去，筑室买田清颍尾"；又有《龙吟曲·道人越布单衣》中"歌里眠香，酒酣喝月"这样洒脱不羁的情怀，截取自李贺《秦王饮酒》"酒酣喝月使倒行"。这些对前人诗歌字面多样化的截取之辞，反映了史达祖转益多师的创作特点。

---

① 李调元. 雨村词话［M］//唐圭璋. 词话丛编. 北京：中华书局，1986：1428.

② （宋）吴处厚. 青箱杂记［M］//本社编. 宋元笔记小说大观. 上海：上海古籍出版社，2001：1659.

2. 拈取绾合

除了直接截取之外，史达祖有时也从前人的一句或几句诗中拈取出两个字或词，再进行连接绾合，融入自己的新句。有的是从一位诗人的一句诗中拈取绾合，如《贺新郎·花落台池静》"裙边竹叶多应剩"中"裙边竹叶"，是从李贺《冯小怜》"裙垂竹叶带"中绾合而来；有的则是从一位或几位诗人几首诗中拈取出来绾合为一，如《西江月·闺思》"绣被春寒夜夜"，是从李商隐《碧城》"鄂君恨望舟中夜，绣被焚香独自眠"和《异俗》"春寒夜夜添"中绾合而来。

在拈取字面时，词人往往会进行一些选择，有时选择前人诗句中的关键意象入词，如《万年欢·春思》"多少惊心旧事，第一是、侵阶罗袜"，是绾合李白《玉阶怨》中"玉阶生白露，夜久侵罗袜"的关键意象；《西江月·裙褶绿萝芳草》中的"绿萝芳草"，是绾合牛希济《生查子》中"记得绿萝裙，处处怜芳草"。有时则特意隐去关键意象，用其他修饰的语词来暗中渲染，如《阳春曲》"愁暗隔、水南山北"，绾合于白居易《秋思》"雁思来天北，砧愁满水南"，隐去"雁思""砧愁"，以地理位置来渲染相思愁苦，使得愁苦之情显得更加幽微绵长；《东风第一枝·咏春雪》"行天入镜，做弄出、轻松纤软"，绾合韩愈《春雪》"入镜鸾窥沼，行天马度桥"，选用飞雪捉摸不定的"行天入镜"，来烘托其轻盈纤软，使得其纤巧之态跃然纸上。

### （二）句子接受

从句子中也可以看出史达祖运用前人诗句的痕迹，但他不是将前人的成句原封不动地挪用到自己的词作中，而是对其进行一些增删改易，或将其重新熔铸，使之更加贴合词的意境。

1. 成句改易

由于诗与词在格式要求上的不同，引诗句入词往往需要对其成句进行一定的改易，史达祖在改易成句时有时只通过增删语词、调整语序这样比较简单的改易，沿用或延伸成句原意；有时则借助原句中的典型语词重新书写，反用其意。

　　（1）增删语词，沿用原意

　　史达祖进行改易主要通过增删字面、调整语序、重新断句等方式进行，其中增删字面是最主要的方法，调整语序和重新断句则作为辅助的手段，很少单独出现，常常配合字面的增删来完成整个改易的过程。

　　在删除字面时，会提炼出原句中描写或抒情的关键词语加以保留，删除某些相对不太重要的语词。如《贺新郎·西子相思切》中"风裳水佩"即改自李贺《苏小小墓》："风为裳，水为佩。"保留比较重要的语词，缩减了句子的长度，适应词体的要求。

　　增加的字面则有多种类别。有时只是在原句基础上增添一字，句意完全不变，仅起到调和音节，适应词体的作用，如《满江红·中秋夜潮》"心应折"改自江淹《别赋》"使人意夺神骇，心折骨惊"增一"应"字；《齐天乐·白发》"搔来更短"改自《春望》"白头搔更短，浑欲不胜簪"，增一"来"字。有时则要根据自己所要描绘的事物或表达的情感来增添语词，由于加入了史达祖自己的新思考，原句的意义也发生了一定的延展。如《瑞鹤仙》首句"杏烟娇湿鬓"改自李贺《冯小怜》"鬓湿杏花烟"，增一"娇"字，更写出女子娇美之态；《贺新郎·西子相思切》中"山染蛾眉波曼睩"，改自宋玉《招魂》"蛾眉曼睩"，这本是形容女子眉目秀美有神的句子，史达祖加上"山染"和"波"，就成了借女子细弯的眉毛和流转的眼波来描绘西湖湖光山色的佳句；悼亡之作《忆瑶姬·骑省之悼也》"但起来、梅发窗前，哽咽疑是君"改自卢仝《有所思》"相思一夜梅花发，忽到窗前疑是君"，从"忽"中化出"但起来"三字，写出其忽见梅花的恍惚之态，又添"哽咽"二字，悼念故去爱人的悲切之情呼之欲出。同时又重新断句，形成三、四、五的句式，适应词体，节奏也更添抑扬曲折。像这样的许多改易之处都体现了史达祖引用诗典、融入个性意识的精妙。

　　（2）借助原句，反用其意

　　有些时候史达祖对成句的改易并不仅限于对原意的沿用和拓展，还会借助原句做翻案文章，反用原意。如《风流子·飞琼神仙客》"风流休相误，寻芳纵来晚，尚有它年"，反用杜牧《叹花》"自恨寻芳到已迟，往年会见未开时"，表达的是对未来的美好希冀；《一剪梅·追感》"宫衣香断，不见纤腰"，反用杜甫《送许八拾遗归江宁觐省》"内帛擎偏重，宫衣著更香"，妻子离世多年，宫衣难再着，故曰香断；《满江红·九月二十一日出京怀古》"更无人、撷笛傍宫墙，苔花碧"，反用元稹《连昌宫词》"李谟撷笛傍宫墙，偷得新翻数般曲"，曾经的都城汴京已是宫苑空虚、繁华消歇，无人如李谟在宫墙外撷笛学新曲，再写苔花满地的荒疏景象，更显凄凉，以寄家国之恨。

　　以上是通过直接对原句进行否定进行的翻案，还有一些翻案是通过主客体的颠倒实现的，如《西江月·闺思》"幽思屡随芳草"，改自宋王铚《芳草》"到底多情是芳草，常随离恨到天涯"，从芳草追随幽思到幽思追随芳草，着重突出幽思之细腻绵长。有时翻案也通过主动和被动的转变来实现，如《恋绣衾·天风入扇吹苎衣》"花影自移"改自王安石《春夜》"春色恼人怜不得，月移花影上栏干"，把花影随月光移动改为花影自移，月光的潜移就隐含在了文字之中，与这首词的结句"就一身、明月伴归"暗合，使词句更加蕴藉隽永。

　　2. 成句重铸

　　有时史达祖并不满足于简单的成句改易，还将前人的成句重新熔铸，化于词中。

　　（1）多篇采集，撷英咀华

　　史达祖重铸成句有一个突出的特点，就是喜欢在多篇前人作品中择取与描写对象相近的句子，再从这些句子中提炼典型的意象、情语，重新熔铸成句。如《阮郎归·龙香吹袖白藤鞭》"真须吟就绿杨篇，湾头寄小怜"，化用白居易《杨柳枝》"若解多情寻小小，绿杨深处是苏家"和李贺《冯小怜》"湾头见小怜，请上琵琶弦"。小小是钱塘名妓，小怜即北齐擅弹琵琶的冯淑妃。这首词是作者春游赏景，欣喜愉悦，寄赠情人之作，将描写苏小小与冯小怜的句子融入其中重铸新句，暗示了情人的娼妓身份，写出其才貌出众，犹擅琵琶，同时也透露出对她炽热的爱恋。重铸成句而又运用得当，这一句也被李调元收入"史氏碎金"之中。

　　类似的多用成句重铸的例子还有《一剪梅·谁写梅溪字字香》"如今竹外怕思量。谷里佳人，一片冰霜"，化用苏轼《和秦太虚梅花诗》"江头千树春欲暗，竹外一枝斜更好"，杜甫《佳人》"绝代有佳人，幽居在空谷"和陆游《射的山观梅》："凌厉冰霜节愈坚，人间乃有此臞仙"。"竹外"与"冰霜"句都是写梅佳句，"竹外"写梅之幽独闲静，"冰霜"写梅之高风亮节，"竹外"又与《佳人》末句"天寒翠袖薄，日暮倚修竹"中的竹意象暗合，以挺拔的修竹与高洁的梅花衬托杜甫《佳人》诗里那位乱世见弃的妇人。杜甫的《佳人》写于安史之乱后弃官客居秦州，负薪采栗自给之时，诗中的佳人其实也是对他自己的写照，史达祖将其用于这首词中，也是对自己高洁志向的抒写。再如《杏花天·古城官道花如霰》"双眉最现愁深浅，隔雨春山两点"，化用李商隐《代赠》"总把春山扫眉黛，不知供得几多愁"和周邦彦《南乡子》"两点春山满镜愁"，写送别时的春山眉黛，融情景于一；《杏花天·清明》"春衫瘦、东风翦翦"，化用李商隐《拟沈下贤》"春衫瘦着宽"和韩偓《夜深》"恻恻清寒翦翦风"，写清明景色，"以秀丽之笔，字斟句酌出之"①，都是采集多篇重铸成句的例子，运用得当，与词境融合为一。

　　（2）灵活转变，压缩拓展

　　虽然多篇采集、重铸成句是史达祖化用诗典时的一个突出特点，但更多的时候他选择的还是对单篇作品中的一句诗进行重铸。如《海棠春令》"烛花偏在红帘底。想人怕、春寒正睡"，化用苏轼《海棠》"只恐夜深花睡去，故烧高烛照红妆"，将原因和结果颠倒，更添趣味；《月当厅》"空独对，西风紧，弄一井桐阴"，化用陆龟蒙《寄吴融》"一夜秋声入井桐，数枝危绿怕西风"，原句纯为写秋夜景色，将树枝拟人化，写西风之寒凉，新句用一"弄"字，把西风改为拟人化对象，又增添"空独对"三字，寥寥几笔在原来的景色上画出一个词人孤独的背影，倍增秋夜凄凉；《玉烛新》"带晚日摇光，半江寒皱"，化用白居易《暮江吟》"一道残阳铺水中，半江瑟瑟半江

─────────────

①　俞陛云. 唐五代两宋词选释［M］. 上海古籍出版社，1985：423.

红"，"寒皱"从"瑟瑟"中化出，"带晚日摇光"则写出黄昏夕阳残照，暗含"半江红"之意。诸如此类的成句重铸还有很多，大多是沿袭成句句意的同时，在字面上进行一定的创新，运用自如得当。

上面提到的重铸大多是与原句字数相差不多的重铸，还有一些重铸是通过压缩或拓展原句实现的。压缩是将原句进行提炼，使其更加简洁凝练，拓展则是在原句基础上增添新的内涵。

第一，压缩原句。在压缩原句进行重铸时，较常见的是将原诗中的一两句话压缩提炼，如《解佩令》"澹月梨花"，压缩晏殊《寓意》"梨花院落溶溶月，柳絮池塘淡淡风"，提炼其中的关键意象梨花与月成句；《玲珑四犯·雨入愁边》"风叶如翦"，压缩贺知章《咏柳》"不知细叶谁裁出，二月春风似剪刀"，提炼出原句精华的比喻部分；《祝英台近·落花深》"倚帘吹絮"，压缩李商隐《访人不遇留别馆》"闲倚绣帘吹柳絮"，提炼其中的两个主要动作。

也有一些压缩成句的例子是将整首诗压缩凝练成一两句话，这要求词人有更强的概括和提炼能力。《菩萨蛮·赋软香》"宝扇莫惊秋，班姬应更愁"，压缩班婕妤《怨诗》，提炼出"扇"这一关键意象、"秋"这一关键时间和"愁"这种贯穿全诗的感情基调，压缩全诗于一句中；《秋霁》"江水苍苍，望倦柳愁荷，共感秋色"，压缩李商隐《暮秋独游曲江》，提炼出苍茫江水、田田荷叶，将原诗中"怅"的情绪化为倦、愁二字；《祝英台近·落花深》"欲过大堤去"，压缩乐府诗《襄阳乐》"朝发襄阳城，暮至大堤宿。大堤诸女儿，花艳惊郎目"，提炼出大堤这一特殊的地点，暗含青年男女之间炽热美好的爱情。从以上的例子可以看出，史达祖有较强的提炼和概括能力，能把前人成句压缩成较短的篇幅，使词中简短的一句话也能传递出丰富的内涵，含蓄深远。

第二，拓展原句。拓展是与压缩相反的一种重铸成句的方法，在原句的基础上进行展开，使其生发出新的力量。如《兰陵王·汉江侧》"涉江几度和愁摘"，拓展《古诗十九首》中的"涉江采芙蓉"，写芙蓉是和"愁"摘下，又增"几度"这一时间频率，翻叠思念之愁苦；《恋绣衾·黄花惊破九日愁》"黄花惊破九日愁，正寒城，风雨惊秋"，拓展潘大临的独句"满城风雨近重阳"，提炼其中时间意象，又添两个"惊"字，强化秋之凄冷肃杀；《夜行船·正月十八日闻卖杏花有感》"小雨空帘，无人深巷，已早杏花先卖"，拓展陆游《临安春雨初霁》"深巷明朝卖杏花"，此词是史达祖悼念亡妻所作，提炼原诗中地点"深巷"和事件"卖杏花"，又分别在前面增添"无人""已早"两词，使原本明媚动人的春景变得凄清寂寥，也使其思念亡妻之情愈发恳切动人，俞陛云《唐五代两宋词选释》中称赞此句："款款写来，风致摇曳。春阴门巷，在幽静境中，益觉卖花声动人凄听也。"① 这是史达祖拓展重铸前人成句中难得的佳句，因而也被收入"史氏碎金"之中。

3. 套用句式，注入新意

以上重铸成句的方法大多是从内容出发，沿袭前人诗句中经典的意象、意境等，有时史达祖也被前人句法、句式上的美感所吸引，套用前人经典句式注入新的内容。如《阮郎归·月下感事》"旧时明月旧时身，旧时梅萼新。旧时月底似梅人。梅春人不春"，套用李清照《南歌子》"旧时天气旧时衣。只有情怀不似旧家时"，写新旧对比，顿挫感人；《临江仙·草脚青回细腻》"莫交无用月，来照可怜宵"，套用苏轼《临江仙》"徘徊花上月，空度可怜宵"，套用句式并改易字面，更显长夜漫漫，寂寞清冷；《贺新郎·花落台池静》"蝴蝶一生花里活"，套用李贺《秦宫》"秦宫一生花底活"，将主体变为蝴蝶，运用得宜。以上例子皆套用前人句式写成新词，无论是内容还是句法都具有很强的美感。

## 二、史达祖词对前人诗歌的接受重点

上文从文本的角度出发，从字面和句子两个方面总结了史达祖词作中化用前人诗句的几种方法。统观史达祖存世 112 首词，引用前人诗典的词句有

---

① 俞陛云. 唐五代两宋词选释 [M]. 上海古籍出版社，1985：315.

238 处，从先秦的《诗经》到宋代的词都有涉及。其中来自先秦《诗经》、楚辞的有 12 处；来自两汉三国时期诗文的有 11 处；来自魏晋南北朝的有 16 处，其余皆为唐宋诗词，下面将主要考察史达祖词在选用前人诗歌时的接受重点。

### （一）对先唐诗歌的接受

#### 1. 借诗言情

《诗经》和汉乐府中有很多描写青年男女爱情的经典诗篇，史达祖常化用这些经典诗篇入词，来表现或美好或悲伤的男女恋情。如《祝英台近·柳枝愁》"红药开时，新梦又溱洧"，压缩《诗经·郑风·溱洧》诗意，原诗如"溱与洧，方涣涣兮。士与女，方秉蕑兮……维士与女，伊其相谑，赠之以勺药"，写春意盎然，溱洧河碧波荡漾，男子与女子在河边玩乐，以芍药订约。这首诗本是写青年男女恋情，清新自然，史达祖提炼出"红药"和"溱洧"两个意象，却又将其置于梦中，可见美好的恋情已成往事，如今只剩相思。又如《换巢鸾凤·梅意》中："暗握荑苗"，化用《诗经·卫风·硕人》："手如柔荑"，借用其中的比喻，写与心上人的牵手，字里行间流露出男女恋人心心相印的无限欢喜、委婉又缠绵。而《祝英台近·落花深》"金勒骄风，欲过大堤去"，化用乐府诗《襄阳乐》"朝发襄阳城，暮至大堤宿。大堤诸女儿，花艳惊郎目。"写年少恋情，明快动人。《诗经》和乐府中的爱情诗大多清新自然，以情动人，史达祖将其化用入词，为其恋情词增添了一份不矫揉、不造作的独特风采。

#### 2. 借诗言志

《诗经》与楚辞中多用比兴手法，史达祖有时化用其中词句入词，用以寄托自己的志向与情感。如晚年被贬废后所作的《贺新郎·绿障城南树》"对别浦，扁舟容与"，截取屈原《楚辞·涉江》"船容与而不进兮，淹回水而凝滞"。此句写一叶扁舟在回旋的水流中停滞难前，以比喻自己的逐臣心绪；《贺新郎·西子相思切》"道人不是尘埃物"，截取屈原《渔父》："安能以皓皓之白，而蒙世俗之尘埃乎？"以表自己心性高洁；北行词《龙吟曲·

道人越布单衣》"休吟稷穗"，绾合《诗经·王风·黍离》"彼黍离离，彼稷之穗，行迈靡靡，中心如醉"，寄托其家国之思。史达祖曾在韩侂胄手下为堂吏，韩侂胄力主北伐抗金，史达祖因在其麾下多受其影响，也有着恢复故土的豪情壮志。邓廷桢在《双砚斋词话》中云："侂胄亟持恢复之议，邦卿习闻其说，往往托之于词……大抵写怨铜驼，寄怀羯幕，非止流连光景，浪做艳歌也。"① 这些在梅溪词中隐藏较深的情怀采取化用古诗的方式来寄托，愈显其厚重苍凉。

### （二）对唐诗的接受

梅溪词对唐诗运用最多，有 210 处，其中有很多作者的作品被多次引用，如李商隐的诗歌被引用了 23 次，杜甫、苏轼各 19 次，杜牧 15 次，李贺 14 次。我们从中选取几位比较有代表性的作者，来探讨史达祖的审美趣味和创作思想。

1. 晚唐风味——对小李杜与花间温韦的接受

李商隐和杜牧几乎是史达祖借鉴化用最多的诗人，这两位是晚唐诗人的典型代表，李商隐诗深情绵邈，杜牧诗清新俊逸，与史达祖词清丽婉转、奇秀俊逸的风格十分相近，故史达祖词中多处可见这两位诗人的身影。如《万年欢·春思》"奈燕台句老，难道离别"，重铸李商隐《梓州罢吟寄同舍》"长吟远下燕台去，惟有衣香染未销"，认为自己即使有李商隐那样出色的笔法，在这离别之际也难以道出自己的心绪；《西江月·裙襦绿萝芳草》"红绶欲衔双凤"，压缩自李商隐《饮席代官妓赠两从事》"愿得化为红绶带，许教双凤一时衔"，调笑歌妓女，绮丽婉艳。《贺新郎·花落台池静》"谁伴我，月中听"，重铸杜牧《重到襄阳哭亡友韦寿朋》"重到笙歌分散地，隔江吹笛月明中"，写月夜听笛之寂寥；《钗头凤·寒食饮绿亭》"春愁远，春梦乱"，压缩自杜牧《即事》"春愁兀兀成幽梦，又被流莺唤醒来"，写春日愁绪，婉转灵动。李商隐与杜牧所代表的晚唐风韵，与史达祖的审美取向十分契合，

---

① 邓廷桢. 双砚斋词话 [M] //唐圭璋. 词话丛编 [M]. 中华书局，1986：2531.

又经史达祖多种形式的灵活化用，因而在梅溪词中焕发出新的光彩。

晚唐除了小李杜以外，还有一处别样的风景，即以温庭筠、韦庄为代表的花间词派，辞藻秾艳华丽，多写闺怨之情。史达祖词中也有一部分对温、韦等花间词人的化用，如《万年欢·春思》"草根青发"，改易韦庄《和李秀才郊墅早春吟兴十韵》"草根微吐翠，梅朵半含霜"；《金盏子·奖绿催红》"梨花夜来白，相思梦，空阑一林月"，拓展自温庭筠《菩萨蛮》"满宫明月梨花白"。从以上所举可看出，史达祖所化用的花间词都是较为清丽的句子。他有意洗去花间词的脂粉气息，再为己所用，正反映了其清雅的审美趣味。

2. 沉郁之风——对诗圣杜甫的接受

北宋以来，文人多尊杜学杜，不少词人在创作中借鉴杜诗。"宋词中所借鉴吸收的杜诗，并非其著名的'史诗'一类，而是深婉清丽，闲适冲淡之诗影响更为普遍"①，杜诗中清丽冲淡的部分的确适于词之特质，但史达祖词中化用的杜诗大多沉郁顿挫，如《月中厅》"冷光应念雪翻簪"和《齐天乐·白发》"搔来更短"，都来自杜甫《春望》"白头搔更短，浑欲不胜簪"，写苍苍白发，感慨年华易逝；《秋霁》"谁是、脍鲈江汉未归客"，重铸杜甫《江汉》"江汉思归客，乾坤一腐儒"，写官场失意与思乡之情；《齐天乐·秋兴》"断浦沉云"，截取杜甫《秋兴八首》"波漂菰米沉云黑，露冷莲房坠粉红"，写冷落荒凉之景；《玉蝴蝶·晚雨未摧宫树》"可怜闲叶，犹抱凉蝉"，重铸杜甫《秦州杂诗》"抱叶寒蝉尽"，以寒蝉自喻，写自己身世之凄凉。俞陛云《唐五代两宋词选释》评此句云："以凉蝉而犹抱闲叶，身世之萧飒可知。"②

陈廷焯《白雨斋词话》中说："所谓沉郁者，意在笔先，神余言外，写怨夫思妇之怀，寓孽子孤臣之感。凡交情之冷淡，身世之飘零，皆可于一草

---

① 钱锡生，蔡慧. 论秦观词对前人诗歌的接受［J］. 词学，2016（2）：54–69.
② 俞陛云. 唐五代两宋词选释［M］. 上海古籍出版社，1985：319.

一木发之。"① 史达祖与杜甫都曾经历过贬废流离之苦，产生过故园家国之思，身世经历的相似使得史达祖倾向于杜诗中带沉郁之气的句子，也因此其词情才更为真切诚挚；而人生遭遇的不同，导致史达祖词中未能体现杜甫般心怀天下的胸襟，更多时候是在慨叹自身的际遇。

3. 瑰丽警迈——对李贺诗歌的接受

姜夔评史达祖词曰："其词奇秀清逸，有李长吉之韵，盖能熔情景于一家，会句意于两得。"② 李贺诗设色秾丽，辞尚诡谲，瑰丽奇迈，梅溪词中对李贺诗的化用，可以直接体现其词中的"李长吉之韵"。

史达祖对李贺的接受十分丰富，有的秾艳婉丽，如《阳春曲》"杏花烟，梨花月"，《贺新郎·花落台池静》"裙边竹叶多应剩"，《瑞鹤仙》"杏烟娇湿鬓"，都化自李贺《冯小怜》的诗"群垂竹叶带，鬓湿杏花烟"，写女子娇美艳丽；有些想象奇谲，如《贺新郎·西子相思切》"委潇潇，风裳水佩"，改易自李贺《苏小小墓》"风为裳，水为佩"。有些则抒写胸臆，如《龙吟曲·道人越布单衣》"酒酣喝月"，截取自李贺《秦王饮酒》"酒酣喝月使倒行"。这首诗本是李贺借古人讽刺唐德宗之作，史达祖将其用于自己北行使金前留别友人的词中，只取其字面意义，写出其出行前的满怀豪情壮志。史达祖去除了李贺诗中关于神鬼的想象，保留了一部分神秘色彩和奇异工巧，形成了其词的瑰丽警迈。

# 三、史达祖词接受前人诗歌的特点

史达祖大量引用前人诗歌入词，形成了其词"清空而不晦涩，近雅而不远俗"③ 的语言风格，经过分析，史达祖接受前人诗歌呈现以下几个特点。

---

① （清）陈廷焯. 白雨斋词话［M］. 人民文学出版社，1959：5.
② （宋）黄昇. 中兴以来绝妙词选：卷七［M］. 本社编《唐宋人选唐宋词》，上海：上海古籍出版社，2004：788.
③ 王步高. 梅溪琢句炼字琐议［J］. 镇江师专学报（社会科学版），1985（3）：10.

## （一）接受广泛、风格多样

史达祖对前人诗歌的接受范围极广，体现在时间跨度大、体裁丰富和风格多样这几个方面。

史达祖接受前人诗歌的时间跨度大，从先秦到当朝，因而各类文学体裁皆有涉猎。其中最多的是唐诗，其余如楚辞、汉赋、乐府诗、宋词等也都占有一席之地。史达祖能巧妙地化用不同的体裁使之适应词体，融于词中，此是其高妙之处。

作为婉约派的代表词人，史达祖的审美取向还是婉转含蓄的清词丽句，但在他的词中，同样也有"歌里眠香，酒酣喝月"（《龙吟曲·陪节欲行，留别社友》）这样的洒脱情怀，截取自李贺《秦王饮酒》："酒酣喝月使倒行。""三径就荒秋自好，一钱不直贫相逼"（《满江红·书怀》）这样的郁愤苍凉，化用自陶渊明《归去来兮辞》"三径就荒，松菊犹存"。究其原因，应与史达祖坎坷的人生经历有关。史达祖一生科考无名，青年时游历荆楚，多写缠绵婉转的恋情词；中年以后成为韩侂胄堂吏，社会地位有所提高，又多与朋友交游，还曾奉命北行，出使金国，故此间词中多添少年意气和家国之思；晚年韩侂胄北伐失败，史达祖亦遭贬斥，此时悲慨沉郁取代了他曾经清新婉丽的风格，成为词中主调。跌宕起伏的人生丰富了他的经历，更丰富了他的词作内容，接受前人诗歌时的取向自然就不再局限于一种风格。

## （二）讲究句法，平妥精粹

张炎在《词源》中说"词中句法，要平妥精粹"①，一首词中不必句句精妙，但也需在平易妥当中有警句。史达祖就是被其认为"平易中有句法"② 的词人之一。元陆辅之《词旨》提出"史梅溪之句法"③ 是史达祖词

---

① （宋）张炎. 词源卷下［M］. 北京：中华书局，1991：46.
② （宋）张炎. 词源卷下［M］. 北京：中华书局，1991：47.
③ （元）陆辅之. 词旨［M］//唐圭璋. 词话丛编. 北京：中华书局，1986：301.

特别出色之处。清代李调元也称史达祖"炼句清新，得未曾有"①，并做《史梅溪摘句图》录其佳句，其中不乏接受自前人诗歌的佳句，可见史达祖接受前人诗歌并不是将其生硬地置于词中，还要讲究句法的相配，使之完美地融入词中，为己所用。史达祖化用诗句入词时，注重精炼句法，主要表现在以下两个方面。

1. 善用对偶

对偶句音韵和谐，句式整齐，富有极强的美感，史达祖常采用对偶的形式化诗入词。有时是直接改造对偶句，如《绮罗香·咏春雨》"惊粉重，蝶宿西园，喜泥润，燕归南浦"，化自秦观《沁园春》"正兰皋泥润，谁家燕喜"和李商隐《细雨成咏献尚书河东公》"稍稍落蝶粉，斑斑融燕泥"，将二者重新熔铸形成七言对，节奏顿挫有致。

有些则是原句中并无对偶，改易后形成对偶，如《绮罗香·咏春雨》"做冷欺花，将烟困柳"，改自陆龟蒙《早春雪中做吴体寄袭美》"迎春避腊不肯下，欺花冻草还飘然"。史达祖将"欺花"二字生发开来，形成邻句对偶，仅八字就能"把春雨画出"；《风流子·飞琼神仙客》"藉吟笺赋笔，试融春恨；舞裙歌扇，聊映尘缘"，下句"舞裙歌扇"截取自贺铸《河传》"向尊前妙选，舞裙歌扇"，史达祖自作对句并加一领字"藉"形成带逗对，顿生揖让俯仰之姿。

还有一些偶句的上下句分别从不同的诗句中化出，史达祖将其重新熔铸，成为浑然一体的对偶句，如《西江月·闺思》"幽思屡随芳草，闲愁多似杨花"，上句改易王铚《芳草》"到底多情是芳草，常随离恨到天涯"，下句压缩贺铸《青玉案》"试问闲愁都几许？一川烟草，满城风絮，梅子黄时雨"，提炼其中"闲愁如飞絮"的比喻。这两个诗典原句一写幽思，一写闲愁，史达祖将其改写为对偶句，写闺中相思，恰合其境。相同用法的还有《满江红·书怀》"未暇买田清颍尾，尚须索米长安陌"，上句截取欧阳修

① （清）李调元. 雨村词话［M］//唐圭璋. 词话丛编. 北京：中华书局，1986：1427.

《石枕竹簟》"终将卷簟携枕去，筑室买田清颍尾"，下句改易杨忆《汉武》"待诏先生齿编贝，空教索米向长安"，先写欲归隐而不得，再写仕途之窘迫，一气而成，流动脱化，实为佳句。能从漫漫诗书中找到合适的两句将它们改写为对偶句已属不易，还能贴合词境，恰到好处，正体现了史达祖炼句之能。

2. 融合自然

史达祖词善引前人诗句入词，且能将其巧妙地融入篇章之中，与全词融合为一，不露斧凿痕迹。冯沅君、陆侃如认为："以巧思运俊语，故史词中虽有不少很尚雕琢的，但读者每爱其婉秀而不觉其晦涩。"①王步高也说："梅溪炼句常能做到极炼如不炼，因而虽讲究锻句炼字而不失自然。"②试看《玲珑四犯·雨入愁边》"雨入愁边，翠树晚无人，风叶如翦"，其中"风叶如翦"提炼自贺知章《咏柳》"不知细叶谁裁出，二月春风似剪刀"，形象生动而添凄清之气，与前句"翠树"相接，凝练自然而有风韵，引出下文的缠绵恋情；《玉蝴蝶·晚雨未摧宫树》"一笛当楼，谢娘悬泪立风前"，融合杜牧诗"落日楼台一笛风"与温庭筠词"谢娘惆恨倚兰桡，泪流玉箸千条"，上承"啼蛄搅夜，恨随团扇，苦近秋莲"的凄苦意境，陈廷焯《白雨斋词话》称其"幽怨似少游，清切如美成，和而化矣"③；《万年欢·春思》结句"如今但、柳发晞春，夜来和露梳月"，"柳发晞春"化用屈原《九歌·少司命》"与女沐兮咸池，晞女发兮阳之阿"，写春夜月光与清露中的柳枝，将其喻为女子沐浴后未干的长发，文思巧妙自然，前面"如今但"三字，又将词中上文所叙"多少惊心旧事"一并收住，以景作结，余味无穷。以上所举之句皆出于李调元《史梅溪摘句图》，分别为词的起句、散句和结句。由此可见史达祖引用诗典的句法，不仅仅见于一句的精妙，更见于其能将这一句妥帖地镶嵌于全词之中，不露雕琢痕迹，这也正符合张炎《词源》中提出的

① 冯沅君，陆侃如. 中国诗史［M］. 山东大学出版社，2000：584.
② 王步高. 梅溪琢句炼字琐议［J］. 镇江师专学报（社会科学版），1985（3）：11.
③ （清）陈廷焯《白雨斋词话》［M］//唐圭璋. 词话丛编. 北京：中华书局，1986：3801.

"平妥精粹"的要求。

### （三）翻出新意，别有境界

史达祖接受前人诗歌并不受限于前人诗意，而能够使其生发出新的内涵，创造出一番新的境界。如《探芳信·谢池晓》中"夜月花阴梦老"，改易苏轼《春夜》"花有清香月有阴"，情人相约的芳期已过，曾经的春夜花月都早已成为旧梦，从原来的写景句中生发出缱绻相思之情，另有新意，故俞陛云在《唐五代两宋词选释》中称其"尤有新致"①。《临江仙·倦客如今老矣》"向来箫鼓地，犹见柳婆娑"，改易自杜安世《临江仙》"遍地残花庭院静……万条风柳间婆娑"，原词中只是写庭院中普通的暮春景色，史达祖将地点改为"向来箫鼓地"，"箫鼓地"是极其热闹繁华的地界，这样的地方如今只剩下了萧疏婆娑的柳树，通过今昔对比顿生悲郁之气，比原词中的伤春之境更加沉郁悲痛。如陈廷焯在《白雨斋词话》中所言："慷慨生哀，极悲极郁……此种境界，却是梅溪独绝处。"② 又如《满江红·中秋夜潮》"待明朝、说似与儿曹，心应折"，改易自江淹《别赋》"使人意夺神骇，心折骨惊"，将其置于一种"激气已能驱粉黛，举杯便可吞吴越"的境界之下，又引伍子胥之典，与原文境界迥然不同。雷履平在《〈梅溪词〉四论》中推测，这首词是借潮神伍子胥冤屈之事，为力主北伐却被谋害的韩侂胄鸣不平，"说似与儿曹"中的"儿曹"便指的是谋害忠臣的主和派人物。③ 本是形容别离凄苦使人心碎之词，史达祖却将其用于这首充满愤懑不平之气的书愤之词中，另翻出一种开阔悲壮之境界。

王国维《人间词话》中说："'西风吹渭水，落叶满长安'，美成以之入词，白仁甫以之入曲。此借古人之境界为我之境界者也。然非自有境界，古

---

① 俞陛云. 唐五代两宋词选释 ［M］. 上海：上海古籍出版社，1985：321.
② （清）陈廷焯. 白雨斋词话 ［M］//唐圭璋. 词话丛编. 北京：中华书局，1986：3801.
③ 雷履平.《梅溪词》四论 ［J］. 四川师院学报（社会科学版），1983（3）：41－49.

人亦不为我用。"① 史达祖借古人之句入词，既有骚雅之风，又能够翻出新意，创造出自己独有的境界，是借古人之句"为我所用"的典范。

　　总而言之，史达祖善引前人诗句入词，他采纳诗典范围极广，善于炼句，能将古人的诗句自然地融入自己的词作中，且能匠心独运，在前人原句的基础上翻出新境界。史达祖之所以在词史上被人称许，与他这方面取得的成就不无关系。

---

① 王国维. 人间词话 ［M］//唐圭璋. 词话丛编 ［M］. 北京：中华书局，1986：4258.

# 第十五章

# 吴文英词对前人诗歌的接受

吴文英（1200—1260?），字君特，号梦窗，又号觉翁。四明（今浙江宁波）人，南宋后期主要词人之一。词坛上对吴文英的评价向来呈两极分化之态势，褒之者如常州词派领袖周济，将吴文英与辛弃疾、周邦彦、王沂孙并提，奉其为学词之圭臬，称曰："是为四家，领袖一代，余子荦荦，以方附庸。"① 并对吴文英做出了高度评价："梦窗奇思壮采，腾天潜渊，返南宋之清泚，为北宋之秾挚。"② 贬之者如王国维，以吴文英《秋思》词中的"映梦窗，凌乱碧"③ 六字对其词风下论断，颇有指摘其堆砌辞藻、行文凌乱之意。关于后世对吴文英的评价如此不一的原因，夏承焘先生曾以"隐辞幽思，陈喻多歧"八字作结。④ "隐辞幽思"指吴文英用语注重含蓄，主张"用字不可太露"⑤，情思内隐，意在言外，致使其部分词作晦涩不可解。"陈喻多歧"说的则是吴文英写词多用譬喻、借代、用典等修辞手法，在达成言简意丰的表达效果的同时，也容易产生歧义，造成读者的阅读障碍，而这正是因其"隐辞幽思"而产生的结果。在吴文英惯用的各种修辞手法中，

---

① （清）周济. 宋四家词选目录序论［A］//唐圭璋. 词话丛编. 北京：中华书局，1986：1643.
② （清）周济. 宋四家词选目录序论［A］//唐圭璋. 词话丛编. 北京：中华书局，1986：1643.
③ 王国维. 人间词话［M］//唐圭璋. 词话丛编. 北京：中华书局，1986：4251.
④ 施蛰存. 词集序跋萃编［M］. 北京：中国社会科学出版社，1994：356.
⑤ （宋）沈义父. 乐府指迷［M］//唐圭璋. 词话丛编. 北京：中华书局，1986：277.

用典一法在其词风的形成上起到了举足轻重的作用。与以擅长用典著称的辛弃疾相似，吴文英对前人诗词进行借鉴吸收的情况在其集中也比比皆是。本文中，笔者以杨铁夫先生的《吴梦窗词笺释》和孙虹先生的《梦窗词集校笺》为参考，主要着眼于吴文英使用前人语典的情况，以期对吴文英接受前人诗词的情况作一直观展示，从其创作手法的一大特色入手，探析其词风的形成与其对前人的借鉴吸收的关系，继而对其词心进行一定程度的探微，同时也对两位先生注本中关于梦窗词接受前人诗词的条目进行能力范围内的最大化利用，发挥注本的多元价值。

　　吴文英现今存词共 340 首①，据不完全统计，其中对前人诗词有接受情况的共 279 首、696 处，足可见其借鉴吸收前人诗词之多。吴文英的接受对象朝代分布广泛，上至先秦，下至南宋。具体情况请看下表。

**梦窗词语典朝代分布表**

| 朝代 | | 接受作家人数 | 使用语典次数 |
| --- | --- | --- | --- |
| 唐前 | 先秦 | 3 | 3 |
| | 两汉 | 1 | 1 |
| | 魏晋南北朝 | 14 | 29 |
| | 隋 | 1 | 2 |
| 唐五代 | 初唐 | 3 | 4 |
| | 盛唐 | 12 | 104 |
| | 中唐 | 17 | 109 |
| | 晚唐 | 21 | 105 |
| | 五代 | 10 | 19 |
| 宋 | 北宋 | 51 | 254 |
| | 南宋 | 24 | 66 |
| | 合计 | 157 | 696 |

---

　　① 孙虹. 梦窗词选校笺［M］. 北京：中华书局，2013.

　　吴文英共接受唐前作家语典 35 次、唐五代作家 341 次、宋代作家 320 次，各占比 5%、49%、46%。吴文英接受北宋作家诗词的次数最多，其次为中唐、晚唐、盛唐，可见其择取偏好。其中接受次数位列前十的作家为：杜甫 78 次、苏轼 64 次、周邦彦 64 次、白居易 38 次、李商隐 33 次、杜牧 29 次、李贺 27 次、姜夔 23 次、温庭筠 22 次、秦观 19 次。吴文英对前人语典的接受有的直接显露，一眼望去便知是从前人作品中借鉴而来，另一些则曲折隐蔽，非得剖析其脉络、深入其思致，方可知是从何处来。下面将分别从字面、语句、篇章三个层面出发，考察吴文英如何对前人的诗词进行接受，并在接受的基础上进行再创造，形成了怎样独特的词风，显露了怎样幽微曲折的词心。

# 一、吴文英词对前人诗歌字面的接受

　　梦窗词中的一些字词常常来源于前人诗词，且大多为一些前人独创的字面，故在保留原意的同时，也带上了作为接受对象的作家的个人风格。然而以吴文英文采之高妙，必不会使自己沦为他人的附庸，而是调动其高超的艺术才能，以我为主、为我所用，将前人的风格浑化融于自己的词作之中，形成了杨铁夫先生所说的"梦窗家法"①。

## （一）字面截取

　　字面截取，指将前人诗词中的字词原样截下，运用到自己的词句中去。张炎虽不喜梦窗词风，斥其"凝涩晦昧""如七宝楼台，眩人眼目，碎拆下来，不成片段"②，但他也在《词源》卷下的"字面"一节中说："句法中有字面，盖词中一个生硬字用不得。须是深加煅炼，字字敲打得响，歌诵妥

---

① 杨铁夫. 吴梦窗词笺释 [M]. 广州：广东人民出版社，1992：23.
② （宋）张炎. 词源 [M]//唐圭璋. 词话丛编. 北京：中华书局，1986：259.

溜，方为本色语。如贺方回、吴梦窗，皆善于炼字面，多于温庭筠、李长吉诗中来。字面亦词中之起眼处，不可不留意也。"① 可见张炎对于梦窗词的用字、用语之法，是给予肯定的。

吴文英在截取前人字面时，选取的大多是一些色彩秾丽、意态柔婉、情思缱绻的字面。这些字面虽分散于他的众多词作中，但若将这些词作集中起来阅读，便会发现，这一系列秾丽缱绻的字词对于其密丽深幽的词风的形成是具有不可忽视的作用的。举例来说，《瑞龙吟·赋蓬莱阁》中的"明眸皓齿"乃截取自杜甫《哀江头》"明眸皓齿今何在"句，《风入松·桂》中的"浅约宫黄"截取自周邦彦《瑞龙吟》"侵晨浅约宫黄"句，《喜迁莺·同丁基仲过希道家看牡丹》中的"暖日明霞"截取自周邦彦《拜星月慢》"暖日明霞光烂"句，《夜行船·逗晓阑干沾露水》中的"粉汗余香"来自苏轼《四时词四首》（之三）"粉汗余香在蕲竹"句，《塞翁吟·赠宏庵》中的"黄帝绿幕"来自韩愈《短灯檠歌》"黄帝绿幕朱户闭"句，《解语花·立春风雨中饯处静》中的"红情绿意"则取自文同《约春》"红情绿意知多少"句。

有时，吴文英会对截取而下的字面中的单字作改易，以取得新颖的表达效果。如《解连环·暮檐凉薄》中的"翠冷红衰"乃从李商隐《赠荷花》"翠减红衰愁杀人"而来，将原文一"减"字改为一"冷"字，运用通感手法，使人只觉一片花凋叶落的惨淡景象中，更有森森冷气透骨而来，而"冷翠""衰红"本就是梦窗词中常见的代表性意象，无怪乎杨铁夫先生笺之曰"上四字是梦窗家法"② 了。再如《莺啼序·荷》中"鬓点凄霜"截取的是周邦彦《玲珑四犯》"憔悴鬓点吴霜"句的字面，易"吴霜"为"凄霜"，将身世凄凉之感融入岁华飞逝之感中，引人动容。以上例子，无一不指向梦窗词风中的"凄冷"二字。

不仅如此，吴文英在截取前人字面时所选择的字面，尤为显著地体现了

① （宋）张炎. 词源［M］//唐圭璋. 词话丛编. 北京：中华书局，1986：259.
② 杨铁夫. 吴梦窗词笺释［M］. 广州：广东人民出版社，1992：23.

其词在色彩运用上的特色，以及他对残缺美、病态美的偏好，有时甚至能够起到总摄全篇的关键作用，成为整阕词的"词眼"。如《渡江云三犯·西湖清明》中"羞红颦浅恨"句，甫一开篇便借鉴范成大《酒边》"断肠声里看羞红"句中的"羞红"意象。杨铁夫先生说："梦窗词起韵多能笼罩全题，或全阕，或下半阕。如此词，'羞红'笼上片，'浅恨'则笼下片，是也。"① "羞红"指花朵含苞待放的状态，正如美人半嗔半喜的含羞姿态，以人喻花，又以花写人，人与花相绾合，上阕既写春花欲开不开、欲坠未坠的旖旎姿态，又写词人与春花般的佳人偶然相遇又忽而不见其踪迹的朦胧美好的场景，说"羞红"二字笼罩整个上阕，颇中肯綮。仅是接受前人诗歌中看似寻常的"羞红"意象，便能进行如此精妙绝伦、匠心独运的创作，吴文英之才华不可谓不高深。《法曲献仙音·放琴客，和宏庵韵》"落叶霞翻"句中的"霞翻"二字取自于王勃《采莲赋》"郁萋萋而雾合，灿晔晔而霞翻"句，"霞"字喻被秋霜染红的树叶于风中翩翩翻落的情态，颇具零落衰败的残缺之美。他者如《瑞鹤仙·泪荷抛碎璧》中"断柳凄花"四字，"断柳"一词乃从杜甫《遣怀》"天风随断柳"句中来，是杜甫首创的意象。柳树作为诗词中常见的意象之一，向来承载着人们对于离别的哀思，着一"断"字，残破、衰败、悲凉之气便透纸而来。"凄花"则是吴文英仿"断柳"研成的新辞，一绿一红，色彩虽明丽，物象呈现出来的却都是残损无力的姿态，在杜甫原诗的基础上更叠加了一层残破凄怆之感，可见吴文英对于红绿对举的色彩运用之法情有独钟。再如《解语花·梅花》中"冷云荒翠"句，"冷云"意象从高观国《菩萨蛮》"梦冷不成云"化来，而"荒翠"则是吴文英仿"冷云"新铸的自对辞，一白一绿，尤显清冷。

## （二）字面绾合

　　绾合，犹言牵线撮合，是一种形象的说法，运用在此处，是指将前人语句中的字词裁剪下来，而后缝合至一处，形成新的句子。

---

① 杨铁夫. 吴梦窗词笺释［M］. 广州：广东人民出版社，1992：4.

　　吴文英常常将前人语句中的同类意象绾合至一处，形成新颖的艺术效果。如《大酺·荷塘小隐》中"地凿桃阴，天澄藻镜"句，发散绾合杜甫《奉赠太常张卿二十韵》"萍泛无休日，桃阴想旧蹊"及《送孟十二仓曹赴东京选》"藻镜留连客"中的"桃阴""藻镜"两个最具画面感的物象，熔铸成新的意境，描摹出新宅旁桃树繁茂、池水澄澈的优美环境，读之令人心旷神怡。再如《风入松·麓翁园堂宴客》中"佳人修竹清风"句，将杜甫《佳人》"绝代有佳人……日暮倚修竹"中最为鲜明的"佳人""修竹"意象绾合一处，再着一笔"清风"，不仅使一幅"佳人倚竹"图跃然纸上，更化静为动——风过时，竹叶飒飒作响，佳人如墨的长发亦被微风挽起，风神飘逸，惊为天人，脱离了无生命的图卷，灵动飞舞，如在眼前。又如《浣溪沙·琴川慧日寺蜡梅》之"蝶粉蜂黄大小乔"句，绾合李商隐《酬崔八早梅有赠兼示之作》"何处拂胸资蝶粉，几时涂额藉蜂黄"中的"蝶粉""蜂黄"意象，将粉色与黄色合拢至一处，色彩感愈加强烈，梦窗词之密丽特色体现得淋漓尽致。

　　吴文英尤擅裁剪单字，再将零散的单字缝合成全新的句子，每一字都取自原句，却在浓缩原意之上每每构成生新之意境，颇具个人特色。如《齐天乐·烟波桃叶西陵渡》中"暮山横翠"四字皆从李白《下终南山过斛斯山人宿置酒》诗中来。李诗前两联云："暮从碧山下，山月随人归。却顾所来径，苍苍横翠微。"吴文英对其加以凝练的压缩，提炼出诗歌中的关键意象，以勾绘景色为目的，省却了其余与画面关联不大的字句，集中呈现出青苍的山峦笼罩在暖色暮霭之中的图景，使人一读便进入到词中的环境中去，山色与天色交映，美不胜收。而《解语花·梅花》中的"烟雨青黄"四字，用同样的方式绾合苏轼《赠岭上梅》中"不趁青梅尝煮酒，要看烟雨熟黄梅"句，露出天气与色彩意象，有意地藏起关键的"梅"意象，因贺铸《青玉案》名句"梅子黄时雨"脍炙人口，故读者可无障碍地解读出被隐藏起来的吟咏对象本体，藏一半、露一半，更具朦胧梦幻之美。

## 二、吴文英词对前人诗歌语句的接受

吴文英不仅对前人作品中的字词有所接受，亦有借鉴吸收前人句子的情况。张炎对于梦窗词的句法运用也给予了正面的评价："秦少游、高竹屋、姜白石、史邦卿、吴梦窗，此数家格调不侔，句法挺异，俱能特立清新之意，删削靡曼之词，自成一家，各名于世。"① 吴文英接受前人语句的形式主要有袭用、改易、重铸三种。

### （一）成句袭用

顾名思义，成句袭用，即将前人的句子原模原样运用到自己的词中。然而，袭用不是简单的照抄。吴文英常常将前人的句子妥帖安放于自己词作中的合适的位置，虽沿用前人语义，却能够锻冶出新的意境。请看以下例证：

> 夜凉沉水绣帘栊。酒香浓。雾蒙蒙。钗列吴娃，腰袅带金虫。三十六宫蟾观冷，留不住，佩丁东。（《江神子·天街如水翠尘空》）

"腰袅带金虫"乃袭用李贺《恼公》诗之"陂陀梳碧凤，腰袅带金虫"句。"腰袅"指宛转摇动貌，写佳人柔婉曼妙的体态，"金虫"则是一种昆虫制成的首饰。李贺原诗乃以秾辞艳笔描写冶游情事，为吴文英所袭用的一联是以工笔细摹佳人首饰之华丽、姿态之冶艳，吴文英亦以此句描写歌女的美丽姿容，然只是寥寥一笔带过，将其作为整个画面的一角，是为衬托整个酒筵歌席热闹与风雅，并非专门为描写歌女而着笔。相比原句来说，视野要更加开阔。再者，吴文英笔下的"金虫"并非首饰的实写，而是其惯用的借代手法，以"金虫"代飘然落至歌女鬓间的桂花，譬喻之恰切、笔触之细腻，

---

① （宋）张炎. 词源 [M] //唐圭璋. 词话丛编. 北京：中华书局，1986：255.

似比原句更具几分朦胧缱绻之美。再如《浪淘沙·灯火雨中船》一词中，"灯火雨中船"句袭用的是温庭筠《送淮阴孙令之官》的"鱼盐桥上市，灯火雨中船"句，将前人佳句放置于词的开篇，创设出一个凄清孤寂而富有诗意的环境，灯火、夜雨、船三个元素，足以引动游人的身世之感与思乡之愁，于是"客思绵绵。离亭春草又秋烟。似与轻鸥盟未了，来去年年"数句便顺流而下、水到渠成，以起头处五字总摄整个上阕，不可谓不精妙。

### （二）成句改易

词体与诗体形式不同，故吴文英在接受前人语句时，必然会对原句的字数、断句等做一定的改易。但吴文英在改造句子形式的同时，有时也会对句子原意进行翻叠、翻案，以求翻新出更多的语义及境界。

#### 1. 句子改易

句子改易，主要指对原句进行字数的增删或语序的调整，而这样的调整不可避免地会引起语义的细微变化。如《霜叶飞·重九》中的"漫细将、茱萸看"是对杜甫《九日蓝田崔氏庄》中"醉把茱萸仔细看"的改装，为了适应词的格律，将一个长句拆分成两个句子，删去"醉"字，易"把"字为同义的"将"字，缩"仔细"为同义的"细"字，再增一"漫"字，对语义虽没有显著的改动，却因虚拟语气而更增添了一分强乐自宽的无奈和凄凉。再如"箭径酸风射眼"（《八声甘州·陪庾幕诸公游灵岩》）乃改自李贺《金铜仙人辞汉歌》"东关酸风射眸子"句，将地名"东关"改为"箭径"，改"眸子"为"眼"，同样运用通感，而《金铜仙人辞汉歌》诗中该句为一联的下半联，《八声甘州》词则在下接"腻水染花腥"一句，在"酸风"之上再叠"腻水""花腥"两个生新意象，使梦窗词修辞的个性化、特殊化凸显得尤为明显，更系之以古今兴亡之叹，似幻似真，亦古亦今，引发人无限的遐想。又如"叶吹暮喧"（《绛都春·南楼坠燕》）是改自周邦彦《过秦楼》中的"叶喧凉吹"句，"叶吹暮喧"为"叶喧暮吹"之倒文，易清真词之"凉"字为"暮"字，增添时间意象，暮色本凄凉，故"暮"字又浑融巧妙地包蕴"凉"字，在保存原意的基础上强化了画面感。

2. 翻叠翻案

在改动原句形式的基础上，吴文英也常常对原句的语义有所翻新，以增强或重构原句的情感内涵，完成独具个人特色的再创造。

翻叠是指在原句的情感基础上更叠加一层，使得情感更加强烈、鲜明。如"泥云万里"（《解语花·立春风雨中饯处静》），来源于李贺《谢秀才有姜缟练，改从于人，秀才引留之不得，后生感忆。座人制诗嘲诮，贺复继四首》其一中的"谁知泥忆云"句。云、泥分别指天与地，吴文英在原句基础上运用夸张手法，以"万里"二字极写与乃弟一别之后相距之远，一者如天，一者如地，远隔万里，难再相见。在李贺原句的相思之情基础上再叠一层，颇有"相去万余里，各在天一涯"（《行行重行行》）之哀恸与绝望，叙无限别情，令人动容。"梅子未黄愁夜雨"（《满江红·甲辰岁盘门外寓居过重午》）来源于贺铸《青玉案》"梅子黄时雨"句，贺词本意言闲愁如同梅子黄时缠绵不断的细雨，而梦窗词则言梅子未黄时节自己便已因一场夜雨而愁绪满腔，只道愁绪不因时令而起，内心哀愁难以排遣，无论是在繁花似锦的春夏，还是在万物凋敝的秋冬，愁始终是愁，比原句的"闲愁"更强烈、更无解。

翻案即俗话说地做"翻案文章"，指反用句子的原意，形成与原句截然不同的表情达意效果。"月落溪穷清影在"（《浣溪沙·题李中斋舟中梅屏》）反用林逋《山园小梅》"疏影横斜水清浅，暗香浮动月黄昏"意境，说即便月亮落下、溪水穷尽，屏上梅花的清影依然如故，因为清浅溪水中梅花的倒影已被绘成墨梅定格于屏上，思致妙极。"好花是，晚开红"（《塞翁吟·赠宏庵》）反用元稹《看花》中的"努力少年求好官，好花须是少年看"之意，以劝慰友人晚年亦有晚年之风致。"夜空似水，横汉静立，银浪声杳"（《绕佛阁·与沈野逸东皋天街卢楼追凉小饮》），翻用李贺《天上谣》的"天河夜转漂回星，银浦流云学水声"和杜甫《同诸公登慈恩寺塔》的"七星在北户，河汉声西流"之意，拟天为河，原自可凿空为实，如李诗与杜诗，在幻想中描摹天河水声，吴文英却再翻过一层，拟天为河，却言其并无水声，更显开阔空寂。又如"伤心千里江南，怨曲重招，断魂在否?"（《莺啼序·残寒正欺病酒》)，对《楚辞·招魂》中的"目极千里兮伤春心，魂兮归来哀江南"提问，言下之意即纵使以怨曲重招故人之魂，故人或许也早已不能听到呼唤，从而"魂兮归来"了，凄绝已极，乃至万念俱灰，连一丝希望都未曾剩下。不圆满的情感经历所遗留下的那一份"残缺和永逝的创痛"① 影响了吴文英的一生，长久地盘亘在他的心头，致使他的词中总有一种萦绕不去的凄凉与伤感，而他看待世界、体察世情的目光也带上了一丝"悲观主义"的色彩。《莺啼序》词中的"伤心"三句，十分典型地体现了他这一部分的人格特质。

### （三）化用重铸

化用重铸，指将前人作品中既成语句解构开来，成为分散的语素，而后根据自身的修辞需要、情感需要，沿着某种特定的思路将这些分散的语素重新构筑成一个有机的整体，主要沿用前人作品的意境和文本内涵，而不局限于字词。相对于上文所说的袭用和改易，这种方法更间接隐蔽，正如"草蛇灰线，伏延千里"，必须深入剖析语句肌理，才能觅得线索。

吴文英颇擅此道。邹祗谟说："梅溪、白石、竹山、梦窗诸家，丽情密藻，尽态极妍。要其瑰琢处，无不有蛇灰蚓线之妙，则所云一气流贯也。"②此论精当。如梦窗词中"试挑灯欲写，还依不忍，笺幅偷和泪卷"（《瑞鹤仙·晴丝牵绪乱》）句，乃化用自周邦彦《华胥引》："点检从前恩爱，但凤笺盈箧。愁剪灯花，夜来和泪双叠。"乍看似字词重叠之处无多，仅"灯""笺""泪"三个意象重合，但细细品来，两者的意境与情感是相近的，皆言独自在灯下思念旧日恋人，欲展笺书写，却因内心郁结而难以下笔，只得默默流泪，有异曲同工之处。"嫩阴绿树。正是春留处。燕子重来，往事东流去"（《点绛唇·时霎清明》）分散化用周邦彦《瑞龙吟》中的"愔愔坊陌人

---

① 叶嘉莹. 迦陵论词丛稿［M］. 石家庄：河北教育出版社，1997：117－118.
② （清）邹祗谟. 远志斋词衷［M］//唐圭璋. 词话丛编. 北京：中华书局，1986：650.

家，定巢燕子，归来旧处"和"事与孤鸿去。探春尽是，伤离意绪"句，前者属《瑞龙吟》词第一段，后者属第三段，吴文英将二句意境合为一体，以燕子为线索，将今景与旧事串联起来，前一刻是眼前的美好春光，下一刻物是人非之感便袭上心头，将春天引起的离情别绪推向顶峰。"波晕切、一盼秋光"化用白居易《筝》诗中的"双眸剪秋水，十指剥春葱"句。以秋水喻眼波乃文人惯用譬喻，如韦庄《秦妇吟》："西邻有女真仙子，一寸横波剪秋水。"毛滂《虞美人》："春风吹绿上眉峰。秀色欲流不断、眼波融。"置于吴文英笔下，却有新姿态。不单单言"秋水"，而言"秋光"，秋水波光粼粼之动态跃然纸上，而佳人仅是一盼便有如此迷人意态，姿容与风神兼具，极写其美丽脱俗。沿用前人之喻，而生动旖旎更胜前人，吴文英词艺之高、笔触之细，于此短短七字间即可见一斑。 "玉纤曾擘黄柑，柔香系幽素"（《祝英台近·除夜立春》）则取意苏轼《浣溪沙》："香雾噀人惊半破，清泉流齿怯初尝。吴姬三日手犹香。"梦窗词言恋人曾手剖黄柑荐酒，故而经年后他再回忆起那段共饮同欢的过往时，心中的情愫仿佛都沾染上了黄柑的香气。情愫是抽象之物，本不可能带有气味，然而吴文英执念之深，使得多种感官被纷纷调动起来，增添了表情达意的立体感与层次感。

另一方面，吴文英对前人语句的化用，足可体现他的审美偏好和内心世界的一角。如"才石砚开奁，雨润云凝"（《尉迟杯·赋杨公小蓬莱》）、"砚色寒云，签声乱叶"（《齐天乐·赠姜石帚》）、"看风签乱叶，老沙昏雨"（《扫花游·赠芸隐》）、"风响牙签，云寒古砚"（《江南春·赋张药翁杜衡山庄》）皆化用自苏轼《书轩》之"雨昏石砚寒云色，风动牙签乱叶声"句。吴文英在写景时，常取用雨、风、乱叶等一系列自然意象，营造出凄清孤寂的意境。这些意象都带有一种"孤蓬飞不定"（刘长卿《奉饯郑中丞罢浙西节度还京》）的凌乱脆弱、漂泊无定之感，像极了终身以清客文人的身份辗转于江湖间的吴文英自己。再如"移灯夜语西窗"（《玉烛新·花穿帘隙透》）、"寄相思，寒雨灯窗，芙蓉旧院"（《宴清都·万里关河眼》）、"寂寥西窗久坐，故人悭会遇，同剪灯语"（《齐天乐·与冯深居登禹陵》）、"西窗夜深剪烛"（《声声慢·饯魏绣使泊吴江，为友人赋》）、"窗下剪残红烛"

（《昼锦堂·舞影灯前》）皆取自李商隐《夜雨寄北》中的名句："何当共剪西窗烛，却话巴山夜雨时。"该诗在梦窗词碎拆的字面中频繁出现，可见吴文英怀人之思的深重绵邈，恰如那西窗下的夜雨，潺湲似泪，又声声入耳，扰得人不得安宁。又，"正逋仙、清瘦黄昏，几时觅得"（《瑞鹤仙·饯郎纠曹之严陵》）取自姜夔《暗香》："又片片、吹尽也，几时见得。""参梅吹老，玉龙横竹"（《一寸金·秋压更长》）、"犹自有、玉龙黄昏吹怨"（《瑞龙吟·德清清明竞渡》）、"残醉醒，屏山外、翠禽声小"（《花犯·谢黄复庵除夜寄古梅枝》）、"篱角。梦依约。人一笑、惺忪翠袖薄"（《金盏子·赏月梧园》）、"探花手，与安排金屋，懊恼司空"（《声声慢·四香》）皆取自姜夔《疏影》一词。杨铁夫先生说："梦窗词之用白石词意处极多。"[1] 此论确当。

## 三、吴文英词对前人诗歌篇章的接受

邹祗谟在《远志斋词衷》中说："至姜、史、高、吴，而融篇炼句琢字之法，无一不备。"[2] 除了借鉴吸收前人的字面、语句之外，在更大范围上，吴文英对于前人的整个篇章亦有接受。夏承焘先生曾言："梦窗造辞，有倒、揉、碎三法。"[3] "倒"即颠倒，"揉"即糅合，"碎"即拆分。出于平仄韵律的需要和对于特定的修辞效果的追求，吴文英多以倒、揉、碎之法组织语言，与宋词普遍使用的将诗文剪裁改写成词体的"檃括"之法类似。这种手法在他接受前人篇章的艺术手段上有比较典型的体现。

① 杨铁夫. 吴梦窗词笺释 [M]. 广州：广东人民出版社，1992：167.
② （清）邹祗谟. 远志斋词衷 [M]//唐圭璋. 词话丛编. 北京：中华书局，1986：651.
③ 夏承焘. 夏承焘集：第6册 [M]. 杭州：浙江古籍出版社，浙江教育出版社，1997：129.

### （一）部分檃括

部分檃括，指将前人整首作品的内涵压缩到一两句词中。如《玉烛新·花穿帘隙透》中"逗晓帐迷香"一句，檃括周邦彦《凤来朝·佳人》上片："逗晓看娇面，小窗深、弄明未遍。爱残朱宿粉云鬟乱。最好是、帐中见。"取一头一尾之字面，将半阕词的内容与意境提炼出来，更着一"香"字，把嗅觉也一并调动起来，使人读之仿佛能闻到女子身上馥郁的香气。语句虽简短，然而香艳之气不减，留白更多，更引人遐想。再如《倒犯·赠黄复庵》中的"江湖夜雨。传书问、雁多幽阻"三句，檃括黄庭坚《寄黄几复》："我居北海君南海，寄雁传书谢不能。桃李春风一杯酒，江湖夜雨十年灯。"既是赠友人之作，便剪裁出黄庭坚诗中的情语，言欲寄尺素以诉衷肠，却因两人相隔甚远，连传书的大雁都无法到达对方所在的地方。以"江湖夜雨"四字为开篇，飘零孤寂、身世浮沉之慨一下子便扑面而来，直击人心。

### （二）整体檃括

整体檃括，指将前人的整篇作品进行裁剪变化，再缝合成一首完整的词。举例来说，《双双燕·小桃谢后》一词便是将唐人郑谷《燕》诗整首揉碎其中，进行重铸。请看两首作品：

小桃谢后，双双燕，飞来几家庭户。轻烟晓暝，湘水暮云遥度，帘外余寒未卷，共斜入、红楼深处。相将占得雕梁，似约韶光留住。　　堪举。翩翩翠羽。杨柳岸，泥香半和梅雨。落花风软，戏促乱红飞舞。多少呢喃意绪。尽日向、流莺分诉。还过短墙，谁会万千言语。（《双双燕·小桃谢后》）

年去年来来去忙，春寒烟暝渡潇湘。

低飞绿岸和梅雨，乱入红楼拣杏梁。

闲几砚中窥水浅，落花径里得泥香。

千言万语无人会，又逐流莺过短墙。（《燕》）

247

　　两者择取的意象与勾绘出来的意境莫不有相似之处，却又有些微的不同。首先，两首作品的视角相异。《双双燕》词开篇便明确显露出描写主体——"燕子"的字眼，作者似乎是以旁观者的角度观察这对燕子在暮春时节的种种行踪与活动。而《燕》诗通篇未曾出现一个"燕"字，与上词相比，更像是作者自己代入了燕子的角色，以第一人称口吻描述自己身为一只燕子的年年往复的忙碌生活和所见的景象。另外，两者移步换景的顺序有所不同。《燕》诗先写"绿岸"和"梅雨"，而后才出现"红楼"与"杏梁"，而《双双燕》词则在"轻烟"与"湘水"之后先接"红楼""雕梁"，转入下片，才露出"杨柳岸"与"梅雨"意象。如同两位导演，取景虽然相同，但拍摄手法终究是不尽相同的。然而，最终从情感意蕴上来看，两首作品的结句"还过短墙，谁会万千言语""千言万语无人会，又逐流莺过短墙"，似都以燕子自况，含蓄蕴藉地托寓了一种身世飘零无依、内心苦闷无处倾诉的不得已之情。《燕》诗形式固定，每句七言，且都是前四后三断句法，而《双双燕》词形式变化多端，每句字数不等，断句也不同，如"飞来几家庭户"是二、四断，"湘水暮云遥度"是四、二断，"似约韶光留住"是一、五断，"泥香半和梅雨"则是每二字一断，显然更具节拍感和旋律感。除此之外，《双双燕》词又将《燕》诗的一整个句子拆分成多个短句，如拆"春寒烟暝渡潇湘"为"轻烟晓暝，湘水暮云遥度"，拆"低飞绿岸和梅雨""落花径里得泥香"为"杨柳岸，泥香半和梅雨。落花风软，戏促乱红飞舞"，拆"千言万语无人会，又逐流莺过短墙"为"尽日向、流莺分诉。还过短墙，谁会万千言语"，语调更悠长婉转，更适应词的节奏与韵律。吴文英将郑诗的字句与情感都巧妙熨帖地熔铸于自己的词作中，又在不影响原作美感与情调的基础上加以再创作，虽扩充篇幅，却不显琐碎，以词的格律、词的句法将诗中的一系列意象悉数兜住，整体一气贯通，读来只觉流畅清丽、韵味无穷，全无雕缋滞涩之弊。

　　另外，《如梦令·春在绿窗杨柳》一词全篇檃括秦观的《如梦令·春景》。请看二词：

春在绿窗杨柳。人与流莺俱瘦。眉底暮寒生，帘额时翻波皱。风骤。风骤。花径啼红满袖。(《如梦令·春在绿窗杨柳》)

莺嘴啄花红溜，燕尾点波绿皱。指冷玉笙寒，吹彻小梅春透。依旧。依旧。人与绿杨俱瘦。(《如梦令·春景》)

二者都是闺怨词，无论是从意象选取、意境营造还是所抒情感来看，都几乎如出一辙，唯一引人注意的是前者的"人与流莺俱瘦"句与后者的"人与杨柳俱瘦"句的微妙区别。"人与杨柳俱瘦"容易理解，腰肢纤细、体态柔美的女子常被形容为"弱柳扶风"，故此句是将闺中女子因思念和寂寞而日益消瘦的躯干与杨柳作比拟。风将杨柳的绿叶纷纷吹落，于是光秃的枝干便显得颓唐、消瘦，与李清照《如梦令》之"应是绿肥红瘦"句意境相同。而梦窗词言"人与流莺俱瘦"，显然不是从形体层面将两者作比，而是比秦观之词更深过一层，从主观情致上来写——流莺本是一种欢快、活泼的鸟类，正如娇俏伶俐的闺中少女，然而少女内心一旦被愁绪填满，便如同噤了声的流莺一般，跟往日的灵动相比，更显得伤感而落寞了。这便是一种"移情法"。全用原词格律与意象，却能翻出新意，实属难得。

檃括与被檃括的作品并不一定是一对一的关系。如《扫花游·送春古江村》便是对周邦彦多首词作中的语句进行错综化用，最后聚合成了一篇完整的词作。请看《扫花游》词：

水园沁碧，骤夜雨飘红，竟空林岛。艳春过了。有尘香坠钿，尚遗芳草。步绕新阴，渐觉交枝径小。醉深窈。爱绿叶翠圆，胜看花好。　　芳架雪未扫。怪翠被佳人，困迷清晓。柳丝系棹。问阊门自古，送春多少。倦蝶慵飞，故扑簪花破帽。醉残照。掩重城、暮钟不到。

"水园沁碧，骤夜雨飘红，竟空林岛。艳春过了。有尘香坠钿，尚遗芳草"六句，取意周邦彦《六丑·蔷薇谢后作》："为问花何在，夜来风雨，葬楚宫倾国。钗钿堕处遗香泽。""醉深窈"取自《隔浦莲近拍》："新篁摇动翠葆。曲径通深窈。""倦蝶慵飞，故扑簪花破帽"翻用《玉楼春》中的

"不称野人簪破帽"句，并取意《六丑·蔷薇谢后作》："多情为谁追惜。但蜂媒蝶使，时叩窗隔。""掩重城、暮钟不到"则取意《扫花游》："黯凝伫。掩重关，遍城钟鼓。"这种接受方法比较鲜明地体现了作者对于某一位作家的偏好。沈义父说"梦窗深得清真之妙"①，此例可为佐证。

## 四、吴文英词接受前人诗歌的特点

在词中大量用典者首推苏轼，他"以诗为词"，将前人诗歌中一系列纷繁复杂的语典和事典运用到词作中去，拓宽了词的表达功能，开辟了词的风格。其后，周邦彦、辛弃疾便是擅长用典的词人中的典型代表。陈振孙说周邦彦"多用唐人诗句檃括入律，浑然天成"②，沈祥龙说辛弃疾"用成语贵浑成，脱化如出诸己"③，吴文英之所以大量运用前人语典入词，与宋词喜好用典的风气脱不了干系。从主观上来看，吴文英"下字欲其雅""用字不可太露"④ 的论词主张，体现了他对于词之"雅"与"含蓄"的审美偏好。要作雅词，必有高雅之品味、深厚之学养，须多读前人佳作、博采众长，方可达此水准。而"忌发露，重蕴藉"的作词原则，又使他刻意避免直言心中喜悲，而是借他人之酒杯，浇自己之块垒。这样一套标准要求他多从前人诗词中撷取精华为自己所用。

在接受前人诗歌时，吴文英偏好那些书写真挚而不可得的爱情的篇章。他多用李商隐《无题》诗，情思绵邈而缱绻晦涩，无人知晓诗人胸臆中的那段情谊从何而起、因何而终，不知笔下之人的真面目，只知两人远隔千万

---

① （宋）沈义父. 乐府指迷［M］//唐圭璋. 词话丛编. 北京：中华书局，1986：278.

② （宋）陈振孙. 直斋书录解题［M］. 上海：上海古籍出版社，1987：618.

③ （清）沈祥龙. 论词随笔［M］//唐圭璋. 词话丛编. 北京：中华书局，1986：4059.

④ （宋）沈义父. 乐府指迷［M］//唐圭璋. 词话丛编. 北京：中华书局，1986：277.

里，只有神话中西王母的那只青鸟能替自己探看思念之人的近况。这样美丽而无望的爱情，到吴文英笔下，便是"殷勤汉殿传卮，隔江云起，暗飞青羽"（《宴清都·寿荣王夫人》）。除此之外，他也多用李商隐《锦瑟》《夜雨寄北》诗，那一份对远人的惦念似乎无时无刻不萦绕在他心头，在他的生命里烙下了不肯淡褪的伤痕。

在写到梅花、海棠、梨花等花卉时，吴文英常常频繁地化用前人吟咏同一植物的诗词。例如他咏海棠时，多次化用苏轼《海棠》诗、白居易《海棠》诗，写梅花时，化用林逋《山园小梅》《梅花》诗更是多达 8 次，化用姜夔《暗香》《疏影》二词也多达 6 次，似咏花，又似咏人，而花在眼前，人却远在他乡，或已与词人阴阳相隔，只余下"玉龙黄昏吹怨"（《瑞龙吟·德清清明竞渡》），声声皆是哀伤，声声皆是憾恨。

最后，梦窗词中出现色彩意象时，也常常借鉴前人的色彩组合方式。如"腻涨红波"（《过秦楼·芙蓉》）、"朱娇翠靓"（《尉迟杯·赋杨公小蓬莱》）、"粉缟涩离箱"（《法曲献仙音·放琴客，和宏庵韵》）、"眼乱红碧"（《应天长·吴门元夕》），分别来自杜甫《寄岳州贾司马六丈巴州严八使君两阁老五十韵》、李商隐《偶成转韵七十二句赠四同舍》、周邦彦《水龙吟·梨花》，以及王僧孺《夜愁诗》。而"片叶愁红"（《解连环·留别姜石帚》）、"睡红醉缬"（《浪淘沙慢·赋李尚书山园》）、"绿水蘋秋"（《高阳台·过种山》）、"华裾曳翠"（《凄凉犯·重台水仙》）、"千山浓绿未成秋"（《西江月·登蓬莱阁看桂》）则都来自李贺诗中。李、吴两者皆钟情于描摹色彩，多用红、绿色，而两人笔下的红与绿多为"衰红""消红""颓绿""断绿"等，同具黯淡、疏冷、哀婉之情调，虽秾丽炫目，却不掩残破之感。

吴文英接受前人诗词颇多，从字面、语句到篇章都有涉及。总的来说，他好用典这一特点充分展现了他的学养与词艺之高，与他密丽的词风也是相统一的。他慧眼识珠，对前人佳作往往进行多次化用，以示赞赏之意，但他也不规避借鉴一些名不见经传的文人的诗词，这些文人有的甚至连名姓都没有流传下来，但生前写下的佳句却因此而得以名世。梦窗词用典之